LORI RADER-DAY

Im Dunkel der Angst

GOLDMANN
Lesen erleben

Buch

Ein heftiger Schlag. Rotes Blut im Wasser des Sees. Danach nur noch Schwarz …

Anna Winger starb nicht an jenem Tag, aber seither lebt sie in Angst. Rastlos zieht sie mit ihrem Sohn von Stadt zu Stadt, scheut den Kontakt zu anderen Menschen. Als Graphologin muss sie ihr Gegenüber nicht sehen, um in ihm lesen zu können, es reicht ein Blick auf dessen Handschrift. Dann verschwindet ein zweijähriger Junge, und seine Babysitterin wird ermordet. Die einzige Spur: eine handschriftliche Notiz. Anna wird hinzugezogen, und alles, was sie für immer hinter sich lassen wollte – die Dunkelheit, die Gewalt, den Tod –, drängt unaufhaltsam an die Oberfläche.

Autorin

Lori Rader-Days Spannungsromane wurden in ihrer Heimat USA mit renommierten Preisen ausgezeichnet und von der Presse gefeiert. Mit »Im Dunkel der Angst« liegt erstmals einer ihrer Romane auf Deutsch vor. Lori Rader-Day lebt in Chicago.

Lori Rader-Day

Im Dunkel der Angst

Roman

Deutsch von
Anne Fröhlich

GOLDMANN

Die amerikanische Originalausgabe erschien 2017 unter dem Titel
»The Day I Died« bei William Morrow, New York.

MIX
Papier aus verantwortungsvollen Quellen
FSC® C014496

Verlagsgruppe Random House FSC® N001967

1. Auflage
Deutsche Erstveröffentlichung Oktober 2018

Published by agreement with William Morrow Paperbacks,
an imprint of HarperCollins Publishers, LLC.
Umschlaggestaltung: UNO Werbeagentur, München
Umschlagmotiv: plainpicture/BY;
Arcangel/Nikolina Petolas
Redaktion: Alexander Groß
An · Herstellung: kw
Satz: Uhl + Massopust, Aalen
Druck und Bindung: GGP Media GmbH, Pößneck
Printed in Germany
ISBN: 978-3-442-48771-4
www.goldmann-verlag.de

Für Amanda Lumpkin und Trisha Tyree Cathey.

Und für meine Eltern, Melvin Rader und Paula Dodson,
denen ich eine glückliche Kindheit verdanke –
auch wenn ich trotzdem Schriftstellerin geworden bin.

Am Tag, an dem ich starb, trug ich die neuen Ruder hinunter zum See. Sie waren schwer, aber ich wollte den Weg nicht doppelt gehen. Die Ruderblätter schleiften über den Boden und hinterließen zwei Spuren im nassen Gras.

Es war Morgen. Die Luft war frisch, aber die Planken des Bootsstegs unten am Ufer waren bereits warm. Ich bemerkte ein einsames Fischerboot draußen auf dem See. Darin saßen zwei Männer, stumm über ihre Angeln gebeugt, die Gesichter dem Wasser zugewandt. Hinter ihnen stieg Nebel auf, sodass man das gegenüberliegende Ufer kaum erkennen konnte.

Dieser Moment. Zu ihm kehre ich zurück.

Später werde ich einen langen Riss in einem der neuen Ruder bemerken, kurz bevor mein Kopf untergeht und der Strom von Blut unter der Wasseroberfläche von meiner Haut aufsteigt wie Rauch. Ich werde zu diesem Moment zurückkehren und denken: Wäre ich nur gleich die Treppe zum Haus hinaufgestiegen. Hätte ich das Haus nur gar nicht erst verlassen.

Hätte ich nur.

TEIL EINS

ERSTES KAPITEL

Als die freiwilligen Sucherinnen mit ein paar Flyern vor meiner Tür standen, hatten ihr Eifer und ihre Anteilnahme schon ein wenig nachgelassen. Ich hatte gerade die Nachrichten gesehen und war das Kind auch schon ein wenig leid. Dennoch konnte ich nicht wegschauen. Der Junge war eigentlich noch ein Baby – und schon den ganzen Tag verschwunden. Er hatte tiefbraune Augen, und seine Haare waren zerzaust wie der Flaum eines Kükens. Zwei Jahre alt. Er war nicht die Straße hinuntergetapst, um den Nachbarshund zu streicheln, und man hatte ihn auch nicht mit einer Handvoll Pennys für Süßigkeiten auf halbem Weg zum Kiosk aufgegriffen. Das hier war ernst. Vermisst.

»Haben Sie diesen kleinen Jungen gesehen?«, fragte eine der Frauen. Die andere gähnte hinter vorgehaltener Hand. Beide trugen Leggings und Sweatshirts mit einem Aufdruck des Sportclubs der Parks Junior Highschool. Die eine hatte zwei geflochtene Zöpfe wie ein kleines Mädchen, und die andere, die Schläfrige, trug ihre Haare mit einem Band zusammengefasst, wahrscheinlich ließ sie eine schlechte Ponyfrisur herauswachsen. Die Straße hinter ihnen war von den Eingangslampen der Nachbarhäuser beleuchtet.

»Ich habe ihn in den Nachrichten gesehen«, sagte ich, nahm einen der angebotenen Flyer und las, was ich schon gehört hatte: Aidan Ransey, Größe, Gewicht. So klein. »Wie lange ist er schon weg?«

»Seit heute Morgen«, antwortete die mit den Zöpfen, aber der anderen gefiel meine Neugier nicht, das merkte ich.

Entweder hatte sie schon genug Fragen gehört, oder meine war nicht von der richtigen Sorte. »Aus dem eigenen Bett verschwunden«, sagte die Zopffrau mit stockender Stimme. Wahrscheinlich dachte sie jetzt an andere Kinder, die gerade in ihren Betten schliefen oder darauf warteten, dass ihre Mommys von ihren guten Taten nach Hause kamen. »Ich kann es nicht glauben«, sagte sie kopfschüttelnd.

Die andere Frau warf ihrer Freundin einen scharfen Blick zu. Sie konnte es glauben. »Schauen Sie«, sagte sie zu mir, um zum Punkt zu kommen. »Können Sie einen dieser Flyer in Ihrem ...« Sie blickte an mir vorbei auf die Treppe mit dem abgewetzten Läufer und dann in den Hausflur mit der Lampe, die eine neue Glühbirne nötig hatte. Ich wohnte oben, aber keiner meiner Nachbarn hätte sich die Mühe gemacht zu öffnen, wenn jemand an die Eingangstür klopfte. Ehrlich gesagt tat ich das normalerweise auch nicht, aber ich hatte gewusst, dass die Helfer kommen würden. Besser die Tür aufmachen. Besser einen Flyer nehmen. »... in Ihrem Waschkeller aufhängen oder so?«, sagte die Frau schließlich. »Rufen Sie diese Nummer an, wenn Sie etwas hören oder sehen. Okay? Wir müssen weiter.«

»Moment«, sagte die mit den Zöpfen. »Ich kenne Sie vom Abholen nach dem Footballtraining. Sind Sie Joshs Mom? Ich bin Calebs Mom, vom Boosters Club.«

»Joshua«, sagte ich, und meine Zunge fühlte sich schwer an.

»Sie haben noch nie bei der Verpflegung mitgeholfen, glaube ich«, sagte sie. »Und das Pancake-Frühstück steht kurz bevor – hier, ich gebe Ihnen meine Telefonnummer.« Sie faltete einen der Flyer zusammen, Aidans Gesicht wurde in der Mitte geteilt, und zog einen Stift hervor. »Wir zählen wirklich darauf, dass alle Eltern mithelfen.«

Ihre Freundin feixte, als ich den Flyer nahm. »Danke«,

sagte ich. Es war das zweite Mal an einem Abend, dass ich um Mithilfe gebeten wurde. Mein freiwilliges Engagement beschränkte sich normalerweise darauf, gelegentlich einen Vierteldollar in einen Spendentopf zu werfen. Aber niemals bei Leuten, die eine Glocke läuteten oder an Straßenkreuzungen herumstanden. Das waren Idioten. »Pancakes«, sagte ich.

»Das ist die beliebteste Spendenaktion für das Team im ganzen Jahr«, sagte Calebs Mom. »Und macht so viel Spaß.«

Die Haarband-Frau und ich wechselten einen Blick. »Toll, ja«, sagte ich. »Ich hoffe, dass man diesen kleinen Jungen bald findet.«

Ein Schatten legte sich auf das Gesicht von Calebs Mom. »Das wird man«, sagte sie. »Sobald man sie gefunden hat, seine …«

»Komm schon, Steph«, sagte ihre Freundin. »Wir müssen mit dieser Straße fertig werden.«

Sie waren schon draußen auf dem Bürgersteig, und die Reflexionsstreifen an ihren Sportschuhen leuchteten, als die Tür neben mir bis zur Sicherheitskette geöffnet wurde. Die Nachbarin, Margaret, spähte kurzsichtig hindurch. »Was hat sie gesagt? Sobald sie *wen* gefunden haben?«

»Seine Mutter«, antwortete ich.

Margaret drückte ihr Ohr gegen den Türspalt. Sie war nicht schwerhörig. Sie bekam jedes Geräusch mit, das wir oben machten, und teilte uns das mit, indem sie mit einem Besenstiel an ihre Zimmerdecke klopfte. Jetzt machte sie sich an der Sicherheitskette zu schaffen, um die Tür etwas weiter zu öffnen. Unter ihrem Bademantel schauten ihre dünnen Beine hervor. »Woher weißt du das?«

Ich schaute wieder auf den Flyer, auf das Kindergesicht von Aidan Ransey, und reichte ihn ihr, dann betrachtete ich das andere Exemplar, das mit der Telefonnummer und dem Namen der Frau – *Stephanie Bux* – in runden, fröhlichen Buchstaben. Der Punkt auf dem i war ein großer Kreis, die Vieren in der Telefonnummer waren spitz, abwehrend. Nein – beschützend. Die andere Frau würde sie auf ihrem Weg die Straße hinunter ins Bild setzen, und dann würde es Calebs Mom leidtun, dass sie mir etwas aufgeschrieben hatte, obwohl wir alle wussten, dass ich nicht die Absicht hatte anzurufen.

Ich wandte mich Margaret zu. »Hast du nichts davon gehört?« Ich hielt mir den zusammengefalteten Flyer vors Gesicht. »Anscheinend bin ich eine Art Voodoopriesterin. Ich kann in die Zukunft blicken. Ich seeeehe … einen kleinen Jungen, braune Augen. Blondes, fast weißblondes Haar. Ich sehe Patschhändchen und eine volle Windel …«

Margaret schnaubte und schloss die Tür.

Ich ließ den Flyer sinken. Nachdem ich einen Moment auf die Straße hinausgeblickt hatte, suchte ich nach dem Lichtschalter und schaltete die Eingangsbeleuchtung ein. Eigentlich hielt ich nichts von Wunschdenken, aber ich ertappte mich immer wieder dabei.

Am nächsten Morgen war der *Parks County Spectator* in dem Café am Courthouse bis auf wenige Exemplare ausverkauft. Auf einem handgeschriebenen Schild über der Kasse stand: LEIDER KEIN WECHSELGELD. Ich bezahlte für eine Zeitung und einen schwachen Tee und blickte zwischen den vorsichtigen, schmalen Buchstaben auf dem Schild und dem vorsichtigen, schmalen Mann hinter dem Tresen hin und her.

Draußen erhob sich das Courthouse über den Platz wie eine Burg. Menschen hasteten über den Rasen und zwischen ein paar imposanten Sandsteinsäulen durch die Tür. Die Glocken der Uhr oben an der Rotunde schlugen. Ich überquerte die Straße, setzte mich auf die niedrige Mauer, die den Rasenplatz vor dem Courthouse einfasste, und wandte all dem Getümmel den Rücken zu.

Das Kinderfoto vom Flyer zierte auch die Titelseite der Zeitung. Ich überflog den Artikel, ging dann die restlichen Fotos und Schlagzeilen durch, blätterte durch die Footballergebnisse der Highschool und die Neuigkeiten von Kleingärtnervereinen, fand Ankündigungen von Spendenaktionen, darunter auch eine Notiz über dieses Pancake-Frühstück. Auf der Rückseite der Zeitung warb ein Möbelgeschäft mit der Unterschrift des Inhabers als Garantie für den günstigsten Preis. Sein kurzer Allerweltsname wurde von einem ausladenden Schnörkel verschönert. Da hatte wohl jemand einen Napoleon-Komplex. Mein Blick blieb an den Preisen hängen. Joshua konnte eine Kommode gebrauchen, aber es war noch zu früh für Möbelstücke, die nicht in den Kofferraum unseres SUV passten.

Keins der Fotos zeigte den County-Sheriff, den Mann, den zu treffen ich gar keine Lust hatte.

Schließlich stand ich auf, schüttete den Tee aus und folgte der emsigen Menge ins Courthouse. In der Lobby, unter einer erhabenen Kuppel aus buntem Glas, befanden sich mehr Menschen in Uniform und mit Dienstausweis um den Hals als Normalbürger. Mit ernsten und wichtigen Gesichtern liefen sie zwischen einem mit Trennwänden abgegrenzten Bereich und dem Hauptraum hin und her. Ich stellte mich in eine lange Schlange vor einer Reihe von Metalldetektoren.

»So viel Aufhebens nur für dieses Kind?«, sagte ein Mann vor mir in der Schlange.

»Wissen Sie, zu wem dieses Kind gehört?«, entgegnete einer der Wachmänner, während er sämtliche Kabel und Stecker aus meiner Laptoptasche nahm und jedes einzelne

Teil untersuchte, als hätten wir alle Zeit der Welt. »Hab schon so viele von diesen Ranseys hier durchgehen sehen, dass es mir für mein ganzes Leben reicht.«

»Gut zu wissen, dass das Gesetz sich sogar für so jemanden in Bewegung setzt, wenn es drauf ankommt«, sagte der erste Mann. Dann merkte er, dass ich zuhörte, und eilte davon.

Die Schlange vor dem Aufzug war kurz, aber ich nahm trotzdem die Treppe. Die Stufen waren aus weißem und grauem Marmor und abgenutzt durch Generationen von schlurfenden Füßen. Und zum Glück waren sie leer. Hier musste ich keinen Smalltalk machen.

Ziemlich schnell, gleich nach dem dritten Treppenabsatz, tauchte das Büro des County-Sheriffs von Parks auf, protzig mit goldenen Lettern auf Opakglas.

Ich straffte die Schultern und holte tief Luft. Dann noch einmal. Eine Minute verstrich. Niemand ging hinein oder kam heraus.

Ich konnte Kent sagen, dass ich es nicht machen wollte.

Aber das ging nicht. Nicht wirklich.

Ich öffnete die Tür und blickte in einen großen düsteren Raum voll eng aneinandergereihter Schreibtische, jeder bedeckt von vollgestopften Ordnern und alten Pappbechern. Der Empfangstisch auf der rechten Seite war nicht besetzt. Ein niedriges schwarzes Sofa war wohl für Gäste gedacht, aber es waren keine zu sehen. Keine Gäste, kein Gastgeber, niemand.

Am Empfangstisch klebte eine Haftnotiz. Ich blickte mich um, trat ein und griff danach.

Ein quadratischer Zettel, gelb. Mit dickem schwarzem Filzstift – nein. Ich sah genauer hin. Mit dickem lila Filzstift beschrieben. *Gleich wieder da!* Die Buchstaben waren rund und schwungvoll.

Am anderen Ende des Raums fiel Licht durch einen Türspalt. Ich klebte die Haftnotiz wieder an ihren Platz und ging darauf zu. Als ich gerade an die Tür klopfen wollte, ertönte drinnen ein lautes Geräusch, und ich fuhr zurück.

»Was wollen Sie?«, sagte eine Männerstimme.

Ich schob die Tür auf. »Ich …«

Ein Mann in brauner Uniform und schwarzer Baseballkappe saß hinter einem unaufgeräumten Schreibtisch, die Ellbogen auf den Knien und die Hände vor dem Gesicht zusammengelegt. Er riss die Augen auf und hob wie ein Verkehrspolizist den Arm, damit ich in der Tür stehen blieb.

»Wir wollen das Gleiche wie du, Russ«, ertönte eine Frauenstimme knisternd aus dem Lautsprecher des Telefons.

»Und das wäre?«, sagte er und wedelte mit der Hand, um mich hinauszuscheuchen. Ich ging ein paar Schritte zurück, behielt ihn aber im Auge. Er war jünger, als ich es erwartet hatte – ungefähr in meinem Alter. Ich hatte ihn mir automatisch so vorgestellt, wie ich Kleinstadtpolizisten aus meiner Kindheit kannte: dick und bleich, mit Bäuchen, die ihnen über den Gürtel hingen. Dieser hier war schlank und hatte muskulöse, gebräunte Arme. Was für ein Jammer. Für gutaussehend hatte ich keine Zeit.

»Die Wahrheit«, sagte die Frau. »Was zur Hölle ist da los?«

»Das weiß ich noch nicht, und ich sehe nicht, wie wir der Wahrheit jemals näherkommen sollen, wenn wir die Dinge jetzt überstürzen«, erklärte er. »Ich wünschte nur, ihr würdet uns ein bisschen mehr Zeit geben« – sein harter Blick wurde besorgt –, »um einige Dinge bestätigen zu können. Zumal ich heute noch nicht mit Erickson gesprochen habe. Du?«

»Wir haben eine Deadline«, sagte sie.

»Du kannst mir nicht erzählen, dass die in den nächsten zwei Stunden liegt«, entgegnete der Sheriff. »Himmelherrgott, die Leute sind noch bei den Nachrichten von gestern, Kay. Wie auch immer, unsere Deadline ist wichtiger als eure, oder ihr druckt zwei …« Sein Blick fiel auf mich. Er nahm den Telefonhörer auf, schwenkte mit seinem Stuhl herum und drehte mir den Rücken zu. »Ich kann dir nicht sagen, was ihr tun sollt. Aber es ist noch nicht an der Zeit für Mutmaßungen. Und todsicher ist es zu früh für Anschuldigungen. Wir wissen noch nicht, was mit ihm passiert ist.«

Ein Schauder lief mir über den Rücken. Nachdem die freiwilligen Helfer gestern Abend gegangen waren, hatte ich noch einmal die Nachrichten gesehen, und die braunen Augen des Kindes hatten mich nicht losgelassen. Auch heute Morgen, als Joshua zur Schule gegangen war, hatte ich den Fernseher eingeschaltet. Die Reporterin eines der Sender von Indianapolis stand mit ihrem Mikrofon vor schmutzigen, heruntergekommenen Reihenhäusern. »Die Bürger von Parks, Indiana, fragen sich heute«, hatte sie gesagt und dabei bedeutungsvoll ihren blonden Bob gesenkt, »wie das passieren konnte – *hier*?«

Hier – sie sagte das mit der ganzen Verwunderung und Ungläubigkeit, die auch ich nach drei Monaten noch empfand.

Neben der Nachrichtensprecherin blickte eine kräftige, verhärmte Frau mit grauen Haaren, die sich aus einem Knoten lösten, in die Kamera. »Er ist ein guter Junge«, sagte sie. Ihre Stimme klang wie Zement in einem Betonmischer, und sie verzog schmerzvoll das faltige Gesicht. Die Unterzeile auf dem Bildschirm verriet, dass es sich um Aidans Großmutter handelte.

»Mrs Ransey, haben Sie irgendetwas über Aidans Aufenthaltsort gehört?«, fragte die Reporterin.

In Parks gab es keine Wälder zu durchkämmen, keine stehenden Gewässer abzusuchen. In was für Gefahren konnte ein Kind geraten, hier, wo es keine Verstecke gab außer Maisfeldern und flachen Gräben, dafür aber so viele Menschen, die erpicht darauf waren zu helfen? Man hätte ihn schlafend auf einem Haufen Schmutzwäsche oder hinter einer Schranktür finden müssen, innerhalb einer Stunde.

Ich hatte gerade die Fernbedienung in Richtung dieser Szenerie erhoben, als die Großmutter aufschluchzte und nach der Reporterin griff, dann nach der Kamera. Die Welt geriet ins Wanken. »Er sollte zu Hause bei seiner Oma sein«, jammerte sie, und es klang schrecklich und lähmend. Die Kamera stabilisierte sich, und das Bild wurde wieder schärfer. Ich schaltete den Fernseher aus, bevor die blasierte Reporterin den Kopf schütteln und die Geschichte zu einem falschen Schluss bringen konnte.

»Danke, Kay«, sagte der Sheriff gerade. »Ich weiß das zu schätzen. Und ich verspreche: Sobald ich etwas weiß, sage ich es dir, okay?«

Er drehte sich wieder herum, und die Federn seines Bürostuhls protestierten quietschend, als er sich vorbeugte, um den Hörer aufzulegen. Er schien erstaunt, als er merkte, dass ich noch da war. »Kann ich helfen?«

»Ich bin Anna Winger«, sagte ich.

Er zog den Schirm seiner Baseballkappe tiefer. »Die Zentrale wurde in die Lobby verlegt, es gibt ein Hinweisschild. Sie müssen daran vorbeigekommen sein.«

»Nein, ich bin …« Ich suchte fieberhaft nach den richtigen Worten. Der Anfang würde den Ton bestimmen. »Kent Schaffer hat mich gebeten vorbeizukommen.«

Ich ließ dem Sheriff Zeit, um Kents Namen einzuordnen und sich an das Angebot zu erinnern, das Kent ihm zweifellos gemacht hatte, und an die spezielle Dienstleistung, die ich ihm bieten konnte. Als er ungeduldig zur Seite blickte, wusste ich, dass er im Bilde war.

»Sie sind FBI-Agentin?«

»Eine … freie Mitarbeiterin.«

Er schnaubte, schüttelte den Kopf. Aber bevor er irgendetwas sagte, bevor er aufstand, sich vorstellte und mir die Hand schüttelte, bevor er irgendetwas machte, tat er das, was alle taten. Er ließ den Blick prüfend über seine Schreibtischoberfläche wandern und klappte einen Ordner zu. Nahm eine einzelne Seite von einem der unordentlichen Papierstapel und drehte sie um.

Ich ging durch sein Büro, trat ans Fenster und blinzelte in die Sonne. Da unten waren die Leute unterwegs zur Bank, ins Café. Durch das Fenster des Karatestudios konnte ich einige Pokale sehen. Man konnte wirklich meilenweit blicken. Ich hatte gelesen, das Zentrum von Indiana sei einmal ein dichter Wald gewesen, aber das konnte ich mir nicht vorstellen. Auf den Grünflächen vor dem Courthouse stand ein einzelner Baum, dessen Blätter sich langsam bunt färbten.

»Gut, okay, Mrs Winger«, sagte der Sheriff schließlich. Er kam mit ausgestreckter Hand um seinen Tisch herum.

»*Miss* Winger, bitte. Sheriff Keller, lassen Sie uns Klartext reden.« Ich zog meine Hand zurück. »Ich bin nicht hier, um *Ihre* Handschrift zu analysieren.«

Er stand aufrecht da und sah mich direkt an. Er war groß, und die Messingteile an seiner Uniform ließen ihn noch größer wirken. Das, was ich an ihm gutaussehend gefunden hatte, verblasste gegenüber seinem kantigen Auftreten. Er war so hart und unerbittlich wie ein Gummiknüppel, und wahrscheinlich dachte er, es gehöre zu seinem Job, den Blick nicht abzuwenden.

»Ich hatte keine Ahnung, dass Schaffer auf diesen Hokuspokus steht«, sagte er.

»Er ist ein international anerkannter Experte«, erklärte ich.

»Ein Experte für *Schwachsinn*«, entgegnete er. »Und wie sind Sie zur Expertin geworden – für was auch immer?«

»Ausbildung und Übung, Zertifikate – das Übliche eben.«

»Aber was Sie sind, ist nicht das Übliche«, sagte der Sheriff.

Wir musterten einander. »Ich kann gehen«, sagte ich.

»Kent Schaffer wollte, dass Sie mithelfen.« Der Sheriff warf mir einen Blick zu, der keinen Zweifel daran ließ, dass das nicht sein Wunsch war. Er eilte an mir vorbei, fegte einen Stapel Zeitungen und Ordner vom Gästestuhl und wies mit einem Kopfnicken darauf. »Ich bin nicht in der Position, Freiwillige abzuweisen. Da unten haben sämtliche Vertreter der Strafverfolgung von Indiana ihre Zelte aufgeschlagen, und die nehmen alle Mittel in Anspruch, die uns zur Verfügung stehen. Alles bleibt an mir und meiner Sekretärin hängen.«

Ich dachte an die Haftnotiz am Empfangstisch. *Gleich wieder da!* Ich hätte ihm erzählen können, dass seine Sekretärin eine impulsive Person war, die womöglich unangemessen vertraulich mit Fremden umging. Eine, die vielleicht zu viel oder überhaupt das Falsche sagte. Wahrscheinlich die ungeeignetste Person, wenn es darum ging, mit vertraulichen Informationen zu arbeiten, aber es hatte mich ja niemand nach meiner Einschätzung gefragt. Und umsonst gab ich die nicht ab.

»Wie auch immer«, sagte Keller.

Ich saß auf meinem Stuhl und wartete.

»Wie auch immer. Das ist also Ihr Beruf?«

»Das ist mein Beruf«, antwortete ich.

Ich hörte, dass er mit dem Knie immer wieder gegen die Tischplatte stieß. Wahrscheinlich hatte seine Handschrift unruhige Schlenker.

»Sie können wirklich von diesem – wie soll ich sagen – Service leben? In Parks?«

»Meistens arbeite ich auf Bundesebene oder für große Unternehmen. Keins von ihnen hat *hier* seinen Hauptsitz.« Ich hörte die Ironie in meiner Stimme, gar nicht so anders als bei der Fernsehreporterin heute Morgen. »Ich mache nicht viel im … lokalen Bereich.«

Er hatte die Ironie ebenfalls bemerkt und reckte das Kinn in meine Richtung. »Ich verstehe. Und was machen Sie dann überwiegend? Genau?«

Ich lehnte mich zurück und schlug die Beine übereinander. Kent gegenüber hatte ich versichert, dass es mir nichts ausmachte, persönlich hinzugehen, aber das tat es doch. Ich hatte täglich mit einflussreichen Leuten zu tun – am Telefon. Über virtuelle, gut geschützte Netzwerke und supersicheren Datentransfer. Gelegentlich über schlichte, anonyme Postsendungen. Die Arbeit für Justiz und Unternehmen war gesichtslos, fand oft ganz ohne Menschen statt. In der Distanz und technisch streng kontrolliert, hatte die Arbeit Würde. Im Büro des Sheriffs war das Streben nach Gerechtigkeit unmittelbar und lief, so wie es aussah, ziemlich chaotisch ab. Papiere, Bücher und Mappen türmten sich auf. Der Geruch von Knast hing in der Luft. Man konnte nicht wissen, wer schon alles auf ebendiesem Stuhl gesessen hatte, um sich für etwas zu verantworten. Ich spürte geradezu das Blut und den Schweiß dieser Leute auf den Armlehnen und zog meine Ellbogen ein. Das Büro war stickig und eng, es erinnerte mich an …

Drückende Luft über einem See in den Northwoods, Blut, das wie Rauch im Wasser aufsteigt …

Keller sah mich mit zusammengekniffenen Augen an.

Ich holte tief Luft. »Ich habe viel Zeit mit Erpresserbriefen, Urkundenfälschung, Ehevereinbarungen und Verträgen verbracht«, sagte ich. »Manchmal arbeite ich für die Personalgewinnung in Unternehmen und für das FBI …«

»Ich hatte gehört, Sie seien eine Spionin«, sagte er.

»Besser als Wahrsagerin«, erwiderte ich und dachte daran, wie ich am Abend zuvor meine Nachbarin aufgezogen hatte. Ich sollte aufhören, Witze über meinen Job zu machen. Das erledigten schon andere. »Die Geschichte mit der Spionin könnte mein Sohn aufgebracht haben.«

»Seine Handschrift haben Sie wohl genau überprüft, was?« Der Sheriff grinste. »Wie heißt er?«

Ich hätte nicht kommen sollen. Kent hätte das nicht von mir verlangen dürfen. Andere Leute engagierten sich. Andere Mütter organisierten Pancake-Frühstücke. Ich war eher die Art Mutter, die auf die Nummernschilder vorbeifahrender Autos achtete.

»Er heißt Joshua«, sagte ich.

»Joshua«, wiederholte er. »Wie alt?«

Es war die Aufgabe eines Sheriffs, Fragen zu stellen, aber ich hasste es, wenn der Name meines Sohnes von einem Fremden ausgesprochen wurde.

»Gerade dreizehn. Ich bin froh, dass Sie noch nicht mit ihm zu tun hatten. Nun«, ich zog ein Notizbuch aus meiner Tasche, »wie kann ich helfen?«

Der Sheriff war unzufrieden, das merkte ich. Aber er öffnete eine Mappe auf seinem Tisch, wobei er darauf achtete, seine Notizen vor mir zu verbergen.

ZWEITES KAPITEL

Aidan Michael Ransey«, begann der Sheriff. »Zwei Jahre alt. Sein Vater hat ihn gestern früh als vermisst gemeldet. Und, wie sollte es anders sein, die Mutter scheint sich irgendwo rumzutreiben. Bis vor ein paar Monaten hat sie mit ihrem Mann und ihrem Sohn in Parks gewohnt, und jetzt ist sie nicht erreichbar.«

Ich hörte das Quietschen von Kellers Bürostuhl und blickte von meinen Notizen auf. Er hatte sich weit in seinem Stuhl zurückgelehnt, und man konnte die Wand hinter ihm sehen. Ein Diplom, ein paar Zertifikate mit glänzenden Siegeln, jede Menge Bilderrahmen voller Fotos: Keller vor Wahlplakaten. Keller umringt von Polizisten in Uniform. Keller, wie er Hände schüttelte oder Auszeichnungen verlieh. Auf jedem Foto stand er aufrecht, den Blick auf einen Punkt irgendwo hinter der Kamera gerichtet. Die Leute um ihn herum schüttelten ihm die Hand, legten ihm einen Arm um die Schultern, hängten sich bei ihm ein oder lehnten sich an ihn. Wenn sie gekonnt hätten, wären sie wahrscheinlich auf seinen Rücken gestiegen, um sich von ihm tragen zu lassen.

Er richtete sich wieder auf. »Also ist die Mutter hier natürlich von besonderem Interesse. Das eigene Kind zu entführen ist eine ausgezeichnete Möglichkeit, einen Sorgerechtsstreit zu umgehen.«

Ich schaute auf meine Notizen. *Mutter,* mit fahrig gekreuzten t-Strichen. Dann war es also doch nicht zu früh für Anschuldigungen?

»Da ist allerdings eine Ungereimtheit«, fuhr er fort. »Eigentlich sind es zwei, aber eine davon ist eine anonyme Mitteilung, in der jemand damit droht, das Kind mitzunehmen.«

Nun wurde mir endlich klar, wie ich in diese Geschichte geraten war. Kent hatte mir keine Einzelheiten genannt. Es war ganz seine Art, mich meine eigenen Entdeckungen machen zu lassen. Und meine eigenen Fehler.

»Man ist gerade dabei, Abzüge von dieser Mitteilung zu erstellen«, sagte er. »Ich kann Ihnen also nur eine Kopie von…«

»Eine Kopie reicht nicht.«

Ein starrer Blick von Keller. »Wie bitte?«

»Eine Kopie reicht nicht. Ich muss das Original sehen.«

»Nun, die echte Mitteilung werde ich wohl frühestens morgen in die Finger bekommen«, erklärte er und schlug mit der flachen Hand auf die Tischplatte. Entweder er ärgerte sich über meine Frage oder über die Antwort, die er mir geben musste. »Ehrlich gesagt habe ich bisher ja noch nicht mal eine Kopie.«

»Es überrascht mich, dass Kent Ihnen nicht gesagt hat, dass ich das Original brauche.«

»Doch, das hat er«, erwiderte er. »Aber ich wollte…«

Ich spürte, dass es hier ein wenig um seinen Stolz ging. Vielleicht wollte er nicht zugeben, dass er bei dem einzigen echten Kriminalfall, der wahrscheinlich in diesem Jahr über seinen Tisch ging – wenn nicht gar in seiner ganzen Amtszeit –, ein Beweismittel nicht in die Hände bekam. »Sie wollten?«

»Ich wollte Sie mir zuerst einmal ansehen.«

Ich saß stocksteif da, aber im Geist ergriff ich die Flucht, und mein Herz raste. Ich warf einen Blick zur Tür. »Entschuldigen Sie?«

Der Sheriff schlug seine Mappe zu. »Ich wollte sichergehen, dass ich nicht irgendwelchem … Esoterik-Schnickschnack die Türen öffne.«

»Und wie sieht es aus? Passt Ihnen der Esoterik-Anteil?«

»Nun nehmen Sie es doch nicht persönlich …«

»Um es persönlich zu nehmen«, sagte ich, »müsste mich Ihre Meinung deutlich mehr interessieren. Es ist aber nun mal so, dass mich nur das Berufliche interessiert – doch wenn Sie glauben, dass meine Tätigkeit nicht mehr ist als Voodoozauber, weiß ich nicht, was ich für Sie tun sollte.«

»Sie können mir das Gegenteil beweisen.«

»Anscheinend sind Sie sich in den meisten Dingen ziemlich sicher«, sagte ich und warf einen Blick auf die Wand mit den Auszeichnungen. »Was gibt es, das Sie noch nicht wissen?«

Ihm gefiel nicht, wie ich seine Wand betrachtete. »Wo der Junge ist, vor allem.«

»Was, glauben Sie, könnte uns diese Mitteilung über seinen Aufenthaltsort verraten?«

»Das ist Ihr Gebiet. Sagt man. Aber die ganze Sache macht mich nervös.« Er schob seine Kappe hoch und fuhr sich mit der flachen Hand übers Gesicht. Er hatte eine Rasur nötig. »Nicht viele Kinder verschwinden, und fast alle tauchen irgendwann wieder auf, bei einer Spielverabredung, die alle vergessen haben, oder, wenn sie wirklich fort sind, bei dem nicht sorgeberechtigten Elternteil. Das alles ergibt nicht viel Sinn – für mich.«

Ich schaute wieder auf mein Notizbuch.

Er sagte: »Mich beunruhigt, dass die Mitteilung so … unklar in den Details ist. Und auch, was die Forderungen angeht. Es war nicht die Rede von einem Lösegeld.«

Ich nickte. Ohne die Mitteilung mit der Handschriftenprobe irgendeiner Person zu vergleichen, war sie eine große Unbekannte inmitten anderer Unbekannten. Jeder konnte die Nachricht geschrieben haben. Wenn es der Vater gewesen war, wollte er vielleicht seine eigenen Spuren verwischen. Vielleicht war das Kind in Gefahr oder verletzt. Oder tot. Und die Mutter: Ging sie einfach nur nicht ans Telefon, oder lag sie irgendwo im Erdboden verscharrt?

Ich drehte den Kopf. Von meinem Platz aus sah ich durch Kellers Bürofenster ein Stück wunderbar blauen Himmel. Erst vor ein paar Tagen hatte ich gedacht: vielleicht. Vielleicht müsste es gar nicht so schwer sein. Ich erinnerte mich an warme Holzplanken unter meinen Beinen und einen warmen Arm um meine Schultern, an den Sonnenuntergang am See.

»Also gut, ich bin nervös«, sagte der Sheriff. »Ich mache mir Sorgen, dass der Junge tot ist. Dass ihn ein Pädophiler oder … Nun, ich hoffe, dass die Mutter ihn hat. Wissen Sie warum, *Miss* Winger? Nicht, weil der Fall dann einfacher zu lösen wäre, sondern weil es dann so viel wahrscheinlicher wäre, dass wir Aidan bald wohlbehalten nach Hause bringen.«

Ich verzog keine Miene. Manchmal, wenn es wichtig war, den Mund zu halten, fuhr ich mir mit der Zunge über die Zähne und zählte daran die Staaten ab. Tennessee, Kentucky, Pennsylvania, Ohio. Von einem Backenzahn war irgendwann einmal ein Stück abgebrochen, und ich hatte mir schließlich in Cincinnati eine Krone machen lassen. Ich versuchte immer, mit der Zunge auf diesem Zahn zu landen, wenn Ohio an der Reihe war. Dann Illinois, jetzt Indiana. Ich blickte auf. »Was war die andere Ungereimtheit?«, fragte ich.

»Was meinen Sie?«

»Sie sagten, es gäbe zwei.«

Ich rechnete nicht damit, dass er es mir sagen würde. Keine Schriftprobe, zu wenig Informationen. Und jetzt sein abwehrender Blick anstelle einer Auskunft darüber, womit ich es hier zu tun hatte. Er brauchte mich ja nicht wie eine Fachkollegin zu behandeln, aber ich musste mir auch nicht gefallen lassen, dass er so tat, als wäre ich eine Kuriosität im Zirkus. Ich stand auf und griff nach meiner Handtasche.

»Die andere Ungereimtheit ist die Babysitterin«, sagte er. »Sie war auch verschwunden.« Ich wartete, meine Visitenkarte schon in der Hand. Es war eine hochwertige Karte, schlicht, nur mit meinem Namen und meiner Telefonnummer auf glattem weißem Papier.

War. War verschwunden. Ich setzte mich wieder hin.

»Bis heute Morgen«, fuhr er fort, »als ihre Leiche in einem stillgelegten Toilettenhäuschen im Sugar Creek Park gefunden wurde.«

Auf dem Weg nach Hause machte ich einen Umweg. Es gab absolut keinen Grund, dort hinzufahren, doch als ich den Wegweiser zum Park sah, bog ich ab. Unter dem Blätterdach der Baumkronen atmete ich tief durch. Ich fuhr langsam, aber es waren keine Kinder unterwegs.

Die Straße endete abrupt bei einer Parkfläche und einem verlassenen Spielplatz. Dahinter, umgeben von Bäumen, standen ein würfelförmiger Betonbau und, an diesem Morgen, mehrere Streifenwagen, die Scheinwerfer ausgeschaltet. Zwei Zivilfahrzeuge – ein dunkler SUV und ein Kastenwagen, schwarz, vielleicht die Spurensicherung – standen in der Nähe. Ich parkte ein Stück entfernt, stieg aus und ging zu einer Parkbank auf der Wiese, von der aus ich das Geschehen beobachten konnte.

Die Bäume verloren schon ihre Blätter, und zu dieser Jahreszeit gab es nicht mehr viele Schönwettertage. Warum dieser Ort? Von allen Parks, die man mit einem Kind besuchen konnte, schien dieser hier der am wenigsten geeignete zu sein. Er wirkte so abgelegen und verlassen, vor allem im Vergleich zu dem viel gepflegteren Memorial Park in der Innenstadt, der nur ein paar Blocks vom Haus der Ranseys entfernt lag.

Etwa drei Meter entfernt stand ein älterer Mann in einem abgetragenen Pullover. Er führte einen kleinen weißen Hund an der Leine. »Komm, Trix«, sagte er. »Los, komm schon.«

Er zuckte zusammen, als er mich sah, dann fing er sich wieder und zeigte auf das Treiben beim Toilettenhaus. »Üble Sache da drüben bei den Klos«, sagte er. »Dabei soll dieser Ort hier so sicher sein wie ein Wohnzimmer.«

»Der Park?«

»Die ganze Stadt. Und der Park.«

»Sie verbringen sicher viel Zeit hier«, sagte ich mit einem Blick auf den Hund.

»Bis heute wäre ich nie auf die Idee gekommen, sie irgendwo anders auszuführen«, sagte er. »Hier hingen vielleicht mal ein paar Junkies rum, aber die Hilfssheriffs kommen regelmäßig vorbei. Nach ein paar Bürgerversammlungen, Sie wissen schon. Jetzt kümmern sie sich ganz gut darum, halten alles in Ordnung. Sie haben auch heute Morgen hier patrouilliert, Himmel noch mal, bevor die Leiche gefunden wurde. Und jetzt will meine Frau nicht, dass unsere Tochter die Kinder zu uns bringt, nicht, bevor die Sache geklärt ist.«

Kurz darauf hatte der kleine Hund sein Geschäft erledigt, und der Mann stülpte sich eine Plastiktüte über die zitternde Hand, um den Dreck zu beseitigen.

Als ich aus dem Park herausfuhr, kam mir ein weiterer dunkler SUV entgegen. So sicher wie ein Wohnzimmer.

Allerdings hatte ich nur Wohnzimmer kennengelernt, die nicht sicherer waren als jeder andere Ort. Was heißen soll, dass es keine Garantie gibt.

»Joshua«, rief ich an der Tür. »Ich bin wieder da.«

Die kahlen weißen Wände schienen meine Stimme zurückzuwerfen. All dieses Gerede über Vermisste und Tote machte mich ganz verrückt. Ich kam mir dumm vor und spürte gleichzeitig Erleichterung, als ich seinen Rucksack auf dem Esstisch entdeckte. Nicht da, wo er hingehörte, wie immer, aber er war da. *Hier.*

»Joshua? Bist du zu Hause?« Ich lauschte auf die typischen Geräusche seiner Videospiele, aber wahrscheinlich benutzte er die Kopfhörer, die er zum Geburtstag bekommen hatte. Man bekam dadurch weniger von seinen Spielen mit, was uns davor bewahrte, dass Margaret mit ihrem Besenstiel an die Decke hämmerte oder, noch schlimmer, in Pantoffeln zu uns heraufkam, um herumzuschnüffeln und uns die Meinung zu sagen.

Im Moment zählte für mich nur, dass er da war. Ich hatte gerade den Großteil des Tages damit verbracht, über einen vermissten kleinen Jungen und die Leiche einer Frau zu sprechen. Keller hatte mir einen Blick in diesen abgesperrten Courthouse-Bereich gewährt, in den sich anscheinend die meisten seiner Mitarbeiter und einige andere Mitstreiter der Strafverfolgung zurückgezogen hatten. Niemand hatte mir irgendeine Bescheinigung ausgestellt, um mir meinen nächsten Besuch ein wenig einfacher zu machen. Wieder draußen, war ich erst mal langsam um den Block gelaufen und einmal stehen geblieben, um einen Blick auf die Preise im Fenster eines Immobilienmaklers zu werfen. Günstige Immobilien waren für mich genauso wenig von Interesse wie haarsträubend teure, aber ich las alle Einzelheiten über Farmhäuser und mehrgeschossige Luxuswohnungen, bis der Makler herauskam, um mich anzuquatschen. Nach dem Ausflug in den Park war ich noch zur Highschool gefahren, um das Ende des Footballtrainings abzupassen, hatte den Sportplatz aber leer vorgefunden.

Während des gesamten Heimwegs war ich angespannt gewesen. Aidan Ransey war verschwunden, jeder Junge konnte verschwinden. Vielleicht war ich überdramatisch, aber das war okay. Schon vor Jahren hatte ich beschlossen, dass ich sein konnte, was immer ich wollte.

Ich stellte meine Tasche auf den Tisch. Vor Joshuas Zimmer presste ich das Ohr an die Tür. Das Klackern seiner Daumen auf dem Controller verriet ihn.

In meinem Schlafzimmer tauschte ich Rock und Bluse gegen Trainingshose und T-Shirt. Ich drehte mir die Haare zu einem Knoten und hielt einen Moment inne, um mich in dem Ganzkörperspiegel zu betrachten, den irgendeine ungnädige Seele an der Innenseite des Kleiderschranks angebracht hatte. Die Trainingshose machte meine Hüften, mit denen ich nach dreizehn Jahren Computerarbeit nun dastand, nicht schöner, und mein T-Shirt war langweilig und plump. Die Uniform einer Schreibtisch-Spionin.

Ich zögerte vor Joshuas Tür, dann klopfte ich an. Keine Antwort. Ich klopfte noch einmal. Entweder konnte er mich nicht hören, oder er wollte es nicht.

Als ich schließlich die Tür öffnete, lag er rücklings auf dem Fußboden, den Kopf an seinen roten Sitzsack gelehnt. Sein dichtes braunes Haar, wie immer zu lang, fiel ihm über die langen Wimpern und bewegte sich, wenn er blinzelte. Ich liebte seine Wimpern und natürlich seine Augen, tiefbraun mit Sprenkeln von unzähligen Farben. Ich liebte alles an ihm. Ich liebte sogar sein Profil, die gerade Nase und die hohen Wangenknochen, die an ein anderes Gesicht erinnerten.

In diesem Augenblick schnitt er eine Grimasse wegen irgendetwas, das auf dem Bildschirm vor sich ging. Er rümpfte die Nase, seine Lippen verzogen sich ärgerlich, und er verwandelte sich ganz in seinen Vater. Er schleuderte den Controller auf den Boden, und Enttäuschung machte sein Gesicht wieder zu seinem eigenen. Dann sah er mich an der Tür stehen, und sein finsterer Blick kehrte zurück.

»*Gott*, Mom, was ist?«, sagte er viel zu laut.

Ich bedeutete ihm, die Kopfhörer abzunehmen. Er zog sie herunter und setzte sich auf. »Ich hab überhaupt keinen Krach gemacht«, sagte er.

»Nein, ich weiß.«

Er strich sich mit dem Handrücken die Haare aus der Stirn, ärgerlich. Auf mich oder auf das Spiel? Ich wusste es nicht.

»Ich wollte nur fragen, wie dein Tag war«, sagte ich.

Er verdrehte die Augen. »Wie mein Tag war?«

Manchmal machte er mich verrückt. Manchmal löste er wilden Zorn in mir aus, und dann wurden mir Dinge beinahe klar, die ich nie verstanden hatte, bis die Wut plötzlich wieder verschwand und einem Gefühl der Leere Platz machte. Diese Leere erklärte auch einiges. Würde ich nicht alles tun, um sie nicht spüren zu müssen? Doch. Das hatte ich bereits.

»Ja«, sagte ich und schluckte alles herunter, was mir auf der Zunge lag. Ich lehnte mich an den Türrahmen und verschränkte die Arme. Ich wünschte, ich hätte meine Arbeitsklamotten anbehalten. Vielleicht hätte ihnen noch der Knastgeruch angehaftet. »Dein *Tag*. Wir Menschen unterteilen die Zeit in 24-Stunden-Einheiten. Wie war *deiner?*«

Er zuckte mit den Schultern. »War okay.«

Ich schaute auf den Wecker neben seinem Bett. »Heute Nachmittag war anscheinend kein Footballtraining.«

Er sah mich an, überlegte und entschied sich dann für ein Kopfschütteln. Ich kam nicht darauf zu sprechen, dass ich versucht hatte, ihn abzuholen. Er wollte ein Handy haben, und ich versuchte jeden Hinweis darauf, dass er eins brauchte, zu überspielen.

»Also, ich geh dann mal Abendessen machen, und du erledigst deine Hausaufgaben.«

Joshua seufzte. »Okay.«

»Ich rufe dich in ein paar Minuten, und diesen Kerl da will ich heute Abend nicht mehr sehen«, sagte ich und wies mit einem Kopfnicken auf den Fernsehbildschirm, wo ein muskelbepackter Soldat mitten im Angriff erstarrt war, den Mund weit aufgerissen vor Zorn. Die Kopfhörer kamen nicht nur Margaret zugute.

»Ich habe *okay* gesagt.«

Ich schloss die Tür. Die nächste 24-Stunden-Einheit, eine weitere Gelegenheit für mich, die Dinge zu vermasseln.

In der Küche öffnete ich den Kühlschrank und starrte hinein, ging seinen Inhalt durch und zugleich noch einmal das Gespräch. Es war aus dem Gleis geraten, aber an welcher Stelle? Schließlich musste ich mir eingestehen, dass es schon in dem Moment gewesen war, als er mich gesehen hatte.

Normale Teenagerprobleme. Wir waren uns immer nah gewesen, aber inzwischen brauchte er mehr Raum. Er wollte mehr Rechte – mehr als die Erlaubnis, allein zur Schule zu gehen, dem Sportclub beizutreten, einen Fernseher und eine Spielkonsole im eigenen Zimmer zu haben, seine Haare wachsen zu lassen. Er wollte sein eigenes Leben.

Es war natürlich, wenn ich mir Gedanken darüber machte, wie weit das gehen würde und wie schnell. Ich machte mir

Sorgen. Als er klein war, hatte ich mich vor ungeklärten Fieberschüben gefürchtet oder davor, ihn fallen zu lassen oder ihn nicht gesund zu ernähren. In der Grundschule war er manchmal mit Schrammen oder aufgeschlagenen Knien nach Hause gekommen. Vom Spielen, sagte er dann, aber ich ließ mich nicht täuschen und machte mir Gedanken, dass er sich nicht einfügte.

Meine größte Sorge war immer gewesen, dass er sich niemals sicher fühlen würde. Jetzt hatte ich Angst, dass er sich zu sicher fühlte. Ich hatte ihn so gut beschützt, dass er nicht ahnte, wovor man Angst haben musste. Weil nur ich Bescheid wusste, musste ich die Wächterin sein. Der Bad Guy.

Eine kleine Ironie in meinem Leben.

Aber in letzter Zeit – sein Zurückzucken, wenn ich ihn berühren wollte, der abschätzende Blick, mit dem er mich ansah, wenn er dachte, ich merkte es nicht – in letzter Zeit waren wir wie Fremde. Ich hatte das Gefühl, als wäre der Junge in dieser Wohnung nicht der, den ich großgezogen hatte, das fröhliche, kreative Kind, das man kitzeln konnte, bis es Schluckauf bekam. Der Junge, der er vor noch gar nicht langer Zeit gewesen war.

Türenknallen, sein verschlossenes Zimmer, die ständigen Videospiele, die misstrauischen Blicke – dieser Junge war ein Geisterjunge, eine Spukgestalt, und mein Sohn war verschwunden. Joshua wurde vermisst, genau wie der kleine Junge, nach dem Sheriff Keller suchte. Warum suchte niemand nach Joshua? Wer würde mir meinen Jungen zurückbringen?

Ich machte den Kühlschrank zu und ging aus der Küche, sammelte ein paar Zeitschriften, ein Sweatshirt und ein paar andere herumliegende Gegenstände ein und legte sie auf die nächstbeste freie Fläche. Ich ließ mich auf die Couch fallen und sah mich um. *Hier*. Eine Zwei-Zimmer-Mietwohnung mit zu dünnen weißen Wänden und ohne Garten oder Balkon. Die einfache Lebensweise, an die wir inzwischen gewöhnt waren. Aber ich hatte schon in schlechteren Wohnungen gewohnt, Unterkünften, die andere Leute nicht akzeptiert hätten und die nach Verfall und Vernachlässigung stanken. *Verfall. Vernachlässigung.* Das waren klare, präzise Worte für eine Realität, die die meisten Menschen nicht wirklich verstanden.

Tennessee, Kentucky, Pennsylvania, Ohio. Kleinstädte, Großstädte, missglückte Neuanfänge, verlorene Mietkautionen. Mäuse in den Wänden und verstopfte Abflussrohre. Alte Tapeten mit schwarzen Schimmelflecken.

Dann Chicago, wo ich es uns allzu bequem eingerichtet hatte. Nur ein paar Meilen bis zur Grenze von Wisconsin, und ich begann in Erwägung zu ziehen, dass wir uns niederlassen, vielleicht eine Wohnung kaufen könnten. Und dann …

Kleinstädte waren besser. Städte mit Namen, die man vergessen konnte, Apartments mit doppeltem Türschloss. Indiana. Verdreckte Backöfen konnte man putzen. Man konnte Mausefallen aufstellen. Es gab Wichtigeres, als ein Stück vom Kuchen abzubekommen, Wichtigeres, als Wurzeln zu schlagen, aber das konnte mich nicht davon abhalten zu überlegen: Vielleicht war dies der richtige Ort. Nein, das war er nicht, denn es gab nur einen, und zu dem konnten wir nicht zurück.

Ich ging wieder in die Küche und setzte Wasser auf, dann nahm ich die Post vom Tresen und ging zum Wohnzimmerfenster, um sie im schwindenden Tageslicht durchzusehen. Die Häuser auf der anderen Straßenseite lagen so dicht nebeneinander wie die Karten eines Patiencespiels. Menschen, die dort unten ihre Hunde ausführten, blieben stehen, um sich zu unterhalten.

Ich blickte die Straße entlang. Aus dem zweiten Stock konnte man ziemlich weit sehen, eine Vorsichtsmaßnahme. Aber ich würde mich nie an diese Leere gewöhnen. Die ganze Stadt war kahl. Wie lange war es her, seit ich inmitten von Bäumen gewesen war, von Kiefern umgeben wie von einer Schar beschützender Brüder? Die wenigen Bäume in der Umgebung waren dürr, ob wild oder angepflanzt, und hatten genauso wenig Grund, hier zu sein, wie ich.

Ich gab Nudeln in das kochende Wasser und ließ mich auf einen Stuhl am Tisch fallen. Ich war müde. Nicht nur erschöpft von einem Tag, an dem ich für den Sheriff die aufrechte Bürgerin gespielt hatte, sondern anhaltend müde, müde bis in die Knochen. Vom Tisch aus sah ich zu, wie es draußen dunkler wurde, wie die Außenwelt verschwand.

Gleich würde ich zum Fenster gehen und die Jalousien herunterlassen. Auch eine Vorsichtsmaßnahme. Aber spielte das eine Rolle? Vor wem versteckte ich mich noch, hier mitten im Blickfeld, in Indiana? Ich wagte es nicht, diesen Gedanken zu Ende zu denken.

Ich stand auf und griff nach Joshuas Rucksack, um ihn vom Tisch zu ziehen, nahm ihn aber stattdessen an mich.

Der Beratungslehrer hatte gestern angerufen, zweimal. Ich war gestern also sogar dreimal um Mithilfe gebeten worden, ohne es zu wollen – allerdings konnte man wohl nicht von Freiwilligkeit sprechen, wenn es um das eigene Kind ging, das in Schwierigkeiten war.

Die Tür am anderen Ende des Flurs, die von Joshuas Zimmer, war immer noch geschlossen.

Der Reißverschluss des Rucksacks hing an einem Stück Papier fest. Mir gelang es, ihn davon zu lösen, und ich zog das Papier heraus und inspizierte die Buchrücken im Inneren. Literaturunterricht, *Unser Land und seine Einwohner,* ein zerfleddertes Exemplar von *Die Abenteuer des Huckleberry Finn,* worüber er schon vor Wochen einen Aufsatz geschrieben hatte. Vielleicht war es ein Test, und er wollte sehen, ob ich es herausnahm. Die Matheaufgabe, natürlich. Ich hatte ihm meine Hilfe angeboten, hatte mir dazu sogar diese neuen, merkwürdigen Rechenwege angeeignet, aber er wollte es lieber allein machen, und zwar schlecht.

Aus einem Packen Blätter zog ich eine Seite der Mathematikarbeit. Der Beweis. Eine wohlverdientes D, *ausreichend,* mit rotem Kugelschreiber.

Ich versuchte, dem eingedrückten Bauch dieses roten Buchstabens nicht zu viel Aufmerksamkeit zu schenken. Was sollte es, wenn der Lehrer eine Tendenz zur Engstirnigkeit hatte? Es änderte nichts an den Tatsachen.

Ich blätterte noch ein paar Seiten durch, dann wühlte ich tiefer, strich ein paar Blätter glatt, um mir einen Überblick zu verschaffen. Noch mehr Mathe, ein Text. Nur Ziffern und Gedrucktes.

Schließlich fand ich ein Arbeitsblatt ganz unten im Rucksack. Es war unvollständig – eigentlich leer bis auf die große, runde rote Null ganz oben und ein paar spärliche Bleistiftnotizen in einer Ecke. Sein Name, JOSH, in Großbuchstaben.

Ich starrte eine ganze Weile auf den Namen, dann verstaute ich, so gut es ging, alles wieder im Rucksack, schloss ihn und legte ihn zurück auf den Tisch.

Am Herd rührte ich die Nudeln um und wünschte, ich hätte nicht nachgesehen. Seine Handschrift – früher einmal so unbekümmert, so jugendlich und lebendig – gab es nicht mehr. Sein Name, auch wenn er ihn eigenhändig geschrieben hatte, war nicht echt. Er war aus Strichen zusammengesetzt, jeder Buchstabe bewusst platziert und abgesondert, einsam und entblößt. Ich hatte noch nie etwas so Hoffnungsloses gesehen, etwas, das so vollkommen darauf ausgerichtet war, nichts preiszugeben.

Joshua versteckte sich ebenfalls mitten im Blickfeld. Und ich war mir ziemlich sicher, dass er sich vor mir versteckte.

DRITTES KAPITEL

Schließlich kam ein Anruf von Kent.

»Was hast du mir da eingebrockt?«, fragte ich, bevor er auch nur Hallo sagen konnte.

»Du bist der Herausforderung gewachsen«, erklärte er, und ich konnte hören, dass er lächelte. Manchmal dachte ich, ich wäre in Kent verliebt, obwohl ich ihm seit zwölf Jahren nicht mehr persönlich begegnet war. Was das über mich aussagte – nun, es sagte alles. Ich war nur das eine Mal verliebt gewesen, ein Desaster. Ich hatte ein paar Dates gehabt, wenn man das so nennen konnte. Ein verklemmtes Techtelmechtel, und dann dieser Typ, ein Kunde, den ich ein paar Wochen lang in den beigefarbenen Zimmern einer Hotelkette traf. Aber das war nur Sex. Was mir fehlte, war jemand, mit dem ich Hüfte an Hüfte auf der Couch sitzen konnte. Einer, der die unbekümmerten Momente mit mir teilte. Immer wenn mir solche Gedanken kamen, wünschte ich mir, Kent wäre nicht zwanzig Jahre älter als ich und glücklich verheiratet.

»Kent, die Mutter hat den Kleinen«, sagte ich. Ich spürte, wie meine Wange am Mobiltelefon warm wurde. »Richtig? Wir haben die Nanny, oder die Babysitterin – nenn sie, wie du willst –, die von Nachbarn gesehen wurde, als sie am frühen Morgen mit dem Kind wegfuhr. Es gibt Zeugen dafür, dass sie später mit dem Kind im Park war. Und dann, zack, liegt die Frau tot in der kaputten Damentoilette, das Kind ist verschwunden und die Mutter unauffindbar.«

»Die Mutter… na ja, ich hatte das wohl nicht richtig

durchdacht.« Wir horchten beide auf den falschen Klang seiner Stimme. »Okay, ich kann jemand anderen schicken. Aber du bist wirklich buchstäblich um die Ecke und könntest der Nation eine Menge Reisekosten ersparen.«

»Ich dachte daran, der Nation dieses Mal das Doppelte in Rechnung zu stellen. Alles, was mich zu sehr an zu Hause erinnert, kostet mindestens das Anderthalbfache.«

Er lachte, aber wir hatten es beide gehört. *Zu Hause*. Ich wusste nicht, was ich als Nächstes sagen sollte.

Er räusperte sich. »Gibt es noch irgendwas, das du wissen willst?«

Ich glaubte nicht, dass er damit die tote Babysitterin meinte. Manche Dinge wollte man lieber nicht so genau wissen. »Wie ist sie gestorben?«, fragte ich trotzdem.

»Auf schlimme Weise.« Ich konnte hören, dass er bei diesen Worten ein düsteres Gesicht machte – vielleicht war er um mich besorgt. »Mit einem schweren Gegenstand auf den Hinterkopf …«

»Verstanden. Tut mir leid, dass ich gefragt habe. Weißt du, dass Keller so getan hat, als wäre der Zettel mit der Schriftprobe bei ihm, nur damit er sich erst mal ein Bild von mir machen konnte? Und das ist ein Freund von dir?«

»Er macht sich ein bisschen wichtig, ist aber in Ordnung – wirklich ein guter Mann. Gerade hat er sich gemeldet. Er hat den Zettel jetzt und auch ein paar andere Dinge, auf die du einen Blick werfen solltest. Ich könnte natürlich versuchen, jemand anderen zu beauftragen …«

»Ist schon gut«, sagte ich. »Ich habe später einen Termin an Joshuas Schule, aber ich kann jetzt gleich losfahren und es noch vorher hinter mich bringen.« Ich zuckte leicht zusammen, als mir klar wurde, wie sich das anhörte. »Nicht, dass ich deine Aufträge nicht zu schätzen wüsste«, beeilte ich mich hinzuzufügen.

»Ich habe da noch mehr für dich. Personalangelegenheiten.«

»Meine Lieblingsjobs.« In Wirklichkeit mochte ich diese Art von Aufträgen, die mir Kent vermittelte und bei denen es um Einstellungsentscheidungen ging, nicht besonders. Viel besser gefielen mir die kleinen privaten Briefe und Nachrichten, die mir auf meine wenigen, gut platzierten Werbeanzeigen hin aus dem ganzen Land als Schriftproben zugeschickt wurden. Meine *Einsamen Herzen.* Wäre es nach mir gegangen, hätte ich niemals wieder Aufträge von Kent oder sonst jemandem angenommen. Aber ein paar aus dem Gefängnis verschickte Liebesbriefe zu analysieren, reichte bei weitem nicht für unseren Lebensunterhalt.

»Dachte ich es mir doch, dass du dich freust. Hast du den Artikel im *Wall Street Journal* über sogenannte *Smartpens* gelesen? Das seien die Retter der Schreibkunst, hieß es da. Online veröffentlicht und ohne jede Ironie.«

»Ich gehe fast nie ins Internet«, sagte ich. »Aber ich bin froh, dass jemand die Handschrift rettet, denn sonst wären wir bald aus dem Geschäft.« Ich rechnete mir noch einmal unseren Altersunterschied aus. Er ging in wenigen Jahren in Rente, und was würde ich dann tun? Joshua hatte noch das College vor sich. Das bedeutete jede Menge Formulare, in denen Informationen abgefragt wurden, Sozialversicherung, Telefonnummer. Ein ständiger Wohnsitz wurde verlangt. In ein paar Jahren würden wir eine Stabilität brauchen, die wir jetzt noch nicht hatten.

Kent hatte ich in einem Seminarraum der Universität kennen gelernt. Ich sollte den Raum sauber machen, und er sprach darin gerade als Gastdozent vor Studenten. Ich horchte an der Tür, während ich meinen schlafenden Säugling auf den Armen wiegte. In der letzten Zeit hatte ich Handschriftenkurse am Community Center belegt. Als die

Stunde zu Ende war, ließ ich die Studenten und den Professor, der sich mit seinem Besucher unterhielt, an mir vorbeigehen und trug dann Joshua in seiner Babyschale in den Raum. Die Leute ließen immer so viele Kaffeebecher stehen. Auf dem Rednerpult fand ich ein hübsches ledergebundenes Notizbuch, vollgeschrieben in einer geometrischen Handschrift. Ich blätterte es durch, bis der Professor sich von der Tür her räusperte. Kent, sein Besucher, stellte sich vor, während er das schlafende Baby betrachtete. »Was haben Sie festgestellt?«, fragte er, als ich ihm sein Notizbuch reichte. »Bin ich ein Serienmörder?«

Der Professor lachte, wurde aber still, als ich seinem Gastdozenten erklärte, was ich von seiner Schrift dachte: unsicher, anspruchsvoll, nüchtern, ein bisschen zu prozessorientiert.

»Anspruchsvoll?«, hatte Kent mit einem Grinsen gesagt. »Bin ich das wirklich? Ich denke, da könnten Sie recht haben.« Und er hatte mir seine Visitenkarte gereicht.

Jetzt sagte Kent: »Alles okay? Im Ernst, Anna, ich habe nicht daran gedacht …«

Um mich zu beruhigen, hatte ich einmal tief Luft geholt. Wahrscheinlich glaubte er, dass ich immer noch an den Hinterkopf der Babysitterin dachte. Zum Glück hatte ich nicht im Büro des Sheriffs davon erfahren. »Alles in Ordnung«, sagte ich. »Wirklich. Und schick mir so viele Personalangelegenheiten, wie du willst. Oder was auch immer. Ich bin dankbar für alles, was du …«

»Stopp«, sagte er. »Geh heute noch mal zu Keller, das reicht mir als Dank.«

Dank, den ich nie aussprechen durfte. Das erinnerte mich daran, dass wir keine Freunde waren. Einer von uns war der Ertrinkende und der andere der Rettungsring. Im Moment befand ich mich auf festem Boden, und wahrscheinlich hoffte Kent, dass er mich nicht noch einmal würde retten müssen. »Ich fahre gleich hin«, sagte ich. Nicht Liebe, nicht Freundschaft, nicht einmal Dankbarkeit spürte ich. Es war Erleichterung, reine und tiefe Erleichterung, weil ich vielleicht nie wieder so sehr Hilfe brauchen würde, wie ich sie einmal gebraucht hatte.

Kellers Empfangssekretärin saß an ihrem Tisch und hörte auf niedriger Lautstärke den lokalen Radiosender. Als ich die Tür öffnete, stellte sie das Radio aus und lächelte mit einer Anerkennung, die ich für unangebracht hielt. Keller hatte wohl von mir erzählt und große Töne gespuckt. »Hey«, sagte sie gedehnt. »Ich bin Sherry.«

Ich wartete auf die Pointe. Sherry und der Sheriff? Das entsprach einer schlechten Siebzigerjahre-Sitcom, mit Donuts essenden Cops in jeder Folge und Lachkonserven.

Die Frau war genauso hell wie die gelbe Haftnotiz, die sie am Tag zuvor zurückgelassen hatte, blond und mit Pferdeschwanz, und wirkte genauso treuherzig, wie der Kringel über dem i es hatte vermuten lassen. Und noch mehr hatte sie mit der Haftnotiz gemeinsam: Wahrscheinlich war sie genauso beharrlich, und ich spürte, dass sie neugierig war und sich gern einschmeichelte.

Ich hatte keine Geduld mehr, nicht nach dem erneuten Marathon durch die Absperrgitter der Sicherheitskontrolle unten. Meinen Laptop hatte ich diesmal absichtlich nicht mitgebracht, in der Hoffnung, so die Dinge zu beschleunigen. Aber eine Kaugummi kauende Frau in Uniform hatte gründlich alle Gegenstände in meiner Handtasche in Augenschein genommen. Auf ihrem Namensschild stand *Deputy Tara Lombardi*, sie war kaum älter als Joshua und hatte ein spitzes Gesicht und stachelige Haare. *Wer kommt schon freiwillig aus Chicago hierher?*, hatte sie spöttisch bemerkt, während sie meinen Führerschein aus Illinois betrachtete.

Jetzt, unter dem allzu vertraulichen Lächeln der Empfangssekretärin, beschlich mich das gleiche Gefühl wie eben, als meine Handtasche so offen auf dem Tisch gelegen und ihr Innenleben preisgegeben hatte. »Der Sheriff hat einen Umschlag für mich hinterlassen«, sagte ich in möglichst professionellem Tonfall.

»Oh, natürlich, ich hole ihn.« Sie stand auf und eilte davon.

Aidans Vermisstenanzeige hing über dem Arbeitsplatz der Frau an der Wand. Das Foto mit dem flaumigen Kopf, das man überall in der Stadt sah. Darunter, kaum zu sehen, hing eine Seite aus einem Ausmalbuch, mit rotem und blauem Stift bekritzelt und ein paar langgezogenen grünen Buchstaben in der Ecke. *Mommy* stand da, mit ungeübten Strichen und einem plumpen Kreis. Die Handschrift verriet nichts, außer dass das Kind seine Os im Uhrzeigersinn malte.

Sherry kam mit einem großen braunen Briefumschlag zurück. »Ich musste seinen ganzen Schreibtisch durchwühlen, um ihn zu finden«, sagte sie. »Dieser Mann, also wirklich.«

Ich kannte das. Sie erwartete von mir, dass ich ihr zustimmte, die Augen verdrehte oder nickte, um auszudrücken, dass ich das Rätsel Mann ebenfalls nicht verstand. Kein Problem. Ich verstand es wirklich nicht.

»Kann ich mir das irgendwo in Ruhe ansehen?«, fragte ich. »Es dauert nicht lange.«

Sherry schob den Umschlag über den Empfangstisch und sah zu, wie ich ihn an mich nahm. »Dahinten«, sagte sie. »An irgendeinem von den Tischen, die nicht … zu eklig sind. Hier gibt es nur Chaoten.«

Ich wählte den Tisch neben der dunklen Tür zum Büro des Sheriffs. *Dieser Mann,* hatte Sherry gesagt, als ob es sich lohnte, diesen einen von allen anderen abzuheben. Ich selbst hatte wahrscheinlich noch nie die liebenswerten Fehler irgendeines Mannes belächelt. Es hatte einfach nicht viele Gelegenheiten für Zuneigung gegeben.

Kurz bevor ich mit der Ausbildung in Handschriftenanalyse begonnen hatte, war ich in eine neue – beziehungsweise alte – Wohnung gezogen, in einem dreistöckigen Haus mit hohen Decken. Kentucky. Ich war schon ziemlich schwanger und kam nur langsam die Treppen hinauf, wodurch ich die Aufmerksamkeit des Mannes aus dem obersten Stockwerk auf mich zog. Er schaffte es immer, gerade dann seine Post zu holen, wenn ich nach Hause kam. Schließlich lud er mich zum Essen ein, doch ich konnte mir nicht vorstellen, was er an mir fand. Und für mich waren Männer damals grundsätzlich nicht attraktiv. Aber ich dachte über sein Angebot nach.

Selbst mit dem Kind, das in mir heranwuchs, waren diese Monate in meinem zurückgezogenen Leben die einsamsten. Ich arbeitete als Kellnerin, und manchmal sprangen die anderen Mädchen aus Mitleid für mich ein, damit ich eine Pause machen konnte, aber wir waren keine Freundinnen. Zum ermäßigten Preis belegte ich am Community Center Kurse jeder Art, Kurse, die von pensionierten Buchhaltern oder ehrgeizigen Collegeabsolventen abgehalten wurden. Ich sprach mit kaum jemandem. In dieser Zeit wusste ich nicht, was ich tat. Vor lauter Energie, Freiheit und der Vielzahl von Möglichkeiten drehte ich mich im Kreis, aber auch vor Anspannung. Jeden Abend kämpfte ich gegen den Impuls an, Rays Nummer zu wählen und ihm zu sagen, wo er mich abholen sollte. Ich vermisste ihn – alles. Meine Erinnerungen verblassten, bis mir nicht mehr einfiel, warum ich nicht bei ihm war.

Schließlich lernte ich in dem Kurs eines Bibliothekars und Hobbygraphologen ein wenig über Handschriftenanalyse.

Eine neue Welt eröffnete sich mir. Das Gekrakel des Restaurantchefs war so hektisch wie der Herzschlag eines verängstigten Kaninchens. Die Collegestudentin, die an der Bushaltestelle eine Umfrage machte, schien beim Schreiben zu schrumpfen, weil sie mit so winzigen, unsicheren Buchstaben transkribierte. Die Leute offenbarten sich mir plötzlich auf dem Papier. Sie mochten einen geregelten Alltag haben, zur Arbeit gehen, mit ihren Kindern spielen, ihre Häuser renovieren. Aber auf dem Papier verrieten die meisten, dass sie in Wirklichkeit nicht weit vom reinen Chaos entfernt waren.

Als ich alles Wissen aufgesogen hatte, das der Bibliothekar mir vermitteln konnte, kratzte ich meine Trinkgelder aus dem Restaurant zusammen und bestellte mir ein gebrauchtes Lehrbuch. Das Päckchen kam an, als ich bei der Arbeit war, und der nette Nachbar von oben nahm es mit seiner Unterschrift an und legte es mit einer Mitteilung vor meine Tür. Er wusste nicht, dass er mir damit alles gab, was ich brauchte.

Seine Handschrift war beruhigend und elegant, was ich so nicht kannte und nicht erwartet hatte. Als ich mich an diesem Abend schlafen legte, dachte ich an seine fließenden Buchstaben – zuversichtlich, beständig und hoffnungsvoll.

Danach aber kam er jedes Mal, wenn ich ihn traf, auf das Päckchen zu sprechen und darauf, wie froh er gewesen sei, mir diesen Gefallen zu tun. Dann lächelte er voller Zuneigung. Was ich aber in seinem Gesicht sah, war Inbesitznahme. Er kannte mich nicht, konnte nicht wissen, wie es dazu gekommen war, dass ich diese kostbare Freiheit in meinen Händen hielt. Trotzdem war er schon dabei, sich ein großes Stück davon abzubrechen.

Ich fing an, die Hintertreppe zu benutzen. Als Joshua auf der Welt war, vertrieb sein nächtliches Geschrei die meisten Nachbarn, auch den Mann mit der eleganten Handschrift.

Dieser Mann war vielleicht eine verpasste Gelegenheit, die ich bedauern konnte, wenn ich in der Stimmung dazu war. Aber damals hatte ich nur für den Mann Zeit gehabt, den ich großziehen wollte.

Noch immer hielt ich den Umschlag des Sheriffs in der Hand. Ich öffnete ihn und zog ein einzelnes Blatt Papier und eine Plastikhülle heraus. Ich drehte den Briefumschlag herum und schüttelte ihn. Ein weiteres, kleineres Stück Papier flatterte auf den Tisch.

Dieses nahm ich zuerst. Rosa, liniertes Papier. Es war achtlos von einem Notizblock entfernt worden, wahrscheinlich neben einem Telefon. Zwei Ecken waren abgerissen. Schwarzer Filzstift.

Zuerst der Inhalt:

MILCH, KATZENFUTTER
AIDANS CRACKER
ERDNUSSBUTTER
BANANEN
HAMBURGER

Ich ging die Liste noch einmal durch, dann drehte ich das Papier um und betrachtete die Punkte, an denen der Stift sich durchgedrückt hatte. Schließlich nahm ich mir wieder die Vorderseite vor und untersuchte jede einzelne Zeile. Alles war in Großbuchstaben geschrieben. Steif, jeder Buchstabe wie auf dem Papier gefangen. Für jedes Wort hatte es viel Zeit gebraucht. Der Schreiber hätte einen Meißel benutzen können und ein ähnliches Ergebnis erzielt – nur dass *Aidans Cracker* eine leichte Schieflage hatte.

Eine ganze Weile blickte ich auf diese beiden Wörter, die so voller Aufmerksamkeit und Fürsorge steckten. So beladen mit der kaum erträglichen Liebe für den Namen des eigenen Kindes.

Dann wandte ich mich dem anderen Stück Papier zu. Es war eine Kopie. Zwar eine Farbkopie, aber eben eine Kopie. Anscheinend dachte Keller, er könnte meine Zeit verschwenden.

Wie der Einkaufszettel schien auch dieses Stück Papier von einem größeren Blatt gerissen worden zu sein, auch hier fehlten zwei Ecken. Wieder rosa. Kleine Herzen in einem etwas dunkleren Farbton an den Rändern. Keine Blockbuchstaben wie auf dem Einkaufszettel. Diese Schrift hier war fein und mädchenhaft, aber ungleichmäßig und hastig. Kugelschreiber, blau. Keine Unterschrift.

dass ich Aidan bei mir haben will. Krieg raus, wie du uns Geld schicken kannst. Wir gehen weg

Ich strich das Papier flach, obwohl es völlig glatt war, und las die Worte wieder und wieder – obwohl man mich ja nicht wegen des Inhalts angeheuert hatte, oder? Hier steckte ich fest, wünschte, dass der Satz weiterging, sich mit etwas verknüpfen ließe und dann Sinn ergäbe.

Noch ein paar Sekunden, dann lehnte ich mich zurück.

»Schwieriger Fall?«, rief Sherry mir von der anderen Seite des Raums zu. Sie beugte sich auf ihrem Stuhl vor, und ich musste an ihre offene, allzu großzügige Handschrift denken, ihr *Gleich wieder da!* Diese runden Buchstaben, die abschließenden Schnörkel, wie winkende Arme.

Ich schaute wieder auf die Einkaufsliste. »Ziemlich schwierig«, sagte ich.

Erfreut eilte sie zu mir und blickte eine Weile auf die beiden Schriftproben. »Ich weiß nicht, wie Sie daran irgendwas erkennen können«, sagte sie. »Vor allem an dem hier. Großbuchstaben sehen doch immer gleich aus, oder?«

Wir starrten auf die Zettel. »Kennen Sie die Familie des kleinen Jungen?«, fragte ich.

»Ja«, antwortete sie. »Ich meine, kennt nicht jeder jeden hier in dieser Gegend?«

»Nein«, sagte ich.

»Ja, aber Sie sind … na ja.« Sie hätte *neu in der Stadt* sagen können, aber das tat sie nicht.

»Erzählen Sie mir von dem Vater«, sagte ich.

Sherrys Blick wanderte zurück zu der Mitteilung und der Einkaufsliste. »Ich dachte, es wäre die Mutter, die das geschrieben hat.«

»Ich habe mich nur gefragt …« Ich zögerte. Wahrscheinlich war es falsch, mich an dem zu orientieren, was ich an den großen, offenen Rundungen von Sherrys kleinen As und Es erkennen konnte. »Ich habe mich nur gefragt, wer ihr solche Angst gemacht hat.«

Sherry klappte der Unterkiefer herunter. Mit ihrem manikürten Finger zog sie einen der Zettel näher zu sich heran. »Das können Sie einfach so erkennen – nur anhand einer *Einkaufsliste?*«

»Man kann viel anhand einer Einkaufsliste erkennen«, sagte ich. Gegen meinen Willen machte mir die Vorführung ein bisschen Spaß. »Sie ist jung. Sie ist arm. Sie liebt ihren Sohn. Sie hat eine Katze.«

»Sie können erkennen, dass sie eine *Katze* …«

Ich zog die Liste wieder zu mir. »Ich bin keine Hellseherin. Auf der Einkaufsliste steht Katzenfutter.«

»Oh«, sagte Sherry mit einem unsicheren Lachen. »Genau wie Sie erkennen können, dass sie Erdnussbutter mag.«

»Oder Aidan.«

»Das wette ich«, stimmte Sherry zu, und ihre Stimme wurde weich.

Ich sah Joshua vor mir, im Alter von etwa drei Jahren, wie er weinte, als ich ihn in die Kinderkrippe brachte, weil ich eine Doppelschicht hatte. Mein kleiner Junge hatte Erdnussbutter geliebt. Er hatte alles geliebt, auch mich. Ich vermisste dieses Alter, seine kräftigen kurzen Beinchen, auf denen er die Welt erkundete, aber immer wieder zu mir zurückkehrte. Ich hatte ihn nicht in die Krippe geben wollen, nie. Während ich von ihm getrennt war, musste ich mir immer vorstellen, wie man ihn mir wegnahm, auf hundert verschiedene Arten. Hundert unerträgliche Arten, ihn zu verlieren.

Das alles war falsch. Ich sollte Firmenchefs sagen, welche Manager sie nicht einstellen durften, oder die holprigen Liebesbriefe auswerten, die meine Einsamen Herzen mir schickten. Ich sollte Sherrys Aufmerksamkeit auf die Frage zurücklenken, die sie mir noch nicht beantwortet hatte, über Aidans Vater. Aber es war überraschend angenehm, so mit einer anderen Frau zu plaudern, mit einer anderen Mutter. Ich zögerte, als ich an die Frauen vom Boosters Club vor meiner Tür dachte, dann sagte ich: »Meiner hat ungefähr zwei Jahre lang nichts anderes gegessen als Erdnussbutterbrote ohne Kruste. Morgens, mittags, abends.«

Sherry sah sich um, fand einen Stuhl und zog ihn neben meinen. Ihr heller Pferdeschwanz schwang über ihre Schulter. »Meiner ist fünf«, sagte sie. »Ich kann nicht genug davon bekommen, von ihm zu erzählen. Wie alt ist deiner?«

Ich spürte einen leichten Schwindel. »Meiner ist ein Teenager. Ich wünschte, er wäre noch fünf.«

»Genau, denn in dem Alter hat man sie noch im Griff, stimmt's? Zumindest kann man sie hochheben und zum

Auto tragen, wenn sie sich nicht benehmen. Auf der einen Seite kann ich es kaum erwarten, dass Jamey erwachsen wird. Aber auf der anderen würde ich am liebsten die Zeit anhalten. Ich möchte, dass er so perfekt bleibt, wie er ist.«

Perfekte Ohren, perfekte Hände. Oft war ich fasziniert von Joshuas Schönheit. Wie konnte etwas so Schönes aus solchem Chaos entstehen? »Nur dass ...« Ich hielt inne. War mein Leben so leer, dass ich mich schon Fremden anvertraute? Sherry hatte den Kopf in die Hände gestützt und wartete. »Nur dass er früher perfekt war, jetzt perfekt ist und auch morgen perfekt sein wird«, sagte ich. »Auf einmal ist er ein anderer Junge als der, den man kannte, aber er ist immer noch – perfekt.«

»Das stimmt«, sagte Sherry triumphierend. »Das ist genau ...«

Die Tür auf der anderen Seite schwang auf und knallte gegen die Wand. Sherry sprang auf. Ich erwartete den Sheriff oder einen anderen Polizeibeamten, aber stattdessen stand ein großer, kräftiger Mann in einer schmuddeligen Reißverschlussjacke in der Tür.

Es war Aidans Vater. Das sagte mir der vieldeutige Blick, den Sherry mir zuwarf, als sie zu ihrem Tisch zurückkehrte. Ich schob die Handschriftenproben aus seinem Blickfeld.

»Er ist im Moment nicht da, Bo«, sagte Sherry.

»Hat er Urlaub? Ich muss wissen, was los ist.« Die Stimme des Mannes schallte laut durch den stillen Raum.

»Er würde dich anrufen, wenn es irgendetwas gäbe«, erwiderte Sherry. »Ich kann ihm sagen, dass er sich melden soll, wenn er wieder da ist.«

Bo fuhr sich mit seinen fleischigen Fingern durch die Haare, dann stopfte er die Fäuste in seine Jackentaschen. »Ich mein's ernst, Sherry, ich muss auf dem Laufenden gehalten werden. Versuchen die überhaupt, den Jungen zu finden?« Er ließ seinen Blick durch den Raum schweifen, entdeckte mich und erstarrte. »Bekommt ihr Hilfe bei der Suche oder so? Diese Kriminalbeamten ...«

»Sie tut dem Sheriff nur einen Gefallen«, sagte Sherry. »Also, gib uns doch einfach deine Telefonnummer, und ich sage ihm, dass du hier warst.« Sie schob ihm einen Notizblock zu und hielt ihm einen Stift hin. Er nahm ihn und kritzelte etwas auf das Papier, während Sherry zusah. »Schreib deinen Namen dazu«, murmelte sie.

»Scheiße, Sherry, meinst du nicht, er sollte meine Nummer inzwischen kennen?«, sagte er, ohne aufzublicken. Er knallte den Stift mit der flachen Hand auf den Tisch. »Sofort, wenn er da ist, verstanden? Ich will Antworten.« Er riss die Tür auf, hielt einen Moment inne, sah mich noch einmal an und verschwand.

Wir hörten, wie seine Schritte sich draußen entfernten. Ich fühlte mich, als hätte er den Sauerstoff aus dem Raum mitgenommen.

Schwungvoll riss Sherry Bos Nachricht vom Notizblock und brachte sie mir, wobei sie den Zettel hochhielt wie eine Flagge. »Schau mal einer an«, flötete sie. »Würde ich nicht eine tolle Kriminalbeamtin abgeben? Der Sheriff lässt mich immer nur Anrufe entgegennehmen und solche Sachen, dabei habe ich viel mehr drauf.« Sie legte den Zettel vor mir auf den Tisch.

»Ich muss mir das noch nicht einmal ansehen«, sagte ich.

»Ich weiß«, sagte Sherry und zuckte mit den Schultern. »Er hat es an sich wie ein Aftershave, stimmt's? Er war nicht immer so – na ja, wahrscheinlich doch. Wir waren alle zusammen auf der Highschool, ich, Bo und ... was ist? Was siehst du?«

Eine Weile antwortete ich nicht und schaute auch nicht auf Bos Nachricht. Das war nicht das, worum Sheriff Keller mich gebeten hatte. Es würde ihm nicht gefallen, und mir gefiel es auch nicht. Diese Schriftprobe würde das Prozedere beeinflussen – schon die unerwartete Begegnung mit Aidans Vater tat das wahrscheinlich. Ich dachte an die gedrängten Blockbuchstaben auf der Einkaufsliste von Aidans Mom, an die Angst, die in einem so perfekten Wort wie *Bananen* stecken konnte.

Ich griff nach dem Zettel. Weißes Papier, blaue Tinte. Es stammte von einem Notizblock mit gekennzeichneten Feldern für Datum und Uhrzeit, den Namen des Anrufers und seine Telefonnummer. Bo hatte diagonal über das ganze Blatt gekritzelt. Die Ziffern waren ungleichmäßig, seine Unterschrift nachlässig. Das, was ich sah, hatten wir in der Ausbildung als »Feindseligkeitslinien« bezeichnet, vertikale Striche in Buchstaben, die sich in das Papier zu bohren schienen wie Schaufeln, die ein Grab gruben. Jeder Millimeter Tinte – *Bo Ransey* – enthielt eine Beleidigung, wollte ein Affront sein. Ganz zu schweigen von den aufgerollten Wirbeln in seinem *B* und seinem *R*, wie Schlangen, die auf Beute lauerten.

Ich blickte hoch.

Sherry legte ihre Hände auf den Tisch und seufzte. »Ich weiß«, sagte sie. »Ich hoffe auch, dass sie davonkommt.«

VIERTES KAPITEL

Nach einem langen Moment einvernehmlichen Schweigens ging Sherry zurück an ihren Platz. Ich reihte die Schriftproben vor mir auf und studierte sie noch einmal.

Die Plastikhülle erwies sich als das interessanteste und verwirrendste Stück. Darin steckte eine Schriftprobe im Original, mehrere Schnipsel blauen Briefpapiers, höchstens fünf Zentimeter groß, eingerissen und angekohlt. Nur ein paar Zentimeter Schrift waren auf ihnen verteilt. Ich versuchte, die Puzzleteile zusammenzusetzen, ohne sie aus der Plastikhülle zu nehmen – sie wären sonst zerfallen. Alles, was ich tun konnte, war, die wenigen Wörter, die ich erkennen konnte, zu untersuchen:

zu, und, niemals dein, ich muss, sie, Liebe

Ich hatte den Eindruck, dass der Schreiber darauf geachtet hatte, gut lesbar zu schreiben, entschlossen zu wirken. Ich verwendete viel Zeit auf jeden einzelnen Schwung, auf die Abstände zwischen den Wörtern.

Mich davon loszureißen war wie ein Auftauchen aus tiefem Wasser. Ich sah mich um und streckte mich. Dann nahm ich ein Notizbuch und einen Stift aus meiner Handtasche.

Bei den ersten beiden Schriftproben wusste ich, was zu sagen war. Ich strich das Papier glatt und wollte mich an die Arbeit machen, aber die Worte wollten nicht kommen. Schließlich musste ich mir eingestehen, dass ich nicht wollte, dass sie kamen. Ich stellte mir vor, was der Sheriff zu einer handgeschriebenen Analyse sagen würde, wie er meine unsichere Schrift überfliegen würde, um etwas zu finden, worüber er sich lustig machen konnte.

Der Bibliothekar, der mir die Grundzüge der Handschriftenanalyse beigebracht hatte, hatte mich gewarnt. »Es wird eure eigene Handschrift für einige Zeit verderben«, hatte er der kleinen Gruppe von Neugierigen im Community Center erklärt. Kentucky. Dort hatten alle eine gedehnte Sprechweise, die den Wörtern einen anderen Klang gab. »Wenn ihr den Scheck für die Stromrechnung ausstellen wollt, müsst ihr aufhören, an Handschriftenanalyse zu denken«, hatte er gesagt.

Die Handschrift von Aidans Mutter verschwamm vor meinen Augen. Wegen der Sicherheitskontrolle in der Lobby hatte ich meinen Laptop nicht mitgenommen, und jetzt brachte ich es nicht über mich, irgendetwas Handgeschriebenes zu hinterlassen. Ich würde nach Hause fahren, um meinen Bericht zu tippen. Es würde dadurch länger dauern, bis ich mit diesem Projekt fertig war, aber noch brauchte ich diese Vorsichtsmaßnahmen, diese Rituale. Der Sheriff würde das verstehen oder zumindest glauben, dass er es verstand.

Ich ließ die Schriftproben bei Sherry, dachte aber noch darüber nach, während ich das Courthouse verließ und meinen Wagen vom Parkplatz holte. Der Himmel war immer noch hell und freundlich, einer dieser perfekten Herbsttage, vielleicht war es der letzte. Als die Abzweigung in Richtung Wohnung kam, nahm ich sie nicht.

Ich fuhr kreuz und quer durch die Stadt und ließ den Arm dabei aus dem offenen Fenster baumeln. Am anderen Ende der Stadt hingen »Zu verkaufen«-Schilder an Zäunen, die brachliegende Felder umschlossen. Früher oder später würden hier Eigenheime für junge Familien entstehen. Parks war ein guter Ort für einen Start. Wieder zurück in der Stadt, kam ich durch eine Gegend mit älteren, hübscheren Häusern und fuhr durch die Straßen, um sie mir anzusehen. Parks war anscheinend auch ein guter Ort zum Bleiben.

Ich fuhr wieder zurück, immer noch rastlos. Als ich den Highway kreuzte, verlangsamte ich das Tempo, um die Autos zu beobachten, die über das lange graue Band auf den Horizont zuhielten. Auf der anderen Seite der Interstate fuhr ich auf den Parkplatz der Dairy Bar und blieb im Auto sitzen, ohne den Motor abzustellen. Dies war der Ort, an dem ich mich in dieser Stadt am meisten zu Hause fühlte. Das war eine beschämende Tatsache – ich fühlte mich in einem Schnellrestaurant und Eisladen wohler als da, wo ich mich jede Nacht schlafen legte. In einem Laden genau wie diesem, mit demselben Namen, hatte ich einmal gearbeitet, früher als Jugendliche. Das war die einzige Erklärung dafür, dass ich mir von diesem kleinen Schuppen hatte vorschreiben lassen, wo Joshua und ich uns dieses Mal niederließen.

Wir hatten Chicago an jenem Morgen ohne jeden Plan verlassen. Vielleicht wieder Ohio. Ohio war ruhig und weit genug entfernt. Aber nicht Cincinnati. Kleinere Städte waren besser. Ich nahm eine andere Route, fuhr weiter südlich durch Indiana mit dem Gedanken, Indianapolis zu passieren und mich dann Richtung Osten zu halten, bis wir etwas Passendes gefunden hatten.

Aber schon nach ein paar Stunden Fahrt fühlten wir uns wie zerschlagen, wir klebten an den heißen Sitzen, und auf dem Highway brauste uns durch die geöffneten Fenster der Fahrtwind um die Ohren. Als am Fahrbahnrand ein paar Restaurants und Geschäfte auftauchten, machten wir halt, um zu tanken und uns die Beine zu vertreten. Ich stieg aus und sah das Schild der Dairy Bar. Der gleiche Schriftzug auf der Neonreklame und alles.

»Da gibt es die besten Burger«, sagte ich durch das Autofenster zu Joshua. »In so einem Laden habe ich damals in Wisconsin gearbeitet.« Ich ließ zu, dass ein Bild in meiner Erinnerung aufstieg: meine beste Freundin, Theresa, die sich weit in das Verkaufsfenster beugte und einen Milchshake bestellte, groß genug, um sich den Appetit aufs Abendessen und vielleicht noch auf das Frühstück am nächsten Morgen zu verderben. Die mir Grimassen schnitt, während ich arbeitete. Theresa, einst eine reale Person, war heute nur noch ein Gefühl von Bedauern. Wann immer sie mir in den Sinn kam, drängte ich sie zurück in die verschlossene Kiste meiner Erinnerung. Eine Menge Leute wohnten darin, aber über Theresa nachzudenken führte nur zu schwarzen Gedanken und schlechten Träumen. Theresa und meine Mutter. »Ich hatte keine Ahnung, dass das eine Kette ist«, sagte ich.

Joshua warf einen Blick auf das Schild und blickte dann wieder zu mir. Er wollte keinen Cheeseburger oder Hotdog. Er wollte gar nichts, noch nicht einmal den gemalzten Schoko-Milchshake, den ich ihm kaufte. Er wollte wütend sein. Er wusste nicht mehr, wie sehr er sich dagegen gesträubt hatte, nach Chicago zu ziehen, und er wusste nicht, dass er sich auch mit unserem nächsten Wohnort anfreunden würde. Natürlich verstand er nicht, warum wir den alten überhaupt verließen, warum wir immer wieder fortgehen mussten. Nachdem ich meinen Burger aufgegessen hatte, fuhr ich nicht zurück auf den Highway, sondern in die Stadt. Auf dem Platz vor dem Courthouse bewunderte ich die weißen Säulen und kaufte bei dem Café mit dem Kiosk eine Zeitung.

Joshua hatte den ganzen Morgen über kaum mehr als

ein paar Worte gesprochen, aber als ich zum Auto zurückkam und die Zeitung auf der Anzeigenseite öffnete, brach er sein Schweigen. »Du suchst dir die Stadt nach einem miesen Milchshake aus?«, sagte er.

»Ich suche mir die Stadt nach den günstigsten Mietpreisen aus«, entgegnete ich. »Und ich glaube, dass mein Freund Kent nicht so weit weg wohnt.«

Er runzelte die Stirn. »Du hast keine Freunde.«

»Dann eben mein Kollege. Der miese Milchshake ist nur ein zusätzlicher Pluspunkt.«

Kein zusätzlicher Pluspunkt, sondern ein rettenswertes Stück meiner Kindheit, etwas, das ich bewahren, zu dem ich zurückkehren konnte, Himmel noch mal. Was war schon dabei? Eine einzige gute Erinnerung – war das zu viel verlangt?

Jetzt lehnte ich mich weit in das Verkaufsfenster, um zu bestellen. Die Frau im Inneren trug das vertraute pinkfarbene Polohemd mit dem Logo der Dairy Bar auf der Brust. Ich konnte durch den Laden blicken und sah durch die offen stehende Hintertür eine andere Frau, viel älter und gebeugt, die eine Zigarette rauchte und das gleiche rosa Polohemd trug. Ich hatte dieses T-Shirt früher auch besessen, und ich hatte alle siebzehn Sorten gemalzte Milchshakes aufsagen können. Auf der handgeschriebenen Tafel am Verkaufsfenster schien die Anzahl noch ein wenig höher zu sein. Neben der Tafel sah mich Aidans Gesicht von einem der Vermisstenplakate an. Ich drehte ihm den Rücken zu und betrachtete den Straßenverkehr.

An einem der Picknicktische nippte ich an meinem Milchshake, als ein Polizeiauto auf den Parkplatz einbog und neben meinem Wagen hielt. Der Fahrer sprang heraus und ging zum Servicefenster. Ich sah ihm nach. Inzwischen erkannte ich manchmal Gesichter aus der Courthouse-

Lobby wieder. Dann öffnete sich die Beifahrertür, und der Sheriff stieg aus.

»Kaffeepause?«, rief er mir zu. Er trug eine Sonnenbrille unter seiner schwarzen Baseballkappe. »Oder Milchshake-Pause, muss ich wohl sagen.«

Ich hob meinen Becher, wie um ihm zuzuprosten, in der Hoffnung, dass er nicht auf die Idee kam, noch freundlicher werden zu müssen. Er kam trotzdem herüber.

»Hatten Sie schon Gelegenheit, einen Blick auf den Erpresserbrief zu werfen?«

»Auf die *Kopie* davon«, sagte ich. »Ich versuche mein Bestes mit dem bruchstückhaften Material, damit Sie heute Nachmittag meinen Bericht bekommen.«

»Warum berichten Sie nicht jetzt gleich?«

»Ich will Sie nicht von Ihrer Milchshake-Pause abhalten«, sagte ich.

Er hob die Augenbrauen, nahm seine Sonnenbrille ab und hängte sie an seine Brusttasche. »Wir sind in offizieller Angelegenheit hier.«

Dann gab es die Getränke also umsonst. Mit dem Strohhalm im Mund gab ich einen unverbindlichen Laut von mir.

»Sie wissen vermutlich, dass die Ranseys diesen Laden betreiben …«

Mir fiel der Strohhalm aus dem Mund. »Wirklich?« Der andere Polizeibeamte stand jetzt am Servicefenster, beugte sich weit vor, um mit jemandem drinnen zu sprechen. Kaum eine Mitteilung hätte mich mehr erschüttern können als die, dass die Ranseys mit Eiscreme ihr Geld verdienten. Bisher war mir eine gewisse allgemeine Verachtung gegenüber dieser Familie aufgefallen, auch wenn das nie jemand direkt ausgesprochen hatte – die Überraschung darüber, dass sich das Gesetz »sogar für so jemanden« in Bewegung setzte. Wahrscheinlich wollte ich nur aus persönlichen Gründen nichts auf diese Dairy Bar kommen lassen. Einen ganzen Sommer lang hatte ich bis zu den Ellbogen in Eiscreme gesteckt, hatte mir meinen jugendlichen Rücken krummgemacht, indem ich große Eimer mit Schokoladensoße rollte und schwere Säcke mit Malz- und Trockenmilchpulver in den Lagerraum schleppte. Mein erster Job, meine erste Chance auf Freiheit.

»Wussten Sie das etwa nicht? Kommen Sie oft hierher?«

Was sollte das? Er bemerkte selbst seine Unhöflichkeit und errötete.

»Ab und zu«, antwortete ich. »Da, wo ich aufgewachsen bin, gab es auch einen solchen Laden.«

»Ach?« Er schaute auf das Schild der Dairy Bar. »Wo war das?«

Ich schlürfte eine Weile an meinem Milchshake. »Ist das der Bericht, den Sie wollten?«

Der Sheriff schwang ein Bein über die Bank auf der anderen Seite des Tisches und setzte sich so, dass er mir die Seite zuwandte.

»Okay, zuerst mal die beiden kopierten Schriftproben«, sagte ich. »Ich habe ein paar Merkmale identifiziert – wollen Sie das nicht aufschreiben?«

Er grinste mich an. »Und Sie?«

»Ich habe ein paar Merkmale auf den beiden rosa Zetteln identifiziert«, fuhr ich fort, »die darauf hinweisen, dass der Verfasser dieselbe Person ist. Einige Buchstaben sind sehr spezifisch, auch wenn sie offenbar in unterschiedlichen Situationen entstanden sind. Verschiedene Stifte, unterschiedliche Schriftart, vielleicht unterschiedliche Dringlichkeitsstufen. Wenn Sie jemanden bitten würden, zwei Handschriftenproben abzugeben, die völlig verschieden aussehen, könnte derjenige seine Sache kaum besser machen. Aber – eindeutig dieselbe Handschrift.«

»Dieselbe Handschrift«, wiederholte er.

»Dieselbe Person«, sagte ich. »Ich nehme an, das ist es, was Sie wissen wollten.«

»Also hat die Mutter ihn?«

Der andere Polizist lehnte sich weit in das Servicefenster der Dairy Bar und flirtete mit dem Mädchen hinter dem Tresen.

»Das kann ich Ihnen nicht sagen. Ich habe auch nie behauptet, dass ich das könnte.«

»Der Erpresserbrief…«

»Haben Sie die Nachricht gelesen?«, fragte ich. »Noch mehr als die Handschrift interessiert mich die Frage, wo der Rest ist. Von der echten Nachricht, nicht von dieser halbwegs passablen Kopie.«

Er starrte mich an. »Sie können mir nichts sagen, weil das Ding abgerissen ist, oder was?«

»Weil es keinen Sinn ergibt«, sagte ich. »Die dritte Schriftprobe, diese winzigen, unbedeutenden Schnipsel, lässt mehr Sinn erkennen als diese Nachricht.«

»Okay, die Schnipsel«, sagte er. »Was ist mit denen?«

»Es ist eine andere Handschrift«, sagte ich. »Aber um das festzustellen, brauchten Sie mich wahrscheinlich gar nicht. Von einem Mann geschrieben, denke ich, aber da bin ich nicht ganz sicher. Jemand, dem es schwerfällt, zu sagen, was er sagen möchte, irgendwie… stockend und unbeholfen. Er hat wahrscheinlich eine Menge Zeit damit verbracht, vielleicht ein paarmal von vorne angefangen. Vor jedem Wort tippt er ein paarmal mit dem Stift auf das Papier, dann erst fängt er an zu schreiben. Vielleicht weil er lügt oder etwas Schwieriges sagen muss – oder beides. Kam diese Schriftprobe auch aus dem Haus der Ranseys?«

Er wollte nicht antworten. »Das Zimmer der Nanny. Aus dem Papierkorb.«

Wann verbrannte eine junge Frau einen Brief mit dem Wort *Liebe* darin? Wenn sie unter ihr litt, oder wenn sie vorbei war oder verboten.

»Würden Sie die Handschrift aus den Schnipseln in einem anderen Schriftstück wiedererkennen?«, fragte der Sheriff.

»In einem anderen Zusammenhang? Schwer zu sagen.« Ich erinnerte mich an das Gefühl, unter der Oberfläche der zerfetzten Schriftprobe in ein anderes Leben zu tauchen, in eine Geschichte, die nicht meine war. »Ich hatte das Gefühl, dass er sich in dem Brief darum bemüht hat, deutlich zu sein. Seine Handschrift ist deshalb womöglich kleiner und enger als dann, wenn er nur schnell etwas hinkritzelt.«

»Was wir jetzt haben, ist nicht viel, oder?«

»Na ja, wir haben ja auch mit wenig angefangen«, entgegnete ich. »Das ist alles, was ich Ihnen sagen kann. Die ersten beiden Schriftproben stammen von derselben Person, die Einkaufsliste und der Briefteil. Wenn Sie meinen, dass Sie eine davon Aidans Mutter zuordnen können, dann sind beide von ihr. Wenn es die Nanny ist …« Ich rief mir die leichte Schräglage der Buchstaben in Aidans Namen in Erinnerung. Niemand anders als die Mutter konnte ihn geschrieben haben. »Gut. Die Mutter hat beides geschrieben. Aber das bedeutet nicht, dass sie Aidan mitgenommen hat. Oder, wenn sie ihn mitgenommen hat …«

»Was?«

»Nichts.«

Keller zog sein anderes Bein über die Bank, sodass er mir direkt gegenübersaß. »Gibt es noch mehr?«

War es professionelles Entgegenkommen, wenn ich ihm sagte, dass ich Aidans Dad als Verfasser der dritten Schriftprobe bereits ausschließen konnte, nachdem ich seine schweren, groben Hände gesehen hatte? Oder würde ich mir dadurch nur einen Haufen Ärger einhandeln? Wie auch immer – ich hatte die Arbeit getan, für die man mich engagiert hatte. Ich hatte zwar eine Menge Fragen über das Elternhaus, aus dem das vermisste Kind stammte, aber ich hatte kein Recht dazu, sie zu stellen.

»Das ist alles«, sagte ich.

Ich merkte, dass er mir nicht glaubte. Sein Partner kam mit einem Becher Milchshake in jeder Hand über den Parkplatz, und wir drehten uns beide zu ihm um. Seine Fingerknöchel wiesen diesen typischen fleckigen Sonnenbrand auf, wie man ihn nach einem langen Tag mit beiden Händen auf dem Lenkrad bekommt. Die rosa Flecken reichten bis zu den Handgelenken. Der Officer nickte mir zu und hielt Keller dann einen der beiden Becher hin.

Der Sheriff nahm den Becher mit ernstem Gesicht. Er sah mich nicht an, bis er wieder über die Bank des Picknicktisches gestiegen war und die Beifahrertür des Streifenwagens erreicht hatte. »Sie schicken das alles in einem offiziellen Bericht«, sagte er. Es war keine Frage.

Für mich war es auch keine. Nichts wollte ich lieber, als mit den Ranseys und diesem Mann fertig zu sein. Ich stand auf und stopfte meinen Becher in den Mülleimer. »Ja, Sir«, sagte ich zu dem wegfahrenden Auto.

FÜNFTES KAPITEL

Die Junior-Senior Highschool lag zwischen abgeernteten Maisfeldern etwas außerhalb der Stadt, ein langgestrecktes einstöckiges Gebäude, ungünstig zu erreichen für fast alle. Joshua fuhr mit dem Bus zur Schule, aber an den vielen alten zurechtgebastelten Kombis und den umfunktionierten Farmfahrzeugen konnte ich erkennen, dass viele der älteren Schüler selbst fuhren.

Ich meldete mich in dem Büro am Haupteingang, erhielt einen Ausweis und wurde zum Wartebereich vor dem Büro des Beratungslehrers geführt. Ich wollte nicht warten. Die Sekretärin blickte auf meinen Fuß, mit dem ich ungeduldig auf den Boden klopfte. Als sich die Tür des Beratungslehrers endlich öffnete, erschien ein schlaksiger Mann, den Arm um eine junge Frau mit verquollenen Augen gelegt. Er trug einen eleganten grauen Anzug, der modischer und wahrscheinlich teurer war als alles, was ich in dieser Stadt bisher gesehen hatte, und warf mir einen verschwörerischen Blick zu, während er das Mädchen wegführte. Kurz darauf war er zurück und kam mit ausgestrecktem Arm auf mich zu.

Sein Händedruck war locker, als fürchtete er, ich könnte in einem ähnlich labilen Zustand sein wie das weinende Mädchen.

Ich hatte diesen Kerl schon mal gesehen, brauchte aber einen Moment, bis mir klar wurde, wo. Er war erst kürzlich nach Parks zurückgezogen, ein junger Kleinstadtheld von der richtigen Seite der Main Street. Die Lokalzeitung hatte über seine Rückkehr berichtet, als wäre er ein Kennedy.

Absolvent einer Oberklassen-Schule irgendwo im Osten und jetzt – der Beratungslehrer meines Sohnes? Wahrscheinlich steckte da noch irgendeine andere Geschichte dahinter.

»Miss Winger? Joe Jeffries. Ich freue mich so, Sie endlich zu treffen.« Er war zwar kantig wie ein scharf gefalteter Papierflieger, aber in seinem Blick lag etwas Animalisches. Er war attraktiv, und das nahm mich gegen ihn ein und auch gegen die Leute, die ihn eingestellt hatten. Ich versuchte, nicht daran zu denken, wie er der Schülerin seinen Arm um die Schultern gelegt hatte.

Ich folgte ihm in sein Büro, schon misstrauisch wegen seiner Wortwahl: *endlich*. Auf dem Papier war das in Ordnung, aber im direkten Gespräch war es zumindest ein indirekter Vorwurf.

»Ich wollte unbedingt mit Ihnen reden«, sagte Jeffries und wies auf einen Stuhl. »Aus zwei Gründen. Der erste betrifft Joshua, wie Sie sich wahrscheinlich schon gedacht haben.«

Jeffries gab sich Mühe, und das wusste ich zu schätzen. Mir war klar, dass Joshua in der Schule inoffiziell »Josh« gerufen wurde, aber da machte ich nicht mit.

»Ich hätte gedacht, dass beide Gründe ihn betreffen«, sagte ich.

»Eigentlich nicht.« Er trommelte mit einem Kugelschreiber auf die Schreibtischplatte, und wir schauten beide auf den Stift, anstatt uns anzusehen. »Ich weiß vom Hörensagen, was Sie beruflich machen. Ich finde es unglaublich faszinierend.«

Mein Herzschlag beschleunigte sich. Es war, als ob ein Alarmsignal losgegangen wäre. Ein Klopfen an der Tür, ein Telefonanruf mitten in der Nacht. Manchmal kam mir plötzlich in den Sinn, wie unfair das alles war. Ich war nicht diejenige, die unser Leben zerstört hatte – aber ich war es, die mit den Folgen zurechtkommen, die von einem Ort zum nächsten ziehen musste. Ich war es, die jedes Mal neu entscheiden musste: Ist es Zeit zu gehen?

In Kentucky war es ein Anruf in der Nacht gewesen, eine bekannte Stimme, die nach einem Namen fragte, den ich gerade anfing zu vergessen. In Chicago, Jahre später, hatte mich eine Frau auf der Michigan Avenue angestarrt und gesagt: *Du bist es, nicht wahr? Du bist das Mädchen, das im Sweetheart Lake ertrunken ist.*

Ich holte tief Luft und sagte: »Es kann auch ziemlich mühsam sein.«

»Nun, ich bin jedenfalls fasziniert davon«, erwiderte er. »Und ich glaube, unsere Schüler wären das auch. Vielleicht könnten Sie mal nachmittags vorbeikommen und einen Vortrag halten?«

Ich rutschte unruhig auf meinem Stuhl hin und her. Wie schnell sich Nachrichten in dieser Stadt verbreiteten. »Das ist keine Jahrmarktsveranstaltung oder so was«, entgegnete ich. »Ich mache keine Partyspielchen.«

So überzeugend wie sonst klang ich diesmal nicht.

»Natürlich nicht«, sagte er. »Nein, das würde ich nie behaupten – ich dachte einfach, dass es den Schülern gefallen würde.« Er beugte sich über seinen Schreibtisch, und sein Geruch – Seife, Rasiercreme, Pfefferminzatem – sprang mich förmlich an. Er musterte mich mit einem so durchdringenden Blick, dass ich mich fragte, ob mich schon jemals jemand so intensiv angesehen hatte. Der Sheriff – der hatte bei unserem ersten Treffen auch sehr genau hingeschaut. Und er hatte mich wirklich gesehen, viel deutlicher, als mir lieb war. »Ich finde einfach … Was für ein Fenster zur Seele.« Jeffries wurde jetzt beinahe poetisch. Er lächelte. »Und Sie können damit wirklich Unheil verhindern. Was war das Verstörendste, das Sie jemals in einer Handschrift erkannt haben?«

Sein überlegenes und ein wenig anzügliches Lächeln war mir vertraut, auch wenn ich es schon länger nicht mehr erlebt hatte.

Ich schüttelte den Kopf. »So ist es eigentlich nicht.«

Aber das war es doch. Noch vor einer Woche hätte ich irgendeine Anekdote aus meiner Arbeit mit den Einsamen Herzen hervorgekramt, eine Geschichte von den liebeskranken Menschen, die mir Auszüge aus Briefen oder entwertete Schecks zukommen ließen in dem Glauben, ich könnte ihnen etwas Vielversprechendes über die Person, der sie vertrauen wollten, erzählen. Wie die Frau, die mir einen Liebesbrief von einem Gefängnisinsassen geschickt hatte, in der Hoffnung, er sei geläutert – aber das war er nicht. Vielleicht hätte ich auch einen der Fälle aus Kents »Vertraulich«-Akte genommen, die Details ausgespart und das Ganze als Geschichte zum Besten gegeben. Jetzt aber kam mir natürlich Joshuas unvollständige Klassenarbeit in den Sinn. Mein Sohn vertraute mir nicht, und er würde sich selbst verlieren, wenn er sich weiter vor mir versteckte.

Jeffries auf der anderen Seite des Schreibtischs wartete. Was er wollte, war eine spektakuläre Geschichte, die meine Bescheidenheit als falsch entlarvte und die er später im Lehrerzimmer weitererzählen konnte. Ich setzte mich gerade hin und sagte: »Ich werde über Ihr Angebot, an Ihrer Vortragsreihe teilzunehmen, nachdenken. Was war der andere Grund, aus dem Sie mich treffen wollten? Joshua betreffend?«

»Richtig, natürlich.« Jeffries nahm einen Aktenordner vom Schreibtisch und blätterte durch ein paar lose Seiten. »Also, es wird Sie vermutlich nicht überraschen, wenn ich Ihnen sage, dass er Schwierigkeiten hat. In Mathematik vor allem. Es wäre sinnvoll, jeden Abend seine Hausaufgaben mit ihm durchzugehen, wenn Sie im Mathematikstoff der siebten Klasse sicher genug sind – scheuen Sie sich nicht, es zu sagen, falls nicht.« Er blickte auf. Joshua wollte meine Hilfe nicht, und ganz sicher würde er nicht zulassen, dass ich mir irgendetwas ansah, das er von Hand geschrieben hatte. Aus Nullen und Zweien konnte man eine Menge ablesen. Ich schüttelte den Kopf. »Gut«, sagte er, »Sie können auch einfach nur überprüfen, ob er sie gemacht hat. Das wäre ein erster Schritt.«

»Ich kann ihn danach fragen«, erwiderte ich.

»Was mich bei Joshua wirklich beschäftigt, ist weniger konkret. Ein paar seiner Lehrer haben erwähnt, dass er fahrig und zurückgezogen wirkt. Er hat ein paar Aufgaben nicht abgegeben. In manchen Fächern scheint er seine Hausaufgaben überhaupt nicht zu machen, vor allem einige Arbeitsblätter im Sozialkundeunterricht. Letzte Woche hat er sich geweigert, an die Tafel zu kommen, als eine Lehrerin ihn dazu aufforderte…« Er fuhr mit dem Finger über seine Notizen. »Mrs Tyler, Englisch. Sie bat ihn, einen Satz aus der Klassenlektüre an die Tafel zu schreiben, für eine Aufgabe, die die Schüler bearbeiten sollten, und er hat sich vehement dagegen gesträubt. Sie hat dann jemand anderen drangenommen, fand es aber sehr merkwürdig. Erkennen Sie hier Ihren Sohn wieder?«

Ich erkannte meinen Sohn nicht wieder, aber ich erkannte ganz genau den Fremden wieder, der in sein Zimmer gezogen war.

»Ich bin weder Expertin für den Mathestoff noch für die Schüler der siebten Klasse, Mr Jeffries«, sagte ich. Über Jeffries' Schulter hinweg fiel mir ein Buchtitel in seinem Regal ins Auge: *Dein Kind im Zwiespalt.* Und ein anderes: *Die Zeit der Unschuld ist vorbei.* Hundert Buchrücken und

Zeitschriftentitel schrien nach meiner Aufmerksamkeit. Niemand war ein Experte.

Ich musste das in Ordnung bringen – die ersten Risse waren bereits sichtbar. Einen Moment lang ließ ich die Vorstellung zu, wie Mr Jeffries mir tröstend einen Arm um die Schultern legte, während ich mich ihm anvertraute. Aber: *die Gerüchteküche*.

»Ich rede mit ihm«, sagte ich. »Über seine Haltung. Und über Mathe.«

»Also, falls das was nützt, können Sie ihm sagen, dass er vom Football ausgeschlossen wird, wenn seine Noten noch schlechter werden«, erklärte er. »Mir würde es gar nicht gefallen, ihn zu verlieren, aber das läge dann nicht mehr in meiner Hand.«

Ich starrte ihn an. »Oh, Sie sind der …«

»Der Assistenztrainer, ja.«

»Entschuldigung, ich wusste nicht … Ich wollte eigentlich immer mal beim Training vorbeikommen.«

»Keine Sorge«, sagte er und ließ wieder sein Lächeln aufblitzen. »Bald haben wir unser erstes Spiel. Ich hoffe, ich sehe Sie dann dort.«

Etwas später ging ich durch den Flur und dachte darüber nach, was Jeffries gesagt hatte. Vielleicht war das Footballtraining das Druckmittel, das ich brauchte. Im Team zu sein war für Joshua das Maximum möglicher Freiheit. Er hatte sich so viel Mühe gegeben, um dieses Ziel zu erreichen. Doch ich hatte noch nie einen Turnierplan gesehen. Ich war sicher, dass es einen gab und dass der absichtlich vor mir zurückgehalten wurde. Aber ich konnte mich nicht darüber beklagen, dass der Plan nicht an unserem Kühlschrank hing, wenn mir gleichzeitig davor graute, auf harten Tribünenbänken zu sitzen und mit anderen Eltern zu plaudern.

Nach einer Weile merkte ich, dass ich mich in der Schule verirrt hatte. Ich kehrte um und wollte zum Büro des Beratungslehrers zurück, konnte es aber nicht wiederfinden.

Drei Jungen saßen nebeneinander vor einer geschlossenen Tür. Sie hatten alle das gleiche strähnige Haar, das ihnen in die Augen fiel, und die gleichen dünnen Beine. Als ich vorbeieilte, lachte einer, ein anderer pfiff. Alle lachten, und einer von ihnen, mutig geworden, rief mir in anzüglichem Ton hinterher: »Hey, Baby.«

Sie waren in Joshuas Alter. Ich blickte zurück und warf den Jungen einen – wie ich hoffte – warnenden Blick zu. Aber dann stieß ich gegen etwas und geriet ins Taumeln. Ich spürte Arme, die versuchten, mich aufzufangen, und griff nach ihnen. »Langsam, langsam«, sagte ein Mann.

Ich blickte hoch. Bo Ransey hielt mich in den Armen. »Entschuldigung«, flüsterte ich und ging auf Abstand.

»Kein Problem, mein Fehler.« Er ließ mich los, ohne mich anzusehen. »Steve«, rief er durch den Flur. »Warum zum Teufel bin ich jetzt schon wieder herbestellt worden? Nimm deine Sachen und geh raus zum Auto.«

Einer der Jungen löste sich aus der Gruppe und schlurfte in seinen offenen Knöchelturnschuhen herüber.

»Ist das Ihr Sohn?«, fragte ich. »Ich meine … Ihr anderer Sohn?«

Bo wandte sich wieder zu mir. Er hatte Ringe unter den Augen. »Oh«, sagte er. »Nein, das ist der von meiner Schwester.« Der Junge stand jetzt neben uns, den Kopf gesenkt. Die anderen beiden am Ende des Flurs schienen seinetwegen in Aufregung zu sein. »Ist fast wie mein eigener, stimmt's, Stevie?«

Der Junge blickte zwischen uns hin und her. »Yeah«, sagte er. Ich erkannte die Stimme dieses kleinen Ekelpakets wieder. *Hey, Baby.*

Ransey schlug seinem Neffen auf die Schulter. »Los geht's. Ich bin gleich bei dir.«

Bo Ransey wandte sich an mich, und der Junge machte sich davon. »Also, hören Sie«, sagte er, und seine Stimme wurde sanft. »Wissen Sie irgendwas? Die sagen Ihnen doch bestimmt was.«

»Über Aidan?«

»Ja, Aidan. Was sollte ich sonst…?« Er sah müde aus. »Wissen Sie, wo sie ihn hingebracht hat?«

»Ich weiß nicht… Ich weiß gar nichts«, sagte ich wahrheitsgemäß. Nichts war klar, außer dass ein Kleinkind vermisst wurde und eine Frau tot war. Vermutlich hatte dieser Mann hier seine Familie zerstört und diese Nanny getötet. Und er beeinflusste mich bei meiner Analyse, und wie. »Es ist besser, wenn Sie mit dem Sheriff sprechen. Alles, was ich für ihn getan habe, war…«

»Die Nachricht, stimmt's?« Er schüttelte den Kopf. »Ich hab gehört, was Sie machen. Ich glaube nicht an diesen Mist, das kann ich Ihnen sagen.« Er rieb sich mit der flachen Hand über das Gesicht. »Ich glaube überhaupt nicht daran, aber wenn es hilft, meinen Jungen zu finden und ihn gesund nach Hause zu bringen, dann glaube ich auch, dass Santa Claus mit dem verdammten Osterhasen verheiratet ist, okay?«

Seine Stimme schallte durch den Gang. Die Jungen waren verstummt.

Schließlich verschränkte Ransey die Arme vor der Brust und trat einen Schritt zurück. »Hören Sie«, sagte er, wieder in sanftem Ton. »Wer weiß, was Sie für ein Bild von mir haben – ich bin nicht perfekt. Aber ich will einfach nur mein Kind zurück. Sie hatte keinen Grund, ihn fortzubringen. Keinen Grund, ihn mir wegzunehmen.«

Wenn ich seinen flehenden Blick sah, glaubte ich ihm.

Aber ich hatte schon so vieles einfach geglaubt. Die Leute waren Lügner. Irgendwann stellte sich immer heraus, wer sie wirklich waren und wie weit sie gingen.

Ich traute nur dem, was ich auf dem Papier sah. Ein bisschen vielleicht noch dem, was ich selbst bezeugen konnte. Und ich hatte erlebt, dass Liebe keine Garantie war. Man konnte das, was man selbst angerichtet hatte, zutiefst bedauern, ohne dass es einen davon abhielt, genau dasselbe wieder zu tun. Die Hand, die einen eben noch gestreichelt hatte, konnte plötzlich zuschlagen. Dieselbe Hand.

Ich nickte Bo Ransey zu und ging an ihm vorbei, darauf gefasst, dass er den Arm ausstreckte, um mich aufzuhalten. Ich lief in die Richtung, die sein Neffe eingeschlagen hatte, wollte unbedingt fort von hier. Draußen holte ich tief Luft, machte einen Bogen um Ranseys SUV mit dem Jungen im Führerhaus und ging weiter. Wenn Aidans Mutter den Kleinen weggebracht hatte, dann gab es einen Grund dafür. Wenn ich nachts ruhig schlafen wollte, musste das meine Überzeugung sein.

SECHSTES KAPITEL

Auf dem Weg von der Schule nach Hause hielt ich bei dem Café am Courthouse, um mir ein Exemplar des *Spectator* zu kaufen. Als ich das Wechselgeld entgegennahm, fielen mir ein paar Schecks auf, die hinter dem Tresen, gerade noch in Sichtweite, an die Wand geheftet waren. Die Kontonummer war jeweils markiert, und auf jedem Scheck standen in der schmalen Schrift des schmalen Mannes die Worte NICHT ANNEHMEN. In der Unterschriftenzeile erkannte ich die Schnörkel in dem Namen *Ransey* wie eingerollte Schlangen.

»Wenn ich es mir recht überlege«, sagte ich, »möchte ich auch noch eine Tasse Tee.« Während der Mann sich umdrehte, um mein Heißgetränk zuzubereiten, kramte ich noch ein paar Münzen hervor und beugte mich weit über den Tresen, um besser sehen zu können. Der zweite Scheck war auch von den Ranseys, erkannte ich, vielleicht sogar ausgestellt von Aidans Mutter. Aber die Schrift war so klein, dass ich den Namen nicht richtig lesen konnte. Der dritte Scheck an der Wand war älter und an den Rändern etwas eingerollt. Als ich ihn mir genauer ansehen wollte, hielt mir der Cafébesitzer einen dampfenden Becher unter die Nase und sah mich stirnrunzelnd an.

Draußen hängte ich noch nicht einmal den Teebeutel in den Becher, sondern schüttete das heiße Wasser gleich in einen Mülleimer. Dann setzte ich mich mit meiner Zeitung an einen der Tische auf dem Gehweg. Eine schöne junge Frau lächelte von der Titelseite herab, ein kleines Kind auf dem Arm. Ich las die Bildunterschrift. Die Nanny, Charity Jordan, mit dem kleinen Aidan.

Ich überflog den Artikel. Sie war vierundzwanzig. Tochter von Mr und Mrs Soundso Jordan. Nicht verheiratet. Sie hatte sich um Aidan gekümmert, seit er sechs Monate alt war, hatte meistens bei den Ranseys gewohnt, aber dennoch den Wohnsitz in ihrem Elternhaus beibehalten. Sheriff Keller hatte die Faktenlage am Morgen unseres Treffens so ähnlich dargestellt. Sein Vortrag war mir hartherzig vorgekommen, in Anbetracht der Umstände. Jetzt aber verstand ich seine Herangehensweise. Auch ich ordnete meine Gedanken mit Spiegelstrichen, wenn es um wichtige Details ging. Je mehr auf dem Spiel stand, desto wichtiger war es, präzise zu sein, klar und frei von jeder Sentimentalität.

Doch ein bisschen Sentimentalität blieb. Erst vierundzwanzig, lebte noch bei Mom und Dad und wurde mit eingeschlagenem Schädel auf dem Boden einer öffentlichen Toilette gefunden.

Weiter unten auf der Seite ein weiteres Foto. Auch in Farbe, aber das wäre nicht nötig gewesen. Die Frau, die sich auf dem Bild hart von dem weißen Hintergrund abhob, war dünn und klein. Sie wirkte zwielichtig. Wie konnte ein Foto so wenig Vertrauen in einen Menschen vermitteln? Es sah aus wie ein Fahndungsfoto. Wurde diese Frau, vermutlich Aidans Mutter, im Prinzip nicht auch vermisst? In der Bildunterschrift wurde ihr Name genannt: Leila (Coyle) Ransey.

Mein Blick blieb eine Weile an dem Namen hängen. Es war das erste Mal, dass ich ihn sah. *Die Mutter. Seine Mom.* Ich hatte schon viele Bezeichnungen für sie gehört, aber noch nie ihren richtigen Namen.

Eine ganze Weile schaute ich mir abwechselnd die beiden Fotos an. Irgendetwas störte mich daran. Aber was?

Weiter unten in dem Artikel behauptete eine »Quelle«, dass eine Notiz, die im Haus der Ranseys hinterlassen worden sei, von Leila Ransey stamme. Eine Handschriftenexpertin sei hinzugezogen worden.

Ich schluckte. Nun ja, wenigstens erwähnten sie meinen Namen nicht und auch nicht meine Verbindung zum FBI. Das wäre die Art von Aussage gewesen, nach der wir normalerweise unsere Koffer packten.

Aber diese »Quelle« – war das Sherry, die, ohne ihren Namen zu nennen, Geheimnisse ausplauderte? Oder der Sheriff, der der Reporterin alles sagte, was er wusste – wenn er schon nicht mit dem Aufenthaltsort des Kindes oder einem Verdächtigen in Handschellen aufwarten konnte. Auf jeden Fall beruhte das alles auf bloßen Vermutungen, denn ich hatte keine Information so früh herausgegeben, dass sie noch für diese Ausgabe der Zeitung hätte berücksichtigt werden können.

Ich blickte hoch. Ein paar Autos fuhren am Courthouse vorbei. Auf der anderen Seite des Platzes sah ich diese Frau von der Sicherheitskontrolle, den Deputy mit dem spitzen Gesicht. Sie hatte Bo Ransey am Ellbogen gefasst und führte ihn aus dem Gebäude. Ich hielt die Zeitung höher, spähte über den Rand hinweg und sah, wie Bo sich dem Griff der jungen Polizeibeamtin entzog und davonstürmte. Was musste man tun, damit man während der Ermittlungen um das eigene vermisste Kind aus einem öffentlichen Gebäude geführt wurde? Deputy Lombardi wartete, die Hände auf den Hüften, bis der Typ sich davongemacht hatte. Als sie sich umdrehte, um wieder hineinzugehen, fuhr Bo mit quietschenden Reifen vom Parkplatz.

Ich ließ die Zeitung sinken. Ich konnte es kaum erwarten, meinen Bericht endlich abzugeben und mit diesen Leuten fertig zu sein.

Eine Frau mit einem kleinen Kind auf dem Arm schob einen leeren Kinderwagen an mir vorbei.

Und da wusste ich, was mich an den Fotos in der Zeitung störte. Die Babysitterin bekam – im Tod – die einmalige Gelegenheit, den vermissten Jungen zärtlich an sich zu drücken, aber seine Mutter wurde behandelt wie eine Verdächtige bei einer Gegenüberstellung. Kein Kleinkind in ihren Armen, weder in dieser Zeitung noch jemals wieder – als stünde das in der Macht des Chefredakteurs.

Hier auf der Titelseite des *Spectator* wurde praktisch festgelegt: Die Babysitterin war schön, liebevoll, gut. Die Mutter: eine Verbrecherin. Es gab keine Bilder von Bo und auch keine weiteren Informationen, die die Familie betrafen, abgesehen von ihrem Wohnort. Keine Hinweise auf irgendwelche Konflikte oder nicht gedeckte Schecks, auf irgendwelche Vergehen heute oder in der Vergangenheit.

»Hallo«, sagte eine Frauenstimme.

Ich schrak auf. Die beiden Booster-Club-Moms von dem Abend, als Aidan verschwunden war, standen vor mir. Aber diesmal beugte sich die Gelangweilte, die sich nicht mit mir hatte abgeben wollen, mit einem Grinsen zu mir herunter. Die andere hielt sich im Hintergrund. »Hi«, sagte ich. »Stephanie und …«

Stephanie wandte überrascht den Kopf.

»Grace«, sagte die andere und lächelte, aber sicher nicht, weil sie so begeistert war, mich zu sehen. Wohl eher freute sie sich darüber, dass ich Stephanies Namen behalten und wahrscheinlich genau untersucht hatte, was sie auf den Flyer geschrieben hatte. »Ich glaube, wir haben dich in der Schule gesehen.«

»Oh«, sagte ich. »Ja, es war noch Papierkram zu erledigen. Wegen des Übergangs.«

»Es gab dort irgendwelchen Ärger«, sagte sie. »Ich dachte,

vielleicht war deiner daran beteiligt. Meiner war es jedenfalls. Wenn es irgendwo Ärger gibt, ist er garantiert mittendrin.« Sie schien beinahe stolz darauf zu sein, dass ihr Junge solche Scherereien machen konnte. Dann schaute sie mich genauer an. »Was für ein Übergang?«

»Von seiner letzten Schule«, sagte ich.

»Ich kann nicht glauben, dass irgendjemand freiwillig hierherkommt. Vor allem aus Chicago.«

Wieder mal die Gerüchteküche. Grace stellte ständig Fragen, auf die sie eigentlich keine Antwort mehr brauchte.

»Dort ist es so unsicher«, sagte ich und ging nun auch zum Du über. »Du hast sicher die Geschichten gehört.«

»Und dann landest du hier, während das da passiert«, sagte Grace und zeigte auf die Zeitung in meinen Händen. Ich faltete sie zusammen und steckte sie unter meinen Arm.

»Tja, da habe ich wohl Pech gehabt.«

»Bist du die Quelle?«, meldete sich Stephanie zu Wort. »In der Zeitung? Die Person, die gesagt hat, dass es die Handschrift der Mutter ist?«

»Nein«, sagte ich.

»Aber man hat dich doch hinzugezogen, oder? Das ist doch dein Beruf?«, fragte Grace.

»Nicht nur das«, sagte ich. Ich wusste nicht, wie ich aus diesem Gespräch herauskommen sollte. Doch plötzlich hatte ich eine Idee. »Das scheint euch ja zu interessieren. Wollt ihr, dass ich einen Blick auf eure Handschriften werfe?«

»Nein!«, blaffte Stephanie.

»Doch, da kannst du Gift drauf nehmen«, verkündete Grace und zog einen Stift aus ihrer Handtasche. Nach einigem Hin und Her zeigte sich, dass das einzige verfügbare Stück Papier die Zeitung unter meinem Arm war. Ich reichte sie ihr, und sie schrieb ein paar Worte darauf. »Und dann meine Unterschrift? Soll ich unterschreiben?«

»Wie du willst«, sagte ich. Ich hatte geglaubt, sie würden beide vor Schreck davonlaufen, aber das zeigte nur, wie wenig ich von Menschen verstand, außer auf dem Papier. Obwohl ich dem Beratungslehrer erklärt hatte, dass ich keine Partyspielchen machte, tat ich nun genau das.

Grace gab mir die Zeitung zurück. »Tu dein Schlechtestes«, sagte sie.

Sie hatte geschrieben: *Du laberst nur Scheiße. Liebe Grüße, Grace Mullen*

»Du hast … einen gesunden Skeptizismus«, sagte ich.

»O mein Gott«, sagte Grace. »Steph, das ist wie auf dem Jahrmarkt bei einer unheimlichen Märchenerzählerin. Du musst das unbedingt auch machen.«

Mein Blick wurde von den runden Buchstaben angezogen, ihren *As, Es* und *Cs.* Statt weit und rund waren sie ziemlich eng und spitz. Dieser eklatante Mangel an Großzügigkeit war nicht sonderlich gesund: Dieselben Tendenzen hatte ich bei Frauen im Gefängnis festgestellt und bei Männern, die krampfhaft an einem Job festhielten, in dem sie nicht weiterkamen. Sogar die Handschrift meiner Mutter hatte das gezeigt, einer Frau, die in einer Sackgasse steckte und auch niemand anderem gönnte, daraus zu entkommen. Ich fragte mich, was die Wahrsagerin auf dem Jahrmarkt Grace erzählen – und was sie auslassen würde. Wahrscheinlich eine Menge. Ich schaute in Graces gierige Augen. Es brachte nichts, die ganze Wahrheit zu sagen, und außerdem war das hier kein Job.

»Du hast viel Mitgefühl«, sagte ich und betrachtete die Buchstaben, während ich mir weitere Lügen zurechtlegte. »Du würdest gerne noch mehr für andere tun. Und, oh, das ist interessant …«

»Was?« Grace beugte sich vor.

»Nun, ein paar Merkmale weisen darauf hin, dass du vielleicht« – zum ersten Mal zeigte sich so etwas wie Besorgnis auf ihrem Gesicht – »jemand bist, mit dem die Arbeit am Verpflegungsstand der Boosters richtig Spaß macht«, sagte ich.

Ihr Gesicht zeigte einen Anflug von Verwirrung, dann Erleichterung. »Das stimmt. Und vielleicht ist es mit dir auch gar nicht so schlecht.«

Steph warf mir einen neugierigen Blick zu. Es war *doch* wie auf dem Jahrmarkt. Ich war die Marktschreierin, die den Leuten anbot, ihr Gewicht zu schätzen, und immer gut zwanzig Kilo abzog, damit alle zufrieden waren.

»Joshua hat seinen Turnierplan schon verloren«, sagte ich in dem Ton, den sie bestimmt von mir erwarteten. *Typisch Jungs.* »Wie bekomme ich den? Und wahrscheinlich sollte ich mich auch für ein paar Schichten eintragen?«

Stephanie reichte mir diesmal eine Karte, gedruckt und kaum dazu geeignet, irgendetwas preiszugeben. Ich nahm sie und bemerkte das kitschige kleine Haus darauf. *Sommer House* stand unter ihrem Namen, auch wenn die Karte nicht verriet, wo sich dieses Haus befand. Ich lächelte und verabschiedete sie mit Nettigkeiten. Das tat weh. Diese ganze Episode war Theater – aber egal. Letztendlich ging es um mein Kind. Was machte es schon, wenn ich ein bisschen von meiner Würde einbüßte, nach allem, was ich bereits verloren hatte?

Wieder bei der Wohnung, fand ich einen flachen weißen Umschlag, an mich adressiert, auf den Briefkästen an die Wand gelehnt. Sonst hatte ich nur Werbung und Kataloge in der Post, an frühere Mieter adressiert oder an »alle Haushalte« dieser Adresse. Ich betrachtete einen Flyer, einen von denen, die für Haushaltsgeräte oder Teppichreinigungen warben und auf den übrigen Seiten Suchanzeigen für vermisste Jugendliche abdruckten. Diese hier zeigte ein vermisstes Mädchen aus Nevada. Es gab keinen Grund, sich ihr Gesicht so genau anzusehen, wie ich es tat. Manchmal, wenn ein verschwundenes Mädchen alt genug war, eine Ausreißerin, ertappte ich mich dabei, dass ich ihren Mut bewunderte.

Ich ging die restlichen Sendungen durch: ein Katalog für Damenmode, überall Leinen und breite Armreifen, als wäre die moderne Frau immer so angezogen, passend für ein Dinner auf der Sommerterrasse. Ich konnte nicht anders, als die ersten Seiten durchzublättern. Was für Leute führten diese Art von Leben in Leinenkleidern?

Auf halbem Weg die Treppe hinauf kam ich zum nächsten Katalog aus dem Stapel, und beinahe hätte ich alles andere fallen lassen.

Sweetheart Lake Adventures.

Meine Knie wurden weich. Ich ließ mich schwer auf eine Stufe sinken, während mir die restliche Post aus den Händen glitt und bis zum nächsten Treppenabsatz rutschte.

Das konnte nicht sein.

Die Fotocollage auf dem Umschlag zeigte alles, was Touristen in meiner Heimatstadt gefiel: Kinder mit schokoladenverschmierten Gesichtern vor dem Fudge-Shop, ein bärenhafter Paul-Bunyan-Darsteller inmitten einer Parade, Fischer in einer Reihe, ihre Angeln vor sich, an denen noch der letzte Fang hing, ein prachtvoller Sonnenuntergang, violett und golden, und das malerische Bild eines Bootsstegs, im Hintergrund der stille dunkelgrüne See.

Auf der Rückseite des Magazins: mein Name, meine Adresse.

Ich blätterte wieder zurück und hielt mühsam die Tränen zurück. Meine ganze Kindheit lag da so einfach vor mir und – war schön. Der Lebensmittelladen, das alte Kino. Die lange Straße, die durch die Innenstadt zum Fluss führte, ein Party-Banner darüber gespannt. Ich hatte Mühe zu glauben, was ich da sah. Das war eine Fälschung, es konnte nicht echt sein. Es konnte nicht immer noch so aussehen.

Das konnte nicht *hier* sein.

Wie konnte ich dieses Ding *hier* in meinen Händen halten?

Ich sammelte die Post wieder ein und rannte hinauf in die Wohnung. Die Werbesendungen stopfte ich in den Papierkorb, dann verbrachte ich einige Minuten damit, das *Sweetheart Lake Magazin* in Stückchen zu reißen, immer kleiner und kleiner. Schließlich steckte ich den ganzen Haufen in eine Plastiktüte, knotete sie zu und versenkte sie tief im Mülleimer.

Ein paar Minuten später grub ich sie wieder aus, stürmte die Treppe hinunter, zur Hintertür hinaus, über den Parkplatz zum Müllcontainer und warf sie hinein.

Wie konnte das passieren? Wenn man nie eine Telefonnummer, E-Mail- oder Postadresse herausgab, Werbegutscheine und Bonuskarten grundsätzlich ablehnte, sich nie auf irgendeiner Liste eintrug – wie konnte man dann gefunden und von der Vergangenheit eingeholt werden?

Wieder oben, lief ich in der Wohnung auf und ab, bis ich fürchtete, dass Margaret gleich zu ihrem Besenstiel greifen würde, und mich an den Tisch setzte.

Ich hatte die Zeitung mit der Geschichte über die Babysitterin, Charity Jordan, aufbewahrt. Jetzt lenkte ich mich ab, indem ich sie durchblätterte. Ihr Foto wirkte merkwürdig fröhlich hier in dieser kahlen Wohnung. Wahrscheinlich war es absichtlich ausgewählt worden, um zu zeigen, was für ein vielversprechendes junges Leben da ausgelöscht worden war. Ich verglich Charitys robuste Schönheit noch einmal mit Aidans Mutter, die dagegen klein wirkte, beinahe zerbrechlich. Die Polizei hatte vermutlich eine Theorie dazu, wie die junge und kräftige Charity von ihrer zierlichen Arbeitgeberin niedergestreckt worden war. Nun, ich hatte leider auch keine andere. Vielleicht war Leila eine dieser Frauen, die durch einen Adrenalinschub in der Lage waren, einen Volkswagen hochzustemmen, wenn das nötig war, um ihr Kind zu retten. Ich hoffte, dass ich selbst nie in die Situation kommen würde, mein Lymphsystem so auf die Probe stellen zu müssen. Bisher hatte ich bei jeder Gelegenheit die Flucht dem Kampf vorgezogen.

Ich blätterte zur letzten Seite und landete bei den Tagesnachrichten: eine Festnahme in einer Bar, ein betrunkener Autofahrer auf der Interstate, ein Fall von Vandalismus durch Graffitisprüher an einer Brücke außerhalb der Stadt. Ich blätterte wieder nach vorn, begierig nach weiteren Informationen über Leila. Man hatte nichts herausgefunden, außer dass ihre Adresse in Indianapolis zu einer Organisation gehörte und dass sie dort gar nicht gewohnt hatte, sondern in einem Heim, das von dieser Gruppe betrieben wurde. Die frühere Adresse stand nicht in dem Artikel; eine neue Adresse gab es nicht. Der Name der Organisation wurde nicht genannt. Der Mangel an Details schien auch etwas auszusagen; es wirkte wie ein resigniertes Achselzucken. Übergangshaus, Drogen, Unfähigkeit, Verdacht. Was immer dahintersteckte, es war merkwürdig, oder? Dass eine Mutter ihr kleines Kind in der Obhut anderer Leute ließ, um ihre eigene Situation zu verändern – das war nicht richtig. All das war zwischen den Zeilen zu lesen.

Als ich die Zeitung wieder zusammenfaltete, sah ich Grace Mullens Nachricht und Unterschrift. Und darunter ein Foto, das ich mir noch nicht genau angesehen hatte. Irgendein städtisches Ereignis, eine Preisverleihung, Händeschütteln. Und am Rand des Geschehens stand Sheriff Keller.

Das erinnerte mich daran, dass mein Bericht, der mich von allen weiteren Gesprächen mit diesem Mann befreien würde, noch nicht fertig war. Ich drängte meine Angst zurück. Es war alles nur ein Zufall, ein Fehler auf einer Marketingliste. Der Bericht für Keller war hier das, was wirklich drängte. Ich öffnete mein Laptop und machte mich an die Arbeit.

Als ich merkte, dass ich vergessen hatte, Joshua vom Footballtraining abzuholen, war es zu spät. Ich hörte ihn die Treppe heraufstampfen, dann drehte sich der Schlüssel im Schloss. Er trat durch die Tür und legte seinen berüchtigten Rucksack auf den Tisch.

»Es tut mir so leid«, sagte ich.

»Ich konnte bei einem Freund mitfahren«, erwiderte er. Vielleicht war er hin- und hergerissen: Wollte er, dass ich mich schuldig fühlte, oder sollte er lieber hervorheben, dass er das Problem allein gelöst hatte? »Sein Vater hat gesagt, ich kann jeden Abend mit ihnen fahren, wenn ich will. Sie kommen direkt hier vorbei.«

»Na ja, da müsste ich seinen Dad vorher mal kennen lernen, weißt du. So macht man das nicht.«

Joshua strich sich eine verschwitzte Haarsträhne aus der Stirn und sah mich ausdruckslos an. Möglicherweise wusste er – im Gegensatz zu mir –, dass man es doch so machte, genau so. Dass es nicht nötig war, Recherchen anzustellen oder Autokennzeichen zu notieren. Einfach nur blind darauf vertrauen, dass das Dorf schon mithelfen würde, das Kind zu erziehen? Nein, das ging nicht.

»Tja, er hat gesagt, dass er sowieso direkt hier vorbeifährt. Dass es keine Umstände macht.«

»Wir können noch darüber sprechen«, sagte ich schließlich. Worüber wir sprechen sollten, war Mathematik, aber das konnte warten, bis die Bücher auf den Tisch kamen und mit ihnen das Thema. Nach dem Adrenalinschub wegen des Magazins hatte ich einen Durchhänger. »Geh jetzt duschen.«

Mit sich selbst zufrieden, ging er ins Bad. Ich hatte noch nicht einmal etwas zu dem Rucksack gesagt, der wieder mal am falschen Platz lag. Immerhin redeten wir miteinander. Wozu das aufs Spiel setzen?

Außerdem war ich ein wenig verstört. Ich hatte ihn vergessen. Das war mir noch nie passiert.

Es dauerte eine ganze Weile, bis ich mich wieder in den Bericht über die Ransey-Schriftproben, den ich an Kellers Büro schicken würde, vertiefen konnte. Wie sollte ich ihn formulieren? Ich wollte alles richtig machen, genau das richtige Maß an Professionalität beweisen – und ja, vielleicht wollte ich Keller zeigen, was ich draufhatte.

Als ich das nächste Mal aufblickte, war die Wohnung dunkel und still. Der Rucksack und die Hausaufgaben darin waren unberührt. Joshua war in sein Zimmer zu seinen Videospielen gegangen.

Vor seiner Tür holte ich tief Luft. Würden wir gleich über Mathe sprechen?

Ich klopfte an, wartete auf das Brummen, das ich als Einladung auffassen konnte, und öffnete die Tür. Er lag bäuchlings mit dem Controller in den Händen auf dem Fußboden, die Kopfhörer hingen um seinen Hals.

»Nur noch fünf Minuten, okay?«, sagte er.

»Eigentlich«, sagte ich, »muss ich ein paar Minuten weg. Nur kurz was erledigen. Ich muss … komm doch mit.«

»Ich habe Hausaufgaben.«

»Die du sowieso nie machst. Wenn du das tätest, hätte man mich heute nicht in deine Schule bestellt.«

Er stieß mit der Stirn auf den Fußboden. »Oh«, murmelte er in den Teppich.

»Ja, hat wirklich Spaß gemacht«, sagte ich. »Sie haben mir viel von deiner herausragenden Arbeitsmoral erzählt und von einem Zwischenfall an der Tafel.«

Er zuckte zusammen und blickte auf. Es war merkwürdig, aber ich mochte ihn so. Ich sagte etwas, und er reagierte. Besser als Schweigen. Wenigstens wusste ich, dass er mich hörte.

»Oder vielleicht sollte ich sagen *nicht* an der Tafel. Und jetzt möchte Mr Jeffries, dass ich in die Schule komme und alle in die Wunder der Handschriftenanalyse einweihe …«

Joshua sprang so plötzlich auf, dass ich zurückfuhr.

»Das machst du nicht, oder?« Er warf den Controller auf den Boden und starrte ihn an. Jetzt war er genau wie Ray. »Das fehlt mir gerade noch.«

Er riss sich die Kopfhörer herunter und ließ sich auf das Bett fallen. Ich wartete darauf, dass er sich die langen Strähnen aus der Stirn strich. Er tat es.

Meine Gedanken rasten. Was ging in ihm vor? Was sagte mir das?

»Ich werde es nicht machen, wenn du es nicht willst«, sagte ich langsam. »Aber – komm jetzt mit. Wir holen uns Burger und Milchshakes in der Dairy Bar, und danach helfe ich dir bei den Hausaufgaben.«

Mit gerunzelter Stirn sah er mich an. Er hatte so viel von mir, auch wenn seine Augen und sein Profil wirklich an Ray erinnerten. Sein ungläubiger Gesichtsausdruck. Sein Misstrauen. Seine Zweifel. Das alles hatte ich ihm gegeben.

SIEBTES KAPITEL

Im Auto drückte sich Joshua eng an die Beifahrertür. Ich drehte am Radio und entschied mich schließlich für Stille. Es war ein kühler Abend, genau richtig für einen Ausflug mit dem Auto. Wir fuhren langsam durch die Stadt, die Fenster heruntergelassen. Vor dem Courthouse saßen ein paar Jungen auf der Mauer, die den Rasenplatz eingrenzte. Joshua drehte den Kopf, als wir vorbeifuhren.

Die Kalksandsteinbauten der Innenstadt wichen älteren Holzrahmengebäuden, dann passierten wir eine Apotheke, eine Tankstelle, einen Reifenhandel, dann ein schmutzig weißes Ladengeschäft mit leeren Fenstern. Die Gehwege waren hier holprig und voller Risse. Wir waren nur etwa eine Meile von unserer komfortablen Wohnung mit der doppelten Türverriegelung entfernt, aber ich spürte die Gegenwart meiner alten Feinde – Verfall und Vernachlässigung. Ich fuhr langsamer und lehnte mich zur Beifahrerseite hinüber, um an den Häusern auf der anderen Straßenseite hochzublicken. Joshuas Haare waren noch nass von der Dusche, und er roch gut: Seife, Waschmittel, warme Haut.

»Was machen wir?«, fragte er schließlich, wie um mir einen Gefallen zu tun.

»Recherchen für einen Job, den ich hier in der Stadt erledige«, erklärte ich, während ich den Wagen näher an den Fahrbahnrand lenkte. Ein paar ungeduldige Autofahrer drängten an uns vorbei.

»Wo ist die Handschrift?«

»Das ist es nicht ganz. Eher geht es darum … jemanden auszuspähen.«

Er starrte mich an. Das war das Vokabular von Krieg und Videospielen. Ich hatte gar nicht beabsichtigt, ihm ein Friedensangebot zu machen, aber er schien jetzt interessiert. »Eine Aufklärungsmission? Observierst du jemanden oder so?« Er zog mich auf, und ich genoss es. Er beugte sich dicht an die Windschutzscheibe und spähte hinaus.

»Okay, vielleicht ist es eher eine Inspektion.« Ich zeigte auf ein bestimmtes Haus, einen grauen Klotz mit zwei Eingangstüren. Die eine stand halb offen, und das Fliegengitter hing schief. Die Eingangsterrasse war unter dem Gewicht einer Couch und einem Stapel von Kartons und Getränkekisten abgesackt.

»Ist hier ein Mord passiert?«

»Glaubst du, dann würde ich hier sitzen? Glaubst du, dann würde ich dich hierherbringen? Ein kleiner Junge wird vermisst. Das hier ist sein Elternhaus.«

»Ich wette, dass er dieses Haus nicht vermisst«, sagte Joshua.

Ein Teil von mir wollte ihm zustimmen, aber ich wusste es besser. Wie konnte ich ihm erklären, wie kompliziert es war, wenn man einen Ort liebte und gleichzeitig hasste? Man konnte genau wissen, wie unzulänglich das eigene Zuhause war, und es dennoch verteidigen – sich sogar danach sehnen. Man sah Hochglanzfotos davon und wurde wütend, weil es immer noch existierte, obwohl man selbst nicht mehr dort war. »Vielleicht doch. Das ist sein Zuhause, egal, wie es aussieht. Wenn ihn ein Fremder mitgenommen hat, dann vermisst er es ganz sicher sehr.«

»Hat ihn denn ein Fremder mitgenommen?«

Ich dachte an die Einkaufsliste auf rosa Papier. »Nein«, sagte ich. »Seine Mutter hat ihn. Sein Vater will ihn zurück.«

»Oh.« Er ließ sich auf dem Autositz zurücksinken und trommelte mit dem Fingernagel auf das Seitenfenster.

»Irgendwie wünsche ich mir ein bisschen, dass die Mutter davonkommt«, sagte ich in der Hoffnung auf eine Reaktion von ihm. Ich wollte, dass er mir beipflichtete, aber warum sollte er das tun? Das war zu viel verlangt. Meistens verlangte ich zu wenig, und jetzt wollte ich sein ganzes Vertrauen.

»Warum?«, fragte er.

»Ich kann an ihrer Handschrift erkennen, dass sie ihren Sohn sehr liebt, und ich sehe an der Handschrift seines Vaters, dass er wahrscheinlich jemand ist, der eigentlich kein Vater sein sollte«, erklärte ich. »Das ist problematisch, weil ich dem Vater helfen soll, seinen Sohn zurückzubekommen.«

»Hast du ihm schon geholfen?«

»Ich bin dabei. Aber es ist schwer, das Richtige zu tun. Das Richtige fühlt sich nicht immer richtig an.« Ich betrachtete Joshuas Nacken. »Und wenn die Mutter ihn hat, dann …« Ich dachte an die lächerlich attraktive junge Babysitterin. »Dann hat sie womöglich etwas Schreckliches getan, um ihren Sohn zurückzubekommen.«

Ein dunkles Fahrzeug kam quietschend neben unserem Auto zum Stehen. Ich wandte den Kopf und sah die Motorhaube eines schwarzen SUV, auf der sich das Licht der Straßenlaterne spiegelte. Der Wagen setzte zurück, um hinter uns längs zur Straße einzuparken. Ich fuhr ein Stück vor, um ihm Platz zu machen, dann wendete ich, um nach Hause zu fahren.

Auf dem Weg durch die Stadt lehnte sich Joshua an die Beifahrertür, so weit weg von mir wie nur möglich.

Ich holte tief Luft. Wir hätten über Mathe reden sollen, auch wenn ich nicht glaubte, dass Mathe das eigentliche

Problem war. »Wäre es schlimm, wenn der kleine Junge bei seiner Mutter und nicht bei seinem Vater lebt?«

Er fing wieder an, auf das Fenster zu trommeln. »Nein.«

»Nicht?«

»Aber warum?«, fragte er.

»Warum was?«

»Na ja, warum soll er ihn nicht sehen können?«, sagte er. »Ab und zu?«

Bruchstücke einer Erinnerung. Das Sonnenlicht auf dem neuen Ruder. Seewasser in meiner Kehle.

Wir fuhren weiter, hielten an einer Ampel ein paar Blocks vor der Wohnung. Der Motor brummte leise, während ich die Zeit des Schweigens, die noch vor mir lag, berechnete. Er war erst dreizehn. Mindestens noch fünf Jahre bis zum College, und was dann? In aller Stille konnte genau das aus ihm werden, was ich fürchtete. Oder schlimmer: Ich konnte ihn ganz verlieren.

Jetzt tauchte das Bild meiner Mutter vor mir auf, die sich an den Küchentresen lehnte und dann abwandte. Ich hatte einen gebrochenen Arm, und sie sagte … was hatte sie gesagt? *Dazu habe ich dich nicht erzogen.* Zu widersprechen, hatte sie gemeint.

Die Ampel wurde grün, aber ich saß nur da und starrte auf das Signal, unbeweglich, bis der Fahrer hinter uns hupte. Ich fuhr los und lenkte den Wagen an den Straßenrand, wo ich anhielt und mich Joshua zuwandte. Auf welche Worte hatten wir uns im Lauf der Jahre geeinigt?

»Joshua, du weißt, dass dein Vater ein paar … Er war krank, und ich habe nicht daran geglaubt, dass es besser werden könnte«, sagte ich. »Natürlich mache ich mir Gedanken, ob ich mich vielleicht getäuscht habe, aber das glaube ich nicht. Ich mache mir über vieles Gedanken. Wenn es etwas gibt, worüber du sprechen möchtest …«

Ich beugte mich zu ihm hinüber, flehend. Er saß unbeweglich da und schwieg.

»Eins kann ich dir sagen«, erklärte ich, während ich mich wieder dem Steuer zuwandte. »Du bist nicht wie er.«

Ich wollte gerade den Motor wieder anlassen, da sagte er in einem so unbeteiligten Ton, als spräche er über eine Matheaufgabe: »Woher weißt du das?«

»Ich weiß es einfach«, antwortete ich und umklammerte das Lenkrad mit beiden Händen. »Ich kenne ihn, und ich kenne dich. Da kann ich das ganz gut beurteilen. Du bist klüger und netter. Du bist schon jetzt ein besserer Mensch, als dein Dad es je hätte sein können.«

Er lehnte seinen Kopf ans Fenster. »Hast du das aus meiner Handschrift gelesen?«

»Nein. Ich habe es nirgendwo gelesen«, sagte ich. »Hast du noch nie von Intuition gehört?« Ich wollte ihm meine Hand auf das Knie legen, aber ich tat es nicht. »Ich muss nicht in deiner Handschrift lesen. Ich kann es einfach fühlen.«

Er sah mich an, und ich wusste, was er dachte. Ich vertraute nicht auf Intuition. Manchmal schien es, als hätte ich gar keine.

Aber dann weiteten sich seine Augen. Ich wandte den Kopf und sah eine dunkle Gestalt an meinem Fenster. Hastig betätigte ich die Zentralverriegelung, während schon jemand mit den Fingerknöcheln an die Scheibe klopfte.

Schließlich erkannte ich die Goldknöpfe an der Uniform und dann die Kappe des Sheriffs. Immer noch zitternd ließ ich das Fenster herunter.

»Miss Winger, alles in Ordnung hier?« Er beugte sich herunter, um über beide Vordersitze blicken zu können.

»Wir haben nur eine kleine Unterhaltung, ein bisschen unerwartet. Ich … Sheriff, das ist mein Sohn Joshua«, sagte ich. »Joshua, das ist Sheriff Keller.«

Der Sheriff beugte sich über mich, um ihm die Hand zu geben. »Tja, schön, dich kennen zu lernen. Deine Mutter meinte, du bist ein so guter Junge, dass wir sicher nie miteinander zu tun bekommen – und schon ist es passiert.«

Joshua schüttelte die ihm dargebotene Hand und lächelte vorsichtig.

»Alles okay in der Schule?«, fragte der Sheriff. Er zog sich wieder zurück und stützte sich von außen auf das geöffnete Autofenster.

»Ja, ist okay. Außer Mathe.« Joshua warf mir einen Seitenblick zu. »Aber das kriege ich in den Griff.«

»Gut, gut.« Keller nickte. »Miss Winger, ich war gerade drüben bei den Ranseys, um mit Bo zu sprechen.«

Ich warf einen Blick in den Seitenspiegel und sah ein schwarzes Fahrzeug hinter uns. Einen SUV. Natürlich.

»Merkwürdig, ich glaube, ich habe Sie schon gestern gesehen, draußen im Sugar Creek Park nach unserer kleinen Unterhaltung. Überall, wo ich hingehe, treffe ich Sie.« Er lächelte selbstzufrieden, und ich wandte den Blick ab. »Ich habe Bo Ransey gerade versichert, dass wir hart daran arbeiten, Aidan zurückzubekommen. Ihren Namen habe ich dabei aus dem Spiel gelassen. Ich glaube nicht, dass er meine Methoden kennen muss. Aber ich habe ihm gesagt, dass ich meine besten Leute ins Boot geholt habe.«

Ich war in der Sache voreingenommen, das war nicht zu ändern. Bo zu treffen – zweimal sogar – und auch noch mit ihm zu sprechen, mochte ja noch angehen. Aber indem ich zu seinem Haus gefahren war, hatte ich gegen meine eigenen Regeln verstoßen. Und was hatte es mir gebracht? Nichts, außer dass ich mich bestätigt fühlte. Jetzt wurde mir klar, was ich hier gesucht hatte: ein Gefühl der Überlegenheit.

Joshua rutschte von der Beifahrerseite herüber. »Wie viele Leute haben Sie?«

»Ah, Junge. Das ist hier eine kleine Stadt«, sagte Keller und lächelte. »Mein bester Mann ist nur einer: ich.«

Joshua lachte laut und herzlich.

»Und mein Chief Deputy. Und natürlich deine Mom. Sie ist eine unübertreffliche Expertin«, sagte Keller und sah mich bedeutungsvoll an. »Sie ist so gut in ihrem Job, dass ich möchte, dass sie noch mal bei mir vorbeikommt, um mir bei einer anderen Spur zu helfen.«

Erpressung. Nichts davon wäre passiert, wenn ich mich um meine eigenen Angelegenheiten gekümmert hätte. »Eine neue Spur?«

»Vielleicht, vielleicht auch nicht, aber ich muss jedem einzelnen Hinweis folgen, auch wenn es ein Schuss ins Blaue ist«, sagte er, während er den Kopf wandte, um einen scharfen Blick auf ein Auto zu werfen, das zu schnell vorbeifuhr. Der Wagen verlangsamte das Tempo, und ein Arm wurde aus dem Fenster gestreckt und winkte. »Frank Hart«, sagte der Sheriff kopfschüttelnd und drehte sich dann wieder zu uns. »Ich versuche immer, meine Stadt zu einem lebenswerteren Ort zu machen, deshalb folge ich selbstverständlich jedem noch so winzigen Hinweis. Ich muss einen Jungen nach Hause bringen, bevor seine Spuren verwischen, deshalb kann ich nicht viel Zeit mit Hokuspokus verbringen.«

Plötzlich spürte ich die abendliche Kühle, und ich rieb mir die Arme. Etwas in seinem Ton weckte eine Erinnerung in mir – an den Wohnwagen, den ich mir irgendwo in Tennessee gemietet hatte, und an jemanden, der dort an die Tür geklopft hatte. Der Polizist mit dem entschuldigenden Blick.

Schon lange hatte ich nicht mehr an den Mann gedacht. Diesen Mann. Er war derjenige, der mich gefunden hatte und der mich für am Leben erklären musste – aber er hatte mich auch befreit. *Sie müssen nicht hier sitzen und warten,* hatte er gesagt. *Gibt es keinen Ort, wo Sie hingehen können?* Es gab keinen, aber ich hatte gehofft, dass ich eines Tages einen finden würde.

Ich wandte mich dem Sheriff zu und sah ihm ins Gesicht.

»…jemanden erschossen?«, fragte Joshua gerade.

»*Joshua.*«

»Nun, also, wenn es nicht unbedingt sein muss, versuchen wir das zu vermeiden«, antwortete Keller.

Ich sagte: »Also, Ihr bester Mann ist an dem Fall dran.«

»Absolut«, erwiderte Keller. »Ich war während meiner Amtszeit schon ziemlich oft bei den Ranseys. Und noch öfter habe ich meinen Chief Deputy hingeschickt. Er hat ständig mit ihnen zu tun. Wenn Mr Ransey unsere Aufmerksamkeit braucht, bekommt er sie. Aber wann das ist, entscheiden wir. Verstehen Sie? Nun, ich will Sie nicht aufhalten. Guten Abend, Miss Winger und Mr Winger.«

Als er weg war, saß ich noch einen Moment da und tauchte dann aus dem Gespräch auf wie aus einem tiefen Schlaf. Schließlich ließ ich das Fenster hoch.

»Mom«, sagte Joshua. »Hast du das gehört?«

Ich war mir nicht sicher, was ich tatsächlich gehört und was sich in meinem Kopf abgespielt hatte.

»Was? Was soll ich gehört haben, Schatz?«

»Er hat mich *Mister* Winger genannt.« Er drehte sich auf seinem Sitz, um dem Wagen des Sheriffs nachzublicken. Keller ließ die Polizeisirene einmal aufheulen. Ich lachte über Joshuas Überraschung und spürte mit Erleichterung die Luft in meiner Lunge. Wie lange hatte ich den Atem angehalten?

Ich beugte mich hinüber und legte eine Hand in Joshuas Nacken. »Ja, warum nicht? Ich hab es dir doch gesagt: Der bist du.«

Natürlich schüttelte Joshua meine Hand ab.

ACHTES KAPITEL

Der Parkplatz der Dairy Bar war voll, und zahlreiche Menschen drängten sich um die Picknicktische. Ich hätte diesen Ort am liebsten sofort wieder verlassen und wäre nach Hause gefahren, aber Joshua schien hier zu Abend essen zu wollen, selbst wenn es miese Milchshakes gab. Doch ich wurde den Eindruck nicht los, dass die meisten Leute hierhergekommen waren, um zu gaffen oder um sich über die Ranseys auszutauschen, gewissermaßen vor ihrer Haustür. Ich bestellte am Verkaufsfenster. Zum Mitnehmen, betonte ich zweimal.

Als ich bezahlte und mich umdrehte, sah ich, dass Joshua auf die Tische zuging. »Hey«, rief ich, aber das Mädchen an der Kasse hielt mich wegen des Wechselgelds zurück.

»Ich brauche 25-Cent-Stücke«, rief sie über ihre Schulter zurück.

»Wir brauchen alle irgendwas.« Eine alte Frau, die das gleiche Dairy-Bar-T-Shirt trug, trat zu ihr. Sie kam mir irgendwie bekannt vor; es musste die Frau sein, die früher am Tag an der Hintertür eine Zigarette geraucht hatte. Das war eine lange Schicht. Die Frau hatte tief eingesunkene Augen, und ihre Stimme klang rau. »Gib der Lady ein paar Zehn-Cent-Stücke, Mädchen. Zehner-Stücke sind auch Geld, oder?« Sie sah mich an und verzog das Gesicht zu einem Lächeln, das nicht weit über eine Grimasse hinauskam.

Ich winkte ab und wollte auf das Kleingeld verzichten, aber das Mädchen fürchtete, das würde ihr die Kasse durcheinanderbringen. Diese Sorge kannte ich, deshalb hatte ich Mitleid und wartete. Als sie das Wechselgeld endlich zusammengesucht hatte, war Joshua aus meinem Blickfeld verschwunden.

»Er ist hier drüben!« Grace stand am Rand des Parkplatzes im Lichtkegel der Straßenlaterne und winkte mich zu sich. Ein paar Leute wandten die Köpfe, um zu sehen, wer da gerufen hatte, und alle blickten mir ungeniert nach, als ich zu ihr hinüberging. »Deiner und meiner sind anscheinend ganz gut befreundet«, sagte Grace. Sie hatte einen großen Becher mit irgendeinem Milcheisgetränk in der Hand und zeigte damit auf den Picknicktisch, an dem Joshua mit ein paar Kids saß. Es war offenbar auch einer von den Jungs vom Schulflur dabei. »Shane junior – oder Shay, wie wir ihn nennen«, sagte sie und wies noch einmal mit dem Becher in die Richtung. »Ich wollte ihn Brad Pitt nennen, nach seinem Daddy, aber davon wollte mein Mann nichts wissen. Da kommt er gerade.«

Ich wandte mich um und sah braunen Polyester mit Messingknöpfen. Lief mir da schon wieder der Sheriff über den Weg? Dann bemerkte ich das aufgeknöpfte Uniformhemd und einen fleischigen roten Hals und erkannte den Cop wieder, der dem Sheriff vorhin seinen Milchshake gebracht hatte. »Sie hat Ihnen erzählt, der Junge ist von George Clooney oder so, stimmt's?«, sagte er mit vollem Mund, nachdem er von seinem Chili-Hotdog abgebissen hatte. »Jedes Mal, wenn ich jemand Neues kennen lerne, bringt sie die Leute damit in Verlegenheit. Ich bin Shane Mullen.« Er wischte sich eine Hand an seiner Uniformhose ab und streckte sie mir entgegen. Ich schüttelte sie, während ich sein Namensschild las.

»Chief Deputy Mullen.«

»Einfach Shane ist in Ordnung«, sagte er. »Solange Sie nicht gegen irgendwelche Gesetze verstoßen, bevor ich meinen Hotdog aufgegessen habe.«

»Das habe ich nicht vor«, entgegnete ich. »Anna Winger.«

»Oh, ich weiß«, sagte er und lächelte. Er hatte Chilisoße am Mundwinkel. Grace verdrehte die Augen in meine Richtung, streckte die Hand aus und wischte mit einer Serviette darüber. »Im Courthouse reden alle davon, dass Sie da waren«, sagte er. »Eine aufregende Woche.«

»Ich hätte nicht gedacht, dass mein Besuch so viel Aufsehen erregt, nachdem es diese Woche schon einen Mord und eine Entführung gab.«

»Es erregt Aufsehen, wenn der Boss anfängt, sich mit Hexerei …«

»Shane, halt die Klappe«, sagte Grace. »Brad Pitt würde sich nicht so benehmen.«

»… oder mit Magie zu befassen oder wie Sie es auch nennen«, sagte Shane. »Der Sheriff ist ein ehrlicher Kerl, einer von der alten Sorte Cop wie in Westernfilmen. Auf jeden Fall ein Good Guy. Mit weißem Cowboyhut.«

Grace hatte ein kleines Fleckchen Chilisoße im Gesicht ihres Mannes vergessen. Ich starrte darauf. »Ich dachte, im Büro des Sheriffs wären alle Mitarbeiter Good Guys. Und Good Girls«, fügte ich hinzu, weil mir die mürrische Lombardi einfiel.

»Ich für meinen Teil war schon immer für ein schönes Perlgrau zu haben«, sagte er. Grace ging wieder mit der Serviette auf ihn los, aber er nahm sie ihr weg. »Frau, pass auf den Sonnenbrand auf. Brad Pitt würde sich das niemals gefallen lassen. Los, wir legen einen Zahn zu, damit der Junge seine Hausaufgaben erledigt kriegt. Ich dachte, er hat diese Woche Hausarrest. Was machen wir überhaupt hier?«

»Chilisoße von deiner Uniform wischen zum einen«, sagte Grace. Shane ging davon, auf die Jungs zu. »Er wollte diese Woche eigentlich zum Golfen und Angeln gehen, aber dann war hier die Kacke am Dampfen, und er musste zurückkommen. Alles, was er von seinem Urlaub hatte, waren die schöne Aussicht während der Fahrt und ein Sonnenbrand, über den er jetzt jammern kann. Und ich habe für meine Mühen nichts weiter bekommen als einen freien Vormittag. Dann war er schon wieder da und wollte sein Abendessen.« Sie sah mich an. »Mir hat gefallen, was du heute über meine Handschrift gesagt hast – über mich. Ich habe es keine Sekunde lang geglaubt, aber es war nett.«

»Mit etwas mehr Zeit würde ich wahrscheinlich noch mehr finden«, sagte ich.

»Bestimmt etwas, das mir weniger gefallen würde«, erwiderte sie. »Du könntest auch einen Blick auf Shanes Handschrift werfen, aber ich glaube, so genau will ich es lieber gar nicht wissen. Mit deinem Job könntest du einen Stand aufmachen, direkt hier. Die Leute würden um den ganzen Block herum Schlange stehen.«

»Einen Stand – oh, du meinst …« Eine Jahrmarktsbude? Eine Zirkusshow? Die Vorstellung machte mich fassungslos. »Das glaube ich nicht«, sagte ich. Ihr Mann, anstatt seinen Sohn wegzuziehen, hatte sich zu den Jungs gesetzt, um sich mit ihnen zu unterhalten. »Joshua will nicht, dass ich so etwas mache. In der Öffentlichkeit. Für ihn ist das eine Horrorvorstellung.«

»Für meinen ist es schon eine Horrorvorstellung, wenn ich in der Öffentlichkeit auch nur *gesehen* werde«, sagte Grace. »Wir kommen hierher, um ein Eis zu essen und ein bisschen Luft zu schnappen, gehen uns aber aus dem Weg. Das ist in Ordnung«, sagte sie und nippte an ihrem Becher. »Ich muss mich auf dem Laufenden halten. Hast du schon die neuesten Nachrichten gehört?«

»Wahrscheinlich nicht«, sagte ich. »Ich bin nur Gegenstand der Gerüchteküche, sonst habe ich eigentlich nichts mit ihr zu tun.«

»Sie sagen, die Kleine, die getötet wurde … vielleicht hat sie nicht nur als Nanny bei Bo gewohnt.«

»Hm«, machte ich nachdenklich. Ich hatte die Handschrift des Mannes gesehen, der Charity Briefe mit dem Wort *Liebe* darin geschickt hatte, und das war nicht die von Bo gewesen. Vielleicht hatte sie alte Briefe verbrannt, weil es einen neuen Mann in ihrem Leben gab? Andererseits hatte der *Spectator* betont, dass sie noch bei ihren Eltern lebte. »Vielleicht.«

»Und vielleicht ist seine Frau deshalb ausgezogen?«

»Dann lautet also deine Theorie: Die Frau holt das Kind und tötet die Geliebte, nicht die Babysitterin.«

»Passt«, sagte Grace.

»Es würde aber auch passen, dass jemand alle auf einmal loswerden wollte: die Geliebte, die Mutter und das Kind«, sagte ich.

Grace sah mich verblüfft an. »Wie meinst du das?«

»Die Mutter ist verschwunden«, sagte ich. »Solange man sie nicht gefunden hat – lebendig und ohne das Kind –, ist sie nicht nur eine potenzielle Verdächtige. Sie ist auch ein potenzielles Opfer.«

»Du meinst Bo«, sagte sie kopfschüttelnd. »Du kennst ihn doch nicht mal.«

»Ich kenne niemanden von euch«, erwiderte ich mit einer wegwerfenden Handbewegung.

Shane und Shay gingen gerade auf einen protzigen schwarzen SUV am anderen Ende des Parkplatzes zu. Anscheinend fuhren hier alle Leute einen schwarzen SUV. »Hey, Angelina Jolie«, rief Shane. »Gehst du zu Fuß?«

»Ich hab den Autoschlüssel, Klugscheißer«, brüllte Grace zurück. »Bo ist in Ordnung. Er ist … Ich kenne ihn seit unserer Kindheit.« Sie hielt den Blick auf Shay gerichtet, der zum Auto ging. »Es kommt mir vor, als wäre es erst gestern gewesen, dass er noch so klein war wie Aidan. Weißt du, was ich meine? Na ja, klar weißt du das.«

»Man wird ihn finden.«

»Man wird *sie* finden«, sagte sie. »Hör mal, ich weiß, dass das, was du heute im Café über mich gesagt hast, Unsinn war. Und weißt du, warum? Weil ich überhaupt kein Mitgefühl habe, wenn ich an das Mädchen mit dem eingeschlagenen Schädel denke. Nicht das kleinste bisschen.«

Auf dem Weg zurück in die kahle, leere Wohnung, fettige Tüten in unseren Händen, sah ich immer wieder vor mir, wie Joshua meine Hand abschüttelte.

Zu Hause aß er alles auf, auch den Burger, den ich für mich gekauft hatte, ohne Appetit darauf zu haben. Dann setzte er sich an den Küchentisch, das aufgeschlagene Mathebuch wie eine Trennwand zwischen uns aufgestellt. Er blätterte zu einer leeren Seite in seinem Heft und starrte mich an.

»Mach einfach deine Hausaufgaben«, sagte ich und stand auf. »Lass uns erst mal sehen, wie weit du kommst. Ich schaue nicht hin.« Er verkroch sich hinter seinem Buch, und ich ging zur Couch.

Von dort betrachtete ich ihn. Er schien nur aus Armen und Beinen zu bestehen, lang und schlaksig, die Ellbogen auf dem Tisch, spitze Knie unter labbrigen Jeans. Er war schon immer dünn gewesen, zeitweise zu dünn. In letzter Zeit war er zu meiner Erleichterung wieder etwas kräftiger geworden. Eine Sorge weniger. Jetzt aber sah ich, dass Erleichterung unangebracht war. Sein Körper hatte sich zwar verändert, aber nicht weil er seine alte Figur zurückgewann. Nein, das war ein gänzlich neuer Körper – weil er eine neue Bestimmung hatte. War das Biologie? Kinder traten in die nächste Entwicklungsphase, und man wollte ja, dass sie erwachsen wurden, dass sie die Gestalt ihres erwachsenen Ichs annahmen. Joshua entwickelte sich einfach, biologisch betrachtet, in Richtung …

Mann.

Meine Kehle wurde eng, und ich hustete, um wieder Atem zu schöpfen.

Joshua sah auf. »Was?«

»Nichts«, krächzte ich und wedelte mit der Hand vor meinem Gesicht herum. Meine Augen tränten. Ich nahm mir einen Schreibblock vom Tisch und fächelte mir damit Luft zu. Joshua betrachtete mich dabei.

Von der Wohnung unter uns: *bumm, bumm.*

Joshua fuhr auf seinem Stuhl herum. »Ich mache doch gar nichts.«

»Nein, das weiß ich. Vielleicht ist es ein Hilferuf.« Allerdings, was für Probleme konnte Margaret haben, wenn sie noch in der Lage war, mit ihrem Besenstiel die Zimmerdecke zu erreichen? »Oder macht sie das unabsichtlich?«

Wir saßen da und horchten.

Bumm. Bumm, bumm.

Ich legte den Schreibblock weg und schlüpfte in meine Schuhe. »Ich beeil mich.«

Auf der Treppe hielt ich inne. Gerade jetzt war ich überhaupt nicht in nachbarschaftlicher Stimmung: All meinen Bemühungen zum Trotz, Männer aus meinem Leben herauszuhalten, lebte ich mit einem zusammen.

Im Hausflur vor Margarets Wohnung konnte ich hören, wie sie mit dem Besenstiel gegen die Decke hämmerte. Ich klopfte an und wartete so lange, dass ich schließlich dachte, dass hier wirklich etwas nicht stimmte.

»Margaret? Alles in Ordnung?«

Die Tür ging auf, die alte Frau stützte sich auf ihren Besen. »Warum sollte etwas nicht in Ordnung sein?«

»Fegst du die Zimmerdecke? Dann solltest du die Seite mit den Borsten verwenden.«

»Was hältst du von dieser Sache mit dem Kind?«

»Margaret«, sagte ich. »Brennt es irgendwo? Kommst du an irgendwas nicht ran? Was brauchst du?«

»Was ist das für ein Getöse da oben?«, sagte die alte Frau.

»Du hast fantastische Ohren, Margaret, wenn du Joshua hören kannst, während er ruhig am Tisch sitzt und Hausaufgaben macht.«

»Ich habe ein Hörgerät, vergiss das nicht«, trumpfte sie auf. »Was soll all das Getrampel auf der Treppe in letzter Zeit, immer rauf und runter?«

»Ich weiß nicht, was du meinst. Soll ich deinen Müll runterbringen oder so?«

»Du, Lady. Du rennst die ganze Zeit herum. Ich kriege kein Auge zu.«

Margaret schlief den ganzen Tag, außer in den zwei Stunden, wenn ihre Quizshows im Fernsehen liefen. Mit voll aufgedrehter Lautstärke, besenstielverdächtig. »Das ist furchtbar. Es tut mir so leid, dass du nicht schlafen kannst.«

»Hab gehört, du bist so was wie 'ne Polizistin.«

Die Gerüchteküche in Parks war wirklich beeindruckend, wenn sie sogar eine Frau erreichte, die nie ihre Wohnung verließ. »Nicht ganz. Ich helfe einfach nur, wenn ich kann.«

»Was denkst du dann darüber? Über diesen Jungen, der weg ist.«

»Ich weiß nicht genau, was ich denken soll«, antwortete ich.

»Dieser Junge«, sagte Margaret und schüttelte den Kopf. »Der arme Junge.«

»Sie werden ihn finden. Wir dürfen die Hoffnung nicht aufgeben.«

Margaret starrte mich an. »Ich meine diesen Jungen, Bo. Er hat schon genug zu ertragen. Und dann diese Ehefrau ...«

Ich fühlte mich mit Aidans Mutter merkwürdig verbunden, hatte eine Art geheime Bewunderung für sie entwickelt, weil sie fortgelaufen und all dem entkommen war, selbst wenn es nur für kurze Zeit sein sollte. Ich konnte mir nicht vorstellen, wie sie eine Frau, die einen Kopf größer und wahrscheinlich fünfzehn Kilo schwerer war, überwältigt haben sollte, also musste ich dieses Verbrechen jemand anderem zuschreiben. Ich bemühte mich um einen gleichmütigen Tonfall. »Was?«

»Die hat es faustdick hinter den Ohren«, sagte Margaret.

Das war Klatschtantensprache. Die kannte ich, denn so hatten die Leute über meine Mutter gesprochen und später auch über mich.

»Wer hat das gesagt?«, fragte ich.

»Die Leute reden einfach. Es liegt in der Luft.«

»Dann habe ich es auch gerochen. Ich dachte, das wären die Dämpfe von irgendeiner Schweinefarm.«

»Was?« Sie versuchte, die Lautstärke ihres Hörgeräts höher zu drehen.

»Was ist mit der Babysitterin? Charity Jordan?«, sagte ich. »Was liegt über sie in der Luft?«

»Nun«, sagte Margaret stirnrunzelnd, »die ist tot.«

Über Tote durfte man nicht schlecht sprechen. Ich dachte an den verbrannten blauen Brief. »Hatte sie einen Freund?«

»Woher soll ich das wissen?«

»Ich dachte, du wärst in Parks am Puls des Geschehens, Margaret«, sagte ich. »Aber egal. Du brauchst also nichts? Könntest du dann den Besen in der Ecke lassen?«

Margaret schnaubte und fegte mit dem Besen einmal über den Teppich. »Zum Arzt fahren«, sagte sie.

»Was – oh, jemand muss dich zum Arzt fahren? Wann?« Das war eigentlich nicht die Frage, die ich stellen wollte. Warum? Warum ich? »Was ist mit dem Fahrdienst, der manchmal vorbeikommt?«

»Der ist für die Kirche«, antwortete sie. »Wenn ich zum Arzt muss, nehme ich normalerweise ein Taxi, aber der Doc wird mich morgen nicht allein gehen lassen. Sagt, ich werde dann benommen sein.«

»Oh.« Ich suchte fieberhaft nach einer Ausrede, doch mir fiel keine ein. Das Beste wäre die Wahrheit: dass mich das nichts anging und dass ich damit nichts zu tun haben wollte. Warum ausgerechnet ich, von allen Nachbarn hier im Haus? Weil man meine Wohnung mit einem Besenstiel erreichen konnte? Weil ich zu Hause arbeitete und – in Margarets Augen – überhaupt nichts tat? »Morgen?«

Auf dem Weg nach oben kam mir die beste aller Ausreden in den Sinn. Morgen – wer plante schon so weit im Voraus?

NEUNTES KAPITEL

Am nächsten Morgen, als Joshua zur Tür hinaus war, setzte ich mich an meinen Computer. Während ich Räuber und Gendarm spielte und mich in die Angelegenheiten meiner Nachbarn hineinziehen ließ, war meine Arbeit liegen geblieben.

Als Erstes fand ich einen neuen Auftrag von Kent unter meinen E-Mails: Dem Chef eines großen Unternehmens in Chicago wurde in einer hastig hingekritzelten Nachricht mit Entführung gedroht. Ich erlaubte mir eine kurze Erinnerung an die Wohnung, die wir in Chicago zurückgelassen hatten, an die lauten Spiele der Nachbarskinder, den Grillgeruch am Sonntagnachmittag. Wir waren dort mehrere Jahre geblieben, und ich hatte kein einziges Mal eine Nachbarin zum Arzt fahren müssen.

Und dann hatten wir eines Tages einen Ausflug in die Stadt gemacht wie Touristen. Chicago-style-Pizza, Geschäfte, die wir sonst nie betraten, Joshua in einer Warteschlange, weil er das berühmte Karamellpopcorn kaufen wollte, das er noch nie probiert hatte. Schließlich war ich ja keine Kriminelle. Schließlich hatte ich alles Erdenkliche getan, um mein Leben weiterzuführen. Aber dann schaute mich eine Oma aus Nord-Wisconsin an, als wäre ich ein Geist. Eine alte Frau in einem Pullover mit dem Aufdruck von Sweetheart Lake.

Ich hatte nicht an die Möglichkeit des Zufalls gedacht. Ich hatte mir erlaubt zu vergessen, dass unwahrscheinliche Dinge geschahen. Man konnte es einem Gott zuschreiben, es Schicksal nennen oder alles auf die Planetenkonstellation schieben, vielleicht auf eine falsche Position Jupiters zur Sonne, je nachdem, an welche Art von Hokuspokus man glaubte. Unwahrscheinliche Dinge passierten ständig.

Ich öffnete Kents Datei, blies Staubkörner von meinem Bildschirm und konzentrierte mich auf ein paar wenige Wörter: *Ich zieh dem verdammten Scheißkerl die Haut ab.*

Ich untersuchte die Höhe der Buchstaben und maß ihren Abstand zur Grundlinie. Einige der Großbuchstaben besaßen einen zurückhaltenden Stolz. Die Person, die das geschrieben hatte, war gebildet. Angestrengt blickte ich auf die Buchstaben und überlegte, was ich dazu sagen sollte. Wieder einmal dachte ich darüber nach, wie viel mehr Zeit ich benötigte, um eine Schriftprobe zu lesen, als der Schreiber darauf verwendet hatte.

Zweiter Punkt: eng stehende Buchstaben, die mir eine gewisse Engstirnigkeit als Diagnose nahelegten. Typisch für Leute, die Drohbriefe verfassten, ob sie die angekündigte Gewalt nun anwendeten oder nicht. Ich ging noch weitere Merkmale der Handschrift durch. Schließlich kam ich nicht mehr umhin, die tief nach unten gezogenen kleinen Gs und Ys zu bemerken, und studierte sie aufmerksam. Zwischenräume.

Zwischenräume über den Unterlängen bedeuteten, dass der arme Kerl wahrscheinlich in höchstem Maße sexuell frustriert war.

In Momenten wie diesem hatte ich immer dasselbe Gefühl: Wer war ich? Welches Recht hatte ich, so in das Leben eines anderen Menschen einzutauchen? Ich bemühte mich meistens um eine gnädige Beurteilung, aber ich hasste solche Spekulationen, solange jeden Tag echte Verbrechen begangen wurden. Wenn Mitglieder von Spitzenkonzernen betroffen waren, kümmerte sich das FBI darum, dann überschlugen sich alle vor Eifer. Wenn aber ein Verbrechen an einem Mädchen verübt wurde, das noch zu jung oder zu naiv war, um zu verstehen, dass es nichts dafür konnte, zuckte niemand mit der Wimper.

Ich, meine Mutter, vielleicht auch meine Großmutter. Möglicherweise waren es Generationen von Frauen, die nicht hatten denken, reagieren, kämpfen dürfen. Vielleicht konnten sie es nicht oder waren einfach so erzogen worden. War das Vererbung? Hatte ich einfach keine Chance? Denn das war die eigentliche Frage, die einzige: Würden all die Anstrengungen, die ich Joshuas wegen unternahm, etwas bewirken?

Vielleicht war die ganze Gewalt schon durch die Biologie an ihn weitergegeben worden, über die Erbinformation für Aggression auf dem Chromosom, das von meinem Vater stammte und in Ray zufällig seine Entsprechung gefunden hatte. Oder wenn nicht Vererbung, dann seine Lebenswelt. Hatte ich ihn zu eng an mich gebunden, sodass er jetzt kämpfen musste, um sich zu befreien? Hatte ich ihn zu streng erzogen, sodass ihm jetzt gar nichts anderes übrig blieb, als sich wütend gegen Regeln aufzulehnen?

Das war eine Wissenschaft, die ich nicht kannte. Es ergab keinen Sinn. Das alles würde so lange ein Was-wäre-wenn-Szenario bleiben, bis ich eines Nachts von einem Anruf der Polizei geweckt würde oder Joshuas Gesicht in einem unscharfen Überwachungsvideo in den Fernsehnachrichten sah. Bis sich herausstellte, in welche Richtung es ging, war das alles reine Spekulation.

Ich ging in die Küche, um mir eine Tasse Tee zu machen, und als ich zurückkam, ignorierte ich die E-Mail, die ich angefangen hatte, und nahm stattdessen den Schreibblock vom Vorabend, der immer noch aufgeschlagen dalag. Ich strich über die leere Seite und nahm einen Stift aus dem

Becher auf dem Tisch. *Joshua*, schrieb ich und wusste, dass der Schwung jedes einzelnen Buchstabens verriet, was das Wort für mich bedeutete. Ich versuchte, mich von dem Gedanken an meine Handschrift zu befreien. *Joshua*, schrieb ich noch einmal und vertiefte mich ganz in diese Aufgabe.

Mit Genuss schwang ich das *J*, als ich plötzlich begriff: Ich musste mich mit der Realität abfinden. Joshua brauchte Hilfe, aber nicht von mir.

Ein Psychologe? Das war zu viel. Aber – ein guter Einfluss? Ein guter, starker, intelligenter, sicherer Einfluss – wer könnte mir helfen, Joshua durch diese schwere Zeit zu führen? Jemand, an den er sich wenden konnte, eine Art Spion in der Welt der Pubertät, der sicherstellte, dass sich kein wirklicher Ärger zusammenbraute? Was, wenn …

»Natürlich«, sagte ich laut zu mir selbst. Ich lehnte mich in meinem Stuhl zurück und legte den Schreibblock beiseite. Joshua vermittelte deutlich, dass er mit der Welt der Frauen fertig war. Er hatte genug von meinen Hätscheleien, von dem Schutz, den ich ihm geben wollte. Er brauchte einen Mann.

Es war lange her, dass es in meinem Leben einen Mann gegeben hatte. So lange, dass ich dazu neigte, es zu vergessen. Nein, das stimmte nicht. Es war eher so, dass das Verlangen zu einem schwachen Brummen im Hintergrund geworden war wie von einer leichten elektrischen Schwingung. Das Geräusch konnte leicht übertönt werden.

Es hatte Angebote gegeben. Dieser Nachbar mit seiner dämlichen Unterschrift. Und dann der Kunde in Ohio sechs Wochen lang, zweimal wöchentlich zur Mittagszeit. Er hätte ebenso gut ein völlig Fremder sein können – eine ganze Reihe von One-Night-Stands –, so wenig, wie wir sprachen. Wenn sein Handy klingelte, griff er ohne jedes Zögern danach. Seine Kinder, die von ihrer Mutter aus anriefen. Ich war zu jung gewesen, um mich ganz darauf einzulassen, und zu alt für eine Beziehung wie in einem Film noir, daher hatte ich die Sache beendet.

Aber die Idee, einen Mann für *Joshua* zu finden, einen, der den Joshua-Code für mich knackte, gab meinem unterschwelligen Verlangen vorsichtig Auftrieb. Ich ertappte mich dabei, wie ich an den Sheriff dachte. Dann an Mr Jeffries. Ich starrte auf das geöffnete Fenster auf meinem Bildschirm, tippte gedankenlos auf der Tastatur herum und klickte schließlich über der E-Mail an Kent auf »Senden«. Wieder eine Sache abgehakt, aber ich spürte keine Befriedigung, keine Perspektive, kein Gefühl von Hoffnung.

Bumm.

Ich warf einen Blick auf die Uhr, dann fuhr ich den Computer herunter und wartete, bis Margarets Signale hartnäckiger wurden. Wenn ich auf mein Leben zurückblickte und wirklich darüber nachdachte, dann konnte ich mich nicht erinnern, wann ich zum letzten Mal besonders viel Hoffnung gespürt hatte.

»Du fährst zu schnell«, sagte Margaret.

»Hier?«

»Beinahe hättest du den Briefkasten …«

»Ist es hier?«

»Fahr langsamer. Siehst du, jetzt bist du daran vorbeigefahren.«

Ich holte tief Luft und bog in die nächste Einfahrt ein. »Hier? Gynäkologische Urologie?«

»Darüber will ich nicht sprechen.«

»Ist mir recht.«

»Sie fallen raus«, sagte sie.

»Wie bitte?«

»Meine weiblichen Teile«, sagte Margaret. »Ich glaube, du stehst hier auf der weißen Linie.«

»Das ist ein Behindertenparkplatz. Spring raus …«

»Junge Dame, du würdest auch nicht springen, wenn du aus demselben Grund hier wärst wie ich!«

»… und ich treffe dich drinnen«, sagte ich.

Ich nahm mir Zeit beim Einparken. Drinnen angekommen wandten alle Leute die Köpfe, um zu sehen, wessen weibliche Teile als Nächstes herausfallen würden. Im Wartezimmer saßen ältere Ehemänner, Töchter, ein kleines Mädchen auf dem Schoß seiner Mutter. Die Zeitschriften waren veraltet und der Fernseher in der Ecke stumm.

»Ma'am, ich habe ein Formular für Sie.« Die Frau an der Rezeption hielt mir ein Klemmbrett hin.

»Für mich?«

»Sie sind mit Mrs Percy hier?«

Ich versuchte, mich an das Namensschild auf Margarets Briefkasten zu erinnern. »Ich bin mit Margaret hier. Sie ist gerade gekommen, oder?«

»Ja, Mrs Percy. Wir haben sie schon aufgerufen. Ich brauche nur eine Unterschrift von Ihnen. Damit erklären Sie, dass Sie nach dem Termin die Verantwortung für sie übernehmen.«

»Es geht um die Haftung? Ist das gesetzlich bindend?«

Die Sprechstundenhilfe warf mir einen langen Blick zu. »Ihre Unterschrift, Telefonnummer und die Beziehung, in der Sie zu der Patientin stehen.«

Ich las ein paar Zeilen. Unverständliche Juristensprache. Ich wollte diese Frau doch nicht adoptieren! »Was sind die Alternativen?«

»Entschuldigung?«

»Ich habe eigentlich keine Beziehung zu der Patientin.«

Hinter mir lachte jemand.

Die Wangen der Frau waren jetzt gerötet. »Gehören Sie zur Familie?«

»Nein.«

»Dann sind Sie eine Freundin«, sagte sie. »Wenn Sie nicht unterschreiben, muss ich Mrs Percy wieder aus dem Behandlungszimmer holen und einen neuen Termin vereinbaren, zu dem jemand anders sie begleiten kann.«

Das hatte ich befürchtet. Ich senkte die Stimme: »Ich glaube nicht, dass sie jemand anderen hat.«

»Offensichtlich nicht.« Die Frau starrte auf das Formular, bis ich den Stift nahm. Noch eine Sekunde, und ich gab auf und unterschrieb. *Freundin.*

»In ungefähr einer Stunde ist sie fertig«, sagte die Sprechstundenhilfe, während sie das Klemmbrett entgegennahm.

Ich sah noch einmal hinüber zum Wartezimmer. Eine der Frauen starrte mich unverhohlen an. »Kann man hier irgendwo einen Kaffee trinken?«

Der Flur sah mit dem Teppichboden und den gerahmten Stillleben an den Wänden aus wie eine Firma, aber Pfeile wiesen den Weg zu einer Doppeltür, die sich automatisch öffnete und in Räume führte, die an ein Krankenhaus erinnerten: klinisch, medizinisch, vertraut. Die Türen gingen bereits wieder zu, sprangen aber erneut auf, als ich mich endlich entschloss durchzugehen. Ein paar Leute sahen von ihren Zeitschriften auf, als ich hindurchschlüpfte. Dann konzentrierte ich mich auf das Cafeteria-Zeichen und versuchte, nicht auf die Verletzungen oder schmerzverzerrten Gesichter der Leute zu achten.

Beinahe hatte ich es durch den Wartebereich geschafft, als ich ein Keuchen hörte, ein unterdrücktes Wimmern. Ich sah mich nach dem Geräusch um. In einem Sessel, der eigentlich zum Entspannen gedacht war, beugte sich eine junge Frau nach vorn, unbeholfen und vorsichtig. Die Haare hingen ihr ins Gesicht. Ein Stück Papier lag neben ihren hellrosa Turnschuhen.

»Ist Ihnen das runter…« Ich wollte mich nach dem Papier bücken, hielt aber inne, als sie vor mir zurückzuckte. Ihre Haare fielen zur Seite und gaben den Blick auf einen knallroten, geschwollenen Mund frei. »Warten Sie, ich hebe es auf«, sagte ich. Ich legte den Zettel auf den Stuhl neben ihr und eilte davon.

Ich fand die Cafeteria und bezahlte meinen Kaffee mit zitternden Händen. Die pausbäckige Frau an der Kasse lächelte mich an. »Vielleicht wird alles gut, Baby«, sagte sie.

»Danke.« Ich war keine Patientin, und Joshua war in der Schule in Sicherheit. Vielleicht würde alles gut werden. »Vielen Dank«, sagte ich aus tiefstem Herzen.

Als ich einen Ausgang sah, ging ich hinaus. Draußen schien die Sonne warm auf mich herunter. Ich schloss die Augen und kam wieder zu mir.

Der Fußweg führte um das Gebäude herum. Ich konnte die Tür sehen, die mich zurück zu Margaret bringen würde, aber auch eine Baumgruppe auf der anderen Straßenseite, deren Blätter sich sanft im Wind bewegten. Ich setzte mich auf eine Bank und nippte an meinem Kaffee. Vielleicht würde alles gut werden.

So hatte ich früher nie gedacht. Da drinnen saßen Leute, die gerade den schlimmsten Tag ihres Lebens durchlitten. Ich war schon einmal selbst diese Person gewesen. Aber die musste ich nicht bleiben. Ich kämpfte weiterhin dagegen an, diese Person zu sein. Aus Erfahrung wusste ich, dass die Frau im Warteraum nicht angesprochen werden wollte. Sie wollte einfach nur in diesem Sessel verschwinden, bis man den Namen aufrief, den sie angegeben hatte.

Während der Wind weiter durch die Baumkronen strich, wandte ich mich den Menschen zu, die in der Klinik ein und aus gingen. Alte Leute, die gestützt werden mussten. Eine Frau mit zwei kleinen Kindern, von denen eins schrie und zerrte. Einmal dachte ich, ich hätte Stephanie von den Boosters eilig hineingehen sehen.

Ein Streifenwagen fuhr auf den Parkplatz und parkte in der Feuergasse, und zwei Polizeibeamte, die ich nicht kannte, stiegen aus. Man hatte wegen der Frau mit den geschwollenen Lippen die Cops gerufen. Ich versuchte, das Ganze aus der Perspektive der Ordnungsinstanzen zu sehen. Man musste es zur Anzeige bringen, sonst würde sich nie etwas ändern.

Aber ich empfand nicht so. Mein Puls raste, während ich darauf wartete, dass irgendjemand auftauchte.

Das Handy in meiner Tasche klingelte. Ich meldete mich zerstreut.

»Miss Winger, Mrs Percy kann jetzt nach Hause begleitet werden.«

»Oh …« Ich hielt das Telefon vor mich, um zu sehen, wie spät es war. »Oh, natürlich, ja. Bin sofort da.«

Ich eilte über den Platz und warf den Kaffeebecher in einen Mülleimer in der Nähe des Eingangs. Als ich die Tür öffnete, entdeckte ich Stephanie an der gegenüberliegenden Pforte, diesmal verließ sie das Gebäude. Sie bewegte sich schnell, aber vorsichtig, den Arm um eine Gestalt in einem ausgebeulten Mantel und mit einer Baseballkappe auf dem Kopf gelegt. Vielleicht war es ihr Sohn. Es hätte jeder sein können, wären da nicht die Turnschuhe gewesen. Hellrosa Turnschuhe.

ZEHNTES KAPITEL

Ich wachte auf und sah noch die Buchstaben von *AIDANS CRACKER* vor mir. Als mein Handy auf dem Küchentresen um Punkt acht Uhr summte, war ich nicht überrascht. Vielleicht konnte ich tatsächlich die Zukunft vorhersehen.

Sherry sagte: »Der Sheriff möchte wissen, ob du heute Vormittag vorbeikommen kannst.«

»Was ist los?«

Sherry schwieg. Ich sah vor mir, wie sie den Hals reckte, um sich davon zu überzeugen, dass der Sheriff an seinem Schreibtisch saß. »Er will mir nichts verraten«, flüsterte sie. »Ich sterbe vor Neugier.«

Eine Stunde später hatte ich mich sortiert und stand im Courthouse vor der Opakglastür im dritten Stock. Sherrys Lächeln war einladend, verflog aber schnell, nachdem ich eingetreten war. »Ich glaube, sie sind ihr auf der Spur.«

»Ah.« Ich lehnte mich an den Empfangstisch. Sherry rollte mit ihrem Bürostuhl näher heran. Im Hintergrund sprachen ein paar Polizeibeamte leise miteinander, Chief Deputy Mullen war auch darunter. Ich nickte ihm zu, als er winkte. Die junge Frau, die mir jedes Mal, wenn sie mich sah, böse Blicke zuwarf, war ebenfalls da. Deputy soundso Lombardi. Ich hatte keine Ahnung, womit ich sie beleidigt haben könnte. Die Tür zum Büro des Sheriffs hinter ihnen war geschlossen. »Wir sollten uns wohl an den Gedanken gewöhnen«, sagte ich. »Es ist wahrscheinlich, dass sie eine Entführerin ist. Mindestens. Vielleicht ist sie auch eine Mörderin. Sie … na ja, man wird sie irgendwann schnappen.« Bei diesem Gedanken schnürte sich mir vor Angst der Magen zusammen. Anruf-in-der-Nacht-Angst. Umzugskisten-Angst.

Sherry nickte. »Noch mehr, als dass sie davonkommt, wünsche ich mir … Ich wünschte, sie hätte das nicht tun müssen.«

»Genau.« Wir sahen einander an, aber ich dachte an Margaret, die am Tag zuvor auf dem Weg zurück zu unserem Wohnhaus unverständliches Zeug gemurmelt hatte. Ich hatte sie zu ihrer Couch gebracht, damit sie ein Nickerchen halten konnte, und dabei versucht, möglichst wenig von der Umgebung wahrzunehmen. Ich wollte meine eigene Zukunft – das Alter, die Einsamkeit – nicht so deutlich sehen. »Hatte Aidans Mutter denn niemanden?«

»Nur die …«

Die Bürotür des Sheriffs ging auf. Er blickte hinter sich, während er hinaustrat. Ich machte einen Schritt in seine Richtung, aber er kam gar nicht meinetwegen. Eine kräftige, gebückte, grauhaarige Frau folgte ihm wie ein Schaf dem Schäferhund. Ich spürte die leise Ungeduld des Sheriffs, als sie in ihren feinen kleinen Pumps langsam hinter ihm her trippelte.

Aus ihren Augen sprach reine Ehrfurcht, als sie zu ihm aufblickte. Sie himmelte den Sheriff geradezu an, was mich an die Fotosammlung an der Wand in seinem Büro erinnerte. All diese Leute, die sich an ihn lehnten, sich bei ihm einhängten, ihn anfassen wollten – die Wände schienen sich unter dem Gewicht all dieser Bedürftigen zu neigen. All diese Leute waren abhängig von ihm.

Ich hatte nur einen, der von mir abhängig war, und das reichte mir. Bei diesem Gedanken fiel mir ein, dass ich heute Morgen nach Margaret hätte sehen sollen. Zumindest hätte ich ihr anbieten sollen, nach ihr zu sehen, und mir einen Korb geben lassen.

»Ich weiß einfach nicht, was wir tun sollen«, murmelte die Frau.

»So dürfen wir nicht denken«, sagte der Sheriff.

Als sie an mir vorbeiging, musterte sie mich von Kopf bis Fuß, dann wandte sie sich an Keller. »Sie sind ein wahrer Held, Sheriff«, sagte sie.

Mit rotem Kopf dirigierte Keller sie Schritt für Schritt in Richtung Tür. Ich versuchte, nicht hinzusehen. Die Art, wie Keller die Frau zur Tür führte und hinauskomplimentierte, hatte etwas Magisches. Sie schien es nicht eilig zu haben, und dennoch brachte er sie dazu, dass sie schnell abzog.

Ich schaute fasziniert zu, bis mir klar wurde, dass ich nun diejenige war, die nach seiner Pfeife tanzen musste, zum dritten Mal innerhalb von drei Tagen.

Die Tür fiel ins Schloss und trennte den Sheriff von seiner einköpfigen Schafherde. Sherry blickte auf, wartete, bis Keller um den Empfangstisch herumgegangen war, und reichte ihm ein Blatt Papier.

»Miss Winger«, sagte er.

»Sheriff«, sagte ich und nickte so knapp, wie ich nur konnte.

Sherry sagte: »Sheriff, bevor Sie gehen: Es gab zwei Anrufe für Sie. Ein kleiner Grundstücksstreit zwischen der Familie Karpowicz und den Martins. Und danach war der Staatsanwalt am Telefon. Es schien nicht dringend zu sein, deshalb habe ich Sie nicht unterbrochen.«

»Was zum … Haben Sie *Grundstücks*streit gesagt?«

»Ja.« Sie grinste. »Der Hund der Karpowicz' hat … ein paar Grenzen verletzt.«

»Oh, verdammt.«

»Genau.«

Keller legte das Papier zurück auf Sherrys Arbeitsplatz. »Können Sie?«

»Klar.«

»Danke.«

Der Mann hatte offensichtlich seine eigenen Zaubertricks. Zuerst die Frau, die er hinausgeleitet hatte, und jetzt diese fast wortlose Geheimsprache mit seiner Sekretärin.

Der Raum kam mir eng vor, stickig. Ich war zu freundlich, zu offen mit Sherry und ihrem Chef umgegangen. Nun würde ich zurückrudern müssen.

Der Sheriff seufzte und ließ den Blick durch den ganzen Raum schweifen, bevor er sich an mich wandte. »Gut, Miss Winger. Wir können uns jetzt unterhalten.«

War das eine Frage? Oder ein Befehl? Die erste Runde hatte ich schon allein deshalb verloren, weil ich sofort hergekommen war, als er mich darum gebeten hatte. Ich hätte einen Termin später am Tag ausmachen sollen, um den Ton anzugeben.

Jetzt ging ich voran auf sein Büro zu, sodass er *mir* folgen musste.

In seinem Büro kam der Sheriff sofort zur Sache. »Ich habe gehört, dass Sie zufällig mit Bo Ransey zusammengetroffen sind«, sagte er.

Dieser Spielzug überraschte mich ein wenig. Wir setzten uns. »Ja, als ich in der Schule meines Sohnes war, bin ich auf ihn gestoßen. Buchstäblich.«

»Haben Sie aus diesem Treffen irgendwelche Erkenntnisse gewonnen?«

Noch mehr Überraschung. »Erkenntnisse gewonnen?«, sagte ich. »Meinen Sie, ich empfange irgendwelche *Schwingungen*, oder was?«

»Das habe ich natürlich *nicht* gemeint. Sie empfangen doch keine Schwingungen, oder?« Er sah mich gespielt abschätzend an. »Das wäre ein nützliches Talent in meinem Arsenal.«

Arsenal. Sollte er doch denken, was er wollte.

»Nein, ich habe keine Erkenntnisse gewonnen. Obwohl…«

Plötzlich erinnerte ich mich mit dramatischer Klarheit an die Begegnung in der Schule. Ich hatte das Gefühl, dass sich irgendetwas hinter diesem Szenario verbarg, und versuchte, es zu fassen zu bekommen. »Nun, jetzt, wo ich darüber nachdenke, glaube ich, dass das nicht ganz stimmt. Ich habe erfahren, dass noch ein weiterer Junge in seinem Haus lebt, ein Neffe im Alter meines Sohnes. Sie schienen sich gut zu verstehen. Trotzdem ist dieser Junge wahrscheinlich eine Gefahr für alle Haustiere in der Nachbarschaft. Falls der Hund der Familie Karpowicz verschwindet, sollten Sie nachsehen, ob ihn jemand im Garten der Martins verscharrt hat, und dann direkt mit dem Jungen sprechen.«

»Ja, ich habe den jungen Master Ransey schon mal getroffen. Über seinen Umgang mit Haustieren weiß ich nichts, aber er hat künstlerisches Talent. Mit der Spraydose.« Er tippte an seinen Mützenschirm, als wollte er hinter seinen Scherz einen Punkt setzen. Dann erklärte er: »Die Frau, die eben hier war, ist seine Großmutter.«

Zuerst verstand ich nicht, was er da sagte, doch dann fügten sich alle Puzzleteile zusammen. »Diese Lady war…« Die Frau, die am Abend nach Aidans Verschwinden verzweifelt nach der Fernsehkamera gegriffen hatte. Die Frau, die dem Mädchen in der Dairy Bar Kleingeld für die Kasse gegeben hatte. Und die von gerade eben, nicht wiederzuerkennen in ihrem Sonntagskleid. Sie schien jedes Mal eine andere zu sein.

»Die Mutter von unserem Freund Bo und Großmutter von unserem Spraydosenkünstler und seinem Cousin Aidan«, sagte er.

»Oh.« Ich hatte die Beine übereinandergeschlagen, und

der freie Fuß zitterte ein wenig, während ich über diese Information nachdachte. Es kostete mich Anstrengung, ihn stillzuhalten. »Sie scheint … Sie zu mögen.«

»Mrs Ransey und ich kennen uns seit Langem. Nun, schon seit ich hier bin«, sagte er. »Ich schätze, als Sheriff bekommt man immer die Gelegenheit, die Ranseys kennen zu lernen. Bobby kann auf eine lange Abstammungslinie von Radaubrüdern zurückblicken.«

»Bobby?«

»Bos wirklicher Name«, sagte er. »Seine Mutter nennt ihn Bobby.«

Der Sheriff fing an, zwischen ein paar Aktenordnern zu kramen.

Bo Ransey war ein Typ, dem man nicht über den Weg traute, aber Bobby? Ein Bobby tat keiner Fliege etwas zuleide. Namen konnten Macht haben. Oder etwas preisgeben. Genau wie Joshuas Name, den mein Junge im Moment am liebsten abgelegt hätte wie einen kratzigen Schal. Eines Tages würde er froh sein, ihn zu haben.

Ich fand es schrecklich, dass mich etwas an Bo Ransey an Joshua erinnerte.

Keller fand, was er gesucht hatte, und schob es über den Schreibtisch. »Die Ranseys nehmen einen Großteil meiner Zeit in Anspruch«, sagte er. »Jeder von ihnen ruft mich zwanzigmal am Tag an. Bos Mutter hat mir mit ihren großmütterlichen Sorgen und Theorien fast den ganzen Vormittag geklaut. Da ist ein Dreizehnjähriger, der anscheinend keinen dringenderen Wunsch hat, als den Rest seiner Jugend in meinem kleinen Gefängnis zu verbringen, wie es in seiner Familie so üblich ist. Und jetzt« – er tippte mit dem Finger auf das Blatt Papier vor ihm – »fängt jemand von denen an zu schlampen.«

Ich beugte mich vor. In der Mitte des Blatts befand sich

die Kopie eines schmalen Kassenbelegs, an den Kanten eingerissen durch den Gebrauch eines Faxgeräts. Es war der Beleg für eine Kreditkartenzahlung in einem Motel in Indiana. Wenn die Summe die Übernachtung beinhaltete, musste es sich um eine Absteige handeln. Ganz unten stand in kleinen, gedrängten Buchstaben *Beatrice Ransey*. »Beatrice?«, sagte ich.

»Bea Ransey, die Sie gerade gesehen haben, als sie mein Büro verlassen hat, war erstaunt zu erfahren, dass sie diese Woche außerhalb der Stadt übernachtet hat. Und sie erinnert sich auch nicht daran, jemals in ihrem Leben ihren Namen so geschrieben zu haben. Was sagt Ihr Sachverstand?«

Ich musste kaum hinsehen. »Einige Merkmale kommen mir … bekannt vor.«

»Das dachte ich mir. Es war an der Zeit, dass Leely auftaucht.«

Ich schluckte schwer. Der Raum schien kleiner zu werden, die Wände mit den Fotos auf mich zuzukommen.

Zu merkwürdig. Zu viel. Unmöglich.

»Wer – wie haben Sie sie genannt?«

Mein Gesicht musste kreidebleich sein. Ich fühlte mich, als wäre eine Tür zugefallen und ich wäre auf der anderen Seite. An einem ganz anderen Ort, wo man Türen zuknallte und Gegenstände dagegen warf. Eine Stimme bellte, schroff und animalisch, und dann ertönte eine andere Stimme, die einer Frau, in einem klagenden, verzweifelten Lied.

Es war nicht möglich, dass ich immer noch hier im Büro des Sheriffs war, denn diese Geräusche gehörten weder an diesen Ort noch in diesen Moment. Sie kamen aus ferner Zeit, waren so viele Jahre entfernt. Ich hatte versucht, nicht hinzuhören, denn das hatte meine Mutter mir beigebracht. Jetzt aber erinnerte ich mich an das Wimmern, den aus einem Wort bestehenden Singsang, so langgezogen und verzerrt, dass niemand sonst ihn verstehen konnte. Ich kannte das Wort: Es war mein Name. Das Flehen kam von meiner Mutter, und das Einzige, für das sie je flehte, war ihre Tochter, ein Mädchen, das nicht mehr existierte, nicht hier in diesem Raum und auch sonst nirgends. Meine Mutter flehte nur für Lee-Lee, Leeanna – für mich, die Frau, die diesen Singsang beinahe vergessen hatte.

»Leely ist Mrs Ranseys Name für ihre Schwiegertochter«, sagte er und sah mich aufmerksam an. »Leely und Bobby. Ich glaube, das habe ich aufgeschnappt, als sie hier war … Brauchen Sie ein Glas Wasser?«

Ich kannte Leila Ransey nur von ihrem Foto, aber jetzt wurde sie in meiner Vorstellung lebendig: dunkeläugig, erschöpft und angespannt angesichts der fortwährenden Ansprüche, die ihr zweijähriges Kind an sie stellte. Vielleicht schallte das Weinen des kleinen Jungen durch die Gänge des billigen Motels. Ich wusste, wie allein sie sich fühlte, wie sehr sie sich nach jemandem sehnte, dem sie vertrauen konnte und der ihr sagte, was sie tun sollte. Ich wusste, was das Richtige war, was dem Gesetz entsprach und was jede gute Freundin ihr geraten hätte.

Stell dich der Polizei. Besorg dir einen Anwalt. Kooperiere.

Aber ich war nicht sicher, was ich ihr gesagt hätte, wenn ich diese gute Freundin wäre.

Hätte ich Leila Ransey erzählt, wie hart die kommenden Jahre sein würden, in denen sie ganz allein wäre? Würde ich ihr sagen, wie es sich anfühlte, niemanden zu haben – wirklich absolut niemanden? Sollte ich ihr erzählen, dass beinahe alle ihre Bekannten sie verurteilen würden? Dass fast jeder Schritt, den sie von nun an machte, um zu entkommen, zu ihrer Verhaftung führen konnte? Und dass das eines Tages auch passieren würde?

»Miss Winger«, sagte der Sheriff. »Alles in Ordnung?«

Leely. Unmöglich. Das war nicht witzig.

Oder würde ich ihr raten, das Einzige zu tun, was mir eingefallen war? Wegzulaufen?

Ja, lauf weg. Hör auf, die Kreditkarte zu benutzen, und hau ab. Versteck dich. Und versuch, dich nie wieder blicken zu lassen. Lebe ein gewöhnliches kleines Leben irgendwo, wo es voll und laut ist, damit deine Existenz in all dem Trubel um dich herum verschwindet, und niemand wird dir Fragen stellen, und falls es doch einmal jemand tut, lauf wieder fort.

Oder zieh in eine andere Stadt, eine kleine, und halte immer den Kopf gesenkt, wenn du durch die Straßen gehst, und versuch nicht, dir ein Leben aufzubauen oder zu viel Besitz anzusammeln oder Freunde zu gewinnen. Und verbringe nie zu viele Stunden an einem Ort. Du musst leicht bleiben und schnell. Denn du wirst wieder fortlaufen müssen.

»Anna?«, fragte der Sheriff sanft. »Hat der Name Leely irgendeine Bedeutung für Sie?«

Ich erinnerte mich, wie ich das Formular für Margaret unterschrieben und dabei keinen Augenblick an den Namen gedacht hatte, der einst meiner gewesen war. Man konnte ein Leben abstreifen, aber das erforderte ein wenig Übung.

»Nein«, sagte ich, setzte mich gerade hin und nahm all meine Kraft zusammen, um dem Sheriff in die Augen zu sehen.

Das meine ich. Schau ihnen in die Augen, bis es nicht mehr geht. Und dann lauf weg.

»Ich kenne niemanden, der so heißt«, sagte ich.

ELFTES KAPITEL

Ich brauchte eine Weile, um mich von der Überraschung über Leila Ranseys Spitznamen zu erholen. Der Sheriff verließ das Büro und kam mit einem kleinen Plastikbecher Wasser zurück.

»Warum bin ich hier?«, fragte ich.

Keller, der mir schon zuvor seine ganze Aufmerksamkeit gewidmet hatte, schien mich jetzt sogar noch genauer zu betrachten. Er nahm seine Kappe ab und warf sie auf die Ecke seines Schreibtischs. Ich hatte ihn noch nie ohne sie gesehen. »Wollen Sie nicht hier sein?«

»Das habe ich nicht gesagt. Ich habe hier nichts zu tun – oder? Dieser Kassenbeleg, war das alles?« Meine Stimme wurde lauter. Sherry hörte wahrscheinlich zu, genau wie Shane Mullen und die übellaunige junge Frau. Ich fing noch mal von vorne an und bemühte mich um einen leichten Tonfall. »Ich habe nichts dagegen, hier zu helfen, wenn ich kann, aber ich habe nicht das Gefühl, dass ich das tue.«

Der Sheriff rieb sich mit der flachen Hand über den Kopf, dann langte er nach seiner Kappe. Er seufzte. »Das weiß ich.«

»Sie… Was meinen Sie damit, das *wissen* Sie?« Ich wurde schon wieder laut, aber diesmal kümmerte mich nicht, wer zuhörte.

»Ich denke nicht, dass Sie nicht helfen können, so habe ich das nicht gemeint«, erklärte er und hob beschwichtigend die Hände. »Was ich sagen wollte, ist… dass genau das unser Problem ist: Sie und ich haben nicht viel Einfluss auf die Ereignisse.«

Darüber musste ich nachdenken. Ich hatte die Zivilfahrzeuge draußen stehen sehen. »Das FBI hat übernommen, meinen Sie.«

»Das FBI, sicher, und die lernen jeden, dem ich auf der Spur bin, als Erstes kennen. Aber das ist jetzt Leilas Spiel. Im Moment ist sie am Zug. Und ich sitze hier.« Eine Weile saß er schweigend da, die Hände auf der Schreibtischplatte gefaltet.

Ich wollte aufstehen und dem Mann eine Chance geben, sich zusammenzureißen. Diese resignierte Schwäche hatte ich schon einmal erlebt: meine Mutter, die mit dem Rücken zu mir am Spülbecken stand. Ihr Rücken und ihre hängenden Schultern würden meine letzte Erinnerung an sie sein, sollte ich einmal das Alter von achtzig Jahren erreichen. Ein ganzes Leben, reduziert auf einen einzigen Moment.

»Leila Ransey spielt mit vielen Leuten ein Schachspiel – nicht nur mit mir«, sagte der Sheriff. »Wir haben hier den Stein ins Rollen gebracht, haben die höchste Alarmstufe ausgerufen, und jede Menge Leute haben die Außenbezirke, die Straßen, die Maisfelder abgesucht. Aidan steht auf allen Suchlisten, überall, und ich habe mit hundert Leuten darüber diskutiert, was ich tun soll. Ich meine …« Plötzlich schien er sich an meine Anwesenheit zu erinnern und brach ab. Er nickte und beugte sich über den Schreibtisch, als würde ihm jetzt erst richtig klar, in was er da hineingeraten war. »Wissen Sie noch, wie ich gesagt habe, dass Kinder nie weit weg sind, wenn sie verloren gehen?«

Das war bei unserem ersten Zusammentreffen gewesen. Er hatte so selbstsicher gewirkt, beinahe großspurig. Seine Botschaft war laut und deutlich gewesen: Er war der Typ, der hier Tag für Tag alles regelte. Er hatte alles im Griff. »Ich erinnere mich daran«, sagte ich.

»Tja, genau das ist es. Wenn die vermissten Kinder nie

wirklich verschwunden waren, worauf soll ich mich dann einstellen?«

»Darauf, dass ein Kind wirklich fort ist.«

»Wir haben fünf oder sechs Vermisstenmeldungen im Jahr. Meistens sind es nur Teenager, die einen Ausflug machen. Ob freiwillig oder nicht, jedenfalls kommen sie nie sehr weit. Nur einer war länger als einen Tag fort, und das nur, weil er ein Auto gestohlen hatte, das zufällig gerade vollgetankt war.«

»Keine kleinen Kinder? Babys?«

»Null«, sagte er.

Ich warf einen Blick auf die Wand hinter ihm, auf all diese Leute, die von ihm abhängig waren. Wenn alle seine Mitarbeiter im Moment mit der Suche nach Aidan beschäftigt waren, wer kümmerte sich dann um diese Menschen? Der Anwohner im Sugar Creek Park hatte mir versichert, dass dort regelmäßig eine Patrouille nach dem Rechten sah. Wer erledigte das jetzt? Woher wussten Sie, was zu tun war?«

»Sie dürfen nicht lachen.«

»Gut.«

»Wirklich. Das ist ein Geheimnis zwischen Ihnen und mir. Woher wusste ich, was ich tun sollte, als es schließlich so weit war?« Seine Knie stießen von unten an die Tischplatte. »Ich habe mein Handbuch hervorgeholt. Ich habe ein verdammtes Buch gelesen.«

Ich musste mir das Lachen verkneifen, kam aber um ein leichtes Grinsen nicht umhin. »Das ist nicht … schlimm«, sagte ich.

»Ach ja? Sie wollen hören, dass der Typ, den Sie gewählt haben, damit er Sie vor den Risiken der modernen Welt beschützt, sein *Anleitungsbuch* hervorholen muss?« Auch er grinste jetzt. »Ich hätte Ihnen zuerst ein Schweigegelübde abnehmen sollen. Jetzt ist es zu spät.«

»Sheriff, also wirklich. Wem sollte ich das erzählen?«

Ich hatte in unserem scherzhaften Tonfall fortfahren wollen, aber der Sheriff schien zu wissen, wie viel Wahrheit in dieser Frage steckte. Er konnte durch mich hindurchblicken und die unbesetzten Stellen neben mir sehen, die einst andere Menschen eingenommen hatten. Ich wurde ein wenig verlegen, aber dann dachte ich an Sherry, die über ihren Schreibtisch hinweg mit mir tratschte, an Grace, die mich in der Dairy Bar ansah und die Augen verdrehte, an Margaret unter einem ausgefransten Quilt auf ihrer Couch. Und hier saß ich nun und lachte mit dem Sheriff, obwohl ich doch eigentlich tough und unnahbar sein wollte. Die Dinge änderten sich, und das war mein eigener Fehler. Mein eigener schwacher Wille.

»Da gibt es etwas, womit Sie mir helfen können«, sagte er.

»Oh. Nein. Das ist absolut nicht nötig. Ich habe einen Job, wissen Sie? Und im Moment hinke ich da etwas hinterher …«

»Weil ich Sie immer hierherbestelle.«

»Nicht nur deshalb. Joshua …« Der Sheriff wusste schon von meinem Besuch in der Schule. Wahrscheinlich kannte er auch den Grund. Die Gerüchteküche. »Joshua steht mit Algebra auf Kriegsfuß.«

»Okay, gut. In Ihrem überaus arbeitsreichen Leben gibt es mehr als diesen Fall«, sagte er. »Aber Sie scheinen sich dafür zu interessieren. Sie wollen helfen. Das habe ich nicht falsch verstanden, oder?«

Ich wollte helfen, aber ich war nicht sicher, auf wessen Seite ich stand. Ich sah Bo Ransey vor mir, wie er Deputy Lombardis Hand abschüttelte, als sie ihn aus dem Gebäude führte. Und Leila Ransey, mager und mit unstetem Blick, irgendwo allein mit einem launischen Kleinkind. Hatten sie einen Platz zum Schlafen? Konnte sie Milch kaufen, ohne die Kreditkarte ihrer Schwiegermutter zu benutzen? Ich sammelte mich, dann sprach ich es aus: »Ich möchte helfen.«

»Und ich brauche Ihre Hilfe.«

»Sheriff…«

»Schlagen Sie mich nicht gleich tot, hören Sie erst mal zu«, sagte er. »Es ist ein bisschen viel los hier, mit den Anrufen von den Ranseys den ganzen Tag und natürlich von vielen anderen Leuten. Ein vermisstes Kind im Umkreis bedeutet schließlich immer, dass das eigene das nächste sein könnte, das verschwindet.« Er wies in Richtung des Vorzimmers, als würden die Leute da schon Schlange stehen und nur darauf warten, dass ich endlich ging. »Und, Sie wissen schon, all diese *Hunde*, die versuchen, neue Gartengrundstücke zu annektieren. Und dazwischen habe ich ein kleines…« Er warf einen Blick zur Tür und senkte die Stimme. »Ein internes Problem mit fehlenden Beweismitteln. Es geht um Drogen, um es direkt zu sagen. Also. Vielleicht können Sie da etwas tun, wo wir alle nicht weiterkommen? Sie helfen mir doch, oder?«

Als er geendet hatte, fühlte ich mich überrumpelt. Gefangen. Was hatte ich für eine Wahl? Ich nickte kaum merklich und spürte, dass ich Kopfschmerzen bekam. Leely, wenn du davonkommst, sei klug. Klüger als je zuvor. Sei klüger als ich.

Langsam wurde ich wach. Ich war mit dickem Kopf vom Courthouse nach Hause gekommen und vollständig angezogen ins Bett gegangen.

In meinen Träumen hatte ich längst vergessene Orte besucht.

Der Raum, in dem ich mich jetzt befand, war falsch. Ich

sah zu, wie er sich streckte, verwandelte und aus der Erinnerung ins wirkliche Leben überging. Erst dann wurde mir klar, wo ich war und in welcher Zeit.

Leely Ransey hatte meine Erinnerung geöffnet wie eine Thunfischdose.

Ich erinnerte mich: meine Mutter, mit dem Rücken zu mir. Nach einem Wutausbruch sahen wir einander niemals an. Er ging dann in die Kneipe, drei Tage lang, oder in den Wald, wir wussten es nicht. Wir zeigten unsere Erleichterung nicht. Wir zeigten nie etwas.

Jetzt setzte ich mich auf und hielt meinen schmerzenden Kopf. Ich fühlte mich, als hätte ich Lackdämpfe geschnüffelt. Ich blickte mich um und sah die kahlen weißen Wände.

Gelb. In meiner Kindheit waren die Wände in jeder Wohnung gelb gewesen, zumindest in dem Zimmer, wo ich schlief. Ein neuer Umzug, ein neues gelbes Schlafzimmer. Zuerst hatte ich das wahrscheinlich nicht bemerkt. Als es mir dann auffiel, erschien es mir wie ein glücklicher Zufall. Meine Lieblingsfarbe.

Und dann hatte ich es nach und nach begriffen. Mit jedem neuen Zimmer. Zimmer, über die ich inzwischen den Überblick verloren hatte und die ich nie in die richtige Reihenfolge bringen konnte. Manche hatten Fenster mit weißen Vorhängen. Manchmal waren die Vorhänge schmutzig, dann nahm meine Mutter sie ab und wusch sie mehrmals. Manche Räume hatten keine Fenster und boten kaum genug Platz für mein kleines Bett. Kammern – eigentlich fast Käfige –, Zimmer, die sonst zu nichts nütze waren und deshalb mir gehörten. Mir, Lee-Lee.

Noch schlaftrunken dachte ich darüber nach, wie dieser Name sich aus sich selbst speiste. Genau wie die gelben Räume sich wiederholt hatten, so tat es der Name. Ich war die gelben Wände irgendwann leid geworden, hatte keinen

Sinn darin gesehen. Mit zwölf oder dreizehn hatte ich dagegen protestiert.

»Was soll das heißen, du willst das nicht?« Meine Mutter hatte in unserem neuen Haus in der Küche vor mir gestanden. Das neueste neue Haus, aber eigentlich überhaupt nicht neu. Es war *unser* neues, das alte von jemand anderem. Das galt auch für den Großteil meiner Kleidung und für die Möbel. Der Tisch, an dem ich saß, hatte auch mal jemand anderem gehört. Meine Mutter verschränkte die Arme über ihrem weiten T-Shirt. Sie trug immer ausgeleierte Klamotten, Jeans und lange Ärmel. Dunkle Farben, obwohl ich vermutete, dass sie helle Farben liebte. Ich wusste sogar, dass sie das tat, wegen der gelben Wandfarbe. Gänseblümchengelb.

Ein Eimer von dem Zeug war noch von unserer letzten Wohnung übrig geblieben und stand nur ein paar Meter entfernt auf der Eingangsterrasse. »Ich habe genug von Gelb«, sagte ich. Ich saß mit einem Schulbuch am Tisch, aß eine Schale Frühstücksflocken ohne Milch mit den Fingern. Das machte sie verrückt, und das war einer der Gründe, warum ich es tat. Sie verzog dann jedes Mal das Gesicht und sah nach, ob Milch im Kühlschrank war. *Immerhin kann ich dafür sorgen, dass Milch im Haus ist,* sagte sie dann, während sie auf dem Karton nach dem Verfallsdatum suchte.

Diesmal schaute meine Mutter nicht nach der Milch. Sie stand am Küchentresen und starrte ins Spülbecken. »Ich habe auch genug.«

Ihre Stimme klang anders. Ich drehte den Kopf. Das T-Shirt meiner Mutter hatte die Farbe eines Blutergusses.

Ich wandte mich wieder meinem Lehrbuch zu, konnte aber an nichts anderes denken als an das Verhalten meiner Mutter. Es war nicht Traurigkeit. *Das kannst du besser deuten,* kritzelte meine Englischlehrerin immer an den Rand meiner Aufsätze, wenn ich etwas geschrieben hatte, das ohnehin klar war, oder wenn ich versuchte, etwas zu erklären, das ich nicht richtig verstand. Manchmal zog ich meine Texte in die Länge, indem ich etwas aus den Lehrbüchern wiederholte oder Wörter benutzte, die ich nicht nachgeschlagen hatte. Meine Lehrerin ließ sich niemals täuschen, was erstaunlich und erfreulich war, irgendwie. Wie kam es, dass die Leute es immer merkten, wenn ich versuchte, jemand anders zu sein?

Ich konnte das besser deuten. Traurigkeit war es nicht. Ich blickte zu meiner Mutter hinüber. Meine Mutter sah … verbraucht aus.

An diesem Wochenende strichen wir den Raum nicht und sahen noch nicht einmal nach, wie viel Gänseblümchengelb noch da war. Als ich das nächste Mal daran dachte, war der Eimer verschwunden.

Ich öffnete die Augen und sah mich um, wollte raus aus meiner Erinnerung und auch wieder nicht. Die Wände kamen mir kahler vor als je zuvor. Sie waren weiß wie immer. Weil es nicht unsere eigenen waren. Nie schlugen wir Nägel ein und hängten etwas auf. Wir strichen die Wände nie. Es wäre einfach zu viel Aufwand, alles wieder herzurichten, falls wir umzogen. Und es würde zu lange dauern.

Ich schwang meine Beine über die Bettkante; dann saß ich da und betrachtete das Muster des Teppichs, den ich nicht ausgesucht hatte. Unter meinem Bett lagen zusammengefaltete Umzugskartons.

Wem wollte ich hier etwas vormachen? Falls wir umzogen? Falls? Die einzige Frage war in Wirklichkeit: wann.

ZWÖLFTES KAPITEL

Um meine Benommenheit abzuschütteln, wusch ich mir das Gesicht mit kaltem Wasser, zog Leggings an und machte mich auf den Weg zum Briefkasten.

Vor Margarets Tür blieb ich stehen. Ich hatte schon längst nach ihr sehen wollen, aber wie gewöhnte man sich so etwas an?

Ich klopfte. »Margaret? Ich bin's, Anna, von oben«, sagte ich zu der Tür. Schlurfende Schritte und das Geräusch der Türkette. Die Tür knarrte und öffnete sich. Margaret winkte mich herein und legte sich gleich wieder hin.

»Wie fühlst du dich?« Auf dem Couchtisch stand das Wasserglas, das ich ihr gebracht hatte, aber es war leer. Ich füllte es wieder. »Hast du etwas gegessen?«

Sie antwortete nicht.

Ich sprach lauter: »Margaret, hast du …«

»Mir geht's gut«, sagte sie. »Ich hatte etwas Suppe.«

Im Spülbecken sah ich weder einen Topf noch einen Teller.

»Kann ich dir was machen? Oder jemanden anrufen?«

»Wenn ich jemanden zum Anrufen hätte, würde ich es tun«, sagte sie. Ihre Hand zitterte, als sie nach dem Wasserglas griff. »Früher hatte ich einen Haufen Leute.«

Das klang wie der Anfang einer Geschichte. Ich setzte mich hin. »Hier in der Gegend?«

»Ich bin hier aufgewachsen, Missy. Normalerweise ist man früher dort geblieben, wo man herkam. Man rannte nicht überall in der Gegend rum.« Sie klang müde, und ihr runzliges Gesicht sah schmal und verhärmt aus.

»Was ist mit ihnen passiert? Mit deinen Leuten?«

»Dasselbe wie allen«, sagte sie. »Nur ein bisschen früher, als wir es gern gehabt hätten.«

Sie schloss die Augen. In der Wohnung wurde es still. Ich saß da und lauschte den flachen Atemzügen der alten Frau. Die dumpfe Stille erinnerte mich daran, wie meine Mutter und ich vor der geschlossenen Schlafzimmertür geflüstert hatten, wenn sich mein Dad nach einer schlechten Nacht ausschlief und wir beide versuchten, so leise und unauffällig wie möglich zu sein. In einem bestimmten Alter war das wie ein Spiel für mich gewesen. Später nicht mehr so sehr. Und jetzt … Ich wollte nicht daran denken, wie ich bei meiner alt gewordenen Mutter hätte sitzen können, während sie ein Nickerchen auf der Couch hielt. Das war nun nicht mehr möglich. Was, wenn ich sie damals überredet hätte mitzukommen? Oder wenn sie dort – ohne mich – ein langes Leben gehabt hätte? In meiner alten Stadt schickte man Menschen, die nicht mehr gebraucht wurden, in ein Heim am Fluss, die Klapsmühle. Dieser Ort, Riverdale, war grausamer Hohn, eine Drohung. Wenigstens würde ich nie zusehen müssen, wie meine Mutter dort untergebracht wurde.

Lange saßen wir da, und schließlich dachte ich, Margaret sei eingeschlafen. Aber als ich aufstehen wollte, streckte sie die Hand nach mir aus.

»Ich glaube, ich habe doch keine Suppe gegessen«, sagte sie.

Nachdem Margaret gegessen hatte und wieder zugedeckt auf der Couch lag, ging ich zurück in die Wohnung, wo ich feststellte, dass die Zeit ohne mich in verrücktem Tempo fortgeschritten war. Mir blieb weniger als eine Stunde zum Arbeiten, bevor mit Joshuas Schritten die Außenwelt wieder in die Wohnung dringen würde.

Ich legte die Briefe auf den Tisch und wollte mir den

lange vernachlässigten Korb mit der Post vornehmen, aber mein Blick wanderte zu meinem Computer. *Gibt es noch irgendwas, das du wissen willst?*, hatte Kent gefragt. Und er hatte nicht über Charity Jordans Tod gesprochen und auch nicht das Verschwinden von Aidan Ransey gemeint. Sondern meins.

Ein paar Tastenanschläge, und ich hatte die Webseite der *News-Review* von Vilas County vor mir. Die Nachrichten waren immer die gleichen. Spendenaktionen. Angelwettbewerbe. Bekanntmachungen des Schulausschusses. Häuser am See, die zum Verkauf standen. Familiennamen, an die ich mich hätte erinnern müssen. Immer noch war ich angespannt, wenn ich mich durch die Bilder von Festnahmen, Preisverleihungen, Hochzeiten oder Beerdigungen klickte. Als könnte mich jemand auf der anderen Seite beim Spionieren ertappen. Selten sah ich die Namen, die ich sehen wollte. Was machte Ray? Theresa? Falls sie noch dort waren, führten sie ein ruhiges Leben. Ich schaute auf die Uhr und suchte dann direkt nach ihren Namen. Beide hatten eine Adresse in Sweetheart Lake. Sie lebten immer noch dort. Sie lebten noch.

Ich musste mich zwingen, die Seite zu schließen und zu arbeiten. Wenigstens ein bisschen.

Ich sortierte die Post des Tages und zog einen Briefumschlag in Standardgröße hervor. Die Anfrage von einem Einsamen Herzen. Meine von Zweifel und Kummer geplagten Damen. Das schien mir eine einfache, willkommene Aufgabe zu sein.

Der Brief war von einer Frau aus San Francisco, die wissen wollte, ob sie ihren Freund heiraten sollte. Sie hatte mehrere Schriftproben des Mannes beigelegt, gekritzelte Listen und eine Unterschrift, offenbar von einem offiziellen Dokument abgerissen, und eine kurze Notiz auf Briefpapier, die einfach nur mit *Charles* unterschrieben war. Zuerst las ich die Nachricht, in der die Frau um Hilfe bat, und nahm mit Interesse die weiten, geschwungenen Linien ihrer Buchstaben zur Kenntnis. Nichts allzu Auffälliges; die Anfrage war echt. Ihre Unterschrift stand auch auf dem Scheck, den ich beiseitelegte.

Und nun: Charles. Seine offizielle Unterschrift war nachlässig, ein wenig ungeduldig. Als hätte er auf diesem Dokument mehrmals unterschreiben müssen. Die Liste enthielt Notizen zu irgendeinem Projekt im Haushalt, Einkäufe, die im Baumarkt getätigt werden mussten. Ich fing an, ein Gefühl für Charles zu entwickeln, für die Bewegungen seiner Hand auf dem Papier.

Dann nahm ich die persönliche Nachricht. Ein Original. Ein Original war immer besser, denn bei Kopien blieben stets Zweifel. Zum Beispiel konnten sie gefälscht sein. Es war möglich, dass ein Stück des Papiers fehlte oder dass die ganze Schriftprobe aus mehreren Teilen zusammengesetzt war. Manchmal schickten die Leute mir Patchwork-Dokumente, um mich auf die Probe zu stellen. Ich konnte ihnen stets mehr über den Besitzer der Handschrift erzählen, als sie erwartet hatten, und dann auch noch einiges über sie selbst, wenn sie wollten.

Die Schrift in Charles' Nachricht wies kräftige Linien auf. Eigentlich war es eine sehr hübsche Schrift, und alle Kennzeichen deuteten auf Offenheit und Großzügigkeit hin. Wie kam die Frau überhaupt darauf, meine Dienste in Anspruch zu nehmen? Ich wünschte mir immer, meine Klienten würden mir solche Dinge mitteilen. Aber das taten sie nicht, weil sie mich nicht auf eine bestimmte Fährte führen wollten – wie wenn man einer Wahrsagerin von seinen Geldsorgen erzählte und dann positive Prognosen zu seiner finanziellen Zukunft erhielt. Sie wollten mir keinerlei Hinweise geben, um sicher sein zu können, dass meine Ergebnisse echt waren und ich keine Betrügerin. Ihr Vertrauen war so groß, dass sie mir zwar Geld schickten, nicht aber weitere Informationen.

Ich zog meinen Laptop heran, um eine Antwort zu tippen, verharrte aber noch einen Augenblick bei der persönlichen Nachricht von Charles. Ich hatte sie noch nicht richtig gelesen, außer um sie als Konstruktion zu analysieren, als Ansammlung von Strichen und Punkten. Ich wurde dafür bezahlt, die Schrift zu entschlüsseln, nicht den Inhalt. Aber ein Wort darin hatte meine Aufmerksamkeit erregt: *Sweetheart.*

Dieses Wort machte mir richtig Angst, aber ich versuchte, mich nicht von Charles ablenken zu lassen. Sweetheart schien ein Wort zu sein, das zu Charles passte.

Zufrieden tippte ich die Antwort. Dieser Mann ist treu und zuverlässig. Herzlichen Glückwunsch zu Ihrer Verlobung. Ich endete mit ein paar genaueren Angaben zu Charles' Handschrift, damit seine Verlobte das Gefühl hatte, etwas für ihr Geld zu bekommen. Aber ich wusste, welches der Satz war, auf den die Frau in Zukunft immer wieder zurückkommen würde. *Treu und zuverlässig.* Mir ging auf, dass ich kaum diejenige war, die diese Eigenschaften beurteilen konnte.

Ich schob Charles beiseite, ging ein paar andere einfache Aufgaben durch, Fragen, die eine schnelle Antwort erforderten, und überarbeitete eine dezente Werbeanzeige, die meine Einsamen Herzen anziehen sollte. Von Leuten wie Charles konnte ich noch mehr Schriftproben gebrauchen.

Dann kehrte ich wieder zu meinem E-Mail-Programm zurück und stieß auf eine neue Nachricht von Kent. Der Firmenchef aus Chicago habe Zweifel an meiner Einschätzung des Drohbriefs, den er bekommen hatte. Ob ich meinem Bericht noch irgendetwas hinzuzufügen hätte.

Ohne noch einmal in meinen Notizen oder Dateien nachzusehen, erinnerte ich mich an die Sorgfalt, mit der ich diesen Brief analysiert hatte. Ich hatte gründlich darüber nachgedacht, weil ich Kent das schuldig war. Ich dachte daran, welche Überlegungen ich zu den Zwischenräumen über den Unterlängen der kleinen Fs und Gs angestellt hatte und dazu, wie ich mit meinen Erkenntnissen über den Schreiber umgehen sollte. Schnell schrieb ich eine Antwort, unterdrückte meinen Unmut und bot an, einen zweiten Blick darauf zu werfen, wenn Kent das wollte. Das anzubieten, auch wenn ich nichts Weiteres dazu sagen konnte, verlangte die professionelle Höflichkeit.

Lange bevor er an der Tür war, hörte ich Joshua, der von der Bushaltestelle kam. Vielleicht war etwas dran, wenn Margaret sich darüber beschwerte, welchen Lärm er machte.

Die Tür schwang weit auf und stieß an einen der Stühle aus dem Esszimmer. »Scheiße«, sagte er.

»Joshua.«

Er kam durch die Tür. »Hi, Ma.« Sein Rucksack plumpste auf seinen gewohnten Platz: mir in die Quere.

»Oh, hi zurück. Du weißt, was ich über das Fluchen gesagt …«

»Du machst es doch selber die ganze Zeit!«

»Ich fluche nicht ›die ganze Zeit‹«, erklärte ich. »Und das weißt du. Nur wenn es in einer Situation wirklich kein passenderes Wort gibt. Eines Tages wirst du für eine bestimmte Gelegenheit ein fettes, saftiges Schimpfwort brauchen, und dann sind alle aufgebraucht. Spar sie dir für einen Moment auf, wenn das Leben mal richtig hart ist.«

Er warf sich auf den Stuhl mir gegenüber. Ich saß an meinem Laptop und war augenblicklich alarmiert. Er setzte sich? Auf den Stuhl? Ich sah auf die Uhr. Normalerweise war diese Zeit für seine Fehden gegen Videospiel-Ninjas reserviert.

»Das Leben ist jetzt schon beschissen genug«, sagte er, stützte den Kopf in die Hände und starrte auf die Tischplatte. »Wie viel schlimmer muss es noch werden?«

»Heute habe ich keine Anrufe aus der Schule bekommen«, sagte ich vorsichtig und bemühte mich bei jedem Wort um das richtige Maß an Leichtigkeit.

Er sah mich mit einem nervösen Grinsen an, das zu einem echten Lächeln hätte werden können, wäre er nicht so darauf bedacht gewesen, finster dreinzublicken. »Sehr witzig, Mom. Wirklich total witzig.«

Ich griff nach einem Packen Papier auf dem Tisch und fing an, ihn durchzublättern. Ganz beiläufig. »Ist irgendwas passiert?«

Er blieb still und hielt den Kopf so lange gesenkt, dass ich mich schon fragte, ob ich das Thema nicht zu direkt angegangen war. Aber dann seufzte er und sagte: »Du würdest das nicht verstehen.«

»Du könntest es mal mit mir versuchen.« Jetzt kippte ich den Inhalt der Postkiste über dem Tisch aus und fing an zu sortieren. Die Handyrechnung, gerade noch rechtzeitig ausgegraben. Meine Hände zitterten beinahe, so viel Anstrengung kostete es mich, ihn nicht anzusehen. Ich war schuld daran, dass sein Leben so schwierig war. Konnte ich damit umgehen, wenn er das sagte? »Vielleicht verstehe ich es«, sagte ich.

»Vergiss es einfach.«

»Oh.« Ein abgelaufenes Rückzahlungsformular, die Einladung zu einem Mietertreffen, das ich versäumt hatte. Ich musste wirklich aufpassen. Zwar hatte ich das vorher schon gewusst, aber hier war der Beweis dafür, dass ich die Kontrolle über die Ordnung in meinem Leben verlor. »Warum?«

»Warum was?«, murmelte er, die Arme verschränkt. Er sah mir zu, wie ich mich durch den Poststapel wühlte.

»Warum ›Vergiss es einfach‹? Ist es eine Männersache? Würde ich es nicht verstehen, weil es um Männerprobleme geht?«

Er antwortete mit einem Schnauben.

Ich versuchte es noch einmal. »Ich würde es nicht verstehen, weil …«

»Mom, *egal.* Du würdest es einfach nicht verstehen, das ist alles. Es geht nicht um Männerprobleme. Was soll das überhaupt heißen? Egal. Du würdest es nicht verstehen, weil du meine *Mom* bist.«

»Oh.« Ich dachte daran, meine Position zu verteidigen, aber ich wusste gar nicht, was meine Position war. »Ich schätze, du hast recht, weil ich nicht verstehe, was du meinst.«

»Siehst du?«

»Nein, ich verstehe es wirklich nicht.«

»Genau.«

Dieser Austausch erinnert mich an die effizienten Stichworte im Büro des Sheriffs. Joshua und ich hatten unsere eigene Art der Halbkonversation, nur mit weit weniger Erfolg.

»Ich bin immer noch bereit zuzuhören.«

»Mom.« Es war weniger ein Wort als ein Seufzen. »Du würdest es überhaupt nicht schwierig finden. Für dich wäre das alles kein Problem.«

»Oh, ich verstehe, was du meinst.« Und das tat ich wirklich. *Verlass ihn,* hatte Theresa immer gesagt, schon bevor alle anderen es sagten. *Du kannst bei mir wohnen.* Als ob es irgendetwas änderte, wenn man eine Meile weit wegzog. »In manchen Dingen muss man seine eigenen Entscheidungen treffen.«

»Yeah.« Er beugte sich einen Moment vor und sank dann

auf seinem Stuhl zusammen, mutloser denn je. »Ich muss selbst damit klarkommen.«

»Na ja, das stimmt nicht ganz«, sagte ich. »Du könntest die Ratschläge annehmen, die andere Menschen dir geben. Manchmal beurteilen Leute die Dinge auf eine andere Art, als du es kannst. Aber ... aber vielleicht glaubst du ihnen nicht. Oder du tust es, tief in deinem Inneren, und hasst sie dafür, dass sie recht haben.« Ich brach ab. Wer konnte diesen Rat am besten brauchen?

Er hörte immer noch zu.

»Letztendlich«, sagte ich und räusperte mich, »wirst du deine eigene Entscheidung treffen. Aber es schadet nicht, auszuprobieren, wie andere Leute auf deine Probleme reagieren, wie ... wie bei einem Referendum darüber, was du tun sollst. Weißt du ...«

»Ja, ich weiß, was ein Referendum ist. Sozialkundeunterricht, du weißt schon.«

»Genau. Sozialkundeunterricht.«

Joshua kaute auf seiner Unterlippe. Ich hob einen großen flachen Umschlag auf, der auf den Boden gefallen war, nur damit ich etwas hatte, woran ich mich festhalten konnte.

Er sprang auf. »Was gibt es zum Abendessen?«

Zu dem Referendum würde es heute wohl nicht mehr kommen. Ich spürte den Verlust seiner Aufmerksamkeit unmittelbar. »Das weiß ich noch nicht. Willst du was Bestimmtes?«

»Können wir nicht irgendwas *Leckeres* essen? Nie gibt es mal was *Leckeres*.« Er setzte sich wieder hin, schob den Stuhl zurück und kippelte von links nach rechts.

»Was meinst du damit? Erst gestern Abend hatten wir Hamburger. Du hast ungefähr drei Kilo davon gegessen, also erzähl mir nicht, sie waren nicht lecker. Hast du das mitgebracht?«

»Was?« Er beendete die Karussellfahrt auf seinem Stuhl und blickte auf den Umschlag, den ich hochhielt.

»Es ist keine Briefmarke drauf.« Ohne Frankierung konnte der Umschlag nicht von Kent sein. Außerdem war sein Auftrag in Sachen Personalangelegenheiten vermutlich der Drohbrief an den Firmenchef aus Chicago gewesen, den ich bereits erhalten hatte. Dort ging man jetzt alle unzufriedenen Mitarbeiter durch, um den Briefeschreiber ausfindig zu machen. Personalangelegenheiten. Was war also in dem Umschlag?

Ich war von Natur aus paranoid, aber ich hatte auch schon so viele merkwürdige Geschichten von Kent und anderen gehört, die mir in solchen Momenten einfielen. Briefe ohne Briefmarken – da klingelten bei mir sofort die Alarmglocken. Wie bei E-Mails von Leuten, die man nicht kannte, mit ihren unerwünschten Anhängen. Computerviren oder – sonst irgendwas. Wer konnte wissen, was dieser Umschlag enthielt. Ich legte ihn auf den Tisch, und bevor ich irgendetwas sagen konnte, nahm Joshua ihn. »Ich werfe ihn weg«, sagte er.

»Nein!«

Er blickte erschrocken hoch. Ich stand auf und nahm ihm den Umschlag ab.

»Was ist? Warum?«

Ich rieb an der offenen Lasche des Umschlags und betrachtete dann meine Fingerspitzen.

»Du spinnst«, sagte er.

»Ich arbeite für das FBI und die Polizei, Joshua. Das weißt du. Ich muss vorsichtig sein.«

»Als ob jemand hinter *dir* her wäre«, sagte er. »Wer sollte schon hinter dir her sein, Ma?« Er stand auf und streckte sich in die Höhe, boxte in Richtung Decke, um auszuprobieren, ob er sie schon erreichen konnte. »Airball.« Über die

Schulter warf er mir einen kurzen Blick zu und verschwand in seinem Zimmer.

Ich wartete auf das Zufallen seiner Tür, dann setzte ich mich mit dem Umschlag wieder hin. Das Adressetikett war getippt, aber das war eigentlich bei allen Briefen, die ich bekam, der Fall. Kein Absender, kein Porto. Jemand hatte diesen Umschlag in meinen Briefkasten gesteckt oder an der Vordertür des Gebäudes für mich hinterlassen.

Wer sollte hinter mir her sein?

Der Junge hatte keine Ahnung, wie viel schlechter sein Leben sein könnte.

Ich schüttelte den Briefumschlag über dem Tisch und suchte nach Pulverspuren. Ich hielt ihn einige Zentimeter von mir weg und roch daran. Schließlich griff ich hinein und ertastete das zusammengefaltete Blatt Papier im Inneren. Kopierpapier in Standardgröße. Weiß, ohne Wasserzeichen.

Bevor ich das Papier auseinanderfaltete, wusste ich es. Ein Anruf in der Nacht. Eine Fremde auf der Straße, die einen alten Namen nannte. Das Touristenmagazin. Es ging immer wieder von vorne los.

DREIZEHNTES KAPITEL

Ich rief Kent an, erreichte aber nur den Anrufbeantworter. Ich legte auf, lief eine Weile nervös auf und ab, ließ die Jalousien herunter und spähte durch sie hindurch. Als ich zum zweiten Mal auf die automatische Ansage stieß, nutzte ich die Gelegenheit. »Kent, ich bin's. Ich weiß, es ist spät, aber wenn du mal einen Moment Zeit findest, würde ich gern deine Meinung zu etwas hören.«

Doch meine Stimme musste mich verraten haben, denn die Antwort – Hilfe kommt – erreichte mich prompt per SMS, und kurz darauf klingelte es an der Haustür. Ich betätigte den Türöffner und wartete auf das Klopfen.

»Kent, das war doch nicht …« Der Sheriff stand im Türrahmen.

Es machte mich krank, ihn zu sehen. Ihn so oft zu sehen. Ihn so nah zu sehen und *hier* an dem Ort, der nur mir und Joshua gehörte. Er hätte auf der anderen Seite eines Schreibtischs sitzen sollen, aber jetzt stand er direkt neben mir und blickte auf das Blatt Papier auf dem Esstisch – dem Tisch, an dem ich meine Arbeit erledigte und meine Mahlzeiten einnahm und wo mein Sohn seine Hausaufgaben machte. Acht Uhr abends, und ich konnte seine Rasiercreme riechen. Ich ging zum Fenster und öffnete es, um ein wenig Luft hereinzulassen. Er beobachtete mich dabei.

Der panische Anruf schien mir nun ein Fehler gewesen zu sein. Ich war meinen eigenen Prinzipien untreu, war immer noch hier an diesem Ort, obwohl ich längst die Umzugskisten gepackt haben sollte.

Der Sheriff ließ sich mit dem Brief Zeit. Ich wollte dieses Ding nur noch zusammenknüllen und weit fortschleudern.

»Was bedeutet das für Sie, Anna?«

Meine Abneigung wuchs. Warum nannte er mich in genau diesem Augenblick beim Vornamen? Gerade jetzt, da ich mich so gefangen fühlte? Ich hatte dem Sheriff zugetraut, dass er sich in Menschen hineinversetzen konnte, jetzt aber zweifelte ich an dieser Fähigkeit.

»Ich weiß nicht.«

Er beobachtete mich genau. Natürlich. Das tat er die ganze Zeit, bei allen, immer achtete er auf kleine Details, suchte nach Schwächen. Er war wie sie alle, wollte ständig alles wissen. Wissen, wissen. Sie waren wie Kinder, mit ihren endlosen Fragen, wie Katzen, die mir um die Beine strichen, um mich zu Fall zu bringen.

»Ich würde Ihnen gern erklären, warum ich denke, dass das Schwachsinn ist.«

Mit einem Ruck wandte ich mich ihm zu. »Wie bitte?«

»Ich sagte, dass ich es für Schwachsinn halte und dass dieser Brief keine Bedeutung für Sie hat.« Keller zog den Stuhl heran, auf dem Joshua gerade noch gekippelt hatte, und setzte sich auf die Kante, die Ellbogen auf den Knien. Er bedeutete mir, mich ebenfalls hinzusetzen.

Er bot mir in meinen eigenen vier Wänden einen Stuhl an! Ich ging um den Tisch herum und setzte mich auf meinen gewohnten Platz. Den Laptop hatte ich inzwischen weggeräumt, den Korb mit der Post durchgesehen, das Überflüssige weggeworfen. Jetzt war wenigstens der Tisch zwischen uns. Sollte er nur versuchen, die Führung zu übernehmen, während er auf der Gästeseite *meines* Schreibtischs saß! Ich faltete die Hände und beugte mich über den Esstisch.

Er lächelte. »Gut. Aus folgendem Grund denke ich, dass das hier für Sie eine andere Bedeutung hat als für mich. Es ist ganz einfach.« Er hielt das Blatt Papier mit beiden Händen hoch. »Sehen Sie das?«

Ich hatte es gesehen. Ich hatte genug gesehen.

»Schauen Sie genau hin. Was steht da? Was *genau?*«

Ich starrte auf ihn, dann auf den Brief. Große schwarze Buchstaben, über die ganze Breite des Papiers gedruckt, bis zum Rand. »Da steht«, begann ich und merkte, dass meine Stimme erstickt klang. »Da steht: ›Ich *kenne* dich.‹«

»Nein, hören Sie das nicht selbst? Da steht: ›Ich kenne dich‹«, sagte er. »Keine Betonung, keine Hervorhebung. Ganz einfach. Drei Wörter, und das war's.« Seine Stimme klang tief und beruhigend. Ich dachte an die Leute, die mit der Stimme Tiere dazu bringen konnten, sich zu entspannen. Aber ich wollte nicht beruhigt werden. Ich würde ihm nie erzählen, welche Bedeutung diese wenigen Wörter für mich hatten. Er hatte keine Ahnung. *Zieh dem verdammten Scheißkerl die Haut ab.* Mehr als ein paar Wörter brauchte es nicht. »Ohne dass Sie mir das hier vorlesen, bedeutet es nicht viel«, sagte er.

Er legte den Brief auf den Tisch, mit der bedruckten Seite nach unten. Ein Angebot. Vielleicht konnte er sich doch ein wenig in Menschen hineinversetzen.

»Was ich denke, ist Folgendes«, sagte er. »Das ist ein Satz, der einfach jedem Angst machen kann. Jeder hat eine Kleinigkeit, die er für sich behalten will.« Er hob eine Augenbraue und zuckte dann mit den Schultern. »Natürlich. Ich natürlich auch. Jeder möchte irgendetwas geheim halten. Man kann jemanden wirklich gut kennen, seit Jahren sogar, und trotzdem nicht alles über ihn wissen.« Er lehnte sich zurück, schien einen Moment mit den Gedanken woanders zu sein. »Und wenn jeder ein Geheimnis hat, welches ist dann wohl die beste Drohung, die man aufs Geratewohl ausstoßen kann? Man sagt: ›Ich kenne dich‹, auch wenn man keine Ahnung hat, wer der andere überhaupt ist. So etwas will niemand von uns mit der Post bekommen. Die meisten Leute kennen sich noch nicht mal selbst. Die Vorstellung, dass jemand anders das tut, gefällt ihnen nicht.«

Das Ding war aber nicht mit der Post gekommen. Es war irgendwie getarnt in das Mietshaus und in die Wohnung gelangt. Ich hatte das *Sweetheart Lake Magazin* nicht erwähnt.

»Natürlich würde diese Art Drohung jemanden mehr treffen, der …«

»… etwas zu verbergen hat?«, sagte ich.

»Ich wollte sagen, jemanden, der zurückgezogen lebt. Aber ja, für eine Person, die ein wirkliches Geheimnis hat, wäre so eine Nachricht sicher eine große Sache, ein Weltuntergang. So als würde aus heiterem Himmel der Hammer auf sie niedersausen, auf den sie immer gewartet hat.«

»Ist das eine Anspielung auf irgendeine Kindergeschichte? Einen Comic?«

»Ich versichere Ihnen, dass ich diese Sache ernst nehme«, sagte er.

»Anscheinend denken Sie, dass ich überreagiere oder den Teufel an die Wand male oder beides. Wenn das die Art ist, wie Sie Kriminalfälle untersuchen …«

»Wo ist hier der Kriminalfall? Ich sehe keinen«, sagte er. »Haben Sie schon mal darüber nachgedacht, dass das Ganze eine Art Scherz sein könnte? Mit solchen Dingen kennen Sie sich besser aus als ich.«

»Plötzlich tut mir Bo Ransey sehr leid, weil er *Sie* um Hilfe bitten musste.«

Nun hörte er endlich auf. Wir erhoben uns beide von unseren Plätzen.

»Miss Winger, sind Sie sicher, dass Sie das wirklich sagen wollten?« Sein Ton war schärfer geworden, und er kehrte zur Formalität zurück. Ich war wieder Miss Winger, und der Tisch trennte uns in jeder Hinsicht.

»Sie haben natürlich völlig recht, Sheriff.« Auch meine Stimme wurde jetzt laut. »Natürlich wollte ich etwas anderes sagen, und zwar …«

Am anderen Ende des Flurs öffnete sich Joshuas Tür. »Mom?« Er kam durch den Flur und blieb stehen. Sein Blick wanderte zwischen mir und dem Sheriff hin und her. »Was ist los?«

Plötzlich überkam mich niederschmetternde Müdigkeit. Wenn es nun jemand wusste? Es war so unwahrscheinlich, und doch – warum nicht? Ich war so vorsichtig gewesen, aber man konnte nie vorsichtig genug sein. Warum sollte mich, im Zeitalter von Internetrecherchen, die zwei Sekunden dauerten, nicht irgendjemand aufspüren können? Ein neuer Name dank Kent. Kein Eigentum, keine Betriebskostenabrechnung, keine Kreditkarten. Lass dich nicht festnehmen, sei kein Held, steh nicht in der Zeitung. Es war leicht, unsichtbar zu bleiben: wenn man kein Leben hatte.

Aber wenn jemand neugierig war, brauchte er nur ein bisschen Know-how, irgendeinen Anhaltspunkt, vielleicht ein paar hundert Dollar für einen Privatdetektiv – es musste noch nicht einmal ein guter sein. Die investigativen Möglichkeiten des Sheriffs waren gar nicht nötig.

Plötzlich hatte ich das Gefühl, dass wirklich jemand Bescheid wusste. Vielleicht nicht die Person, die die Nachricht geschrieben und es geschafft hatte, sie in unseren Briefkasten zu stecken. Vielleicht hatte diese Person nur gut geraten, wie der Sheriff vermutete. Aber wenn jemand Bescheid wusste, dann war es Sheriff Keller. Ihm standen alle Möglichkeiten der Ermittlung offen, Datenbanken und Backgroundchecks und all das. War er nicht ursprünglich von Kent an mich verwiesen worden? Er hatte einen Grund gehabt, mich zu überprüfen – er musste doch den Esoterikschnickschnack unter Kontrolle halten.

Wenn er Bescheid wusste, wer würde es dann noch erfahren? Sherry? Sherry und dann ihre Freunde, ihre Nachbarn. Stephanie und Grace und die Boosters, der Beratungslehrer Mr Jeffries, die Schule, die Schüler, die Ranseys, alle. Das war die Gerüchteküche.

Oder würde Sheriff Keller es unter Verschluss halten – in seinem Arsenal? Was hatte er über die Ranseys gesagt an dem Tag, als er hinter uns geparkt und ans Autofenster geklopft hatte? Er versuche nur, »seine Stadt zu einem lebenswerteren Ort zu machen«. *Seine* Stadt? Seine Stadt, seine Bürger, seine Probleme, wenn sie Streit bekamen, Sachen anzündeten oder zu schnell durch *seine* Straßen fuhren. Und dann geriet unter all den kleinen Spielfiguren in diesem Spiel des Lebens jemand in Schwierigkeiten, und er war anscheinend gar nicht interessiert daran, die Stadt zu einem lebenswerteren Ort zu machen – für *mich*.

Unsere Probleme waren über Nacht aufgetaucht und sollten einfach weggeräumt werden, wenn der Sheriff der Meinung war, dass seine Stadt keinen Platz dafür hatte.

Ich wusste, dass meine Gedanken irrational waren. Wut rauschte in meinen Ohren, aber gleichzeitig spürte ich etwas, das mir nicht gefiel, einen alten Instinkt: Ich wollte mich irgendwo verkriechen, unter dem Tisch oder in einer Ecke.

Ich spannte mich an, zwang mich, stehen zu bleiben, wenigstens dieses eine Mal. Der Sheriff würde mir nicht wehtun. So lief das nicht bei ihm. Egal, was seine Motive waren, sie hatten nichts mit mir zu tun. Und ich würde nicht mehr zulassen, dass er etwas mit mir zu tun hatte.

»Nichts, Joshua«, sagte ich. »Der Sheriff wollte gerade gehen.«

Am Ende hatte ich nichts Leckeres zum Abendessen gemacht, aber das schien kein Problem zu sein. Wir pickten beide auf unseren Tellern herum, und ich griff immer wieder nach meinem Wasserglas, um den schalen Geschmack in meinem Mund herunterzuspülen. Den Geschmack, der stets mit den alten Ängsten einherging. Doch mit Wasser konnte man ihm nicht beikommen. Joshua stocherte in seinem Essen herum. »Was wollte der überhaupt hier?«

»Darüber möchte ich nicht sprechen.«

»War es wegen dem Brief?«, fragte er. »Oder wegen was anderem?«

»Es gibt wirklich nichts, worüber du dir Sorgen machen müsstest.«

»Aber du hast geschrien.«

»Ich habe gesagt …«

»Warum willst du es mir nicht erzählen?«, fragte er. »Ich wohne auch hier.«

»Gut, Joshua, gut.« Ich ging in die Küche und schnappte mir eine Flasche Wein. Ich kehrte an den Tisch zurück und schob meinen Teller weg, damit das volle Weinglas seinen verdienten Platz genau in meinem Blickfeld bekam. Ich hatte nie viel getrunken – Alkohol hatte in meinem Leben nicht viel Gutes bewirkt. Aber plötzlich verstand ich, wie man nach einem Drink greifen konnte, wenn einem etwas anderes fehlte: Liebhaber, Freundin, Mutter. Leben. Sicherheit.

»Der Brief«, sagte ich. »Ich wollte nur hören, was der Sheriff dazu sagt.«

Joshuas Gabel fiel klirrend auf seinen Teller. »Was hat er denn gesagt?«

»Er denkt, dass ich überreagiere.« Ich schwenkte den Wein, sah zu, wie die rote Flüssigkeit sich im Glas verteilte. Schon merkte ich, dass ich auf den Rest in der Flasche keine Lust mehr hatte. Es würde morgen keinen Kater geben. Nur scharfe, ätzende Klarheit und wieder die verdammte Sonne im Fenster. »Vielleicht hat er recht.«

Joshua schob seinen Teller beiseite, kreuzte die Arme auf dem Tisch und stützte sein Kinn darauf. »Ich muss dich was fragen.«

»Klar.«

»Es wird dir nicht gefallen«, sagte er.

»Jetzt bin ich aber gespannt.«

»Mom, hör auf, so zu tun, als ob das lustig wäre. Es ist nicht lustig.« Er grub das Kinn tiefer in seine Armbeuge. Seine Stimme war nur noch ein Murmeln.

»Was?«

»Ich habe gesagt …«, fing er an und setzte sich auf, und jetzt hörte ich die Verzweiflung in seiner Stimme. »Ich habe gesagt, dass ich dich nach Dad fragen muss.«

»Oh. Du musst?« Manchmal wünschte ich mir, ich hätte Ray sterben lassen. Er hätte einen ruhmreichen Tod beim Militär erleiden können oder bei dem Versuch, kleine Kinder oder Hundewelpen vor einem Feuer zu retten. Aber solche Lügen hätte ich niemals über die Lippen gebracht. Ray als Held.

Ich zwang mich zur Ruhe. »Okay«, sagte ich.

»Es geht um ein Projekt in der Schule.«

»Was meinst du? Eine Art …«

»Es ist ein Familienstammbaum. Wir müssen das im Geschichtsunterricht machen, also persönliche Geschichte oder so, du weißt schon. Wie nennt man das?«

»Genealogie«, sagte ich, und meine Stimme klang dünn.

»Genau. Wir müssen versuchen, unsere Familie so weit wie möglich zurückzuverfolgen.« Er verdrehte die Augen. »Mein Lehrer würde sich in die Hose machen vor Begeisterung, wenn ich meine Familie bis zur Mayflower oder nach Spanien oder so zurückverfolgen könnte.«

»Wir stammen nicht aus Spanien.«

»Aber was ist mit Dad?«

Ich hasste dieses Wort. Es war zu vertraulich. Warum konnte er nicht einen Ausdruck benutzen, der nicht so… liebevoll war?

»Dein Vater ist nicht aus Spanien.«

»Du sagst, was er *nicht* ist. Ich muss aber wissen, was er *ist*.«

Das stimmte. »Was musst du wissen?«

Er griff nach seinem Rucksack. Nachdem er eine Weile darin gewühlt hatte, brachte er ein ramponiertes Notizbuch und einen Druckbleistift zum Vorschein. Er drückte ein paarmal auf die Mine. »Also, ich brauche seinen Namen.«

Tief in meinem Inneren brach etwas zusammen. Ich hatte alles für mich behalten, jede Einzelheit. Sweetheart Lake und alles, was dort passiert war – es gehörte mir, oder?

Aber einen Namen hätte ich ihm zugestehen können. Namen hatten Macht. Sogar das hatte ich ihm vorenthalten.

»Ray.«

»Winger?«

»Oh. Nein.« Ich wollte den Namen nicht aussprechen. Magisches Denken mal wieder. »Gib mir dein Notizbuch.«

Mit meinem eigenen Kuli aus dem Stiftebecher auf dem Tisch schrieb ich Rays Namen in großen, deutlichen Buchstaben, die mich an die Schreibmaschinenhandschrift erinnerten, die Joshua sich zugelegt hatte. Im letzten Augenblick schrieb ich seinen Nachnamen falsch. Auch wenn ich mich mit der Geheimnistuerei nicht wohlfühlte – diese geheime Kammer wollte ich nicht ganz öffnen.

Er beugte sich vor, um zu sehen, was ich geschrieben hatte. »Was ist mit den Namen seiner Eltern?«

Ich zeichnete zwei Äste und ergänzte die Namen von Rays Mutter und Vater, wobei ich dieselbe falsche Schreibweise benutzte. Rays Eltern hatte ich nie kennen gelernt. Joshua nickte zustimmend. »Wie ist es mit Geschwistern?«

Ich blickte von dem Notizbuch auf. Das wusste ich nicht. Oder ich erinnerte mich nicht daran. »Er hatte keine«, sagte ich. Es war am besten, die Sache einfach zu halten, falls ich auf diese Fakten später noch einmal eingehen musste.

»Weißt du irgendjemanden davor?«

»Nein. Nein, das ist alles, was ich weiß.« Ich zog von *Ray* ausgehend eine Linie und schrieb sorgfältig ans andere Ende: *Joshua*. Dann zeichnete ich einen zweiten Ast über seinen Namen und fügte meinen eigenen hinzu.

Joshua richtete sich am Tisch auf, um zu sehen, was er zusammengetragen hatte. »Das ist nicht besonders viel.«

»Wir sind eine kleine Familie.«

»Also, was ist mit dir?«

»Wieso mit mir?«

»Wie heißen deine Eltern? Hast du irgendwelche Brüder oder Schwestern?«

»Meinst du nicht, du hättest meine Geschwister kennen gelernt, wenn ich welche hätte?«

Er löste den Blick von seinem Notizbuch, die Stirn missbilligend gerunzelt. »Ich habe auch meinen Dad nie kennen gelernt.«

»Na ja, das ist etwas anderes.«

»Wieso? Ich sehe da keinen Unterschied.«

»Doch, den gibt es aber. Es ist einfach etwas anderes. Ich habe keine Geschwister. Wir können die Namen meiner Eltern hinschreiben.«

Er sah zu, wie sich meine Hand über die Seite bewegte. »Sind sie … sind sie tot?«

Sein ernstes Gesicht wurde besorgt, und für einen kurzen Augenblick war er mir plötzlich kein Trost mehr. Da war mein Sohn, der Hormonwallungen, Liebesakt und DNA-

Replikation rechtfertigte. Aber in diesem Moment, als ich gerade den Namen meiner Mutter eingefügt hatte – und auch den meines Vaters, trotz allem –, spürte ich nur Verlust. Nichts konnte das alles ändern. Nichts konnte es heilen. Wenn Joshua, der nah bei mir war, nicht wiedergutmachen konnte, was schiefgelaufen war, dann gab es nichts, was das konnte. »Ja, das sind sie.«

»Wann sind sie …«

»Meine Mutter ist bei einem Unfall gestorben. Einem Autounfall.« Die Wahrheit war unzureichend.

»Und was ist mit deinem Vater?«

Ich weiß es nicht. Ich weiß es nicht. Ich will es nicht wissen. »Er ist gestorben«, sagte ich. »An Altersschwäche.«

Ende. Das war der Punkt am Ende des Satzes und am Ende des Gesprächs, und ich wusste, dass uns das beiden klar war. Joshua nahm mir das Notizbuch ab und betrachtete den Baum. Es war eigentlich kein Baum. Ein kleiner Strauch vielleicht. Ein kleines Büschel Unkraut.

Und die Welt, die früher riesig gewirkt hatte, war jetzt winzig. Sie war wirklich ziemlich klein.

VIERZEHNTES KAPITEL

Am Samstag trat ich in der Schule meinen Dienst bei den Boosters an. Ich musste an einer Gruppe übender Cheerleader mit Zahnspangen-Lächeln vorbeigehen und ihren langen dünnen Beinen ausweichen. Das Quartier der Boosters war ein kleiner, kompakter, grün gestrichener Bau aus Betonschalstein, die Stände der Heimmannschaft waren daneben aufgebaut.

Wie eine Kundin trat ich von vorne an den Stand. Stephanie winkte mir zu und bedeutete mir, nach hinten zu gehen, wo sie mir ein T-Shirt aushändigte. Um die Schulfarben aufzugreifen, hatte ich eine grüne Bluse angezogen, das einzige grüne Kleidungsstück, das ich besaß. Aber Stephanie hatte recht: Neben den anderen sah ich aus wie eine Sekretärin. Ich zog das T-Shirt über meine Bluse.

Vor dem Servicefenster bildeten sich rasch zwei Schlangen. Das Boosters-Spiel würde bald beginnen, und es würde lang dauern.

Stephanie vertraute mir das Popcorn an. Ich hatte den Dreh bald raus: den Topf oben auf der Maschine mit Körnern und Öl füllen, ein paar Knöpfe drücken, einen Hebel ziehen, zusehen und zuhören, wie das Popcorn aufging. Wenn es weniger wurde, den Hebel zurückschieben und das Popcorn in den Eimer schütten. Ich bekam einen Salzstreuer und ein paar rot-weiß gestreifte Becher zum Füllen. Anfängerjob, nach dem Motto: Steh mir nicht im Weg.

Bei den Profis saß jeder Handgriff. Sie zogen Chipstüten herunter, die mit Wäscheklammern aufgehängt waren, füllten Getränkebecher, nahmen Bestellungen entgegen und gaben sie weiter. Stephanie und Grace addierten die Beträge im Kopf und gaben Wechselgeld heraus. Eine Frau, die in engen weißen Jeans und High Heels aufgetaucht war – »Kelly«, hatte Stephanie geschrien, »du hast es *geschafft!*« –, hatte sofort das Kommando über die Eimer mit der Käse- und der Chilisoße übernommen. »Gibt es hier… Schürzen?«, fragte Kelly und hielt ihr Bettelarmband fest, als sie die Käsematsche umrührte, die aufgewärmt wurde.

Die beiden Schlangen reichten während der ersten fünfundvierzig Minuten bis zu der Einzäunung des Spielfelds, und sie lösten sich erst auf, als auf dem Platz eine scheppernde Version der Nationalhymne aufklang.

Ich belud die Popcornmaschine von neuem: Körner, Knopf für Öl, Hebel, *popp*.

»…jeder hätte sie mit einem Baseballschläger…«

Ich blickte auf und versuchte, unter dem Prasseln des Popcorns den Rest des Satzes zu verstehen. Die Freiwilligen räumten auf und machten sauber, hasteten umher, rempelten einander an, quetschten sich durch enge Zwischenräume. So viel war in Bewegung, dass ich zunächst Schwierigkeiten hatte, das Gespräch zu lokalisieren.

»…Methsüchtige haben viel Kraft«, sagte Grace gerade über den Tresen hinweg.

Die Frau auf der anderen Seite sog an einem Strohhalm und nickte. Mit ihrem pummeligen Arm drückte sie eine Pappschale mit Nachos und einen Becher Popcorn an ihre Brust. »Sie kann es getan haben, das sage ich doch. Hast du nicht mal gedacht, sie wäre hinter Shane…«

Grace winkte ab. »Er macht nur seinen Job. Das sind alles Chaoten da, sonst müsste er nicht Tag und Nacht dort sein. Warte mal… Hey, Tara!«

Deputy Lombardi, in Uniform, kam an den Tresen. »Habt ihr Russ gesehen?«

»Ist überhaupt noch jemand auf der Station, um den Laden am Laufen zu halten?«, fragte die andere Frau.

»Ich hab ihn vorhin gesehen«, sagte Grace. »Shane hat frei, aber er ist hier, um zu sehen, wie Shay spielt. Vielleicht ist Keller bei den Tribünen. Was ist los?«

»Ihr wisst das nicht von mir, aber die Jordans haben gerade einen Koffer gefunden, vollgepackt mit Dessous und Spitzenwäsche. Er war in ihrer Garage versteckt«, sagte Tara. »Da war wohl jemand bereit für eine romantische Flucht.«

»Charitys Aussteuertruhe«, sagte Grace. »Wo wollte sie hin, was glaubst du? Und mit wem?«

»Bo«, antwortete die andere Frau. »Ich meine, mit einer Ehefrau, die die ganze Zeit nicht da ist – was erwartest du da?«

Tara warf ihr einen entrüsteten Blick zu, nahm sich eine Handvoll Popcorn und wandte sich zum Gehen. »Okay, also, wenn ihr Russ seht …«

Grace und die andere Frau warteten schweigend, bis sie weg war, dann blickten sie einander bedeutungsvoll an. »*Russ?*«, sagte Grace. »Hast du das gemerkt, sie will ihn unbedingt treffen, persönlich. Und glaub nur nicht, sein Funkgerät wäre kaputt. Es ist lächerlich. Letztes Jahr wollte sie Shane einfach nicht in Ruhe lassen, und mir hat es echt gereicht, auch wenn Shane immer sagt, dass ich *keinen Grund* habe, mir Sorgen zu machen. Diese schrecklichen Mädchen …«

»Der Sheriff ist aber Single«, sagte die Frau. »Ich habe keine Ahnung, warum. Du weißt, ich würde …«

»Was brennt hier?«

Stephanie stand neben mir, stieß mich zur Seite und griff nach dem Hebel, um das Popcorn auszuschütten, aber es war zu spät. Rauch quoll aus dem Topf, und eine Flamme züngelte über den Rand. Die Frau bei den Nachos schrie.

»Kelly, bitte«, sagte Stephanie und stieß die hintere Tür auf, damit der Rauch abziehen konnte. Ein paar Helfer drängten an ihr vorbei nach draußen. »Deine Schicht ist sowieso zu Ende. Kannst du mir aus dem Weg gehen, damit ich den Feuerlöscher suchen kann?«

Plötzlich stand Sheriff Keller in der offenen Tür. Er fand die Quelle des Rauchs, langte in ein Regalfach über der Spüle und zog den Feuerlöscher hervor. In wenigen Sekunden war der Brand gelöscht.

Stephanie sah mich an. »Grace, kannst du ein Schild malen, auf dem steht, dass wir kein Popcorn mehr haben?«

»Es tut mir so leid«, sagte ich und vermied es, den Sheriff anzusehen. »Gibt es noch irgendwas, das ich für euch … ruinieren kann?«

»Geh und rühr die Käsesoße um, während Grace das Schild malt«, antwortete sie.

»Ich bezahle das verbrannte Popcorn«, sagte ich. »Und die Maschine.«

»Es ist nicht das erste Mal, dass das Ding gebrannt hat«, erklärte sie und wandte sich ab. Es war offensichtlich, dass sie nicht in meiner Nähe sein wollte. Als ich mich zur hinteren Tür umwandte, war Keller fort.

Nach dem Ansturm in der Halbzeitpause taumelte ich aus der Boosters-Hütte zu dem eingezäunten Spielfeld, mein neues Parks-Highschool-T-Shirt voller Käsesoße und mit Haaren, die nach Rauch stanken. Ich suchte auf der Bank nach Joshua.

»Er ist auf dem Platz«, sagte Mullen. Ich hatte ihn nicht bemerkt, in Zivilkleidung und mit einer grünen Parks-Highschool-Kappe tief im Gesicht.

Ich blickte eine Weile in das Gewühl von Jungs auf dem Platz, bis ich ihn sah. Er rannte ganz in der Nähe von uns am Rand des Spielfelds entlang, warf sich, gerade als ich ihn gefunden hatte, auf den Ball und flog in hohem Bogen kopfüber in eine Gruppe von Spielern der Gegenseite. Ich klammerte mich am Zaun fest, das Herz schlug mir bis zum Hals. »O mein Gott …«

Mullen klatschte. »Hören Sie mal für eine Sekunde auf, eine Mom zu sein«, sagte er. »Das war ein toller Catch.«

Joshua sprang auf, gepolsterte Frankenstein-Schultern über dünnen weißen Beinen. Er passte den Ball zu einem der Schiedsrichter und rannte zurück zu den anderen Jungen, die ihm begeistert auf den Rücken und auf den Helm klopften.

»War Charity Jordan Bos Geliebte?«

Mullen schwieg. »Wo haben Sie das her?«

»Es … liegt einfach in der Luft«, erwiderte ich. »Ist Leila drogensüchtig?«

»Nach nur einer Schicht in der Boosters-Küche?«, sagte er. »Was haben Sie sonst noch gehört?«

Dass eine sehr junge Polizeibeamtin auf den Sheriff stand, aber das sagte ich nicht. Nach dem Vorfall mit dem Feuerlöscher konnte ich nicht leugnen, dass er der Typ Mann war, auf den die Frauen standen. Genau wie Shane, wie ich jetzt feststellte. Kein Wunder, dass Grace auf der Hut war.

»Man hat einen gepackten Koffer in Charitys Garage gefunden«, sagte ich.

Er starrte mich an und leckte sich über die Lippen. »Das ist mir neu.«

»Vermutlich ist das für alle neu. Ich nehme an, dass sie große Pläne für ihre Zukunft hatte.«

»Das glaube ich auch.«

»Und die Drogen … werden die in Parks hergestellt oder kommen sie woanders her?«

Mullen lehnte sich wieder an den Zaun und beobachtete das Spiel. »Wenn wir die Quelle kennen würden, würde Russ hart durchgreifen. Aber die Drogen sind da, egal, was wir machen.«

»Gibt es irgendwelche neuen Hinweise zu Leila Ransey?«

»Die meisten Leute fragen nach Aidan«, sagte Mullen. Sein Blick huschte zu einem Punkt hinter mir, dann zur Seite. »Leila Ransey sollte irgendwo hingehen, um clean zu werden, aber wir können sie nicht finden, um festzustellen, ob ihre *Hände* so clean sind, wie manche Leute uns weismachen wollen.«

»Manche Leute? Ihre Familie?«

»Ich glaube, außer den Ranseys hat sie niemanden«, sagte er. »Bo und Mama Ransey. Bea, meine ich. Nein, ich rede von Weltverbesserern aus der Gegend, die sich einmischen. Russ hat einen Haftbefehl erteilt, aber das nützt nichts. Sie ist nicht hier. Die Stadt ist zu klein, um eine verschwundene Frau so lang verstecken zu können.«

Das war Ansichtssache.

»Und überhaupt, diese Quittung«, sagte er. »Leila ist auf der Flucht.«

»Sie hat die Kreditkarte ihrer Schwiegermutter benutzt«, sagte ich. »Wie ist sie an die gekommen?«

»Gestohlen«, antwortete er.

Das, was mich wirklich irritierte, war Charitys Tod. Er ergab keinen Sinn. Hätte ich nicht die Einkaufsliste und diese verkrampften, verängstigten Buchstaben gesehen, die sich dicht zusammendrängten, um nicht zu viel Platz einzunehmen, dann hätte ich mir vielleicht auch einen Baseballschläger in Leilas Händen vorstellen können. Aber den hatte sie nicht gegen Bo erhoben – warum sollte sie sich dann die Mühe machen, Charity damit umzubringen? Und wo könnte sie sein?

Plötzlich kam mir ein Gedanke. »Ich habe etwas am Stand vergessen.«

»Hey«, rief Mullen mir nach, »Keller hat Sie nicht zum Deputy ernannt, oder?«

An der Hintertür der Boosters-Bude schaute ich hinein und begutachtete den Schaden. Der Ansturm war vorbei, und die Helfer, die noch da waren, räumten auf.

»Hotdogs, die Hotdogs sind wirklich knapp«, sagte Stephanie, während sie ein paar Worte auf einen Notizblock auf dem Tresen kritzelte. Als sie mich bemerkte, blätterte sie die Seite um.

»Kann ich dich sprechen?«

»Grace, kannst du auf die Tasche mit dem Bargeld aufpassen? Ich bin gleich zurück.« Sie folgte mir nach draußen und zog dabei mehrmals am Ausschnitt ihres T-Shirts, um sich Luft zuzufächeln. »Was ist los?«

»Ich möchte helfen«, sagte ich.

»Ich denke, für den ersten Tag hast du genug getan«, sagte sie.

»Nein, ich meine … mit Leely.«

Sie starrte mich an.

»Und Sommer House, richtig? So heißt es doch?« Jetzt wagte ich den Sprung ins Leere. »Deine Karte. Es steht keine Adresse darauf, und … na ja, man könnte sagen, dass ich über einschlägige Erfahrungen verfüge.«

»Wenn der Sheriff dich geschickt hat …«

»Hat er nicht.«

»Ich weiß nicht, wo sie ist«, sagte sie, während sie sich umsah. »Wirklich nicht.«

»Aber du weißt, wo sie vorher war.«

Sie seufzte. »Sie hasst diesen Namen. Leely.«

Das tat ich auch. »Was kann ich tun?«

»Wenn du wirklich einschlägige Erfahrungen hast, dann weißt du das selbst: im Grunde gar nichts. Sie hat das System gegen sich.«

»Ich glaube nicht, dass sie diese Frau getötet hat.«

So wie Stephanie mich jetzt musterte, hatte sie mich auch angesehen, als ich Graces Handschrift großzügig interpretiert hatte. »Das Problem ist, dass du und ich und der tatsächliche Mörder die Einzigen sind, die so denken.«

FÜNFZEHNTES KAPITEL

Am Montagmorgen rief wieder Sherry an. Es war noch früh, aber ich war hellwach, hatte einen großen Becher Tee und die Aufgaben des Tages vor mir. Nach dem Anruf würde ich mich ärgern, dass ich nicht noch im Bett gelegen hatte; mit ein bisschen Glück hätte ich ihn verpassen können. Sherry sagte: »Der Sheriff möchte wissen, ob du kommen und etwas für ihn überprüfen könntest.«

»Er … was?« Nach dem Abend von Kellers Besuch hatte ich dieses ganze Experiment mit der hiesigen Strafverfolgung abgeschrieben. Ja, ich hatte mich durch ein paar merkwürdige Parallelen zwischen Vergangenheit und Gegenwart in den Fall der Ranseys hineinziehen lassen, und auch, wie ich widerwillig zugeben musste, durch den faszinierenden Charme des Sheriffs. *Dieser Mann,* hatte ich tatsächlich gedacht, nachdem er gegangen war. Hier an meinem Tisch hatte er mich über Dinge belehrt, von denen er nichts wusste, und jetzt hatte er schon wieder irgendein Problem? Der Typ war schon eine Nummer. »Ich dachte, ich wäre fertig mit all seinen Schriftproben«, sagte ich.

»Es ist was Neues, glaube ich«, antwortete Sherry. »Er will, dass du dich mit jemandem von der Highschool triffst.«

»Hat es etwas mit Aidan zu tun?«

»Das glaube ich nicht.. Ich meine, Aidan ist zwei. Seine Eltern sind auf diese Schule gegangen, vor Jahren, wie wir alle.« Je länger Sherry sprach, desto mehr bekam ihre Stimme einen singenden, fröhlichen Tonfall. Wahrscheinlich wurde sie nicht oft nach ihrer eigenen Theorie gefragt.

»Die Highschool«, sagte ich und erinnerte mich daran, dass ein Verwandter von Aidan dort hinging. »Könnte es die Junior Highschool sein? Die ist im selben Gebäude.«

»Oh, vielleicht«, sagte sie. »Ich weiß nicht, was er unterrichtet. Er war ein paar Klassen über mir, aber ich erinnere mich noch an ihn. Joe Jeffries war Football-Landesbester, als ich in der sechsten Klasse war, und was für einen *Arsch* der hatte …«

»Joe Jeffries. Du meinst den Beratungslehrer.«

»Der Sheriff hat ihn nur allgemein als ›Lehrer‹ bezeichnet, aber wenn du das sagst, wird es wohl so sein. Heißer Typ. Ich wünschte, ich würde auch solche Aufträge bekommen.«

»Ich soll mich also mit Joe Jeffries treffen.«

»Und bald, möglichst heute noch. Und du sollst dich bei mir melden, wenn du zurück bist.«

»Bei dir?«

Sherrys Stimme verlor ihren singenden Ton. »Warum erstaunt dich das?«, sagte sie. »Der Sheriff vertraut mir.«

»Nein, so meine ich das nicht – also für mich ist das in Ordnung«, erklärte ich. »Sogar mehr als in Ordnung. Hat er zufällig erwähnt, was ich Mr Jeffries fragen soll?«

»Er sagte, Joe wüsste Bescheid.« Ihre Stimme klang immer noch verletzt.

»Hast du vorhin nicht erwähnt, dass ihr alle zusammen auf der Highschool wart? Du, Bo, dein Mann …«

»Jimmy«, sagte sie.

»Jimmy, natürlich. Grace und Shane Mullen …«

»Die waren ein paar Klassen über mir.«

»Leila?«

Sie antwortete nicht gleich. »Sie war auch da.«

»War sie eine Freundin von dir?«

»Das klingt jetzt vielleicht komisch …«

»Sag es.«

»Sie war … mit anderen Leuten zusammen als ich.«

»Und mit was für Leuten warst du zusammen?«

»Mit denen, die Spaß hatten. Du weißt schon. Wir waren gut drauf, tranken an den Wochenenden was zusammen.«

Ich dachte an meine eigene Highschoolzeit zurück. »Und was war ihr Ding? Sportler und Cheerleader? Nerds?«

»Kiffer«, antwortete sie nach einer Weile. »Sozusagen. Ich meine … eigentlich glaube ich nicht, dass sie überhaupt irgendwelche Freunde hatte. Sie war mehr wie ein Geist.«

An diesem Nachmittag ging ich früh in das Café und wartete, bis die Schule aus war und Jeffries sich vom Footballtraining abseilen konnte. Noch ein Treffen in seinem Büro war für mich nicht in Frage gekommen – wegen Joshua, der meine Anwesenheit bemerken könnte, und wegen der Boosters-Mütter, die hinterher darüber tratschen würden. Jetzt aber schien es mir, als wäre das immer noch besser gewesen, als sich am helllichten Tag mitten in der Stadt zu treffen.

Zu spät, um den Treffpunkt zu ändern. Egal, ich hatte ein frisches Exemplar des *Spectator* und einen großen, buttrigen Himbeer-Scone vor mir. Also ein eher angenehmer Auftrag vom Sheriff. Raus aus der Wohnung, draußen in der Sonne. Die Blätter färbten sich schon, bald würde es kühl und ungemütlich werden, und mir würde jeder Vorwand recht sein, um drinnenbleiben zu können. Auf der anderen Straßenseite erhob sich das Courthouse in kühler, sandsteinfarbener Würde über den Platz.

Jeffries kam früher als erwartet und begrüßte mich herzlich. Er stellte seine Schultertasche neben den freien Stuhl und ging nach drinnen, um sich eine Tasse Kaffee zu holen. Ich beobachtete ihn durch die Glastür. Das Gesicht des alten

Mannes hinter dem Tresen hellte sich auf, als er ihn sah. Jeffries strahlte wie die Siegerfigur eines Pokals.

Er kam zurück, setzte sich mir gegenüber und streckte seine Beine auf den Gehweg.

»Danke, dass Sie sich kurzfristig mit mir treffen konnten«, sagte ich.

»Bitte. Es ist mir ein Vergnügen.« Er schlüpfte aus seinem Jackett und legte es sorgfältig über den nächsten Stuhl. »Darf ich?«, fragte er, eine Hand an seinem Krawattenknoten. Ich lächelte. Er zerrte an dem Knoten, bis die Krawatte locker um seinen Hals hing und er der Bequemlichkeit einen Knopf am Hemdkragen geopfert hatte. »Ich freue mich über die Gelegenheit, unser Gespräch fortzusetzen. Über Joshua.«

Ich erstarrte. »Es geht nicht um Joshua. Der Sheriff …«

»Nein, ich weiß«, sagte er. »Aber ich habe gute Nachrichten für Sie, wenn es Ihnen nichts ausmacht. Was auch immer Sie zu ihm gesagt haben – nun ja, es hat gewirkt.« Er lehnte sich zurück, Ellbogen auf den Armlehnen, die Hände über dem Bauch gefaltet. »Ich habe schon mehrere positive Berichte gehört. Auf jeden Fall hat er die Hausaufgaben gemacht.«

»Er hat sich da wohl im Kreis gedreht, könnte man sagen«, erklärte ich. »Aber ich bin froh, so schnell von guten Ergebnissen zu hören.«

»Ich bin verblüfft, dass es so schnell Ergebnisse gibt. Er hat sich wirklich völlig geändert, nach dem, was ich gehört habe. Die Leiterin unserer Bibliothek – wir haben in der Mittagspause immer gemeinsam Aufsicht – hat erwähnt, wie fleißig er war. Normalerweise nutzen die Schüler die Bibliothekszeiten zur Entspannung.«

Wir lächelten uns an, bis ich den Blick abwandte. Mir gefiel die Zuneigung in seiner Stimme, wenn er über seine

Schüler sprach. Er schien sie zu verstehen, schien das Wilde in ihnen zu akzeptieren, das andere Erwachsene – mich – nervös machte. Falls Joshua noch einen Mentor brauchte, war er der beste Kandidat. Das passte. Passte so gut, dass ich beinahe vor Erleichterung geweint hätte. Er zeigte schon jetzt Interesse an ihm. Er schien gewillt, auf ihn einzugehen. Ein Sportidol aus der Stadt.

Ich konnte ihn nicht fragen, ob er Videospiele mochte. Stattdessen sagte ich: »Der Sheriff wollte anscheinend, dass wir uns treffen?«

»Stimmt«, sagte er mit einem geheimnisvollen Lächeln. »Sie ersparen mir einen Berg Arbeit im Büro.«

»Was ist mit Ihrem Footballtraining?«

Er wollte gerade nach seiner Schultertasche greifen, hielt aber inne. »Heute war eine Lehrerfortbildung. Wie Sie wissen, hatten die Schüler keinen Unterricht, deshalb findet auch kein Training statt.«

»Oh«, sagte ich. »Stimmt.« Falls ich davon überhaupt gehört hatte, musste ich es wohl vergessen haben – und wo zum Teufel war Joshua heute Morgen um sieben Uhr hingegangen?

Jeffries nahm einen braunen Briefumschlag aus seiner Tasche und schob ihn über den Tisch. »Damit beschäftigen wir uns gerade. Keller hat gesagt, Sie könnten uns vielleicht helfen. Nicht, dass Sie den Fall lösen müssen oder so, aber vielleicht – ich weiß nicht – haben Sie ein paar Ideen.«

Der Briefumschlag enthielt einen Stapel großformatiger Hochglanzfotos. Ich zog sie heraus und hielt das erste hoch, dann das nächste. Es waren sechs Stück, und jedes zeigte einen Teil eines fröhlichen Graffitos an einer Backsteinwand. Als ich die Fotos in zwei Reihen aneinanderlegte, verbanden sich die gesprühten Wörter zu ein paar Kraftausdrücken und Slangwörtern, Zeichnungen, die möglicherweise unanständig waren – sie waren furchtbar schlecht, aber ich erahnte die Absicht dahinter.

»Ist das die Schule?«

»Eins der Nebengebäude«, sagte er. »Die Schule bewahrt darin Rasenmäher auf. In letzter Zeit sind Unmengen solcher Kunstwerke in der Umgebung aufgetaucht. An einer Brücke, glaube ich. Bisher keins an der Schule selbst. Anscheinend wollten sie uns einen kleinen Gefallen tun.«

»Jugendliche.«

»Ich – nun, ich denke, darüber ist man sich weitgehend einig«, sagte er. »Keller ist hergekommen, nachdem die Graffiti aufgetaucht sind oder als Griffin – der Wartungstyp, Carl Griffin? – sie entdeckt hatte. Wir haben den Herausgeber des Jahrbuchs beauftragt, diese Fotos zu machen. Keller dachte, Sie könnten vielleicht Ihren Zauberstab darüber schwingen und uns erzählen, wer uns diesen Schlamassel beschert hat.«

Zauberstab. Ich fragte mich, was der Sheriff wirklich dachte – ob er tatsächlich glaubte, dass ich helfen konnte, oder ob er mit uns allen nur irgendwelche Spielchen spielte.

»Ich kann versuchen, Ihnen etwas über sie zu sagen«, erklärte ich. »Das gibt keine wirkliche Sicherheit und würde vor Gericht nicht als Beweis gelten. Aber vielleicht ist es einfacher, einen Jugendlichen zu einem Geständnis zu bewegen, wenn Sie bereits wissen, dass er die Tat begangen hat.«

»Alles, was Sie uns sagen können, ist hilfreich.«

Ich starrte eine Weile auf die Fotos. »Es ist nicht nur ein Jugendlicher.«

Er beugte sich vor.

»Ich würde sagen, es sind drei. Der Fairness halber kann ich nicht mit Bestimmtheit sagen, dass es Jungs sind, aber ich glaube, wenn Sie erst einmal davon ausgehen, liegen Sie nicht ganz falsch. Wenn ich mir das hier ansehe, würde ich sagen …« Ich zeigte auf die Ecke, wo jemand versucht hatte, ein Geschlechtsorgan darzustellen, entweder ungeschickt im Umgang mit der Spraydose oder in sexuellen Dingen noch unerfahren – oder beides. »Sie sind wahrscheinlich jung.«

»Wenn sie auf unsere Schule kommen, sind sie elf oder zwölf.«

»Dreizehn. Vielleicht vierzehn, höchstens«, sagte ich. »Auch hier kann ich es nicht garantieren, aber diese Zeichnungen wirken so … unreif.«

»Ich verstehe«, sagte er und starrte einen Augenblick ins Leere. »Die geistige Entwicklung entspricht nicht immer dem Alter.«

»Einer der Jungen ist zögerlich«, sagte ich. »Von ihm gibt es nur wenige Arbeitsproben in diesem ganzen … äh … Projekt. Wahrscheinlich wollte er nicht mitmachen. Wenn Sie ihn finden könnten, würde er sicher schnell nachgeben und Ihnen die Namen der anderen beiden nennen. Die sind erfahrener. Einer von ihnen ist ein ziemlicher Profi. Keinerlei Farbkleckse.« Ich drehte das Foto um und zeigte es ihm. »Das ist Ihr Anführer, Ihr Ideengeber. Er ist sehr selbstbewusst. Sein Werk zieht sich über die ganze Wand – er ist Ihr Picasso. Diesen Jungen müssen Sie in die Kunstklasse stecken, Mr Jeffries.«

»Joe.«

Ich blickte kurz hoch und kehrte dann schnell zu den Fotos zurück. Ich war fasziniert von diesem Zusammenspiel aus Ego und Ethik, das sich an dieser Backsteinmauer offenbarte. Einer der Jungen war ein richtiger Draufgänger, mit seinen weit ausholenden Schwüngen und den prallen, runden Buchstaben. Ein anderer war zurückhaltender, aber gewillt, ihm nachzueifern. Ich konnte den zweiten beinahe vor mir sehen, wie er den ersten im Auge behielt, darauf bedacht, sich nicht anmerken zu lassen, wie sehr er sich anstrengen musste. Seine Linien waren breiter, schwerfälliger, ungeschickter, aber sie waren ebenso gut vertreten wie die Striche des ersten Jungen. Es hatte ihm Spaß gemacht. Er wollte mitmachen. »Hier ist Ihre Nummer zwei«, sagte ich. »Er ist ein Mitläufer. Wahrscheinlich nicht gerade einer von denen, die den Schülerrat leiten, aber das haben Sie sich bestimmt schon gedacht. Er ist übrigens Linkshänder.«

»Ein Linkshänder, der nicht im Schülerrat ist. Verstanden.«

Ich musste grinsen. »Wie schon gesagt, für eine Identifizierung ist das alles nicht präzise genug. Viel effektiver wäre es, auf einer Mülldeponie nach sechs beinahe leeren Spraydosen zu suchen und dann die Fingerabdrücke darauf als Beweise zu nehmen. Oder den Sheriff loszuschicken, damit er in allen Geschäften, die Farbspraydosen im Sortiment haben, nachfragt, wer welche gekauft hat. Verkauft man hier Spraydosen an Kinder? In vielen Stadtgebieten tut man das nicht.«

»Wir sind in Parks ein bisschen hinterher, was die Kriminalitätsbekämpfung angeht.«

»Hier, Ihr dritter Kandidat«, sagte ich und strich mit dem Finger über die Blockbuchstaben einer wackelig geschriebenen Obszönität. »Er will eigentlich nicht mitmachen, und wahrscheinlich tut er es zum ersten Mal. Er ist das schwache Glied in der Kette.« Ich sah noch einmal alle Fotos durch, auf der Suche nach dem Werk dieses Jungen. »Rechtshänder. Nicht sehr groß. Kleiner als die anderen, meine ich. Keiner von ihnen ist besonders groß, sonst hätten sie höher an der Wand gemalt.«

Joe machte sich ernsthaft Notizen, als könnten die ihm irgendwie verraten, was er als Nächstes tun sollte. Dem dritten Jungen bescheinigte ich eine gewisse Unsicherheit, wenn es darum ging, Richtig und Falsch zu unterscheiden. Er hatte ungeschickte Hände, vielleicht war er pummelig, denn den wenigen Beispielen seiner Schreibkunst fehlte es an jeder Eleganz. Immer schielte er darauf, was seine Kumpel gerade taten, und wahrscheinlich hatte er es damit manchmal schwer. Er war schlampig. Bestimmt hatte er immer noch Farbe unter den Fingernägeln.

Ich machte mir ein paar Notizen für meinen Bericht für Sherry, und als ich fertig war, hatte ich Joe beinahe vergessen. Er schwieg, während er zusah, wie ich den Stift über das Papier führte. Ich legte meine Notizen zur Seite. »Entschuldigung. Ich ... ich bin hier hängen geblieben.«

»Kein Wunder. Das ist wirklich interessant. Alles sehr logisch, aber mit einem kleinen bisschen ...«

Sag nicht Hokuspokus. Sag nicht Magie. Nur dieses eine Mal.

»... Psychologie. Mir wäre es unheimlich, Sie meine Handschrift sehen zu lassen.«

»Das geht den meisten Leuten so«, sagte ich.

Joe schlug eine neue Seite in seinem Notizbuch auf und fing an, etwas zu schreiben.

»Das müssen Sie nicht.«

Er kritzelte so verstohlen in sein Buch wie ein Siebtklässler, der nicht will, dass sein Sitznachbar abschreibt. »Ich möchte es aber. Wenn Sie etwas Schlimmes erkennen, dann ... bringen Sie es mir einfach schonend bei.«

Er drehte das Buch um und hielt es sich vor die Brust.

Da stand: *Willst du nächste Woche mit mir essen gehen?*

Mein Blick wanderte schnell über die Zeilen, Buchstaben, Wortenden und den Punkt seines Fragezeichens. Ich zog die Show ab, die er sich wahrscheinlich für seine Schüler gewünscht hatte: runzelte die Stirn, legte einen Finger nachdenklich ans Kinn. Vor allem tat ich das, weil ich das Gefühl hatte, dass er sehen wollte, dass ich nachdachte. Gleichzeitig war meine Show aber auch Tarnung. Meine Gedanken rasten. Trotzdem versuchte ich die Gelegenheit zu nutzen und mir tatsächlich die Handschrift anzusehen.

Aber es war unhöflich, lange über die besondere Schräglage seines Fragezeichens nachzudenken, während die Frage noch im Raum stand. Und außerdem – plötzlich verspürte ich den starken Drang, diese Handschrift nicht allzu genau zu untersuchen und stattdessen zu tun, was andere Leute getan hätten. Ich wollte aufhören, an Flucht zu denken, an das Schlimmstmögliche, was passieren könnte, wollte ja sagen anstatt nein.

Er stand auf und berührte sehr sanft meine Hand, bevor er sich zum Gehen wandte.

»Ach, das hätte ich fast vergessen«, sagte er und kam schnell zurück an den Tisch. »Das hier ist von Keller. Etwas, woran Sie für ihn gearbeitet haben, nehme ich an?«

Er reichte mir ein kompaktes, ordentlich verklebtes Päckchen. Es war schwer.

»Oh, natürlich«, sagte ich. Eigentlich hatte ich dieses Treffen mit Jeffries als Strafe betrachtet, weil ich mich mit dem Sheriff angelegt hatte, aber jetzt sah es so aus, als würde ich einfach jede Arbeit machen, die er mir auftrug.

Während ich zu meinem Auto ging, bewunderte ich die abstrakten Schattenmuster, die die Sonne auf den Boden zeichnete, jedes einzelne ein kleiner Rorschach-Test. An diesem sonnigen, wolkenlosen Tag hatten sich die Dinge so mühelos gewendet. Das waren die Zaubertricks der Natur, denn obwohl ich mich gestern Abend noch derart gefangen gefühlt hatte, kam ich mir jetzt so frei, lebendig und hoffnungsvoll vor wie seit Jahren nicht mehr. Alle Teile meines

Lebens reihten sich plötzlich in einer geraden Linie auf wie Buchstaben in einer Zeile.

Ich öffnete die Fahrertür, warf das Päckchen auf den Beifahrersitz und ließ den Blick noch einmal über den Platz schweifen. Ein Mann und eine Frau beugten sich über einen kleinen Jungen, den sie zwischen sich hielten. Eine Frau in rosa Jogginghose führte einen winzigen Hund über die Straße und redete dabei mit schriller Stimme auf ihn ein. Auf einer der niedrigen Mauern, die den Rasenplatz vor dem Courthouse umgaben, johlten und rangelten ein paar Jungen …

Einer von ihnen war Joshua.

Ein Junge zog an Joshuas T-Shirt, zerrte es ihm fast über den mageren Rücken. Beinahe hätte ich aufgeschrien, aber ich riss mich zusammen und sah mich fieberhaft nach Jeffries um. Er könnte der Sache ein Ende machen.

Aber dann ließen die beiden Jungen voneinander ab und zogen ihre T-Shirts wieder zurecht. Joshua war nicht nur derjenige, der etwas abbekam, er teilte auch aus. Jetzt tat er, als würde er einem anderen Jungen auf die Füße springen, aber langsam genug, dass dieser zurückweichen konnte. Der andere reagierte mit einem Faustschlag in Zeitlupe in die Luft neben Joshuas Gesicht. Aus der Entfernung konnte ich nur ein paar bellende Worte hören. Sie waren wie Hunde, die man im Park von der Leine gelassen hatte.

Vier oder fünf Jungen und Joshua, die vor Lachen keuchten. Sie bewegten sich so schnell, dass ich sie immer wieder zählen musste, in dem Versuch zu erkennen, wer all diese *Freunde* waren …

Einer von ihnen war Steve Ransey.

»O nein.« Ich setzte mich hinter das Lenkrad.

Warum gerade die? Von allen Schülern der siebten Klasse, von all den Jungen, die Sport trieben oder in einer Band spielten oder Manga-Comics sammelten, musste er sich die aussuchen, die nach der Schule auf diesem Platz herumhingen und nur darauf warteten, dass sie alt genug waren, um jemanden zu überreden, ihnen Bier zu kaufen! Joshua opferte kostbare Videospielzeit, um mit zukünftigen Kriminellen rumzuhängen? Mit einem Babygangster? Mit …

Ein künstlerisches Talent, hatte Keller gesagt. Ein künstlerisches Talent. Mit der Spraydose.

Auf der anderen Seite attackierten Joshua und ein anderer Junge den Kleinsten der Gruppe mit gespielten Fausthieben. Steve ging auf dem Rasen in die Hocke und klatschte sich johlend auf die Oberschenkel. Der Anführer, der Mitläufer und das widerstrebende, pummelige Anhängsel. Vielleicht waren sie in diesem Augenblick alle dabei.

Später, als ich Sherry am Telefon Bericht erstattete, gab ich dem Drang nach und sagte: »Fragst du dich manchmal, ob du eine schlechte Mutter bist?«

Sherry war am Anfang des Gesprächs ein bisschen kühl gewesen, immer noch getroffen von meiner Bemerkung am Morgen. Aber sie taute schnell auf, konnte einem wohl nicht lange böse sein.

»Als ich Jamey zum ersten Mal gebadet habe, habe ich ihn fallen gelassen«, erzählte sie. »Er war so glitschig. Und immer noch tue ich beinahe jeden Tag irgendetwas, nach dem ich mich frage, ob ich mir nicht lieber einen Hund hätte zulegen sollen. Oder einen Fisch. Etwas, das mich nicht so braucht.«

»Warte einfach ab«, sagte ich. »Warte, bis du überhaupt nicht mehr gebraucht wirst.«

SECHZEHNTES KAPITEL

Am nächsten Morgen war im *Parks County Spectator* schon wieder Aidan mit seinem argwöhnischen Blick zu sehen. Er war bereits so etwas wie ein spezielles Merkmal der Zeitung wie die kleinen Symbole für Sonne, Wolken und Regen in der oberen Ecke beim Wetterbericht. *Aidan Watch*. Bei Fernsehnachrichten hätte man ein Logo samt Datum eingeblendet, damit der Zuschauer sicher sein konnte, dass er auch wirklich den aktuellen Bericht zur Story erwischt hatte.

Ich ging den Artikel auf Neuigkeiten durch. Es wurde von den Kreditkartenabrechnungen berichtet: für das Hotel, für Lebensmittel in einem Supermarkt (keine Windeln, wie man widerstrebend einräumte), für einmal volltanken an der Staatsgrenze. Leely war irgendwo da draußen und gab das Geld ihrer Schwiegermutter aus, aber das würde nicht lange so weitergehen. Ich machte mir Sorgen um sie.

Wie war es dazu kommen, dass diese Problemfamilie zu meinem Problem geworden war? Erst Aidan, dann Leila und jetzt Steve.

Als Joshua am Abend zuvor nach Hause gekommen war – so als wäre er gerade aus dem Bus gestiegen –, hatte ich nichts über Steve Ransey oder die Spraybilder gesagt. Ich wusste nicht, wie ich das Thema anpacken sollte, konnte ihm nicht einmal sagen, dass ich ihn mit den anderen Jungen gesehen hatte. Er hätte mir nie geglaubt, dass ich an einem Fall des Sheriffs gearbeitet hatte. Er hätte mich verdächtigt, ihn zu *observieren*.

Ich war früh zu Bett gegangen, hatte aber keinen Schlaf gefunden und mich unruhig hin und her gewälzt, während ich an all die Dinge dachte, die ich mir von Joshua hätte erklären lassen sollen. Die Lehrerfortbildung – wo war er den ganzen Tag gewesen? Warum machte er ein Staatsgeheimnis daraus, dass er einen Tag schulfrei hatte?

Jetzt, am Morgen, war ich bereit. In aller Frühe hatte ich die Zeitung geholt und mich an den Tisch gesetzt. Ich wartete darauf, dass Joshua zum Leben erwachte. Heute brauchte er lange. Einmal musste ich hingehen und dafür sorgen, dass er sich anzog. »Du solltest jetzt da drinnen lieber keine Videospiele spielen«, sagte ich zu der geschlossenen Tür.

Ich ließ meinen Löffel im Kaffeebecher klirren und kehrte zu meiner Zeitung zurück. Mangels wirklicher Fortschritte bei den Ermittlungen hatte sich die Nachrichtenredaktion für die Verwendung von Gimmicks entschieden: einen Zeitstrahl. Bisher verstrichene Zeit: über neun Tage.

Neun Tage. Das war mir nicht bewusst gewesen.

Dafür, dass es keine Fakten gab, machte der Zeitstrahl einiges her. Ich betrachtete die Infofelder mit den Angaben der genauen Uhrzeiten, wann Charity das Haus verlassen hatte (8 Uhr 45) und wann ihre Leiche entdeckt worden war (10 Uhr 08). Am Tag drei: *Büro des Sheriffs beauftragt ortsansässige Handschriftenexpertin, Erpresserbrief zu analysieren.* Wieder eine öffentliche Erwähnung. Wie lange würde es dauern, bis mein Name auftauchte?

Dann: *Sheriffbüro beauftragt Hellseherin, Aidan zu finden. Private Quellen liefern Informationen, die zu Aidans Leiche führen könnten.*

Aidans *Leiche?*

Hellseherin?

Das musste ein Scherz sein, ein Fehler. Die Zeitung hatte etwas falsch verstanden, und Keller telefonierte sicher schon mit dem Chefredakteur und verlangte eine Richtigstellung. So musste es sein.

Joshuas Zimmertür öffnete sich, und er kam durch den Flur und nahm seinen Rucksack. Als ich registriert hatte, dass er da war, wollte er auch schon zur Tür hinaus.

»Hey«, sagte ich.

Er hielt inne, die Hand am Türgriff. »Was?«

»Ich muss ein paar Dinge mit dir besprechen. Wichtige Dinge.«

»Ich bin spät dran heute, Ma.«

Ich warf einen Blick auf die Uhr. »Warum?«

»Ich muss los.«

»Gut, dann gibt es eben ein paar Dinge, die wir heute Abend besprechen müssen, also musst du direkt nach der Schule nach Hause kommen. Oder nach dem Training.«

Er wich meinem Blick aus. »Können wir nicht einfach beim Abendessen darüber reden, ganz normal?«

»Oh, seit wann sprichst du *normalerweise* beim Abendessen mit mir? Ich dachte, dass du normalerweise überhaupt nicht mit mir sprichst.«

Er verdrehte die Augen. »Ma …«

Ich widerstand dem Drang, ihm zu sagen, dass er mich anders anreden sollte. Egal wie.

»Wenn du den Bus verpasst, kann ich dich hinfahren«, sagte ich. »Wir müssen darüber reden, mit wem du in letzter Zeit rumhängst.«

Joshua starrte mich mit großen, leeren Augen an. »Ach ja? Dann müssen wir auch darüber reden, mit wem *du* in letzter Zeit rumhängst.« Er schob den Türriegel zurück.

»Warte«, sagte ich. »Was hast du gerade gesagt?« Ich konnte mir nicht vorstellen, wen er meinte. Den Sheriff? Margaret? Die Boosters? Und wieso »rumhängen«?

Er öffnete die Tür und ging hinaus. Was er sagte, ergab

keinen Sinn. Ich stand da und starrte auf die Tür, die sich bereits schloss. »Joshua, was …«

»Mr Jeffries. Dazu brauchen wir ein *Referendum.*« Er zog die Tür zu, und der Türknauf entglitt meinen Händen. Seine schweren Schritte entfernten sich im Treppenhaus, während ich dastand und auf die Tür starrte.

Von unten das Klopfen von Margarets Besenstiel.

Vorsichtig, als könnte die Tür explodieren, wich ich zurück, ging wieder zum Tisch und setzte mich auf meinen Stuhl.

Wer war das? Nichts an dem Jungen, der mir die Tür vor der Nase zugeschlagen hatte, erinnerte noch an das Kind, das ich großgezogen hatte, an den Jungen, auf den ich solche Hoffnungen setzte. Er kam mir vor wie das Bild von jemandem, den ich flüchtig kannte, wie das Foto von Aidan neun Tage nach seinem Verschwinden. Ein Gesicht, das ich wiedererkannte, aber ein Junge, der mir fremd war.

Auf der Suche nach Ablenkung entdeckte ich das Päckchen von Keller, das Jeffries mir gegeben hatte. Ich öffnete es und zog einen Stapel Papier hervor, den ich durchblätterte. Es war immer wieder das gleiche Formular. Jede Seite trug die Überschrift *Beweismittel* und enthielt eine handschriftlich ausgefüllte Tabelle: Datum, Uhrzeit, dann verschiedene Unterschriften, die eine sorgfältige Untersuchung verlangen würden.

Ich griff nach dem Telefon.

Sherrys Stimme am anderen Ende der Leitung. »Sheriffbüro Parks County.«

»Hey, Sherry. Ich bin es, Anna«, sagte ich, auf einmal unsicher, was ich fragen sollte und wie. »Äh, Winger. Ist der Sheriff da?« Ich hatte den Sheriff noch nie angerufen. Immer hatte er *meine* Zeit beansprucht. »Ich meine, ich muss den Sheriff sprechen.«

»Okay, ja, er ist da. Ich stelle dich durch. Hey!«

»Was?«

»Ich dachte mir, vielleicht hast du Lust, am Sonntag bei uns vorbeizukommen. Wir machen eine Grillparty.«

»Oh.« Ich wusste nicht, was ich sagen sollte. »Aus welchem Anlass?«

»Einfach so. Freunde, Nachbarn, Familie. Bring Joshua mit.«

Das konnte ich mir nicht vorstellen. »Ich versuche es.«

»Du versuchst es? Komm schon, sag zu. Oder hast du etwa was anderes vor?«

»Danke für das Kompliment«, entgegnete ich. »Ich schau mal in Joshuas Turnierplan nach und melde mich dann.«

Als Sherry den Anruf durchstellte, hörte ich ein leises Klicken und dann ein Freizeichen. Dann noch eins. Ich fragte mich schon, ob der Sheriff überhaupt rangehen würde, wenn Sherry mich angekündigt hatte, oder ob er mir den Abend von neulich heimzahlen würde, indem er das Telefon endlos klingeln ließ.

Schließlich meldete er sich mit einem Seufzen. »Sie sprechen also mit mir?«

»Melden Sie sich immer so am Telefon?« Sofort wusste ich, dass das der falsche Ton war. Ich versuchte es noch einmal. »Ich muss mich bei Ihnen entschuldigen. Sie wollten mir helfen, und ich war … Ich hatte einfach Angst, glaube ich. Und die habe ich an Ihnen ausgelassen. Dafür entschuldige ich mich aufrichtig.«

Stille. Ich wartete ab.

»›Dafür‹ entschuldigen Sie sich«, sagte er.

»Ich entschuldige mich auch dafür, dass ich angedeutet habe … Nein.« Ich räusperte mich. »Ich entschuldige mich dafür, dass ich ziemlich direkt gesagt habe, dass Sie Ihren Job nicht richtig machen. Das stimmt nicht. Sie machen

Ihren Job so gut, wie man ihn machen kann. Aidans Fall, zum Beispiel …«

»Darauf bin ich nicht besonders stolz.«

Aidans Leiche. Das machten meine Nerven nicht mit. »Was meinen Sie? Warum nicht?«

»Miss Winger, der kleine Junge wird nach wie vor vermisst, falls Ihnen das noch nicht aufgefallen ist.«

»Darf ich Sie etwas fragen?«

»Es gibt also noch einen anderen Grund für Ihren Anruf, außer Ihren halbherzigen Entschuldigungen? Schießen Sie los.« Ich hörte, wie er ausatmete, und stellte mir vor, wie er sich entspannt in seinem Stuhl zurücklehnte und die Füße auf den Tisch legte.

»Haben Sie wirklich eine Hellseherin angeheuert, um Aidan zu finden?«

»Ah, zur Hölle. Woher wissen Sie … Steht das im *Spectator?*«

»Heute«, sagte ich. »Wirklich? Es stimmt?«

»Wie konnten die …« Im Hintergrund raschelte Papier.

»Es ist auf Seite zwei, zusammen mit dem Zeitstrahl.«

»*Zeit*strahl? Oh, perfekt. Exakt das, was wir brauchen. Eine minutengenaue Zusammenfassung für den Fall, dass man im Fernsehen, im Radio oder in der letzten Zeitungsausgabe etwas verpasst hat.« Er verstummte, und ich ließ ihn lesen. »Sie werden auch erwähnt.«

»Ja.«

»Ist das okay?«

»Ich wüsste nicht, was ich dagegen tun sollte, wenn es das nicht wäre.«

»Gute Einstellung. Gut«, murmelte er, immer noch lesend.

»Wie kann es sein, dass Sie nicht an das glauben, was ich tue, aber einer Hellseherin vertrauen?«

»Ist das Ihr Problem? Dass ich mich über Ihre Wissenschaft lustig gemacht habe und trotzdem gewillt bin, mir anzuhören, was Madame Zonda dazu sagt?«

»So heißt sie nicht wirklich, hoffe ich.«

»Nein«, sagte er.

»Aber Sie haben sie beauftragt. Und zu mir haben Sie gesagt, dass Sie an keinerlei Esoterik-Schnickschnack glauben, stimmt's? Sie haben nicht an mich geglaubt, doch Sie gehen los und heuern jemanden an, der sich nach *Schwingungen* richtet...« Ich merkte, dass sich ein schriller Ton in meine Stimme geschlichen hatte. »Sie sagen, meine Arbeit sei nichts Handfestes, und dann geben Sie mir noch mehr Aufträge. Das verwirrt mich ein bisschen, fürchte ich.«

Einerseits hätte ich jetzt gern sein Gesicht gesehen, dachte, dass ich hätte zu ihm gehen sollen, um sowohl meine Entschuldigung als auch meine Vorwürfe persönlich vorzubringen. Andererseits wünschte ich, ich hätte mich nie bei ihm gemeldet. Was war eigentlich los? Warum kümmerte mich das? Wenn er dem, womit ich meinen Lebensunterhalt verdiente, nicht vertraute, gut. Dann würde er mich nicht mehr anrufen. Aber er rief mich ja dennoch an! Es gab da etwas, in seinen Methoden, seinen Spielchen, das ich gerne verstehen wollte.

»Zwei Dinge«, sagte er. Es fühlte sich an, als hätte er mir seine Hand auf den Arm gelegt; wieder dieser beruhigende, gemessene Tonfall, den er mir gegenüber so oft anschlug. Ich fragte mich, was er in mir sah. Eine Einsiedlerin. Miststück. Spinnerin. Wahrscheinlich nannte er mich hinter meinem Rücken Madame Zonda.

»Ich habe diese Hellseherin nicht beauftragt«, erklärte er. »Das würde ich nie tun. Niemals. Ich habe zwar ein paar Geschichten gehört, bei denen jemand Erfolg mit so etwas hatte, aber ... nein.«

»Oh«, sagte ich. »Wer …«

»Die Ranseys haben sie beauftragt. Mrs Ransey.«

Diese ältere Frau, die Sheriff Ransey so treu ergeben war, glaubte an die andere Seite? Mein Urteilsvermögen kehrte zurück. Natürlich – und ich hatte schon wieder auf seine Methoden geschimpft. »Es tut mir leid, dass ich dachte, Sie … egal.«

»So steht es in dem Zeitstrahl, oder?«

Ich lachte erleichtert. »Die Medien.«

»So ist das nun mal. Jetzt der zweite Punkt?«

»Was?« Ich hatte seine Ankündigung ganz vergessen. »Oh, ja. Was ist die zweite Sache?«

»Ich habe gesagt, dass ich nicht besonders an Handschriftenanalyse glaube«, erklärte er. »Aber zufällig bin ich der Meinung, dass die Magie, an die wir glauben, nicht alles ist, was uns ausmacht. Ich würde nicht sagen, dass ich erpicht darauf bin, meine Unterschrift analysieren zu lassen. Das ist Ihr Ding. Aber ich bin nicht nur das, was ich beruflich mache, und genauso denke ich auch von anderen Menschen. Außerdem habe ich nie gesagt, dass ich nicht an *Sie* glaube.«

Stocksteif saß ich da und versuchte, nicht ins Telefon zu atmen. Ich könnte so tun, als hätte ich bereits aufgelegt oder als wäre die Verbindung unterbrochen worden, während er geredet hatte. Wollte er mich wieder manipulieren? Vielleicht wollte er mich gleich wieder um einen Gefallen bitten, und das war der Auftakt.

Er fing an zu lachen. »Also, mit Komplimenten können Sie nicht gut umgehen, das wissen wir beide. Und Sie sind sauer, wenn ich Ihnen noch mehr Schriftproben schicke, weil ich nicht ganz und gar davon überzeugt bin?«

»Darüber sollten wir sprechen. Was ist das, was ich gerade vor mir habe?«

»Das sind Kopien von Formularen für die Beweissicherung, wenn wir Leute in Gewahrsam nehmen. *Chain of Custody*, ›Gewahrsamkeitsketten‹, eine Standardprozedur, vor allem bei Drogendelikten. Es geht darum, zweifelsfrei zu beweisen, dass die bei dem inhaftierten Verdächtigen gefundenen Drogen auch wirklich den sichergestellten Beweismitteln entsprechen. Wenn die Kette unterbrochen wird, führt das zu berechtigten Zweifeln, und mein Gefangener spaziert zur Tür hinaus.«

Ich blätterte die Seiten durch. »Ich sehe keine unterbrochenen Ketten, aber vielleicht weiß ich auch nicht, wonach ich eigentlich suchen muss.«

»Ich weiß es auch nicht genau«, sagte Keller. »Aber die Kette ist definitiv unterbrochen worden, denn die Drogen sind weg, ersetzt durch nutzloses Pulver. Den richtigen Stoff hat irgendjemand in der Nase oder in seinen Venen. Also kann etwas mit der *Chain of Custody* nicht stimmen. Verstehen Sie?«

»Ist nicht derjenige, der als Letzter unterschrieben hat, Ihr Hauptverdächtiger?«

»Doch, aber schauen Sie genau hin: Jedes Formular ist zum Schluss von jemand anderem bearbeitet worden. Kann es sein, dass mein ganzes Team korrupt ist? Das will ich nicht glauben«, sagte er. »Oh, Mann, das kann ich wirklich nicht glauben. Also, ich habe ein Exemplar für Sie dazugelegt, das anders ist als die anderen. Daran können Sie sich orientieren, oder vielleicht hilft es Ihnen, etwas zu sehen, das ich nicht sehe. Ich weiß es nicht. Könnten Sie einen Blick darauf werfen und mich wissen lassen, ob es da irgendetwas Interessantes oder Merkwürdiges gibt? Irgendetwas, und wenn es noch so geringfügig ist.«

Viel später, lange nach dem Anruf, dachte ich immer noch daran, was er gesagt hatte. Die Magie, an die wir glauben, ist nicht alles, was uns ausmacht. Wir sind mehr.

Mir war nie der Gedanke gekommen, ich könnte *mehr* sein. Mein Leben war so reduziert, wie es nur ging. Ich hatte immer nur versucht, weniger zu sein, nicht mehr. Einfach nur am Leben.

SIEBZEHNTES KAPITEL

Den ganzen Tag arbeitete ich an einem Stapel Schriftproben von Bewerbern für eine Führungsposition in einem riesigen internationalen Konzern. Wieder ein Auftrag von Kent, wie immer der Retter. Die Firma verkaufte so viele gefährliche Produkte, dass sie spezielle Vorsichtsmaßnahmen traf, wenn sie jemandem Macht übertrug. Ich wollte nichts über diese Firma wissen – was sie verkaufte, herstellte oder baute. Ich wollte nicht darüber nachdenken, wie viele solche Unternehmen es gab, oder wie wenige, und wie viel Macht sie auf der Welt hatten. Ich stellte mir lieber vor, wie ich mit dem Scheck für diesen Job in die Bank beim Courthouse ging und einen College-Fonds anlegte.

Joshua hätte längst da sein müssen.

Nach seinem Auftritt an diesem Morgen überraschte es mich nicht, wenn er jetzt seine Macht ausspielte, doch heute wollte ich mich endlich den Problemen mit Joshua stellen. Ein kleiner Rahmen mit einem Bild von ihm stand in meiner Nähe. Das Foto war einigermaßen aktuell. Ich hatte es vor drei Monaten ausgepackt und zwischen anderem Nippes beinahe vergessen. Er sah so jung aus darauf, obwohl es höchstens ein Jahr alt war.

Na und? Er wurde erwachsen.

Irgendwo tief in meiner Seele hatte ich auf etwas Konkreteres gehofft, ein Problem, das man angehen konnte. Schlägereien. Ärger mit einem Lehrer. Körperliche Probleme. Depressionen? Ich könnte mich erkundigen, Hilfe für ihn organisieren.

Aber nein. Dreizehn. Er war einfach nur dreizehn Jahre alt und rannte mit dem Kopf voran gegen jedes Hindernis, das ich aufgestellt hatte. Er musste sich gegen mich auflehnen. Außer mir gab es niemanden.

Es war so wie damals, als er zwei Jahre alt war: Er wollte alles, was er sah, schrie: *Meins, meins!*, und fuchtelte mit den Händen. Oder als er sechs oder sieben war und immer genau das Gegenteil von dem tat, was ich sagte, nur um zu sehen, wie ich reagierte. Einmal, als ich ihn in der ersten Klasse zur Schule brachte und wir an eine Straßenkreuzung kamen, erinnerte ich ihn daran, nach links und rechts zu schauen. Doch bevor ich den Satz zu Ende sprechen konnte, hatte er schon einen großen Schritt auf die Straße gemacht. Ein Auto, das um die Ecke bog, kam mit quietschenden Reifen zum Stehen. Joshua war erschrocken und tat so, als hätte er mich nicht gehört. Aber ich kannte ihn – damals war es viel einfacher, ihn zu kennen –, und ich hatte den eigensinnigen Ausdruck in seinen Augen gesehen und den Trotz bemerkt, mit dem er den letzten Schritt gemacht hatte.

Er hatte viel von mir.

Ich sollte beruhigt sein. Es war alles normal. Das war es doch, was ich immer wollte; dass er eine normale Kindheit hatte. Warum hatte ich sonst so viel geopfert? Alles, was ich aufgegeben hatte … Aber dieser Spruch kam mir so vertraut vor, als hätte ich das übliche Mütterlamento aus den Vorabendserien übernommen. Vielleicht war unser Leben gar nicht so anders als das von anderen Familien. Vielleicht musste er einfach trotzig sein und das genaue Gegenteil von dem machen, was ich …

Wo war er, verdammt noch mal?

»Ein Referendum darüber, mit wem ich rumhänge«, sagte ich zu der geschlossenen Wohnungstür und dem stillen Treppenhaus dahinter.

Und das alles nur, weil ich mit Joe Jeffries in einem Café gesessen hatte? Wegen der Arbeit, nebenbei bemerkt, hatte er das überhaupt in Betracht gezogen? Die Essenseinladung machte die Sache komplizierter. Dass ich sie angenommen hatte, erst recht. Ich wünschte, ich hätte Graces Telefonnummer und könnte sie anrufen und fragen: Ist es falsch, mit dem Beratungslehrer seines Sohnes auszugehen?

Und wenn ich diese imaginäre Freundin schon mal am Telefon hatte, könnte ich ihr gleich noch ein paar andere Fragen stellen: Was zog man in dieser Stadt zu einer Dinner-Verabredung an? Die Leute würden uns sehen, man würde über uns reden, und ich fragte mich, ob das nicht etwas war, das Joe gefiel, irgendwie. Die andere Frau hätte jetzt genickt. Genau.

Ein ehemaliger Supersportler? Er war noch nicht mal mein Typ. Der Inbegriff von natürlicher, gesunder Männlichkeit. Auf den ersten Blick hatte er ebenmäßige Züge, aber das war eine optische Täuschung. Wenn man genau hinschaute, war alles in seinem Gesicht ein kleines bisschen zu groß – zu viele große weiße Zähne. Wenn ich hätte sagen müssen, wer mein Typ war, hätte ich einen völlig anderen beschrieben. Jemand, der seine langen Arme und Beine unter Kontrolle hatte, zum Beispiel. Jemand, der sich am Tisch auf die gegenüberliegende Seite setzte und zufällige Berührungen mit den Knien auf ein Minimum reduzierte. Wenn wir nebeneinander herliefen, sollte er nicht mit den Armen schlenkern. Ich hätte nein sagen sollen. Wirklich.

Endlich hörte ich Joshua die Treppe herauftrampeln, dann drehte sich sein Schlüssel im Schloss. Er machte die Tür zu, schob den Riegel vor und schleuderte seinen Rucksack auf den Tisch. Als wäre alles wie immer. Als hinge unser Gespräch vom Morgen nicht immer noch in der Luft. »Hey«, sagte er, schon auf dem Weg zum Kühlschrank.

»Hey zurück.« Meine Gedanken rasten, als mir durch den Kopf ging, was ich alles nicht sagen wollte. Noch nicht.

Er wühlte im Kühlschrank herum und kam mit einem harten Rest Pizza und einer Limo an den Tisch. Er forderte mich heraus. So würde das also laufen. Er kaute, wartete, schaute mich an. Ein Feiglingsspiel, und der Feigling war ich.

Er aß die Pizza mit zwei Bissen, dann marschierte er zurück in die Küche und öffnete nacheinander alle Schränke. Ich hörte, wie er systematisch sämtliche Fächer durchging.

»Da sind noch diese Cracker …«

»Hab sie gefunden.« Er kam zurück an den Tisch, die Hand in der geöffneten Packung. Er setzte sich wieder hin und widmete mir seine volle Aufmerksamkeit, während er sich die Cracker einen nach dem anderen in den Mund schob.

»Wie war die Schule heute?«, fragte ich. »War heute überhaupt Schule?«

»M-hmm.«

»Ich mache mir Sorgen wegen der Jungs, mit denen du rumhängst«, sagte ich.

»M-hmm.«

»Was für eine Art von Antwort war das?«

»Du hast mir keine Frage gestellt.«

»Okay, gut«, sagte ich. »Warum hängst du mit Steve Ransey rum?«

Joshuas Hand verharrte auf dem Weg zu seinem Mund. »Was hast du gegen Steve Ransey?«

»Er ist …« Eigentlich wusste ich nicht, wie er war. Ich hatte manches über ihn gehört und es einfach akzeptiert. Alles, was ich aus eigener Erfahrung wusste, war, dass er Ärger machte, wenn er dachte, dass er damit davonkam, und zurückhaltend und demütig war, wenn nicht. Was wusste ich wirklich? Dass sein kleiner Cousin vermisst wurde. Dass er ein zerrüttetes Elternhaus hatte und immer noch jeden Tag dorthin zurückkehren musste. Wo war seine Mutter? Der Sheriff dachte, er wäre ein Spraydosen-Vandale, aber auch das wusste ich nicht mit Sicherheit. Schließlich sagte ich: »Er kommt aus keiner guten Familie.«

Joshua fing an zu lachen, wobei er sich ein wenig verschluckte. Er hustete feuchte Krümel über den Tisch.

»Oh, hör auf«, sagte ich. »Was ist los mit dir?« Ich stand auf, griff über den Tresen hinweg nach einem Lappen beim Spülbecken und warf ihn auf den Tisch in die Nähe seiner Hand. »Im Ernst, was ist hier so lustig?«

»›Er kommt aus keiner guten Familie‹«, wiederholte Joshua mit hoher, vornehmer Stimme. Er zog den Lappen einmal über die Tischplatte, wobei er die Krümel verfehlte. »Was sind wir, die Familie des Jahres, oder was?«

»An unserer Familie gibt es nichts auszusetzen.«

»Doch, gibt es.«

»Und was?«

Joshua drehte sich einmal auf seinem Stuhl herum und wies auf das leere Wohnzimmer. »Wo ist sie?«

»Du bist meine Familie.«

»Wo sind die anderen?«

»Wer? Wir sind für dein Projekt unseren Familienstammbaum durchgegangen …«

»Das war kein Baum. Das war ein Halm«, sagte er und zeichnete mit dem Finger eine gerade Linie in die Luft. »Wo ist der Rest? Warum nur du und ich?«

Ich stand auf und drückte mich an ihm vorbei, um in die Küche zu gehen. Ich musste anfangen, das Abendessen vorzubereiten, den Tisch decken, mich beschäftigen. Ich konnte mir nicht erlauben, seinem Gedankengang zu folgen. Das durfte ich nicht. »Was soll falsch daran sein, dass unsere

Familie nur aus uns beiden besteht? Mir hat es nie etwas ausgemacht.«

»Mom, werd nicht rührselig.«

»Na ja, ich bin nur ehrlich«, sagte ich zum Spülbecken. »So ist das eben bei uns, und es klappt gut. Wir sind allein, aber zusammen.«

»Aber du bist mit anderen Menschen aufgewachsen, oder? Du warst nicht immer allein, aber zusammen. Für mich ist es anders. Es ist nicht dasselbe.«

Ich war mit anderen Menschen aufgewachsen, aber die würde er nicht kennen lernen wollen. »So ist es viel besser, Joshua.«

Nun fing ich an, die Schränke zu durchsuchen, und öffnete schließlich die Schublade mit den Fertiggerichten.

»Woher soll ich wissen, was besser ist?«, sagte er. »Ich kenne es nicht anders.«

»Vertrau mir einfach. Die Art, wie du aufwächst ...«

»Das sagst du immer. Vertrau mir, vertrau mir. Warum sollte ich?« Er stand auf und stellte sich in der Küchentür vor mich. »Du vertraust mir auch nicht.«

»Natürlich vertraue ich dir. Was redest du da?«

»Nein«, bellte er. »Du kontrollierst mich die ganze Zeit, du durchsuchst meinen Rucksack, und du traust mir nicht zu, mir meine Freunde selbst auszusuchen und meine eigenen Entscheidungen zu treffen.« Joshuas Haare hingen ihm in die Augen, aber er strich sie nicht zurück.

Wie er so dicht vor mir stand, merkte ich zum ersten Mal, dass er größer war als ich.

Ich sagte nichts. Das mit dem Rucksack stimmte jedenfalls.

»Du hältst uns hier wie Gefangene.«

Bumm, bumm, bumm.

»Sprich leiser«, sagte ich. Wenn Margaret jetzt hochkam,

um mich auf meinen schlechten Erziehungsstil hinzuweisen oder um mich zu bitten, sie irgendwo hinzufahren, dann würde ich der alten Frau vielleicht ein paar chinesische Fertiggerichte in den Mund stopfen.

»Warum sollte ich auf dich hören? Du – bist – eine – Lügnerin!«

»Joshua. Hör auf zu schreien und beruhige dich.«

»Du schreist auch. Warum darf ich nicht schreien?«

Bumm, bumm, bumm.

Ich holte tief Luft und zwang mich zu einem ruhigen Tonfall. »Ich schreie nicht …«

»Okay, und warum nicht, verdammt noch mal?«

»Joshua!«

»Das ist mein Ernst. Warum schreist du nicht wie verrückt? Wir haben niemanden, kotzt dich das nicht an?« Er hielt inne, um Luft zu holen. Ich hasste seinen verzweifelten Gesichtsausdruck, seine laute Stimme. »Warum sprichst du nie darüber? Warum sprechen wir nie über irgendwas?«

Er stand auf, stampfte wieder in die Küche und schleuderte die Packung mit den Crackern auf den Tresen. Natürlich hatte er sie vorher nicht zugemacht, und ein paar Cracker rutschten über die Arbeitsfläche. Er schlug mit der Faust auf den Tresen. Einer der Cracker verwandelte sich in einen Ring aus Krümeln.

»Hör auf. Wenn du Chaos anrichtest, musst du es aufräumen.«

»Das sagst ausgerechnet du.«

»Was soll das heißen? Warum regst du dich so auf?«

Noch ein Faustschlag, noch ein zerdrückter Cracker. Von unten ein zögerndes *Bumm, bumm* von Margaret. Wahrscheinlich machten ihre Arme langsam nicht mehr mit.

»Warum hast du keine Freunde?«

»Ich …« Ja, wie stand es damit? Er hatte recht; mein erster Impuls war zu lügen. »Was geht es dich an, wenn ich keine Freunde habe?« Ich erinnerte mich daran, wie ich in der Dairy Bar mit Grace gelacht hatte. Aber Grace wollte nur Scherze, keine Fragen. Und Stephanie wollte meine Hilfe nicht. Aber: Sherrys Einladung für das kommende Wochenende. »Übrigens, es gibt doch jemanden, mit dem ich befreundet bin.«

»Mr Jeffries? Dieser Schleimer? Vermutlich kommt er aus einer guten Familie.«

»Du weißt überhaupt nichts über ihn.«

»Ich weiß, was die Leute über ihn reden.«

»Ach, die *Leute*. Auf die hörst du jetzt also.«

»Auf wen sonst?«

»Und, was sagen sie?«

»Sie sagen, dass er auf kleine Jungs steht, zum Beispiel.«

Mir verschlug es beinahe die Sprache. »Das ist nur Tratsch. Warum glaubst du so etwas? Woher weißt du, dass er ein Schleimer ist? Das weiß noch nicht mal ich.«

»Er ist eben einer. Steve sagt …«

»Oh, Steve sagt. Na dann.« Er zerstampfte einen weiteren Cracker zu Staub, mit zwei Fäusten, eins, zwei. »Du machst Chaos …«

Ich ging an ihm vorbei, um den Besen zu holen, und legte dabei eine Hand auf seinen Arm, aber er zuckte vor meiner Berührung zurück.

Er sagte: »Du hast ein riesiges Chaos aus unserem *Leben* gemacht.«

Meine Hand, die ich gerade nach dem Besenschrank ausgestreckt hatte, schwang herum, und ich schlug Joshua ins Gesicht.

»Du hast keine Ahnung«, sagte ich mit erstickter Stimme. Vor lauter Wut konnte ich kaum sprechen. »Was ich aus unserem Leben gemacht habe. Du weißt gar nichts.«

»Sieh dich um, Mom. Mit Steve Ransey ist alles in Ordnung. Alle mögen ihn und auch die Jungs, mit denen er rumhängt.« Mit dem Daumen zerdrückte er ein Stück Cracker zu feinem Staub. »Ich bin derjenige, der immer der Neue ist. Ich bin derjenige, der aus keiner guten Familie stammt.«

Ich drehte mich um und legte meine zitternden Hände auf den Küchentresen. Ich hatte genau das getan, was ich nie tun wollte. Als ich wieder aufblickte, sah ich den roten Abdruck meiner Hand auf Joshuas Wange. »Du hast Probleme … Freunde zu finden …«

»Ich *hatte* Probleme. Ich *hatte* Probleme, Freunde zu finden.« Er nahm die Schachtel vom Tresen, verschloss sie, indem er sie umknickte, und stellte sie wieder an ihren Platz in dem Hängeschrank über seinem Kopf. Dann fing er an, die Krümel zu einem ordentlichen Haufen zusammenzufegen. »Du kommst zu spät. Du hast es nicht mitgekriegt.«

Wenn er mich verletzen wollte, hatte er mich genau an der richtigen Stelle getroffen. Wie ein erfahrener Bogenschütze. »Wann war das?«

Er öffnete die Tür unter der Spüle und fegte den Crackerstaub in den Mülleimer, dann ließ er die Tür zufallen. Ich versuchte mich zu erinnern. In Chicago – aber mir fiel nur ein, wie Joshua aus dem Fenster geschaut hatte, wenn die Nachbarskinder auf dem Gehweg Basketball oder Fangen spielten. Pennsylvania – ich hatte nicht gewollt, dass er ein Fahrrad bekam, weil es zu gefährlich war. Wegen der Hügel konnte man Radfahrer oft erst sehen, wenn es zu spät war. Ohio. Ich erinnerte mich an die vielen Male, wenn ich ihn von der Schule abholte und er allein und ängstlich auf mich gewartet hatte. Damals hatte mir gefallen, wie er sich über meine Begleitung freute, aber jetzt wunderte ich mich, dass mir nichts aufgefallen war. Ich war alles, was er hatte.

»Ich war da«, sagte ich. »Seit du auf der Welt bist, habe

ich mich immer nur auf dich konzentriert. Schau, es gibt da etwas, das du nicht verstehen kannst …« Ich war jetzt in Fahrt, bereit, ihm zu erzählen, welche Art Leben er hätte haben können. Er musste die ganze Wahrheit erfahren, denn seine »Bei den anderen ist alles besser«-Haltung funktionierte nicht, und das musste ich ihm klarmachen. Ich hatte so viel aufgegeben. Ich war so wütend wie nie zuvor, und ich hatte keine Lust mehr, mich rechtfertigen zu müssen. Er hatte keine Ahnung, wovor ich uns gerettet hatte. »Du hast keine Ahnung …«

»Mom«, sagte er, und seine Stimme war laut und klar. Er hatte seine Hand schon am Durchgang zum Flur, um zu entkommen. »Ich habe vorher noch nie auch nur einen Freund gehabt. An all diesen Schulen. Nicht einen einzigen.«

»Ich … Das wusste ich nicht.«

»Das ist das Problem. Warum hast du es nie gemerkt?«

»Dass du keine Freunde hattest?« Mein Herz fühlte sich schwer an.

»Nein, ich meine …« Er blickte zur Decke, während er nach den richtigen Worten suchte.

»Gemerkt, dass nur du und ich …«, sagte ich zögernd, »dass dir das nicht genug war?«

Er sah mich nicht an. Er sagte nichts, aber ich wusste, dass auch ich ins Schwarze getroffen hatte.

Warum hatte ich das nie gemerkt? Warum war mir mein Sohn mit seinen Erkenntnissen so weit voraus? Und dann fiel es mir ein. »Du warst immer genug. Für mich.«

Aber das war auch eine Lüge.

Vielleicht merkte er es. Vielleicht durchschaute er mich.

Joshua strich sich eine Haarsträhne zurück, wandte sich ab und ging in sein Zimmer. »Mach dir nicht die Mühe, irgendwas zu bestellen«, sagte er über die Schulter hinweg. »Ich hab keinen Hunger mehr.«

ACHTZEHNTES KAPITEL

Als ich in meinem Bett in der Dunkelheit lag, sah ich immer wieder vor mir, wie ich die Hand ausstreckte und Joshua ins Gesicht schlug.

Schließlich stand ich auf und ging in die Küche, um den Korken aus der Weinflasche zu ziehen. Ich schenkte mir ein Glas ein und trank einen großen Schluck. Zum Teufel mit Vorsicht, maßvollem Verhalten, kleinen Schritten und Blicken nach links und rechts.

Ausgestreckte Hand, Schlag. Das Bild machte mich verrückt. Ausgestreckte Hand, Schlag. Mit derselben Hand hatte ich diesen Jungen als wimmernden Säugling gehalten.

Voller Verzweiflung griff ich nach dem Packen unterschriebener Formulare, den mir der Sheriff geschickt hatte, und zwang mich, sie Zeile für Zeile zu lesen, meine Aufmerksamkeit auf die Daten und Uhrzeiten zu richten, auf Codes, die ich nicht verstand. Ich nahm einen Stift und machte mir ein paar Notizen.

Fast eine Stunde später hatte ich mich so weit beruhigt, dass ich die Formulare verstehen konnte. Im ersten Feld wurde der Gegenstand erfasst, das Beweismittel, das bei der Verhaftung sichergestellt worden war. Das zweite Feld war für den Namen der Person vorgesehen, die das Beweismittel als Nächstes in die Hände bekam, und so weiter. Von der Beschlagnahme ging es zur Aufbewahrung, von der Aufbewahrung zur Überprüfung, und jeder Weg zwischen diesen Stationen, jeder Zwischenschritt musste von einem der Mitarbeiter der staatlichen Behörde oder von einem Labortechniker per Unterschrift bestätigt werden. Nachdem ich das Ganze einmal durchschaut hatte, konnte ich anhand der Formulare leicht verfolgen, wie jedes Päckchen aus dem Besitz des Beschuldigten durch das System der Überprüfung wanderte. Wahrscheinlich so lange, bis der Polizist, der die Festnahme vorgenommen hatte, zusammen mit dem Beweismittel im Gerichtssaal saß – außer wenn auf einem dieser Formulare ein Schritt fehlte. Plötzlich konnte ich verstehen, wie wichtig diese Kette war. Ohne die Gewissheit, dass sie intakt war, konnte der Fall niemals aufrechterhalten werden, falls sich herausstellte, dass die Drogen laut den Testergebnissen gar keine Drogen waren. Dann würde die Anklage fallen gelassen, und alles wäre nur eine Verschwendung von Zeit und Steuergeldern gewesen – ganz abgesehen von dem Problem, dass die Drogen wieder auf der Straße landeten, nachdem sie gegen das weiße Ersatzpulver ausgetauscht worden waren.

Jemand ging hier ein großes Risiko ein. Ich schrieb in meine Notizen: *Wie viel Geld steht auf dem Spiel?* Dann: *Pulver identifiziert?* Dann: *Wer hat entdeckt, dass Drogen fehlen – und wann/wie?*

Aber die letzte Frage konnte ich mir selbst beantworten. Jedes Formular endete etwa an dem Punkt, da das Beweismittel die Aufbewahrung verlassen hatte und zur Überprüfung geschickt worden war. Ich ging noch einmal alle Formulare durch und fand eins, das sich von den anderen unterschied. Das Vergleichsexemplar, von dem Keller gesprochen hatte. Ich legte es beiseite. Alle anderen bestätigten die Theorie: Jemand unterbrach die Kette vor dem Test. Die Schlussfolgerung daraus konnte sein, dass die Drogen keine richtigen Drogen waren. Das weiße Pulver als Beweismittel, das die Festnahme rechtfertigte, hatte sich als Backpulver oder Ähnliches entpuppt.

Das war wirklich genial, die Drogen so früh im Prozedere auszutauschen. Nach der Überprüfung im Labor wäre bewiesen, dass es sich tatsächlich um Drogen handelte. Davor aber konnte man nur auf eine falsche Festnahme schließen. In den Aufzeichnungen der Behörde war das nicht mehr als ein kleiner Schönheitsfehler. Aber irgendjemand machte einen Riesengewinn damit.

Das Vergleichsformular, das nicht so recht in dieses Schema passte, wies eine lange Reihe von Unterschriften auf. Die erste stammte von Deputy Tara Lombardi, die an irgendeinem Tag um neun Uhr morgens die Aufnahme eines Beweismittels eingetragen hatte. Es folgten ein paar Namen, die ich nicht kannte, dann kam Sherry, die den Eingang des Stücks erneut bestätigt hatte. Als ich die Details auf dem Formular genau studierte, wurde mir klar, um was es sich hier handelte: Es war das Beweismittelformular für den Erpresserbrief, der im Haus der Ranseys gefunden worden war. Ich ging noch einmal die Ein- und Ausgänge durch. Was hatte Sherry damit gemacht? Oh, hier. Sie hatte ihn zum Copyshop gebracht, für Leute wie mich, obwohl das Original ganz offensichtlich verfügbar war.

Nicht schlecht, Sheriff.

Noch einmal überflog ich die Kette: Als Erstes stellte Lombardi den Zettel im Haus der Ranseys sicher und trug ihn als Beweismittel ein. So früh. War Aidan so früh überhaupt schon als vermisst gemeldet? Dann, einen Tag später, tauchte jemand auf, dessen Namen ich nicht kannte, und forderte das Beweismittel an. Wahrscheinlich jemand vom FBI auf der Suche nach Fingerabdrücken. Ich ging alles durch, sah mir Daten und Uhrzeiten so genau an, als müsste ich einen Aidan-Watch-Zeitstrahl erstellen. Die Kette war sauber. Das Beweismittel war weder gestohlen worden noch verloren gegangen, aber schließlich war der Straßenverkaufswert eines schlecht formulierten Erpresserbriefs im Moment nicht besonders hoch.

Ich nahm einen großen Schluck Wein und schaute mit verschwommenem Blick auf die Uhr. Wenn ich an diesem Abend endlich unter die Decke schlüpfte, wollte ich so müde sein, so erschöpft oder so betrunken, dass ich einschlafen konnte, ohne noch die Fehler vor Augen zu haben, die ich heute Abend gemacht hatte. Mit der Hand am Weinglas kehrte ich zu den Unterschriften zurück.

Manche waren gewollt kompliziert, manche hastig hingeworfen. Andere hatten etwas Mechanisches. Unten auf der Seite in der Nähe der Unterschriftenspalte entdeckte ich eine Menge winziger Staubflecken vom Kopierer. Keller hätte in einen Copyshop gehen sollen, denn das Gerät, das er benutzt hatte, gab zu viel Toner ab.

Ich studierte der Reihe nach alle Unterschriften. Irgendetwas war merkwürdig, aber … Ich rieb mir die Augen, während ich einen Blick auf die Uhr warf. Schob das Weinglas weg und versuchte es noch einmal.

Es fiel schon Licht durch die Jalousien im Wohnzimmer, als ich schließlich aufgab, die Formulare ordentlich stapelte und zur Seite legte, den Rest Wein wegkippte und mich ins Bett legte. Ich hatte nicht vergessen, was ich Joshua angetan hatte, aber meine Gedanken hatten sich so weit verlagert, dass ich jetzt vielleicht schlafen konnte. Am Morgen musste ich erst einmal in meinem Privatleben versuchen, die Dinge in Ordnung zu bringen. Danach würde ich mich um den Asservatenschrank des Sheriffs kümmern.

Ich erwachte in meinem abgedunkelten Schlafzimmer nach einem beklemmenden Traum. Da war ein Wort gewesen, ein langes Wort, das immer länger wurde und sich über ein blaues Feld erstreckte: weiße Schrift über einem aschefarbenen Himmel. Die Schlaufen der Schrift öffneten sich zu weiten Schlingen, die sich um meinen Hals legten und mich hochrissen, heraus aus dem Bett und hinein in die Dunkelheit. Die Zimmerdecke wurde zu einem Galgen. Keuchend setzte ich mich auf, die Hand an meiner Kehle. Da stand eine Gestalt im Türrahmen.

»Mom«, sagte Joshua. »Dein Telefon klingelt die ganze Zeit.«

Ich tastete mich zur Tür und durch den Flur, immer noch in meinem Traum gefangen. Immer noch hatte ich das Gefühl, dass das endlose Wort mir hinterherschlich, um sich um mein Fußgelenk zu winden und mich zurückzuziehen. Das Licht der Morgendämmerung im Wohnzimmer erinnerte mich an eine andere Notsituation, längst vergessen, in einem der alten Häuser, in denen wir gewohnt hatten, in Wisconsin. Irgendein grauer Morgen und schlechte Nachrichten. Die Vergangenheit, der Traum – ich konnte mir nicht vorstellen, wer nun am anderen Ende der Leitung sein würde. Ich nahm das Telefon vom Küchentresen. »Hallo?«, krächzte ich. Dann musste ich mich räuspern und es wiederholen.

»Miss Winger?« Eine Frauenstimme. Ich war nicht in der Verfassung, sie einzuordnen. Mein Kopf verzieh mir nicht, dass ich aufrecht stand und es gewagt hatte, die Augen zu öffnen.

»Ja.«

»Hier ist Pamela Harris. Von Riordan.«

»Oh.« Riordan war … eine Firma. War das eine Kundin? Ich schaffte es nicht, die Puzzleteile in meinem Kopf zusammenzusetzen. Anachronismen um sechs Uhr morgens.

»Ich weiß, es ist früh. Sehr früh, aber ich habe ein Problem. Ich bin sicher, dass man Sie irgendwann anrufen wird, aber … ich dachte, Sie sollten es wissen.«

»Ja?«

»Der Geschäftsführer des Unternehmens«, sagte die Frau, und endlich wurde ich wach, weil ich plötzlich wusste, was dieser Anruf zu bedeuten hatte.

»Der Mann, der den Drohbrief bekommen hat«, sagte ich. »Ist er …?«

»Er ist tot«, sagte die Frau, und ihre Stimme klang erstickt. »Man hat seine Leiche gestern Abend neben seinem Auto in der Firmengarage gefunden. Erschossen.«

»O mein Gott.«

»Ja. Es wird Sie freuen zu hören, dass man ihm nicht im buchstäblichen Sinne die Haut abgezogen hat.«

»Es tut mir so leid.«

»Er war verheiratet. Drei Kinder«, sagte sie. »Und hatte Geschäftspartner und Angestellte, die jeden Tag gern zur Arbeit gingen. Ich weiß, dass Sie nicht an diese Leute denken, wenn Sie Ihren Zauberstab schwingen, aber ich wollte sichergehen, dass Sie es von jemandem erfahren, der …« Ihr versagte die Stimme. »Wir haben Ihrem merkwürdigen Hokuspokus vertraut, nun sehen Sie, was es uns gebracht hat. Genauso gut hätten wir die Sache ignorieren können. Jemand von ganz oben aus der Security wird Sie zu einer normalen Zeit anrufen, denke ich. Man wird höflich zu Ihnen sein, aber das bin ich nicht. Sie müssen mit diesem Schwindel aufhören, Miss Winger, bevor noch jemand anderem etwas passiert.«

Die Verbindung wurde unterbrochen. Ich ließ den Hörer sinken, wartete.

Ich sah nach Joshua, aber er war zurück ins Bett gegangen und hatte sich das Kissen über den Kopf gezogen. Ich machte seine Tür zu und ging ins Wohnzimmer, hellwach und zitternd.

Er war tot?

Schwindel?

Das graue Licht draußen zog mich an, und ich trat zum Fenster. Ich starrte hinaus auf die menschenleere Straße, auf die Häuserreihe gegenüber, unscharf im Nebel. Es kam mir vor, als wäre ich die einzige Person auf der Welt, die wach war. Die Zeit war ein Geschenk. Ich hatte Zeit, das hier zu verarbeiten. Zeit, über die ganze Sache nachzudenken, um dann für den nächsten Anruf gewappnet zu sein.

Als die Sonne aufging, saß ich immer noch da und sah zu, wie sie die Wand in goldenes Licht tauchte. Ich hatte das Gefühl, als hätte mich der Anruf mitten in einem Wettlauf unterbrochen, bei einem Marathon. Nun würde ich zurückgehen müssen, bis genau zu der Stelle, wo ich wegen des Anrufs hinausgestolpert war. Zu meinem Traum? Aber der war nur Blödsinn gewesen, eine verrückte Achterbahnfahrt der menschlichen Psyche.

Ich legte mich mit dem Rücken zum Fenster auf die Couch, ein Sofakissen unter dem Kopf. Die goldene Wand …

Die gelb gestrichenen Wände meiner Kindheit hatten längst der Vergangenheit angehört, als ich zu meinen Eltern gegangen war, um mich zu verabschieden. Ich weiß nicht, warum ich mir die Mühe machte. Ihre schreckliche Wohnung – für mich war es die letzte – war ein ehemaliger Diner, noch nicht ganz umgebaut, muffig und verwahrlost, ein Chaos. Ihm ging es nicht gut. Seine Hände zitterten, er verdrehte die Augen. Der Kaffee? Nein, sein Kopf. Um seine Hände machte ich mir zu diesem Zeitpunkt weniger Sorgen, weil er Mühe hatte, sie zu heben.

Aber er war nicht derjenige, den ich abholen wollte.

»Komm mit«, hatte ich gesagt. Obwohl ich ihr nicht verzieh. In gewisser Weise hasste ich sie mehr als ihn. Wahrscheinlich, weil sie sich nie gewehrt hatte.

»Du wirst zurückkommen. Was gibt es schon da draußen?«

»Etwas anderes«, antwortete ich.

»Schwierigkeiten gibt es überall«, sagte meine Mutter. »Glaub nur nicht, dass es anderswo besser ist.«

Aber woher wollte sie das wissen? Sie war noch nie irgendwo anders gewesen. Keiner von uns.

»Ich bekomme ein Baby«, platzte ich heraus. Ich hasste die Vorstellung, dass irgendetwas von dem Baby hier zurückbleiben würde, selbst wenn es nur diese Worte waren. Hier, wo es Mäuse in den Wänden gab und es raschelte, wenn das Licht ausging. Da draußen würde sie weit weg von ihm sein und gleichzeitig mit ihrem Enkelkind zusammen. Und mit mir.

Das hätte ihr genügen sollen.

Aber diesmal wandte sie den Rücken uns beiden zu. Warum hatte ich mich immer so schuldig gefühlt, weil ich weggegangen war? Sie war es doch, die *mich* verlassen hatte, genau dort in diesem Diner.

Ich hörte Joshuas Wecker und wie er darauf schlug, um ihn auszuschalten. Er rasselte noch einmal, dann hörte ich Joshuas Schritte im Flur. Er schlurfte unter die Dusche und durch seine Morgenroutine, während ich wartete.

Um sieben klingelte mein Telefon. Ich war bereit.

»Miss Winger.« Der Sheriff.

»Wieso sind Sie in diese Sache involviert?«, fragte ich.

»Was meinen Sie?«

»Ich habe auf einen Anruf gewartet, und ich dachte …«

»So früh warten Sie auf einen Anruf? Das Geschäft muss ja gut laufen.«

»Wir werden sehen«, sagte ich, während ich mich fragte, ob ich von Kent jemals wieder einen Auftrag bekommen würde. Diese Dinge sprachen sich herum. Wenn man Fehler machte oder ein Auftrag nicht gut lief, haftete einem das an wie eine Aura – ein besseres Wort dafür fiel mir nicht ein.

»Ich brauche heute Ihre Hilfe für ein bisschen Polizeiarbeit, wenn Sie es einrichten können.«

»Polizeiarbeit?«

»Na ja, das ist ein Fall für Sie, glaube ich. Heute ist viel los, aber vielleicht könnten Sie mich am Tatort treffen und mir Ihre Einschätzung mitteilen?«

Tatort. Mir wurde übel. »Ist es Aidan?«

»Nein, nein. Aidan ist immer noch verschwunden. Niemand ist verletzt. Dieser Tatort ist kein bisschen blutig. Ich gebe Ihnen die Adresse.«

Ich kramte nach einem Stück Papier und einem Stift und setzte mich an den Computer. Während mir der Sheriff den Weg beschrieb, starrte ich auf die Adresse, die ich in unordentlichen Buchstaben notiert hatte. Was würde ich über diese Handschrift sagen, wenn das ein Auftrag wäre? Dass die Schreiberin einen Kater hatte, dass sie erschöpft und geschwächt war von einer Auseinandersetzung mit ihrem Sohn im Teenageralter? Dass sie völlig verwirrt war, weil sie so absolut falschgelegen hatte in einer Sache, bei der sie sich ganz sicher gewesen war? Diese ganze Verstörtheit würde beim Vergleich mit einer anderen Handschriftenprobe vielleicht sichtbar werden – alles Übrige aber würde zwischen den Zeilen verloren gehen. Was ich aus einer Handschrift lesen konnte, war so wenig. Und was brachte das überhaupt, wenn der Mann, der Drohbriefe bekommen hatte, trotzdem starb? Wenn die Frau, die nach ihrem Verlobten gefragt hatte, ohnehin schon wusste, dass sie ja sagen würde, wenn er ihr einen Antrag machte? Wenn die Firma, die für eine Führungsposition einen ehrlichen Mitarbeiter suchte, sich änderte und aus dem Mann im Job einen verlogenen Kerl machte?

Letztendlich konnte ich ihnen allen nicht sagen, was sie wissen wollten. Ich konnte die Zukunft nicht vorhersagen, aber genau das wollten sie eigentlich: Sicherheit über das, was passieren würde. Madame Zonda mochte ihre Schwingungen empfangen, aber ich wusste nicht, was in drei Minuten passieren würde. Für mich zählte nur, was auf dem Papier stand, und das war nicht viel. Im düsteren Morgenlicht und im Angesicht der Tatsache, dass ein Mann ermordet worden war, schien es gar nichts zu sein.

Der Sheriff sagte etwas. »Also treffen wir uns dort …«

»Ich bin nicht sicher, ob ich so gut bin, wie man Ihnen vielleicht weisgemacht hat«, sagte ich.

»Weisgemacht? Wer hat das, Sie?«

»Alle. Ich … Ich bin im Moment nicht sicher, ob ich meine Leistungen überhaupt weiterhin verkaufen sollte.«

»Gut. Wie wäre es, wenn ich Sie nicht bezahle? Dann verkaufen Sie auch nichts.«

»Ich meinte … Sheriff, ich weiß nicht, ob ich in dieser Sache nützlich bin und ob es überhaupt etwas bringt.«

»Was ist passiert?«, fragte er ruhig.

»Ich habe einen Fehler gemacht. Vielleicht hat er einen Menschen das Leben gekostet.«

»Jeder macht Fehler im Job«, sagte er. »Sogar Ärzte, und die töten wesentlich mehr Leute als Sie. Polizisten treffen jeden Tag Entscheidungen über Leben und Tod, jedenfalls höre ich das immer. Die sechs Kugeln in meiner Pistole werden jede Woche rausgenommen und gereinigt, aber sie begleiten mich bereits seit einigen mageren Jahren.«

Er versuchte, mich zum Lachen zu bringen. Ich war schon froh, dass ich das wenigstens merkte.

»Im Ernst, Anna«, sagte er. »Menschen machen Fehler. Ich weiß nicht, was passiert ist, aber es tut mir leid. Hören Sie, Sie müssen lernen, Ihren Job nicht so persönlich zu nehmen. Es ist nur Arbeit. Sie stempeln morgens ein, tun Ihr Bestes und stempeln abends wieder aus.«

»Und so machen Sie das?« Ich hatte all diese Menschen auf den Fotos in seinem Büro gesehen. Sie brauchten ihn. Sie erwarteten, dass er ihre Probleme löste. Auf einmal sah ich klar: Genau das tat ich im Moment auch. »Egal. Sie sollten jetzt vielleicht mit Ihrer Arbeit weitermachen.«

»Das tue ich. Aber Sie auch. Hey, gibt es schon irgendwas über die Beweismittelformulare zu sagen?«

Ich war nicht sicher, ob ich über diese Formulare jemals etwas würde sagen können. »Lassen Sie mir noch ein bisschen Zeit«, sagte ich.

»Das ist in Ordnung. Dann bis heute Nachmittag. Ach ja, und ziehen Sie eine lange Hose an.«

»Was?«

»Eine lange Hose. Wo wir hingehen, wächst hohes Gras. Das pikst.«

»Hose.«

»Genau.

Er legte auf. Ich ging früher als gewöhnlich unter die Dusche, damit ich Joshua nicht gleich begegnen musste. Als ich mich vor dem Spiegel abtrocknete und mir mein nacktes Spiegelbild ins Auge fiel, beugte ich mich über das Waschbecken und betrachtete mein Gesicht. Je länger ich mir in die Augen starrte – und meine Sommersprossen wie Sternbilder betrachtete –, desto mehr wollte ich glauben, die Frau im Spiegel wäre jemand anders. Alles wollte ich glauben, jeden Hokuspokus, egal von wem. Ich hatte an meine Fähigkeiten geglaubt, an die Wissenschaft der Handschriftenanalyse, so wie andere Leute an Gott glaubten. Wieder andere spielten Lotto oder spekulierten an der Börse. Manche sorgten für schlechte Zeiten vor, um sich darüber hinwegzutäuschen, wie schlecht die Zeiten jetzt schon waren. Alle Menschen mussten an etwas glauben; sie brauchten ein bisschen Hokuspokus. Aber meine Magie hatte niemanden gerettet. Nicht den Manager in Chicago. Für meine Mutter war sie zu spät gekommen. Und für mich auch. Und jetzt spielte sie keine Rolle mehr. Ich hatte geglaubt, mein Job hätte mich gerettet, aber ich war nicht gerettet.

Als ich aus der Dusche kam, war Joshua schon zur Schule gegangen.

Mit tropfnassen Haaren setzte ich mich an den Computer, schob Kellers Beweismittelformulare beiseite und rief alle Dokumente auf, die den Drohbrief an den Manager betrafen – den Auftrag, meine Notizen und meine Antwort. Ich warf noch einmal einen Blick auf meine Kopie der Schriftprobe und fand dieselben Merkmale wie beim ersten Mal. Das Telefon hätte längst klingeln müssen. Ich ging meine Notizen durch und verglich sie mit meiner Antwort, hakte jeden Punkt ab, den ich in meinen Bericht geschrieben hatte.

Alles stimmte; schon spürte ich Wut in mir aufsteigen, weil man mich zu Unrecht beschuldigte, als die Liste plötzlich endete, obwohl ein wichtiges Detail meiner Analyse noch fehlte. Ich ging sie erneut durch, dann suchte ich in meinem »Gesendet«-Ordner nach der E-Mail. Auch hier war die Liste zu kurz.

Die Zwischenräume. Ich hatte nicht in den Bericht geschrieben, dass der Schreiber möglicherweise unter sexueller Impotenz litt.

Ich legte meinen Kopf auf die Arme. Man hatte mir nicht unrecht getan; ich war zerstreut gewesen. Abgelenkt von Joshua, dem Anruf des Sheriffs, Sherry, den Boosters, Jeffries, Margaret. Genau das passierte, wenn man nicht wachsam war. Man wurde eingeholt. Man wurde gefangen.

Verstrickt in meine persönlichen Angelegenheiten hatte ich den schlimmstmöglichen Fehler gemacht. Mir war nicht einfach nur ein Irrtum unterlaufen – ich hatte vorübergehend die Kontrolle verloren. Ich hatte das, was die Handschrift mir gezeigt hatte, ausgeblendet. Nicht ernst genommen, dass ein Mann, der in einer Hinsicht eingeschränkt war, in einer anderen Macht haben konnte.

Das war nicht einfach nur eine schlechte Analyse. Das war ein gravierender Mangel an Menschenverstand. Aber was es war, spielte keine Rolle mehr. Der Mann war tot, sein Mörder auf freiem Fuß, und das Telefon hatte immer noch nicht geklingelt. Noch niemand hatte angerufen, um mir die gefürchtete Nachricht zu übermitteln: dass meine Karriere beendet und dieses ganze Geschäft der reine Schwachsinn war.

Der kleine Stapel von Aufträgen und Anfragen auf dem Tisch war unberührt. Ich griff nach dem obersten Umschlag, wie um mich zu vergewissern, dass er wirklich da war. Diese Leute dachten tatsächlich, dass ich ihnen etwas geben konnte. Ich hatte einen Fehler gemacht, aber nicht so, wie Keller sich das vorstellte. Nein, der Fehler lag lange zurück und hatte nichts mit Handschriftenanalyse zu tun. Der Fehler war, dass ich geglaubt hatte, ich könnte an einem anderen Ort zu einer anderen Person werden.

Ich schob die Arbeit weg und schaltete den Computer aus. Es gab keinen Ort, an dem ich bleiben, und keinen Menschen, mit dem ich sprechen konnte. Joshua hatte recht. Ich hatte niemanden.

Und er hatte nur mich.

Und, was noch schlimmer war, ich hatte ihm beigebracht, einen Teil von sich zu verleugnen. Ich hatte ihm beigebracht, den Menschen zu hassen, der aus ihm wurde. Sich selbst zu hassen.

All meine Mühen, ihn zu beschützen. Ich hatte es für ihn getan. *Für ihn*, und ich hatte gewollt, dass er das verstand.

Warum hatte ich es letzte Nacht nicht geschafft, ihm das klarzumachen? Ich würde ihn verlieren, und ich war selbst schuld daran. Schließlich hatte ich es ihm beigebracht: dass er niemanden brauchte.

NEUNZEHNTES KAPITEL

Ich fuhr zu dem Treffen mit Sheriff Keller, hatte die Fenster heruntergelassen, das Radio ausgeschaltet und hörte nur den Fahrtwind und das Geräusch von Kies, der von unten gegen das Auto spritzte. Hinter mir wirbelte Staub auf.

Das hohe Gras an den Straßenrändern wogte im Wind. und schien mir zuzuwinken – einladend oder abwehrend? Ich wusste es nicht. Ich wusste gar nichts, fuhr einfach vor mich hin, bog rechts oder links ab, wie es in der Wegbeschreibung stand. »Ich gebe auf«, sagte ich zu der ländlichen Umgebung, ohne zu wissen, ob ich damit mich oder Joshua meinte. Ich hatte den Vormittag mit den Beweismittelformularen verbracht und darauf gewartet, dass irgendjemand anrief, Kent wahrscheinlich, um mir von dem toten Mann in Chicago zu berichten. Der Anruf war ausgeblieben, und die vielen Unterschriften auf den Formularen waren langsam vor meinen Augen verschwommen.

Gleichzeitig wusste ich, dass ich nicht aufgeben konnte. Die Kindererziehung aufgeben? Kaum möglich. Die Arbeit? Auch das war keine Option. Ich würde mich mehr auf die Einsamen Herzen und vielleicht auf die Personalangelegenheiten konzentrieren müssen. Aber mit der Polizeiarbeit war ich nach dem heutigen Tag fertig. Das war zu viel, zu gefährlich. Die Leute kamen mir zu nahe. Ihre existenziellen Probleme fingen an, zu meinen Problemen zu werden.

Ich würde versuchen, das Einzige zu tun, was ich kannte. Wir würden weggehen. Eine andere Stadt, eine andere Schule für Joshua. Montana, Idaho, vielleicht sogar die Westküste. Ich wollte Bäume, Land. Viel Platz und weit und breit niemanden als uns beide.

Ich blickte wieder auf die Wegbeschreibung. Gerade war ich zum letzten Mal abgebogen, und hier endeten meine Notizen. Irgendwo rechts. Mit den Augen suchte ich den rechten Straßenrand ab und blickte auch in den Rückspiegel, ob ich irgendetwas übersehen hatte. Nichts als wogende Felder, die sich bis zu einem Wald erstreckten, ungefähr eine Meile entfernt. Und dann sah ich es – etwas Glänzendes, das sich bei genauerem Hinsehen als der schwarze SUV des Sheriffs entpuppte. Er verschwand gerade hinter einem Hügel. Ich erkannte eine Spur im hohen Gras, die Andeutung eines Zufahrtswegs, und folgte ihr. Als ich über den kleinen Hügel kam, sah ich den Sheriff, der die Hand hob, um mich zu grüßen. Ich parkte hinter ihm, stieg aus und ließ meinen Blick über das Niemandsland um uns herum schweifen.

»Ich habe vergessen, Ihnen zu sagen, dass Sie feste Wanderschuhe anziehen sollten.«

»Es geht schon«, erwiderte ich. »Dahinten?« Ich zeigte auf die Bäume.

»Gut geraten. Es sei denn, Sie wollen Bob Banning ein paar Vorschläge zum Sojabohnenanbau machen. Bereit?«

»Hätte ich einen Wanderrucksack mitbringen sollen oder so? Ein Zelt?«

Wir gingen los in Richtung der Bäume, der Sheriff voran, und er grinste mich über die Schulter hinweg an. »Sie scheinen nicht so der Outdoortyp zu sein.«

»Bin ich auch nicht. Eigentlich« – ich blieb einen Moment mit dem Fuß in einer Rille unter dem dichten Gras hängen – »ganz und gar nicht.«

»Vorsichtig«, sagte er. »Unter dem Gras kann sich alles Mögliche verbergen.«

»Aber das da ist keine Schlange, oder?«

Er fuhr herum, die Hand an seiner Pistole. »Wo?«

Ich hob beschwichtigend die Hände. »Sie scheinen es ja kaum abwarten zu können, endlich eine Ihrer Pistolenkugeln loszuwerden.«

Mit grimmigem Blick ließ er die Pistole los.

»Das war ein Scherz, Sheriff. Ein Spaß.«

»Für eine Spaßmacherin hätte ich Sie auch nicht gehalten.« Er drehte sich auf dem Absatz um und marschierte weiter. Dabei schob er mit den Händen das hüfthohe Gras beiseite.

»Ich bin auch keine.« Den Rest des Wegs in den Wald hinein legten wir schweigend zurück. Ich hielt den Blick gesenkt, um zu sehen, was sich unter dem Gras verbergen mochte. Wir folgten dem Pfad zwischen Bäumen hindurch und überquerten einen schmalen, felsigen Bach.

»Wo sind wir hier?«

»Das ist die ehemalige Werner-Farm.«

»Jetzt machen Sie Witze, oder?« Ich blieb stehen und blickte nach rechts und links. Der schmale Pfad öffnete sich zu einem weiteren grasbewachsenen Hügel. Dahinter glaubte ich, die Umrisse eines Dachs zwischen den Bäumen auszumachen.

»Hier stand das Haus mit der Scheune. Jetzt wird das Land von den Bannings bewirtschaftet – kennen Sie Bob? Vermutlich nicht. Egal.« Er blieb stehen, damit ich Luft holen konnte. Er selbst schien überhaupt nicht außer Atem zu sein. »Die alte Farm wurde nach Smith County verlegt, aber die Scheune ist noch da. Die werden Sie gleich sehen.«

Wir ließen die Bäume hinter uns, als der Weg leicht anstieg. Ahorn- und Walnussbäume, kaum Kiefern. Ich grüßte sie stumm, meine alten Freunde. Schließlich tauchte die verwitterte graue Scheune vor uns auf. Das Dach war an einer Stelle eingesunken, und die große Schiebetür hing nicht mehr in ihren Schienen, sondern stand schräg an den Eingang gelehnt.

Die Fahrt, die Wanderung, den Geschichtsunterricht des Sheriffs – all das hatte ich über mich ergehen lassen, weil ich geglaubt hatte, ich würde irgendwann erfahren, warum ich hier war. Jetzt, da ich auf dieser verlassenen Farm stand, mitten im Nirgendwo, hatte ich immer noch keine Ahnung. Der Umstand, dass ich einem Mann, den ich kaum kannte, an einen abgelegenen Ort gefolgt war, ohne jemandem mitzuteilen, wo ich war … anscheinend war ich nicht bei klarem Verstand gewesen. Ich legte den Kopf in den Nacken, um zum Giebel der Scheune zu blicken, wo die weiße Farbe abblätterte.

»Nicht da oben«, sagte Sheriff Keller. Er ging zu der kaputten Tür und schob sie einen Spalt auf. »Hier drin.«

Ich zögerte.

»Das ist Ihnen nicht geheuer, was? Schauen Sie.« Er kam zu mir zurück und machte sich dabei an seinem Holster zu schaffen. »Daran können Sie sich festhalten. Sie können alle sechs Kugeln auf mich abfeuern, wenn es nötig sein sollte.« Er nahm die Pistole heraus und hielt sie mir hin.

Mit dem Handrücken wischte ich mir den Schweiß von der Stirn. »Ich bin mir ziemlich sicher, dass Sie die nicht abgeben dürfen. Und außerdem kann ich nicht schießen«, sagte ich. »Wenn Sie sich merkwürdig benehmen, muss ich mich mit bloßen Händen wehren.«

Kellers Blick ruhte schwer auf mir. Als ich ihn erwiderte, schaute er weg.

»Um Ihre Unerfahrenheit mit Waffen kümmern wir uns ein andermal, Deputy. Wie wäre es, wenn ich draußen bleibe, während Sie einen Blick hineinwerfen? Sie werden es schon sehen, keine Sorge.« Er steckte seine Pistole wieder ein, entfernte sich ein paar Meter und ließ mich vor dem dunklen Türspalt stehen.

Vorsichtig näherte ich mich dem Eingang. Ich legte eine Hand auf die ausgehängte Tür und drehte mich zur Seite, um meinen Kopf durch die Öffnung zu stecken. Sonnenlicht fiel zwischen den groben Latten der hohen Wände herein und auch durch das Loch im Dach.

Die Schrift sah ich sofort, aber ich hatte es nicht eilig hinzukommen. Die Luft war kühl, das Licht dunstig und silbern. Ich atmete tief durch und ging hinein.

Eifrige grüne Triebe bahnten sich ihren Weg durch die Risse in der Wand und wieder nach draußen zum Licht. Durch die Öffnung zwischen den Dachsparren sah ich den ausladenden Ast einer kräftigen Pappel. Eine Leiter führte hoch zu einem Dachboden, der sich über die gesamte Länge der Scheune erstreckte. Aus den dunklen Ecken drang der Geruch von Heu, Wolle, Schimmel und Moder. Rauch. Verfall und Vernachlässigung. Ich stand am Fuß der Leiter und blickte hinauf.

An der langen Wand des Dachbodens waren Schmierfinken am Werk gewesen. Die ganze Wand war mit Sprayfarbe bedeckt. Ich musste mich nicht besonders anstrengen, um einiges davon als die Arbeit der Jungen wiederzuerkennen, die schon in der Schule ihr Unwesen getrieben hatten.

Der Sheriff am Eingang sagte: »Was denken Sie?«

Ich winkte ihn herein. »Ich denke, dass Sie und Mr Jeffries das gleiche Ziel haben.«

Er schnaubte und senkte den Kopf, damit sein Mützenschirm durch den Türspalt passte.

»Was ist?«

Er seufzte. »Ach, nichts.«

»Nein, wirklich: Was ist?« Ich verschränkte die Arme. »Was wollen Sie sagen?« Ich dachte an Joshuas Behauptung, dass Joe auf kleine Jungs stand. Das war reiner Blödsinn, was Jungs eben so sagten, um jemanden runterzumachen. Mit Sicherheit machte der Sheriff keine so kindischen Witze.

»Es ist nichts. Gar nichts.« Er sah mich nicht an. »Joe Jeffries konkurriert gerne mit anderen. Das war schon immer so und wird immer so bleiben.« Er kratzte mit dem Stiefelabsatz über den Boden und betrachtete die Linie, die er in den Staub gezeichnet hatte. »Ich meine nur, wenn da irgendetwas Schönes, Neues ist, will Joe Jeffries es als Erster haben.«

Jetzt verstand ich die Anspielung. »Schön und neu, ach ja?«

»Oder rar. Sie wissen schon. Schwer zu bekommen.«

Ich wandte mich wieder unserer eigentlichen Aufgabe zu. »Hält diese Leiter?«

»Sie hat die Kids ausgehalten, dann geht es auch bei uns. Wenn wir sie nicht gleichzeitig betreten.«

Ich setzte meinen Fuß auf die unterste Sprosse und stützte mich mit meinem ganzen Gewicht darauf. Als nichts knackte, begann ich hochzuklettern. Oben angekommen beugte ich mich über die Kante. »Riechen Sie Rauch?«

»Ja, Ma'am«, sagte er, griff nach der Leiter und machte sich auf den Weg nach oben. »Darum sind wir hier. Ein kleines Graffito stört Bob Banning nicht. Aber ein kleines Feuer? Ja, das schon.«

»Oder ein großes.«

»Genau. Das hier ist ein Pulverfass.« Er erreichte den Dachboden, stand auf und stieß dabei mit dem Kopf an einen niedrigen Balken. Vor Schmerz sog er scharf die Luft ein und griff sich mit beiden Händen an den Kopf.

»Alles okay?«

»Nicht so okay wie vor einer Minute. Ich glaube, meine Kappe ist zerrissen.«

»Aber Sie haben ungefähr hundert von denen, schätze ich.«

Er nahm seine Kappe ab und zeigte mir den Stofffetzen, der davon herunterhing. »Zwei«, sagte er, als müsste er sich verteidigen. Er betastete vorsichtig seinen Hinterkopf und betrachtete dann seine Finger.

»Blutet es?«

»Ich werde es überleben. Und? Was meinen Sie?«

»Zu dem Kunstwerk?« Ich ging zu der Wand und betrachtete sie genau. »Wie ich schon gesagt habe: Sie und Joe suchen nach denselben Kids. Das hier ist ihr Werk. Drei Jungs, wahrscheinlich zwischen zwölf und vierzehn. Die Schule ist nicht so groß, oder? Kleinstadt, Kleinstadtschule?«

»Jedenfalls gibt es dort mehr als drei Jungs zwischen zwölf und vierzehn. Und ich kann kein Geständnis erzwingen«, sagte er.

Ich blickte wieder auf die lange Wand. Ein Teil der Farben wirkte verblichen. Ich sah mir einen der ordinären Sprüche einen Moment an. Es stammte von einem anderen Verfasser. »Manches davon ist älter. Es sind mehrere Schichten.«

»Das ist schon lange ein beliebter Treffpunkt«, erklärte er und wies auf eine der dunklen Ecken. Dort befanden sich eine Decke auf alten Zeitungen, Fast-Food-Verpackungen und leere Cola- und Bierdosen. »Wie ich schon sagte, Bob stört sich nicht besonders an der Farbe. Deshalb haben im Lauf der Jahre so einige ...« Mit einer ausholenden Geste zeigte er auf das Gemälde.

»Aber das Feuer ...«

»Richtig. Er denkt, dass die letzte Gruppe von Jugendlichen hier ein Lagerfeuer gemacht hat. Es gibt Spuren davon unter dem Dachboden, und sie sind ziemlich neu.«

Ich stand wieder vor der Wand, ging daran entlang, bis

ich eine aufschlussreiche Stelle in dem neuesten Teil der Bemalung fand. Die Vandalen hatten die Wand mit einem Farbroller weiß angestrichen und sich dann auf dieser Leinwand ausgetobt. »Im Voraus geplant. Hübsch. Hier ist unser Profi«, sagte ich, die Hand an einer Stelle, die ganz sicher Steve Ranseys Werk war. Seine Linien waren so sicher wie die eines geübten Künstlers. Eine Mona Lisa in Blau, mit riesigen nackten Brüsten. »Der Mitläufer direkt daneben.« Ich fuhr mit dem Zeigefinger an dem großen roten Schriftzug SMITHIES, VERPISST EUCH entlang. »Rivalen aus Smith County, nehme ich an. Toll. Und hier haben wir unseren kleinen Tollpatsch«, fügte ich hinzu und ließ meine Hand über einem anderen Schriftzug in der Luft verharren. Diesmal hatte er seine Lieblingsobszönität in Grün verewigt.

Keller war mir an der Wand entlang gefolgt. »Was ist damit?« Er hatte seine Hände in die Hosentaschen gesteckt und wies mit einem Kopfnicken auf die Wand hinter mir.

Ich drehte mich um. Ich hätte mir Zeit lassen können. Hätte meine Erklärung ein paar Minuten in die Länge ziehen können. Aber in dem Moment, als ich die Worte sah, wurde mir klar, dass er es bereits wusste – wie alles, was in dieser Stadt und ihrer Umgebung vor sich ging. »Das. Das ist Joshuas Schrift.«

Er wartete, während ich neben dem Graffito in die Knie ging und mit dem Finger die Umrisse eines großen schwarzen L nachfuhr.

»Es ist trocken«, sagte er.

»Ich weiß. Es ist nur schon eine Weile her, seit ich zum letzten Mal gesehen habe, wie … Aber das ist unwichtig.«

»Dann war er das also. Sind Sie sicher?«

Ich hockte mich hin und nahm die Worte in mich auf. In schwarzen, unsicheren Buchstaben stand da:

»Absolut sicher.«

Der Sheriff stand hinter mir. »Genau diese vier Wörter, meinen Sie?«

Ich nickte und senkte den Kopf. Ich dachte an die Fotos, die bei mir gelandet waren, an die Anfrage, die mich hierhergeführt hatte. Der Sheriff war der Schäfer und ich das Schaf. »Sie wussten, dass es Joshua war, oder?«

»Ich dachte … vielleicht.«

»Sie haben mich doch nicht hierhergebracht, damit ich Ihnen das bestätige«, sagte ich, ohne ihn anzusehen. Hinter mir hörte ich, wie er von einem Bein aufs andere trat. Am liebsten wäre ich an ihm vorbeigeflogen, vom Dachboden hinunter und zur Tür hinaus, den Pfad entlang bis zu meinem Auto. Umkehren, Rückzug. »Sie haben mich nicht gebraucht, damit ich Ihnen erzähle, was Sie schon wussten.«

»Ich wusste es nicht. Ich hatte das Gefühl.«

»Eine Schwingung?«

»Warum sind Sie jetzt sauer auf mich? Ich habe Ihrem Jungen nicht die Spraydose in die Hand gedrückt. Ich habe Sie nur hierhergebracht …«

»Um sicherzugehen, dass ich weiß, wie schlimm es steht? Sheriff Keller, ich brauche niemanden, der mir das erzählt.« Ich stand auf und sah ihn an. Er wich einen Schritt zurück. »Der, der mich daran erinnert, lebt mit mir zusammen, erinnern Sie sich? Wenn er nicht gerade alte Scheunenwände verschönert, sorgt er auf andere Weise dafür, dass ich mich mies fühle, weil ich ihn auf die Welt gebracht habe.«

»Das wusste ich nicht.«

»Werden Sie ihn einsperren?«

»Ich habe Sie hierhergebracht«, sagte der Sheriff ruhig, »damit Sie hinterher selbst mit ihm sprechen können. Bob hat kein Interesse daran, diese Kids ins Gefängnis zu stecken.«

Ich erinnerte mich an das ehrfurchtsvolle Gesicht von Bea Ransey, als sie das Büro des Sheriffs verlassen hatte. Irgendjemand hatte ihren nichtsnutzigen Sohn jahrelang davor bewahrt, hinter Gitter zu kommen. Dasselbe tat Keller für Steve. Für all diese Jungs aus schwierigem Elternhaus – und jetzt für Joshua. Wieder ein Junge aus einer zerrütteten Familie. »Sie retten sie alle, stimmt's?«

»In letzter Zeit habe ich niemanden gerettet.« Vor dem Licht, das durch das kaputte Dach fiel, sah ich ihn nur als dunkle Silhouette, konnte nur undeutlich erkennen, wie er mit hängenden Schultern dastand. Plötzlich klang seine Stimme dunkel, als hätte jemand unbemerkt das Licht ausgeknipst. Ich konnte ihn durch die Luft spüren, ich spürte wirklich so etwas wie… Schwingungen. Die von ihm kamen. Hier in der Dunkelheit wurde mir auf einmal etwas klar. Er war wie ein offenes Buch. Ich konnte aus seiner Stimme etwas herauslesen, so wie ich aus Aidans Namen auf dem Einkaufszettel herausgelesen hatte, welche Liebe seine Mutter für ihn empfand. »Ich habe zehn Tage und Nächte an Aidans Fall gearbeitet und bin keinen Schritt weitergekommen«, sagte er, und seine Stimme klang jetzt dünn und rau. »Unter meiner Führung wird niemand gerettet.«

Ich konnte geradezu sein Herz durch diese Worte sprechen hören. Noch nie hatte ich erlebt, dass jemand so viel von sich preisgab. Aber jetzt verstummte er und wartete darauf, dass ich etwas sagte.

»Reden Sie weiter«, forderte ich ihn auf.

Ein Moment verstrich. Die Luft hier oben auf dem Dachboden schien dicker zu werden. Die Erkenntnis, dass ich jetzt auch das hier lesen konnte, raubte mir den Atem. Im nächsten Augenblick streckte er die Hand nach mir aus, und ich war gefangen, seine nackten Arme an meinen. Er legte mir seine Hand in den Nacken und presste seine Lippen auf meinen Mund. Ich drängte mich ihm entgegen, befreite meine Hände, um sie nach seinem Haar auszustrecken, nach seinem rauen Gesicht, strich über sein T-Shirt, um seine Brust zu spüren. Ich hatte nicht genug Hände, um so viel Haut zu ertasten, wie ich brauchte. Ich lehnte mich an ihn, drückte meinen Körper an seinen.

Er wich ein kleines Stück zurück. Jetzt konnte er mich ansehen, auch wenn sein Gesicht immer noch im Schatten lag. Er beugte sich wieder näher zu mir, küsste mich sacht auf den Mundwinkel und umschloss dabei mein Gesicht mit beiden Händen.

»Was machst du da?«, flüsterte ich.

»Ich wehre mich«, murmelte er. »Mit bloßen Händen.«

Ich lachte. Er lächelte an meinen Lippen, ließ seine Hand unter mein T-Shirt gleiten und streichelte meine hungrige Haut.

ZWANZIGSTES KAPITEL

Eine Frauenstimme weckte mich aus dem Halbschlaf. Ich suchte taumelnd nach meinem T-Shirt.

Wo ...?

Ich brauchte noch einen Moment, bis ich mich orientieren konnte. Die Dunkelheit, der dumpfe Geruch.

»... das Funkgerät.«

Der Nachmittag kehrte in meine Erinnerung zurück. O nein.

Keller lag neben mir auf einer alten Wolldecke. »Das Funkgerät. Es ist da, wo meine Hose ist.« Er stützte sich auf einen Ellbogen, spähte in die Ecke des Dachbodens und sah dann zu mir auf.

»Dahinten.«

»Okay.« Wir maßen beide den langgestreckten Raum des Dachbodens mit den Blicken. »Du willst, dass ich den ganzen Weg nackt zurücklege?«, fragte er.

»Es ist *dein* Funkgerät.«

»Aber du hast ein T-Shirt an.« Wie er mich anlächelte ... wenn er nur so weitermachen würde. Wenn er mich nur davon abhalten könnte, zu viel zu denken.

»Los, ich will sehen, wie du deine Stiefel anziehst«, sagte ich.

»Hey«, gab er zurück und richtete sich auf, saß mit eingezogenem Kopf unter der niedrigen Dachschräge. »Immerhin habe ich noch meine Socken an und damit meine Würde behalten.«

»Wenn du meinst.«

Er beugte sich herunter, um mich zu küssen. Gerade als er anfing, mich zu überzeugen, krächzte es wieder aus dem Funkgerät. Er seufzte und zog sich zurück. »Bin gleich wieder da. Und vergiss nicht, was du gerade gedacht hast.«

Im trüben Licht wirkte seine Gestalt geisterhaft. Die Socken waren lächerlich, aber der Rest verdiente eine aufmerksame Betrachtung. Er durchwühlte die Kleidungsstücke auf dem Fußboden und kam mit dem Funkgerät zurück. Mit dem nackten Hintern zu mir blieb er stehen und rief mit ganzer Autorität in die Dunkelheit: »Ja!«

»Sheriff Keller!« Nun, da das Funkgerät nicht mehr unter Stoffschichten begraben lag, war es leichter, Sherrys Stimme zu erkennen. »Oh, bin ich froh … Hören Sie, Ericksons Leute haben angerufen, und da ist irgendwas los, keine Ahnung, was. Er will, dass Sie sie hier treffen, und zwar *pronto*, sagt er.«

Ich setzte mich auf.

»Irgendeine Vermutung? Hat es sich angehört, als ob sie ihn gefunden hätten?«

»Ich weiß nicht«, antwortete Sherry. »Ich habe nur … schon möglich. Aber was auch immer es ist, es ist eine große Sache. Er bringt seine eigenen Presseleute mit, hat er gesagt.«

Seine Rückenmuskeln spannten sich an. Er warf einen Blick über die Schulter, um zu sehen, ob ich zuhörte, und blickte dann zu dem Loch im Dach hinauf. »Seine eigenen Presseleute. Ich komme, so schnell ich kann.«

»Sind Sie in Bannings Angelegenheit unterwegs?«

»Hat er angerufen?«

»Ja.«

»Können Sie ihm ausrichten, dass sich jemand um die Sache kümmert?«

»Natürlich. Aber, Sheriff? Pronto?«

»Klar, pronto.« Er warf das Funkgerät auf die Dielen und sagte: »Sobald ich meine Hose anhabe.«

»Aidan?«, fragte ich.

»Hat was mit ihm zu tun. Der Generalstaatsanwalt ist unterwegs.« Er blickte auf den Kleiderhaufen zu seinen Füßen.

»Gute oder schlechte Nachrichten? Es gibt keine Möglichkeit, mehr zu erfahren, oder?«

Er seufzte und zog seine Boxershorts hervor. Ich sah zu, wie er sich anzog, war begierig auf jede seiner Bewegungen, auf jedes Detail seines Körpers, bevor alles wieder unter Kleidung verborgen war. »Die einzige ist, zurück zum Revier zu fahren. Dort erfährt man es dann zusammen mit den Reportern«, sagte er, während er seine Uniformhose zumachte. »Willst du dich nicht anziehen?« Er hob ein paar von meinen Sachen auf und brachte sie mir.

Ich drückte die Kleider an meine Brust.

»Was ist los?«

Ich schüttelte den Kopf, aber ich wusste: Sobald ich angezogen war und wir von unserem Himmelbett hinunterkletterten, sobald wir durch die kaputte Tür nach draußen traten und den Hügel zu unseren Autos hinabgingen, würde es mit dem Zauber vorbei sein, was für eine Art von Magie es auch war. Im Halbdunkel des Dachbodens hatte ich mehr abgelegt als nur meine Kleider, und damit würde ich außerhalb dieser Scheune niemals leben können. Ich stand auf und zog mich an. »Wie viel Uhr ist es?«

»Nach fünf«, sagte er.

»Ich bin spät dran.«

»Wahrscheinlich versucht der Generalstaatsanwalt, noch in die Sechs-Uhr-Nachrichten zu kommen, damit es für Aidan Watch keinen weiteren Tag gibt. Glaubst du …«

»Was?«

»Ach, nichts.«

»Wirklich?« Ich mühte mich mit meinem Schnürsenkel ab. Jetzt hatte ich es eilig, denn Joshua konnte jeden Moment nach Hause kommen. Ich hatte ihm keine Nachricht hinterlassen. Vor allem wollte ich nicht wieder eine Szene. Keinen neuen Streit. Ich würde alles tun, um das zu vermeiden. Sogar das Date mit Joe würde ich absagen, und nicht weil ich noch den Duft eines anderen Mannes in der Nase hatte. Ich wollte das alles nicht. Ich wollte nur mit Joshua dasitzen und reden. Wirklich reden. Ich war es leid, um den heißen Brei herumzureden, Dinge zurückzuhalten. Ihm die Wahrheit zu ersparen funktionierte nicht mehr. Vielleicht würde sich manches ändern, wenn ich ihm alles erzählte.

»Okay«, sagte er. »Meinst du – nach dem, was du aus ihrer Handschrift weißt –, dass sie in der Lage wäre, Aidan irgendetwas anzutun?«

»Nein.« Ich stand auf und klopfte mir den Staub von meiner Jeans.

»Völlig ausgeschlossen? Nicht die geringste Möglichkeit, sie könnte etwas getan haben, das …«

»Nein. Nicht mal um ihn von seinem Vater fernzuhalten.« Oben an der Leiter sahen wir einander an. Der Sheriff hatte unter der niedrigen Decke den Kopf eingezogen. Ich dachte einen Moment nach. Stimmte das? Was hatte ich Joshua angetan, um ihn von Ray fernzuhalten? Aber der Sheriff meinte etwas anderes. »Nicht einmal, um ihn zu retten«, sagte ich.

Er nickte. »Was, glaubst du, werde ich gleich zu hören bekommen?«

Nur ein Bild ging mir durch den Kopf: Leila Ransey, das Gesicht im Schatten, die Schultern gebeugt, an Händen und Füßen gefesselt. Mit leeren Armen. »Ich weiß es nicht. Madame Zonda könnte es dir sagen.«

»Mir war wirklich immer klar, dass *diese* Frau nur Unsinn redet.« Er bedeutete mir, zur Leiter zu kommen, und hielt die oberste Sprosse fest. Da mir alles wehtat, kletterte ich langsam. Er folgte mir schnell, ließ die letzte Sprosse aus und sprang hinunter.

»Hör mal, bevor ich gehe…« Vor dem Ausgang der Scheune blieb ich stehen und streckte meinen Arm hinaus ins Sonnenlicht. »Diese Formulare – es sind keine Originale.«

»Ach, jetzt komm aber. Diese Geschichte wieder?«

»Das meine ich nicht.« Was ich eigentlich wissen wollte, war, ob er sie zurückhaben musste. Musste ich sie, wenn wir mitten in der Nacht mit vollgepacktem Auto losfuhren, noch zum Briefkasten bringen? »Ich bin nicht sicher, ob ich das alles schon ganz durchschaue – aber bald hab ich was für dich.«

Ich wollte durch die Tür schlüpfen, doch er griff nach meinem Arm und zog mich zurück in die Scheune.

»Was ist?«, fragte ich.

»Tu es nicht. Lass es nicht hier.« Er kam näher, drängte sich mit seinem ganzen Körper an mich, die Lippen an meiner Schläfe. »Du weißt, was ich meine.«

Ich schloss die Augen, spürte seinen Atem und ließ mich ganz in seine Umarmung fallen, genoss, wie mein Körper sich anfühlte; erschöpft, gedehnt, ja sogar wund.

Ich wusste, was er meinte, aber es war bereits vorbei. Ich machte mich los und schlüpfte aus der Scheune, der Sonne entgegen.

Wir fuhren über die Schotterpisten wie Teenager, ließen den Kies aufspritzen und schlitterten um die Kurven. In der Nähe der Innenstadt von Parks trennten sich unsere Wege. Ich entschloss mich, noch eine Extrarunde um das Courthouse zu drehen, um zu sehen, ob Joshua meine Abwesenheit nutzte, um mit seinen Künstlerfreunden rumzuhängen, aber auf dem Platz war viel los. Eine Straßenseite war gesperrt, weil hier einige Übertragungswagen hintereinander parkten, von Leuten in unterschiedlichen Uniformen bewacht.

Während ich mich langsam durch den stockenden Verkehr kämpfte, erinnerte ich mich daran, wie ich meinen Arm am Scheunentor ins Sonnenlicht gestreckt hatte. Und dann: meine Hand, wie sie auf Joshuas Gesicht zuschoss. Und dann: die Hände des Sheriffs auf mir, sein Körper, der mich auf die raue Decke drückte.

Wir würden gehen müssen.

Endlich gelang es mir, mich in die Richtung der Wohnung einzuordnen, aber als ich versuchte, den Platz zu umfahren und wieder auf die Hauptstraße zu kommen, war auch hier der Zugang blockiert. Vor dem Courthouse hatte sich eine Menschenmenge versammelt. Bevor ich mich eines Besseren besinnen konnte, hatte ich schon den Motor ausgestellt und den Schlüssel abgezogen.

Ich überquerte die Straße und mischte mich unter die Leute.

»Ich glaube, sie haben sie«, sagte jemand.

»Aber haben sie auch den Jungen?«

Ich drängte mich zwischen den Menschen hindurch, um näher heranzukommen. Oben auf der Treppe war ein Rednerpodest aufgebaut, von Fernsehscheinwerfern beleuchtet und mit Absperrbändern abgegrenzt, um die Menge in Schach zu halten. Auf der anderen Seite waren Fernsehteams mit dem Aufbau beschäftigt. Ich fand einen Platz vor der Absperrung und reckte den Hals, um dem Kameramann über die Schulter zu blicken.

Sherry stand in der offenen Tür oberhalb der Stufen. Ich winkte, zuerst zögernd, dann mit mehr Nachdruck, bis sie in meine Richtung sah, sich umblickte und herunterkam. Sie bahnte sich einen Weg zwischen den Fernsehteams hindurch und beugte sich dann über das Absperrband, um mir etwas ins Ohr zu flüstern.

»Du siehst genauso unmöglich aus wie er«, sagte sie. »Ich hab ihn weggeschickt, damit er sich das Heu aus den Haaren kämmt.«

Mein Gesicht wurde heiß. Jetzt entdeckte ich den Sheriff an der Tür, und er sah besser aus. Seine Kappe war weg und sein Haar gekämmt. Er beugte sich zur Tür hinaus und überblickte die Szenerie.

»Weißt du, was los ist?«, fragte ich.

Der Kameramann rempelte Sherry von hinten an. »Passen Sie doch auf!«, sagte er.

»Passen Sie selber auf«, entgegnete Sherry. »Sonst lasse ich die gesamte Presse auf die andere Seite des Gebäudes verlagern.«

»Dazu sind Sie nicht befugt«, sagte eine Frau mit bananengelber Betonfrisur. Sie hielt ein Mikrofon in der Hand und hatte es geschafft, einen halben Meter Abstand zwischen sich und ihren Kollegen zu bringen.

»Auf welcher Seite der Absperrung bin ich?«, sagte Sherry zu der Nachrichtensprecherin und wandte sich wieder an mich. »Niemand hat mir irgendetwas erzählt, aber wenn ich raten soll ...«

»Wir sind live in Parks«, begann die Reporterin, die Stimme über Lautsprecher verstärkt, »wo der Bundesstaatsanwalt Arnold Erickson eine Pressekonferenz einberufen hat. Man hat uns gesagt, dass auch Russell Keller, der Sheriff von Parks County, anwesend sein wird, aber wir wissen nicht, was uns die Männer mitteilen wollen.«

»Wenn ich raten sollte«, fuhr Sherry fort, »dann würde ich sagen, wir haben unsere Frau.«

Die Reporterin warf uns einen Blick zu. »Es wird spekuliert, es könnte darum gehen, dass man die flüchtige Mutter eines kleinen Jungen gefunden hat, eines Jungen, der in Parks seit zehn Tagen vermisst wird. Die Polizei hat nach Lila Ransey gesucht…«

»Leila«, sagte ich.

»…seit ihr Sohn aus dem Haus ihres Nochehemanns hier in Parks verschwunden ist und von ihm als vermisst gemeldet wurde.«

Unruhe an der Courthouse-Tür. Ein Mann in Anzug und Krawatte mit unwilligem Gesichtsausdruck kam heraus, gefolgt von einer Reihe von Staatsbeamten, aber ohne den Sheriff.

»Bundesstaatsanwalt Arnold Erickson hat das Podium betreten«, kommentierte die Reporterin. »Lassen Sie uns hören, was er zu sagen hat.«

Der Mann auf dem Podium richtete das Mikrofon aus und begann. »Meine Damen und Herren, vielen Dank, dass Sie gekommen sind. Wir würden Ihnen gerne die besten Nachrichten überbringen, aber leider ist das nicht möglich. Aidan Ransey, zwei Jahre alt, wird immer noch vermisst.«

Ich blickte zu Sherry, die den Kopf schüttelte.

Erickson hob die Hand, um das aufkommende Murmeln zu unterbinden. »Bitte lassen Sie mich sagen, was gesagt werden muss. Aidan Ransey wird immer noch vermisst. Aber wir haben eine neue Information, die die Situation in einem anderen Licht erscheinen lässt.« Ericksons Gesicht war verkniffen, doch als er die Kameras in der Menge fand, bemühte er sich um einen ernsthaft-professionellen Blick. Er investierte schon einmal in das Filmmaterial für zukünftige Wahlkampagnen. »Die gute Nachricht ist, dass wir eine Person ausfindig gemacht haben, die in diesem Fall schon lange von Interesse ist. Sheriff Keller?«

Sie hatten sie. Sie hatten Leila Ransey. Ich sah, wie der Sheriff – *Russell* – mit jemandem im Schlepptau durch die Tür kam. Die Leute reckten die Köpfe.

Der Sheriff ließ die Frau vortreten. Sie hatte dünnes braunes Haar und trug einen schwarzen, speckigen Mantel, der ihr zu groß war und zu warm für dieses Wetter. Sie stolperte in die Mitte der Männer und verschwand hinter dem Podium. Leila Ransey, fast noch ein Mädchen. Dünn, beinahe zerbrechlich. Gesicht und Hals waren blass, aber fleckig, und ihr Blick huschte über die Menge, über die Kameras hinweg, über den ganzen Platz.

Der Sheriff hielt die junge Frau am Ellbogen fest, als könnte sie sonst hinfallen, und beugte sich ans Mikrofon. »Wir möchten Mrs Ransey dafür danken, dass sie hierhergekommen ist, sobald sie erfahren hat, dass wir nach ihr suchten«, sagte er. »Mrs Ransey war sehr kooperativ. Wir werden eine neue Suche beginnen, in Zusammenarbeit mit den Staats- und Landesbehörden, und alle Zeugen erneut vernehmen. Wenn Sie irgendeine Information haben, die in dieser Angelegenheit von Belang sein könnte, dann bitten wir Sie, sich zu melden. Wir brauchen jede Unterstützung, die diese Stadt – dieses County, dieser Bundesstaat, sogar die ganze Nation – Aidan und seinen Eltern bieten kann.«

Aidan und seinen Eltern. Ich musste um den Kameramann herumgehen, um Leila noch einmal zu sehen. Das war die Frau, die verdächtigt wurde, jemanden mit brutaler Gewalt ermordet zu haben? Sie war so klein. Die ganze Menschenmenge schien irritiert den Atem anzuhalten.

»Ich möchte mich bei der Familie Ransey dafür entschuldigen, wenn es zeitweise so schien, als würden sich die Behörden – oder ich – nicht ausreichend bemühen. Das ist nicht der Fall, ganz und gar nicht. Aber von jetzt an sind wir nicht mehr auf Vermutungen angewiesen. Wir werden

Aidan nach Hause bringen.« Er hielt inne, räusperte sich und wandte sich ganz der Menge zu. Für nur einen Augenblick begegneten sich unsere Blicke. Als er weitersprach, wirkte er weniger sicher. »Wir werden alles tun, was in unserer Macht steht, um Aidan nach Hause zu bringen. Mrs Ransey, möchten Sie noch etwas sagen?«

Der Sheriff winkte die junge Frau aufs Podium und trat zurück. Sie wirkte betrunken oder high oder – verängstigt. Die langen Ärmel ihres Mantels verdeckten ihre kleinen Finger, als sie die verschränkten Hände hob.

»Bitte bring Aidan zurück«, sagte sie, und ihre Stimme klang leise und rau.

Der Bundesstaatsanwalt und alle anderen beobachteten die Menge.

Leila umklammerte die Seiten des Rednerpodests und stellte sich auf die Zehenspitzen, um ins Mikrofon zu sprechen. Jetzt schallte ihre Stimme laut über den Platz. »Warum hast du ihn uns weggenommen? Was hast du mit meinem Baby gemacht?«

Der Sheriff musterte Leila mit Unbehagen. Sein Blick huschte über die Menge, diesmal direkt zu mir, und wieder zurück.

»Bring ihn zurück, sonst schwöre ich bei Gott …« Leila Ransey senkte verzweifelt den Kopf, und ein langgezogenes Wimmern drang aus den Lautsprechern, über die versammelte Menge hinweg.

Der Sheriff streckte den Arm aus, um ihr vom Podium herunterzuhelfen, aber jetzt ertönte das Quietschen von Autoreifen. Das Geräusch schien von allen Seiten zu kommen.

»Lügnerin!« Jemand rannte über den Rasen und drängte sich durch die Menschenmenge.

Sherry stieß mich in die Seite. Bo Ransey hatte seinen

SUV auf der Straße stehen lassen, die Tür weit offen, und rannte nun auf das Rednerpodest zu. »Lügnerin!« Der Kameramann machte einen Schwenk, um die Szene einzufangen, und stieß dabei gegen meine Schulter. Ich taumelte, fiel hin und landete auf allen vieren, die Finger an einem Paar schwerer Stiefel.

»Hey, aua!«

Die Menge um mich herum bewegte sich. Sherry zog mich hoch und führte mich unter der Absperrung hindurch auf die andere Seite.

»Du Lügnerin!« Die Menge teilte sich, um Bo durchzulassen, während schon die Männer des Sheriffs herbeieilten und die Kamerateams herandrängten. Bo Ransey, blass und mit schweißnassem Gesicht, in einer farbverschmierten Hose. Er ging auf das Absperrband zu, und eine geschlossene Reihe von Polizisten stellte sich ihm entgegen. Die spitzgesichtige Tara Lombardi griff beinahe sanft nach Bos Arm. »Du verlogenes Miststück…«, stieß Bo hervor und schüttelte ihre Hand ab. Zwei weitere Uniformierte ergriffen ihn und führten ihn in Richtung Courthouse, Tara Lombardi eilte ihnen hinterher. Leila Ransey wurde zurück nach drinnen gebracht, und innerhalb weniger Augenblicke waren alle Staatsbeamten verschwunden, und das Podium lag leer im Scheinwerferlicht.

Sherry rannte hinter den anderen die Stufen hinauf und warf mir noch einen kurzen Blick zu, bevor sie mit einem Achselzucken im Courthouse verschwand. Ich sah ihnen nach. Irgendetwas an dieser Szene verwirrte mich, aber ich konnte nicht den Finger darauf legen.

Der Kameramann schwang wieder herum, um das Objektiv auf die Menge zu richten, und bekam mich vor die Linse, allein und innerhalb der Absperrung. Bevor ich realisieren konnte, was geschah, starrte ich in die Kamera, und die Reporterin mit dem gelben Haar griff zum Mikrofon, um mich zu fragen, was ich dachte. Ich dachte nur an eins – mein Gesicht, das auf dem Fernsehbildschirm in der Clipper Bar in Sweetheart Lake, Wisconsin, erschien – und griff in die Kamera. Mit dem Bild von Bea Ransey vor Augen, die mit einem kräftigen Stoß die Kamera ins Schwanken gebracht hatte, holte ich weit aus und tat dasselbe.

Niemand war da, um mich aufzuhalten, und ich rannte die Stufen hinauf ins Courthouse. Bei meinem Sturz in der Menge hatte ich mir die Hand aufgeschürft und blutete. Einer von Kellers Aufsehern stand neben den Damentoiletten. Er warf einen Blick auf das Blut, das von meiner Hand tropfte, und telefonierte weiter.

Am Waschbecken spülte ich die Wunde sorgfältig aus und wartete dann, bis das Bluten aufhörte. Als ich den Wasserhahn zudrehte und nach einem Papiertuch griff, hörte ich hinter mir ein Geräusch und merkte, dass eine der Kabinentüren verschlossen war. Dahinter weinte eine Frau.

»Alles in Ordnung?«, fragte ich.

Sie antwortete nicht. Ich hörte ein Schniefen, dann das Rascheln von Toilettenpapier.

Was kümmerte es mich? Ich trocknete mir die Hände ab, und als ich gerade das Papiertuch wegwerfen und gehen wollte, öffnete sich die Kabinentür, und Leila Ransey in ihrem viel zu warmen Mantel stand vor mir.

»Nein, es ist nicht alles in Ordnung«, sagte sie.

Mir fehlten die Worte. Ich hatte dieser Frau nichts zu sagen, es gab nichts, was ich sie fragen wollte. Vielleicht projizierte ich etwas auf sie, das andere über sie gesagt hatten, oder etwas Persönlicheres, vielleicht so etwas wie Selbsthass. Aus der Nähe betrachtet hatte ich weniger Mitleid mit ihr.

Sie hielt sich unsicher auf den Beinen, während sie sich

Gesicht und Hände wusch. Mit tropfnassem Gesicht sah sie in den Spiegel, begegnete meinem Blick und entschied, dass sie wusste, auf wessen Seite ich stand. »Er ist kein so toller Familienvater, wie die Leute glauben wollen«, stieß sie hervor. »Er tut nur, was sie …«

Die Tür schwang auf und knallte gegen die Wand. Leila und ich wichen zurück. Deputy Lombardi stand da und sah mich mit schmalen Augen an. »Spielen Sie neuerdings die engagierte Bürgerin?«, fragte sie. Dann wandte sie sich an Leila, und ihr Gesichtsausdruck wurde sogar noch grimmiger. »*Mrs* Ransey«, sagte sie. »Sie haben uns schon so viel Zeit gekostet. Wie wäre es, wenn Sie Ihren kleinen Nervenzusammenbruch schnell zum Ende bringen, damit wir gehen können?«

Leila eilte an mir vorbei, mit einem kurzen Blick zurück, den ich nicht deuten konnte. Als sie weg waren, stand ich in der stillen Damentoilette und machte mir Sorgen um Aidan, vielleicht zum ersten Mal. Ich hatte meine Hoffnungen an diese Frau geknüpft, und jetzt … jetzt wusste ich nicht, zu wem der Kleine zurückkommen könnte, wenn er es überhaupt schaffte. Zu seiner Großmutter – aber die hatte ja schon seinen Vater erzogen. Und jetzt diese zerbrechliche, blutleere Frau, die zuließ, dass das Leben mit ihr machte, was es wollte. Vielleicht teilten Leila Ransey und ich gewisse Erfahrungen miteinander, aber ganz sicher war sie diesem Leben nicht gewachsen. Und falls sie diese Frau getötet hatte, um an das Kind zu kommen, und auf irgendeine Weise alle an der Nase herumführte, dann ging es mir wie Grace Mullen: Ich konnte nicht mehr viel Mitgefühl aufbringen.

EINUNDZWANZIGSTES KAPITEL

So schnell es ging, drängte ich mich durch die Menge und dann durch den Straßenverkehr. Auf der Uhr am Armaturenbrett tickten die Minuten dahin, und mit ihnen schwand die moralische Überlegenheit, mit der ich Joshua immer erklärte, dass ich jederzeit wissen musste, wo er war. Ich trommelte mit den Fingern auf das Lenkrad. Irgendetwas an dem, was ich gerade erlebt hatte, machte mich nervös.

Leila hatte Aidan nicht, jedenfalls nicht bei sich. Bo hatte Aidan nicht. Bo hielt Leila für eine Lügnerin. Leila dachte …

Was hast du mit meinem Baby gemacht? Bring ihn zurück …

Was dachte Leila? Was glaubte sie? Ich wusste, wem ich glaubte. Die Verwirrung und der Kummer der Mutter waren echt gewesen. Sie wirkte genau wie eine Frau, die aus heiterem Himmel von der Nachricht überrascht wurde, dass ihr Sohn verschwunden war. Aber sie schien auch zu glauben, dass ihr Sohn irgendwo da draußen war, dass er zurückgebracht werden konnte. Vielleicht hatte sie noch keine Zeit gehabt, es zu verarbeiten; vielleicht war sie sich nicht darüber im Klaren, wie gering die Chance war, dass ein Kind, das schon so lange vermisst wurde, wohlbehalten zurückkehrte. Vielleicht war es einfach die Hoffnung einer Mutter, dass alles gut werden würde. Oder aber sie wusste, wo er war.

Bring ihn zurück. Diese Forderung wirkte seltsam zielgerichtet. Es war wie bei Joshuas Gekritzel an der Scheunenwand: DU LÜGST, ZUR HÖLLE – das war kein allgemeiner

Ausspruch, es war an jemand Bestimmten gerichtet: Zur Hölle mit dir. Und natürlich meinte er mich.

Und plötzlich wusste ich, was mich vorhin irritiert hatte: Deputy Lombardis sanfter Griff nach Bo Ranseys Arm. Ich hatte diese Geste schon einmal beobachtet, als sie ihn aus dem Gebäude geführt und er auf den Stufen vor dem Courthouse ihre Hand abgeschüttelt hatte. In diesem Moment hatte sie ausnahmsweise einmal ihren arroganten Gesichtsausdruck verloren.

Was aber, wenn das nur ein Teil der Geschichte war? Was wusste ich schon über die beiden? Nur dass Deputy Lombardi die Andeutung, Bo und Charity seien ein Paar gewesen, zurückgewiesen hatte. Nur dass Deputy Lombardi nicht viel von Leila Ransey hielt. Von *Mrs* Ransey, genauer gesagt.

Ich dachte an die Situationen, in denen mir Tara Lombardi bisher begegnet war, an ihre vernichtenden Blicke und ihre vorwurfsvolle Babystimme.

Außerdem hatte ich ihren Namen irgendwo gesehen und versuchte angestrengt, mich zu erinnern, wo. In der Zeitung? Nein. Das Beweismittelformular, das Keller mir gegeben hatte! Es verriet, dass Lombardi früh am Morgen von Aidans Entführung in Bos Haus gewesen war. Schon vor dem Notruf?

Aber dann fiel mir der Mann ein, der im Sugar Creek Park seinen Hund spazieren geführt hatte. Der Park sei normalerweise so sicher wie ein Wohnzimmer, hatte er gesagt. Ein Polizeiwagen sei sogar an diesem Morgen dort auf Streife gewesen. Genau an dem Morgen, als Charitys Leiche entdeckt worden war.

Ich stieß die Haustür auf und rannte die Treppe hoch, suchte dabei fieberhaft nach meinem Schlüsselbund, und Margaret kam heraus und beschwerte sich lautstark über den Lärm. Am oberen Ende der Treppe stand Joe Jeffries.

Ich blickte an mir herunter. Ich nahm noch den herben Geruch meines Nachmittags wahr: Heu, Wolle, Schweiß, Sex.

»Ich dachte … War es heute? Ich dachte …«

Er drehte sich um. »Anna …«

»Ich bin unglaublich spät dran«, sagte ich, während ich die Tür weit öffnete und ihn mit einer Handbewegung aufforderte einzutreten. »Und ich habe Joshua noch nicht einmal gesagt, dass ich weggehe.«

»Anna …«

»Vielleicht wäre es besser, wenn wir den Termin verschieben – ich werde vielleicht beim Sheriff gebraucht … Haben Sie es schon gehört? Oder, wissen Sie, es ist so, dass …«

»Anna, *hören Sie zu.*« Er wartete, bis ich ihn ansah. »Ich bin hier, weil ich etwas Beunruhigendes erfahren habe. Ich weiß nicht, ob es … Ist Joshua da?«

»Natürlich. Oder … Nein, ich denke, heute ist kein Training.«

»Er war heute nicht in der Schule.«

Ich hielt inne. »Was soll das heißen? Ich habe gehört, wie er heute Morgen weggegangen ist. Er war ausnahmsweise einmal pünktlich.«

Im Flur war es dunkel, und die Tür zu Joshuas Zimmer war geschlossen. Er würde da drin bleiben, bis ich ihn hinausscheuchte, die Kopfhörer auf den Ohren, die Haare im Gesicht.

Joe machte einen Schritt auf mich zu, und ich wich zurück. Ich roch immer noch den Duft des Sheriffs auf meiner Haut.

»Ist er hier?«, fragte Joe.

»Wahrscheinlich in seinem Zimmer. Wer hat gesagt, dass er nicht in der Schule war?«

»*Ich* sage das. In der ersten Stunde hat er gefehlt, aber das war noch kein Grund zur Beunruhigung. Aber dann …«

»Ich war den ganzen Nachmittag weg, aber am Vormittag war ich hier. Er ist heute nicht zu Hause geblieben.« Dann fiel mir der Tag der Lehrerfortbildung ein. An dem Tag war er auch nicht zu Hause geblieben. »Lassen Sie mich … Moment, ich sehe nach.«

Der Flur, nur zehn Schritte, zog sich in die Länge; beim dritten Schritt dachte ich an die Zeit, die verstrichen war, seit ich Joshua zuletzt gesehen hatte. Ich war einfach paranoid. Aidan war verschwunden, also konnte jeder Junge verschwinden.

Als ich Joshuas Tür erreicht hatte, konnte ich die Stille dahinter spüren. Ich wusste, dass das Zimmer leer sein würde. Ich stieß die Tür auf.

Sein Bett war nicht gemacht, der Boden bedeckt von Zeitschriften und Kabeln für seine Videospiele. Die Kartons, in denen wir immer noch seine Kleider aufbewahrten, standen offen und quollen über.

»Einer seiner Freunde hat heute ein Gerücht über ihn verbreitet«, sagte Joe.

»Welcher Freund?«

Er starrte mich an, den Mund leicht geöffnet. »Das Gerücht ist das, was Sie interessieren sollte.«

»Was hat er gesagt? Wo ist Joshua?«

»Sein Freund hat gesagt … Schauen Sie, ich will Sie nicht beunruhigen, aber es ging heute während des ganzen Footballtrainings darum, dass Joshua abgehauen ist.«

»Das ist …« Absurd. Völlig unmöglich.

Aber das konnte ich nicht aussprechen. Ich sah Joshuas Gesichtsausdruck vor mir, als er mich eine Lügnerin genannt hatte. Ich spürte die dunkle Kraft der Worte an der Scheunenwand, die an mich gerichtet waren.

Jeffries räusperte sich. »Haben Sie ihn seit heute Morgen gesehen?«

Außer bei dem Ruf zum Telefon heute früh hatte ich seit gestern Abend nicht mehr mit ihm gesprochen, nicht mehr, seit er mich so provoziert hatte. Nicht mehr, seit … seit ich ihn geschlagen hatte. »Nein.« Ich öffnete Joshuas Wandschrank. Das Chaos, das mich erwartete, war wie immer. »Nein. Er kann nicht fortgelaufen sein. Das ist lächerlich.«

»Es hat in letzter Zeit also keine Schwierigkeiten mit ihm gegeben? Zu Hause?«

Ich starrte ihn an. »Sie wissen, dass er in letzter Zeit ein paar Probleme hatte. In der *Schule*. Wo kann er sein?« Ich drängte an Joe vorbei in den Flur. »Joshua? Bist du da?« Hoffnungsvoll öffnete ich die Tür zu meinem Schlafzimmer: dunkel. Das Badezimmer: dunkel. Die Wohnzimmertür stand weit offen. Hier gab es keinen Schlupfwinkel.

Joe kam hinter mir her. »Ich weiß, dass er ein paar Probleme mit der Schule hatte. Aber deshalb weglaufen? Finden Sie, das passt zu Joshua?«

Ich drehte eine langsame Runde, ließ das leere Zimmer auf mich wirken. Irgendetwas stimmte hier nicht. Was war es? Und dann sah ich es. Sein Rucksack stand nicht auf dem Tisch. »Sein Rucksack.«

»Was?«

»Ich weiß es nicht«, sagte ich. In meinen Ohren fing es an zu rauschen, und ich sprach lauter, um das Geräusch zu übertönen. »Ich weiß es nicht.«

»Okay«, sagte Joe. »Lassen Sie uns ruhig bleiben. Was ist mit seinem Rucksack?«

»Er ist nicht auf dem Tisch. Er ist immer, *immer* auf dem Tisch.« Ich dachte an die kompakte Masse des Rucksacks und an das Geräusch, wenn Joshua ihn auf den Tisch plumpsen ließ. »Er war nicht zu Hause.« Ich rannte zurück durch den Flur zu seinem Zimmer und schob erneut die Tür seines Wandschranks auf. Auf dem Boden stapelten sich Bücher: *Unser Land und seine Einwohner*, Mathe.

O Gott.

Ich ließ mich auf die Knie sinken. Joe kam durch die Tür, das Handy bereits am Ohr. Ich nahm das Exemplar von *Huckleberry Finn* in die Hand, schon ganz zerfleddert, weil es so oft in den Rucksack gestopft worden war. »Das hat er seit Ewigkeiten mit sich rumgetragen.«

»Sind alle seine Bücher da? Ja, hallo«, sagte Joe ins Telefon. »Ich muss den Sheriff sprechen, Keller. Anna, sind das die aktuellen Bücher für seine Unterrichtsfächer?«

Meine Hände zitterten, als ich den Stapel durchging.

»Den Sheriff, ja«, sagte Joe am Telefon. »Wir haben hier möglicherweise ein Problem mit einem Jugendlichen, der abgehauen ist.«

Ich ging die Bücher ein zweites Mal durch. »Er ist nicht abgehauen.« Ich fuhr mit dem Finger über die Buchrücken und fand die Lücke, die ich brauchte, den Hoffnungsschimmer. »Seine Sachen für den Geschichtsunterricht fehlen.« Er musste am Morgen zur Schule aufgebrochen sein. Wer packte schwere Geschichtsbücher ein, wenn er die Absicht hatte abzuhauen?

»Warten Sie«, sagte Joe ins Telefon. »Er hat keinen Geschichtsunterricht. Shepherd Ave. Und...« Er ging zum Fenster und blickte hinaus. »Ecke Crest Street. Shepherd Village. Zweite Etage vorne. Ja. Ja. Nein. Den *Sheriff*.«

»Warum sollte er sein Geschichtsbuch mitnehmen, wenn er nicht die Absicht hätte, zur Schule zu gehen?« Das fehlende Buch war eine Verheißung. Das ließ ich mir nicht nehmen. Er war zur Schule gegangen, natürlich. Er war wütend auf mich und versteckte sich auf dem Platz beim Courthouse mit Steve, Caleb, Shay und den anderen. Oder sie waren draußen bei der Scheune und ließen dort ihren

Frust an den Wänden aus. Das Schuleschwänzen würde ich ihm verzeihen. Den Vandalismus auch. Ich würde ihm alles verzeihen, wenn er nur einfach hier zur Tür hereinkäme.

Joe trat zu mir und legte mir eine Hand auf die Schulter. »Weltgeschichte hat man an der Highschool nur im ersten Jahr. Jetzt hat er Gemeinschaftskunde. Das ist dieses Buch hier.« Wir blickten beide auf *Unser Land und seine Einwohner*. »Der Sheriff sollte auf dem Weg sein. Fehlt sonst noch irgendwas? Kleidung? Irgendwelche Lieblingssachen? Können Sie etwas feststellen?« Er griff in eine der Kisten.

»Nein, warten Sie«, sagte ich und stand auf. »Er arbeitet an einem Projekt für den Geschichtsunterricht. *Persönliche* Geschichte. Das Genealogie-Projekt. Er hat in der Bibliothek so fleißig daran gearbeitet – das haben Sie selbst gesagt.«

Joe verzog das Gesicht. »Ich habe nur gesagt, dass er an *etwas* gearbeitet hat. Ich weiß von keinem Genealogie-Projekt. Und ich bezweifle, dass Michelle Grivner in der siebten Klasse in Gemeinschaftskunde Genealogie macht. Letzte Woche mussten sie einen Aufsatz über die industrielle Revolution schreiben. Milah – die Bibliothekarin – hat gesagt, dass die Regale zu diesem Themenbereich verwüstet waren. Sie hat deshalb ein paar Schüler zur Schulleiterin geschickt.«

Ich starrte ihn an, wartete darauf, dass seine Worte Sinn ergaben. »Gemeinschaftskunde ist doch Geschichte, oder?«

»Zur Hölle«, sagte er. »Ich weiß nicht mehr, was das ist. Geografie, Kultur …«

»Und das Genealogie-Projekt?«

»Wenn er das gemacht hat, hat er es vielleicht zum Spaß …«

Er beendete den Satz nicht. Keiner von uns glaubte das.

Es klopfte laut an der Tür. Joe ging, um aufzumachen.

Ich setzte mich zitternd auf Joshuas Bettkante. Mir war

übel. Alles um mich herum drehte sich. Ich rutschte herunter und blieb auf dem Teppichboden liegen. An der Wohnungstür herrschte Aufruhr, mehr Leute kamen an. Joe zog sein Handy hervor und sprach minutenlang aufgeregt hinein. Es schien Stunden zu dauern, bis jemand im Türrahmen auftauchte. Ich schaffte es nicht aufzublicken, um zu sehen, wessen Beine das waren. Jemand kniete sich neben mich und legte mir eine Hand auf die Schulter. Ich stieß sie weg.

»Anna«, sagte der Sheriff.

Er beugte sich so tief herunter, dass ich ihn ansehen musste. »Anna, was ist passiert?«

»Es hat nicht funktioniert«, sagte ich. Ich bekam kaum Luft, hatte das Gefühl, als wäre ich gerannt, nur gerannt. In meinen Träumen, im wirklichen Leben – immer rannte ich. Ich hatte gehofft, an die Ziellinie zu kommen, aber ich hatte mir selbst etwas vorgemacht. Der Wettlauf würde nie enden, und nun, da ich einen Moment gezögert hatte, konnte ich ihn nicht mehr gewinnen.

Wir mussten gehen. Wir mussten fliehen. Lauf, Leely. Das hätte ich zu ihr gesagt.

Weglaufen war eine Lebensauffassung. Weglaufen war ein Gebet, eine Religion. Weglaufen war ein Gott, der einzige, an den ich je wirklich geglaubt hatte. Man brauchte kein Hokuspokus. Man brauchte kein magisches Denken. Aber das Schlimme war, dass ich wusste – und vielleicht immer schon gewusst hatte –, dass das Weglaufen uns niemals irgendwo hinbringen würde.

»Es hat nicht funktioniert«, sagte ich. »Ich habe ihn verloren.«

TEIL ZWEI

ZWEIUNDZWANZIGSTES KAPITEL

Am Tag, an dem ich starb, trug ich die neuen Ruder hinunter zum See. An den Griffen zog ich sie durch den Garten. Sie waren schwer, aber ich wollte den Weg nicht doppelt gehen. Die Ruderblätter schleiften über den Boden und hinterließen zwei Spuren im nassen Gras.

Es war Morgen. Die Luft war frisch, doch die Planken des Bootsstegs unten am Ufer waren bereits warm. Ich bemerkte ein einsames Fischerboot draußen auf dem See. Darin saßen zwei Männer, stumm über ihre Angeln gebeugt, die Gesichter dem Wasser zugewandt. Hinter ihnen stieg Nebel auf, sodass man das gegenüberliegende Ufer kaum erkennen konnte.

Ich machte mich an die Arbeit. Ray hatte das Ruderboot schon unter der Veranda hervorgezogen, wo wir es den Winter über mit dem Kiel nach oben gelagert hatten. Jetzt zog ich es den Hang hinunter, schob und zerrte es bis zur Wasserkante. Der Eimer, den wir immer an einem Pfahl festbanden, war bereits an seinem Platz. Ich füllte ihn mit grünem Seewasser, spülte die Spinnweben von den Bodenbrettern und den Bänken, dann schöpfte ich das Wasser wieder heraus und stieß das Boot ins Wasser, schob es an den Bootssteg und band es dort fest.

Schließlich steckte ich die neuen Ruder in die Dollen, eins nach dem anderen, und hielt einen Moment inne, um die glänzenden Ruderblätter zu bewundern. Ende letzten Sommers war eins der alten, rissigen ganz zerbrochen und damit nutzlos geworden. Um nicht eine volle Saison damit zu verbringen, auf Trödelmärkten nach etwas Billigem Ausschau zu halten, hatten wir sofort neue gekauft.

Die Rettungswesten. Ich rannte zurück zum Haus und verbrachte zwanzig Minuten damit, alle Ecken und Winkel zu durchsuchen, möglichst leise angesichts der verschlossenen Schlafzimmertür. Im letzten Augenblick fielen mir noch die Spanngurte ein. Wieder unten am Steg, klopfte ich den Staub aus den Westen.

Die Angler bemerkte ich diesmal erst, als einer von ihnen sprach. »Morgen«, sagte er.

Seine Stimme war nicht laut, aber gut vernehmlich in der leeren Weite unseres Sees. Es war *unser See*, auch wenn viele Menschen hier lebten. Viele kamen zum Angeln hierher – genau wie diese beiden Männer. Sie waren jetzt nah am Ufer, nur ein paar Meter vom Steg entfernt.

Ihr Boot lag tief und schwer im Wasser, berührte beinahe den Grund. Zwei Männer. Ich warf einen Blick auf den Hang und die Stufen hinter mir.

»Wollten dich nicht erschrecken«, sagte der eine. Sein Freund schien nichts sagen zu wollen, ließ aber den Blick über meine nackten Beine streifen. Ich war nass geworden, als ich das Boot ins Wasser geschoben hatte, und jetzt wurde mir kalt. Ich hielt die Rettungswesten vor mich.

»Morgen«, sagte ich.

»Versuchst du dein Glück?« Er hob seine Angel ein Stück an. Die Geste wirkte seltsam schmutzig, als hätte er seine Hose aufgeknöpft, um mir seinen Schwanz zu zeigen. Ich sagte nichts. Die Männer wechselten einen Blick. Ich stellte mir vor, einer von ihnen würde gleich aus dem Boot steigen. Das Wasser würde ihm vielleicht bis zur Hüfte reichen, nicht höher. Beide Männer waren groß, und bestimmt wären sie schnell. »Beißt nicht viel an heute Morgen«, sagte der Mann. »Angelst du?«

»Mein Freund«, sagte ich. »Mein Freund angelt gern.« Das tat er nicht. Ray mochte lieber Fleisch als Fisch, fand, dass frischer Fisch auf dem Grill die Mühe nicht lohnte. Er mochte Burger aus der Clipper Bar im Ort und ein Bier dazu. Jetzt war er oben im Haus und schlief seinen Rausch aus. Er mochte auch die Stille beim Angeln nicht, Stille überhaupt. Sehr lange stillsitzen konnte er auch nicht. Selbst wenn wir mit dem Boot draußen waren, ruderten wir die ganze Zeit, blieben immer in Bewegung, und immer mussten wir umkehren, bevor es zu spät oder zu kalt oder zu sonst was wurde. Er überließ mir das Rudern häufiger, als es gentlemanlike war, und übernahm nur, wenn es ihm zu langsam ging. Er war nicht daran interessiert, mit mir Adlernester zu beobachten. »In ein paar Minuten ziehen wir los«, sagte ich.

»Ihr hättet früher aufbrechen sollen«, sagte der Typ. »Jetzt ist es zu warm und zu hell. Muskys mögen keine warme Badewanne.«

Der andere Mann starrte gelangweilt auf den See hinaus. Der Nebel verzog sich langsam, und ich konnte die Sommercamp-Geräusche hinter der Biegung des Sees hören, Gelächter und das Platschen von Rudern. Bald würden die Kinder in ihren Kanus hier auftauchen. Normalerweise hassten wir die Campkinder und ihr Geschrei. Jetzt setzte ich all meine Hoffnung auf sie.

»Ist dein Typ nicht Ray Levis?«, fragte der Gesprächige unvermittelt.

Vielleicht wusste er, dass Ray nicht angelte, aber da tauchte schon die Vorhut des Bataillons von Camp-Kanus auf dem See auf. Ich hatte das Gefühl, als ob die Dunkelheit wich, und atmete wieder tief durch. »Seid ihr Freunde von Ray?«

»Würde ich nicht sagen«, antwortete der Mann.

Der andere Typ sah ihn an und verzog den Mund zu einem angedeuteten Lächeln. Er murmelte etwas, das sein Freund witzig fand, ich aber nicht verstand.

Der Mann blickte zum Haus hinauf, aber wahrscheinlich konnte er nicht viel sehen außer den Stufen und der Veranda, zu der sie führten. Das Haus lag zu weit vom Wasser entfernt und zwischen dunklen Bäumen verborgen. Wir hätten gerne ein paar Bäume gefällt, aber schließlich gehörte das Grundstück nicht uns. Wir hatten nichts zu sagen, wenn es darum ging, welche Bäume leben und welche sterben sollten. Ray lief manchmal zwischen ihnen umher und tat so, als malte er ein X auf die Stämme, die seiner Meinung nach wegmussten.

»Hätte vermutet, Ray wäre heute völlig am Boden«, sagte der Mann. »Nach dem, was er gestern Abend in der Clipper Bar getrunken hat.«

Ich versteifte mich wieder. Ich wollte nicht so nervös sein, aber in letzter Zeit konnte ich anscheinend nicht anders. Ich presste die Rettungswesten an meinen Bauch.

Erst vor ein paar Wochen hatte ich es gemerkt. An jenem Abend hatte ich etwas länger gebraucht, um Ray die Tür aufzumachen, und dann hatte ich beim Abendessen keinen Appetit gehabt. Ray hatte große braune Augen wie ein Schokoladendessert, wenn er glücklich war, aber wie Löcher in seinem Kopf, wenn er wütend wurde. An jenem Abend hatte er sich umgedreht und mich angesehen. »Das geht jetzt schon eine ganze Weile so, dass dir oft übel ist.«

Es klang wie ein Vorwurf, und das war es wahrscheinlich auch. Er wusste nicht, dass ich mich die ganze Zeit schlecht fühlte, schon immer, dass ich aber gelernt hatte, es zu verbergen. Das Überraschende war nur, dass er es jetzt merkte.

»Wirklich?«

»Ja.«

»Das tut mir leid.« Das zu sagen war immer das Beste. Ich dachte darüber nach. »Bist du sicher?«

Das zu sagen war weniger gut, aber ich war mir wirklich nicht sicher.

»Seit ein paar Wochen.« Er sah mich an, musterte mich aufmerksam, und ich wünschte nur, dass er es wieder vergessen, ein anderes Thema aufbringen würde. Ich hatte jetzt nicht die Kraft, mich zu streiten, und manchmal war es genauso schlimm, sich bei einem Streit zurückzuhalten, wie einen Streit anzufangen. »Du bist doch nicht schwanger, Ell, oder?«

Es war immer das Beste, nicht zu lachen, bevor Ray lachte, aber ich tat es dennoch.

Ich war innerlich zerbrochen, beinahe schon tot. So etwas war mir nie in den Sinn gekommen. »Auf keinen Fall.«

»Gut.« Er wandte sich wieder seinem Teller zu. »Du weißt, was ich tun würde, wenn du schwanger wärst.«

Ich glaubte es zu wissen.

Ich hatte nie daran gedacht, schwanger zu werden. Aber mir war schlecht. Schon lange.

Diesen Abend verbrachten wir vor dem Fernseher, doch ich bekam nichts mit. Innerlich drehte und wendete ich diese Idee hin und her, bis ich einen haarfeinen Riss darin fand, der einen schwachen Lichtstrahl durchließ. Ich glaubte zu wissen, was Ray tun würde, wenn ich schwanger wäre, aber plötzlich vergaß ich für einen Augenblick, wer ich war, und fragte mich mit wilder Entschlossenheit: Was würde ich tun? Ich, nicht er. Was würde *ich* tun?

Der haarfeine Lichtstrahl war Hoffnung. Auf ihn hatte ich mein Leben lang gewartet.

Also: das Boot, die Ruder, die Rettungswesten. Wenn ich das Boot fertig machte und ein schönes Mittagessen vorbereitet hätte, wenn er aufwachte, mit der richtigen Sorte Bier im Kühlschrank, kalt, wenn ich einfach dafür sorgte, dass alles stimmte, dann konnte ich es ihm sagen.

In meinem Bauch lag ein kalter, schwerer Stein, der nichts mit dem Baby zu tun hatte, das dort heranwuchs. Aber was hatte er überhaupt gesagt? Wenn ich es mir recht überlegte, hatte er eigentlich gar nichts angedroht. Überhaupt war er an dem Abend einfach schlechter Laune gewesen. Nun, da es wärmer und sonniger wurde, der Frühling endlich da war, war vielleicht alles in Ordnung. Vielleicht würde alles gut werden mit uns.

Alles würde gut werden, wenn diese zwei Männer einfach gingen. Mindestens einer von ihnen war in der Clipper Bar gewesen und hatte gesehen, wie Ray ein paar Gläser geleert hatte. »Wir haben gefeiert«, sagte ich und errötete ein bisschen. Ich hatte auch etwas getrunken, damit Ray und den Mädels in der Bar nichts auffiel. Hier blieb nie etwas unbemerkt. Außer man wollte nichts merken.

»Das tut Ray Levis jedenfalls gern«, sagte der zweite Mann. Es war das erste Mal, dass ich seine Stimme hörte, und sie gefiel mir nicht. Ich mochte den Klang nicht, den anzüglichen Ton darin.

»Auf was habt ihr denn angestoßen?«, fragte der Erste. Jetzt glaubte ich ihn wiederzuerkennen und den anderen vielleicht auch. Es waren immer viele Fremde in der Stadt, wegen der Ferienwohnungen am See, der Angler, die andere Gewässer ausprobieren wollten, der Sommercamps und der Flohmärkte. Aber dieser Typ kannte Ray nicht nur vom Sehen oder vom Hörensagen, wie man sich in einem kleinen Ort wie diesem eben kannte. Er ging auch in die Clipper Bar, und wäre Ray der Typ gewesen, der Freunde hatte, dann hätte er dazugehört.

Die Rettungswesten rochen nach Schimmel, aber ich presste sie eng an mich. Wieder bekam ich Angst, und einen

Augenblick wusste ich nicht, warum. Mein ganzes Leben lang hatte ich immer vor irgendetwas Angst gehabt. Vor dem Gürtel meines Vaters, zu einer Schlinge geschlungen. Vor dem abgewandten Rücken meiner Mutter. Dann vor Jungen, die ihre Hände überall hatten. Dann Theresa. Dass sie da war und mich beachtete, war alles, was für mich zählte, und ich hatte Angst, das zu verlieren – was dann auch geschehen war.

In Theresas Gegenwart hatte ich als Kind gemerkt, dass manche Leute nicht so verängstigt durch die Gegend liefen wie ich. Die bewunderte ich. Später, als ich mehr wusste, hatte ich sie beneidet und gehasst. Irgendwie bemitleidete ich sie aber auch. Das waren doch Babys, die verwöhnt und gehätschelt wurden. Ahnungslose Kleinkinder.

Angst hatte ich also immer gehabt, doch das hier war etwas anderes. Jetzt fürchtete ich mich nicht vor Schlägen oder davor, dass jemand meine blauen Flecken sah. Ich hatte keine Angst vor dem, was Theresa wusste und nicht mit ansehen konnte, oder vor dem, was mir Ray vielleicht antun würde.

Jetzt hatte ich Angst, dass sich der Nebel über dem See lichtete und der Himmel frei wurde. Meine Zähne klapperten, und ich konnte kaum die Rettungswesten festhalten.

Ich hatte Angst davor, dass ich alles hätte ändern können und es nicht getan hatte.

Davor, dass sich immer noch etwas ändern ließ und ich darüber entscheiden musste.

Ich hatte Angst vor ungenutzten Chancen in der Vergangenheit und in der Zukunft.

Ich hatte Angst, dass ich die Gelegenheit verpasst hatte, eine andere Person zu werden. Ich hatte Angst, dass ich niemals irgendwo ankommen würde, an irgendeinem wirklichen Ort, wo ich mir einen Neuanfang vorstellen konnte.

Ich hatte Angst vor der Zukunft. Wahrscheinlich hatte ich nie zuvor wirklich an die Zukunft gedacht – jenseits von Fantasien. Fantasien verlangten mir nichts ab, aber das wirkliche Leben, die wirkliche Zukunft schon. Ich drückte die Rettungswesten an meinen leicht gewölbten Bauch. Noch nie zuvor hatte ich eine Zukunft gehabt.

Auf was wir angestoßen hatten? Nur auf den Umstand, dass wir so viel Geld hatten, dass einer von uns beiden sich volllaufen lassen konnte. Auf das Wochenende. Wieder eine Herausforderung, die es zu meistern galt.

Die Männer im Boot hatten meine Antwort schon lange abgeschrieben. Sie hatten einen Höflichkeitsabstand zwischen uns gebracht, damit sie mich ignorieren konnten. Der Gesprächige gab dem anderen ein Zeichen, dass er die Ruder nehmen sollte, und es war klar, dass sie vorhatten, noch mehr Abstand zwischen uns zu bringen. Der andere zog sein Handy hervor, aber wir hatten hier draußen keinen besonders guten Empfang. Als er es zurück in seine Tasche schob, drehte er sich entschlossen von mir weg, damit niemand das Gefühl hatte, zum Abschied etwas sagen zu müssen.

Später würde der Typ mit dem Handy erklären können, dass ich um die-und-die Uhrzeit allein, am Leben und wohlauf war. Allein und am Leben jedenfalls. Von meinem Wohlergehen hatte schon lange niemand mehr gesprochen. Aber um 12 Uhr 39 war ich unverletzt gewesen, und diese Männer – Kirchgänger und Familienväter, einer von ihnen Großvater, der andere ein Veteran, der jeden Sommer an der Parade zum vierten Juli teilnahm – waren über jeden Verdacht erhaben.

Einer der beiden würde vor der Presse aussagen, er habe zwei Spuren im Gras entdeckt, wie von Füßen, wenn jemand eine Leiche zum Ufer geschleift hätte. Natürlich war es nicht meine Leiche gewesen. Doch als die Leute anfingen, sich zu fragen, wo meine Leiche war, war das Gras wieder trocken, und die Spuren von den Rudern waren längst verschwunden. Aber solche Geschichten brachten die Leute zum Nachdenken.

Die Männer ruderten davon, und ich warf die Rettungswesten und Spanngurte in unser Boot, bevor ich die Treppe hinaufeilte.

Gleich würde ich etwas tun, auch wenn ich noch nicht wusste, was. Ich hoffte, dass es mir klar sein würde, sobald ich die Veranda oder den Garten, das Auto oder die Straße erreicht hätte.

Am oberen Ende der Treppe saß Ray, seine nackte Brust gebräunt, und lehnte sich in seinem Klappstuhl zurück. Seine Augen waren wie Löcher in seinem Kopf.

»Was waren das für Freunde?«, fragte er.

Ich hatte jede Menge Erfahrung und wusste, wann ich in Schwierigkeiten steckte. Ein Teil von mir beobachtete uns von einem hohen Baum in der Nähe. Vielleicht aus dem Adlernest, das wir letzte Woche entdeckt hatten. Ich war ein Adler, und all diese Probleme der Menschen da unten gingen mich nichts an.

»Anscheinend waren das Freunde von dir«, sagte ich.

»Keine Freunde von mir.« Und das stimmte, denn Ray hatte keine Freunde. Es gab zwanzig oder dreißig Typen, für die er unten in der Clipper Bar eine Runde schmeißen konnte, aber kaum jemanden, der ihm je ein Bier ausgegeben hätte. Solche Dinge sagte er zu mir, wenn er in weinerlicher Stimmung war.

»Einer von ihnen war wohl gestern Abend in der Clipper Bar«, sagte ich. Das war eine Tatsache. Der Typ hatte gewusst, dass Ray sich nach einem Besäufnis irgendwo ausschlief. Oder vielleicht hatte er nur zufällig richtig geraten. Darüber dachte ich nach, als Ray ausholte.

DREIUNDZWANZIGSTES KAPITEL

Männer, überall Männer. Sie stürmten in die Wohnung und versuchten, eine Aufgabe zu finden, die nicht bereits jemand anders erledigte. Sie stöberten herum, hoben Gegenstände hoch und stellten sie an ihren Platz zurück, nahmen aus Joshuas Zimmer Papiere und seine Spielkonsole mit.

Ich saß im Wohnzimmer und sah ihre schwarzen Schuhe und Stiefel, wenn sie in mein Blickfeld gerieten. Der Sheriff blieb in der Nähe, trat nur hin und wieder ein paar Schritte beiseite, um in sein knisterndes Funkgerät zu sprechen. Jedes Mal wenn er wegging, holte er einen anderen Officer, der auf mich aufpassen sollte.

»Wollen Sie irgendetwas?«, fragte jemand. Es hörte sich nicht so an, als hätte die Person wirklich Lust, mir etwas anzubieten. Wahrscheinlich hoffte sie, dass ich nichts brauchte. Ich blickte hoch. Die junge, arrogante Tara Lombardi, die angeblich auf den Sheriff stand, stattdessen aber vielleicht mit einem Rowdy zusammen war. Diejenige, die möglicherweise ein bisschen zu früh an einem Tatort aufgetaucht war und dort im Streifenwagen patrouilliert hatte, kurz bevor man eine Leiche fand.

»Nein«, sagte ich. Das Einzige, was ich wollte, war, dass das Funkgerät des Sheriffs endlich knisterte und »Alles in Ordnung« sagte, und zwar bald, und dass all diese Leute gingen. Ich fragte mich, ob die Informationen über meinen Aufenthaltsort bereits das Büro des Sheriffs verlassen hatten. Was Sherry wusste, sprach sich schnell herum.

Ich beantwortete noch einmal dieselben Fragen. War mir an seinem Verhalten irgendetwas Ungewöhnliches aufgefallen? Hatte er in letzter Zeit irgendwelche neuen Leute kennen gelernt? Gab es irgendeinen Ort, an den ich noch nicht gedacht hatte, wo er möglicherweise sein könnte? Konnte es sein, dass er zu einem Freund gegangen war, ohne es mir zu sagen? Diese Frage stellten sie mir nach einer Weile nicht mehr, woraus ich schloss, dass man seine Freunde und Kumpels aus dem Footballteam allesamt angerufen hatte. Ob ich dieses Formular unterschreiben könnte? Und dieses hier, um die Gegenstände aus seinem Zimmer freizugeben? Es war Mullen, der die Formulare ausfüllte und mir dann das Klemmbrett sanft auf die Knie legte. Ich unterschrieb und sah dann zu, wie er das Formular noch einmal überflog. Schließlich setzte er seine eigene Unterschrift darunter, nachdem er mit der Kugelschreiberspitze ein paarmal auf das Papier getippt hatte. Dann nahm er das Klemmbrett weg.

Könnte er zu seinem Vater gefahren sein?

»Nein«, sagte ich.

Als wäre die Wohnung seines Vaters ein realer Ort, einer, zu dem der Junge einfach so *fahren* könnte. Ich merkte, dass sich die Polizisten über meinen Kopf hinweg ansahen. »Er hat keinen Vater.«

»Genau genommen …«, begann Lombardi.

Er konnte nicht dorthin gefahren sein. Er wusste den Namen der Stadt nicht, er wusste den Namen seines Vaters nicht genau. All die Lügen in unserem Leben. Er könnte überall hingegangen sein und glauben, dass er der Wahrheit auf der Spur war. Aber ich konnte nicht vergessen, wie sich seine warme Wange an meiner Handfläche anfühlte. »Wir beide hatten einen heftigen Streit«, sagte ich. »Er hatte noch nie zuvor … so mit mir geredet. Und ich … ich habe ihn geschlagen. Das hatte ich noch nie getan.«

Ich schämte mich und fing an zu weinen. Niemals hatte ich mein Kind schlagen wollen. Dieses Versprechen hatte ich mir selbst gegeben und all die Jahre gehalten.

»Genug«, sagte Keller. »Lassen wir Miss Winger ein bisschen Luft.«

Mullen scheuchte die Menge weg. Der Sheriff setzte sich auf eine Sofalehne und beugte sich hinunter, sodass ich ihn ansehen musste. »Ich möchte jetzt nicht auf Einzelheiten eingehen, über die du nicht reden willst«, sagte er leise. »Ich frage dich nur einmal: Bist du sicher?«

Er roch nach Heu. Ich kämpfte gegen die aufsteigende Übelkeit. »Er hat keinen Vater.«

Er wartete eine Weile, dann zog er sich zurück. »Okay.«

Die Männer in meiner Wohnung gruppierten sich immer wieder neu, unruhig wie ein Chor von Erstklässlern. Die Abstände zwischen den Funknachrichten wurden größer. Die Leute begannen, paarweise abzuziehen. Die Nachbarn auf der anderen Straßenseite, die den ganzen Abend draußen gesessen hatten, gingen ins Haus. Ich saß da und starrte auf meine Knie, während ich auf das Klingeln des Telefons wartete, auf Funksprüche, auf Joshuas Schritte draußen vor der Tür – auf das Signal, dass alles in Ordnung war.

»Anna.«

Ich blickte hoch. Der Sheriff. Ich hatte nicht vergessen, dass er hier war, aber beinahe hätte ich es geschafft zu vergessen, dass *ich* hier war. Tennessee, Kentucky, Ohio, schließlich Chicago, eine Wohnung nach der anderen und keine einzige gelbe Wand. Irgendwo dort, in einem der Küchenschränke in Kentucky oder in dem Vorratsschuppen in Chicago – da war ich. Verloren gegangen. Ich war immer noch dort und Joshua auch, und wenn ich aus diesem Albtraum erwachte, würden wir zusammen sein. Er wartete einfach dort auf mich.

»Du solltest dich jetzt hinlegen.«

»Ich bin nicht müde.«

»Das sagen Leute in Notsituationen immer.«

»Hast du das in deinem Handbuch gelesen?«

Er stand im Durchgang zur Küche und strich mit der Hand über den Türrahmen. »Ich habe alle meine Leute darauf angesetzt. Ich bleibe …«

»Nein.«

»Ich glaube, du brauchst …«

»Bitte tu es nicht.«

Ich merkte, dass auch er überhaupt nicht hier war. Er war wieder in der staubigen Scheune. Sein Problem. Kentucky, Tennessee. Dort war ich noch immer, und wenn ich mich entschloss weiterzuziehen, würde ich einen anderen Weg wählen. Diese Scheune würde ich nie zu Gesicht bekommen. Und diese Stadt. Ich würde eine andere Abzweigung nehmen und nie das vertraute Schild der Dairy Bar erblicken. Joshua würde bei mir sein. Wenn ich nur niemals hierherkäme, würde alles so sein, wie ich es mir wünschte.

»Okay«, sagte er und schloss leise die Tür, als er hinausging.

Endlich allein. Die Uhr über der Tür zeigte vier Uhr morgens.

Ich ging zu Joshuas Zimmer und blieb auf der Schwelle stehen. Sie waren viel zu vorsichtig mit seinen Sachen umgegangen. Die Ordnung war das Schlimmste. Alles war da, wo es hingehörte, nur der Junge nicht.

Aber das war eine Lüge. Nichts war da, wo es hingehörte. Dafür hatte ich schließlich gesorgt, oder? Dass hier bei uns nichts und niemand einen Platz hatte, an den er gehörte? Ein Zuhause?

Joshua, allein in der Dunkelheit, ein Autofahrer, der ihn nicht sieht …

Ich versuchte, diese Gedanken abzustellen, aber Worst-Case-Szenarien waren hartnäckig. Sobald ich das eine weggeschoben hatte, tauchte das nächste auf.

Joshua, allein, ein brachliegendes Feld, er knickt mit dem Fuß um …

Joshua, allein, eine dunkle Gasse, jemand packt ihn …

Ich trat zum Fenster und riss die Jalousien hoch. Die Straße unten war still und grau. Nichts bewegte sich.

Wenn er jetzt die Straße entlangkommt, werde ich ihm nicht böse sein. Wenn er jetzt die Straße entlangkommt, werde ich dafür sorgen, dass alles gut wird.

Aus dem Augenwinkel bemerkte ich eine Bewegung und starrte sofort hin.

Ein schwarzer Wagen, Kennzeichnen aus Indiana. Und darin …

Durch das offene Autofenster erkannte ich den Sheriff mit seiner schwarzen Kappe. Er starrte auf die dunkle Straße.

Er war wieder in der Scheune, aber zugleich war er hier. Und wo war ich?

Ich wandte mich um und legte mich auf Joshuas Bett. Ich drückte meine Nase in sein Kissen, um ihn zu riechen. Sein eigenes Shampoo, denn meins benutzte er nicht. Sein Gel, das er brauchte, damit ihm die Haare in die Augen fielen. Unter all diesen Düften lag der Geruch, nach dem ich mich sehnte. Schmutz unter den Fingernägeln, Schweiß im Nacken. Hier war ich. Ich atmete ein, was von meinem Sohn noch da war. Niemals würde ich seine Laken wechseln. Wenn es sein musste, würde ich nie wieder irgendetwas verändern.

Ich schlief nicht. Im Morgengrauen machte ich mir einen Kaffee, auf den ich keine Lust hatte. Es war zu still in der

Wohnung. Nach ein paar Stunden allein zu Hause schlüpfte ich zur Hintertür hinaus und ging zu meinem Wagen, um in die Stadt zu fahren. Ohne allzu viele mitleidige Blicke schaffte ich es durch die Sicherheitskontrolle im Courthouse. Deputy Lombardi war diesmal nicht da, um meine Tasche auszukippen. An der Tür zum Büro des Sheriffs verlor ich den Mut.

Zum ersten Mal hatte ich vor dieser Tür gestanden, als ein anderer Junge verschwunden war. Er wurde immer noch vermisst. Damals hatte ich gezögert einzutreten und wäre beinahe wieder gegangen.

Was wäre passiert, wenn ich das getan hätte?

Auch dann wäre Joshua vielleicht weggelaufen. Aber würde ich auch dann jetzt hier stehen?

Denn ich war nicht hier, um einen Fall zu bearbeiten oder Informationen weiterzugeben, oder auch nur, um einen Blick auf irgendeine Handschrift zu werfen. Ich war einfach nur hier, um den Sheriff zu sehen. Russ. Wäre ich beim ersten Mal einfach wieder gegangen, würde ich jetzt nicht hier stehen, damit der Sheriff mir half, meine Angst zu lindern.

Oder vielleicht doch. War das nicht genau die Hoffnung, mit der die Angehörigen von Vermissten hierherkamen?

Aber das war hier keine Joshua-Watch-Zentrale. Der Platz vor dem Courthouse war leer; keine Suchplakate, keine Übertragungswagen.

Noch einmal griff ich nach dem Türknauf. Ich hielt es weder aus, hier zu sein, noch schaffte ich es zu gehen. Ich hätte zu Hause bleiben sollen, falls Joshua zurückkam.

Ich ließ die Hand wieder sinken und ging zur Treppe. Als ich auf der zweiten Stufe war, öffnete sich die Bürotür hinter mir, und ich hörte zwei Männerstimmen.

»Anna?«

Russ, natürlich, und einer seiner harten Jungs. Ich starrte auf ihre Stiefel.

»Gehen Sie vor«, sagte Russ. »Sagen Sie ihnen, dass ich gleich komme.«

Ich sah die Füße des anderen Mannes vorbeigehen. »Ma'am«, sagte er.

»Du solltest dich hinlegen«, sagte Russ. »Ist irgendwas passiert?«

Nicken: Ja, ich sollte mich hinlegen. Dann Kopfschütteln: Nein, nichts ist passiert. Ich merkte, dass ich immer noch nickte, als ich schon längst den Kopf hätte schütteln müssen, und dann viel zu spät mit dem Kopfschütteln aufhörte.

»Komm mit.«

Ich folgte seinen Stiefeln den Flur entlang, am Aufzug vorbei. Am Ende des Gangs war ein Fenster, das auf die Grünfläche vor dem Courthouse hinausging. Beinahe derselbe Blick wie der aus seinem Büro bei meinem ersten Besuch. Derselbe Juwelier, dasselbe Karatestudio, all die netten kleinen Geschäfte, im Schatten des Courthouse unter größtmöglichem Schutz.

Der Sheriff zog einen Schlüsselbund hervor. Die Tür führte in einen dunklen, fensterlosen Vorraum, bis zur Decke mit Kartons vollgestopft. Er zwängte sich hindurch und öffnete eine weitere Tür, hinter der sein eigentliches Büro auftauchte. Er fasste mich am Ellbogen und führte mich zu dem Stuhl vor seinem Schreibtisch.

»Geheimer Fluchtweg«, sagte er. »Für den Fall, dass Bea Ransey vorbeikommt.«

Ich fing an zu nicken, dann hielt ich inne. Manche Leute konnten verstehen, wie ich mich fühlte, aber die meisten taten es nicht und würden es nie tun. Das mit Bea Ransey war nicht lustig.

Ich spürte einen Kloß im Hals. Meine Augen waren noch vom Weinen geschwollen. Ich wollte nicht weinen. Aber ... Joshuas Schulbücher, die man aus dem Wandschrank genommen hatte. Seine Müslischale vom letzten Morgen im Spülbecken, dem Morgen, als ich mich vor ihm in der Dusche verkrochen hatte. Der Wecker in seinem Zimmer, der zur gewohnten Zeit läutete.

Und jetzt dieser Witz, der nicht lustig war. Ich brach zusammen und sank auf den Stuhl.

»Hey, es tut mir leid«, sagte Russ. »Ich weiß nicht, was ich mir dabei gedacht habe.« Er befreite einen anderen Stuhl von einem Packen Papier und schob ihn neben meinen. Dann grub er auf seinem Schreibtisch eine zerknautschte Packung Taschentücher aus und hielt sie mir hin. Weil ich keine Anstalten machte, danach zu greifen, zog er zwei heraus und drückte sie mir in die Hand. »Komm schon, Anna. Wir finden ihn. Weißt du noch, wie wir über Kids gesprochen haben, die nicht weit kommen? Erinnerst du dich? Unsere Chancen stehen gut.«

»Aidan«, sagte ich und schluckte mühsam. »Aidan ist ... fast schon zwei Wochen weg.«

»Das mit Aidan ist ein ganz anderer Fall. Das weißt du.«

»Aber er sollte längst wieder hier sein. Was ist, wenn Joshua auch ... ein anderer Fall ist?«

»Joshua ist abgehauen. Er ist allein – hey, hör mir zu. Ich sage das nicht, damit du dich aufregst.« Seine Stimme klang jetzt wieder, als rede er beruhigend auf ein Pferd ein. Gegen meinen Willen spürte ich, dass ich mich langsam entspannte. »Was ich sagen will, ist, dass Aidan entführt wurde. Ein Erwachsener hat die Sache in der Hand. Joshua hat kein Geld. Egal, wie schlau er ist, er ist noch ein Kind. Er wird einen Fehler machen, und dann kriegen wir ihn.«

»Aber …« Aber es gab keine Möglichkeit, Russ verständlich zu machen, dass Joshua mehr als ein anderer Fall war. Er war ein *Spezial*fall. Mehr als die meisten Menschen jeden Alters war er daran gewöhnt zu fliehen, neu anzufangen, sich versteckt zu halten, unbemerkt zu bleiben. Diese Fähigkeiten hatte ich ihm zwar nicht bewusst beigebracht, aber ich war ihm darin Vorbild gewesen.

Meine einzige Hoffnung war, dass er schnell merkte, dass es kein Spaß war, ein Spezialfall zu sein.

»Was ist mit … was ist deine Theorie?«

Er starrte mich einen Moment an. Ich musste diese Rolle spielen. Lästige Angehörige verhielten sich so. Sie entwickelten Theorien. Sie kamen vorbei. Nahmen Zeit in Anspruch.

»Was für Theorien hast *du?*«, fragte er.

»Zwei Jungen, die innerhalb von zwei Wochen in derselben Stadt verschwinden?« Meine Gedanken rasten. Mir war klar, dass ich verzweifelt klang. »Hatte Aidan irgendwas mit Joe Jeffries zu tun?«

Sein Kopf fuhr hoch. »Was soll das?«

»Er ist neu in der Stadt.«

»Nein, eigentlich ist er von hier.«

»Joshua hat gesagt, er hätte eine Schwäche für … kleine Jungen.«

Russ rieb sich mit der flachen Hand übers Gesicht. »Ich fasse es nicht, dass ich diesen Idioten in Schutz nehmen muss, aber ich bin ziemlich sicher, dass an *diesem* Gerücht absolut nichts dran ist. Was Kinder eben über Lehrer reden, die sie nicht mögen. Anna, ich denke, wir sollten ehrlich zueinander sein. Wenn du solche verrückten Theorien vertrittst – über einen Typen, der dir die Hand gehalten hat, während wir gestern deine Wohnung durchsucht haben –, dann solltest du auch die verrückteste aller Theorien wenigstens in Betracht ziehen.«

Ich spürte einen kleinen Hoffnungsschimmer. Er würde wissen, was zu tun war. Darum war ich hergekommen. Er wusste es, und er würde uns beide retten.

»Du musst über die Möglichkeit nachdenken«, sagte er langsam, während er meinen Blick suchte und mir eine Hand auf den Arm legte, »dass Joshua weggegangen ist, um seinen Vater zu suchen.«

»Aber …«

»Ich weiß. Er hat keinen. Nenn ihn, wie du willst, aber … die verrückteste Geschichte könnte die richtige sein.«

Die verrückteste Geschichte war die, die ich erfunden hatte. Das würde er nie verstehen.

Ich schüttelte seine Hand ab. »Du täuschst dich.«

Er zog seine Hand zurück, als hätte er sich verbrannt. »Das ist nichts Neues. Ein-, zweimal habe ich mich getäuscht.«

Die Bürotür schwang auf.

»Oh!«

Sherry, beladen mit einem Stapel Aktenordner, wich einen Schritt zurück und ließ ihren Blick ein paarmal zwischen uns hin- und herwandern. »Ich dachte, Sie wären zu einem Interview … Tut mir leid. Ich komme später wieder.«

»Ist schon in Ordnung«, sagte Russ. Er stand auf und ging auf die andere Seite seines Schreibtischs. Dort angekommen wusste er anscheinend nicht, was er tun sollte. Er zeigte auf das Chaos auf der Tischplatte. »Sie können … egal.«

Sherry blieb in der Tür stehen. Schließlich legte sie die Aktenordner irgendwo ab und kam zu mir. Ohne zu wissen, wie mir geschah, fand ich mich plötzlich in ihren Armen wieder.

»Armes Ding«, flüsterte Sherry, während sie mich hin- und herwiegte. »Ich glaube fest daran, dass alles gut wird.«

Jede Faser meines Körpers sträubte sich gegen die Umarmung, aber ich hielt still. Ich brauchte jemanden, der für mich glaubte.

VIERUNDZWANZIGSTES KAPITEL

Als ich zu Hause ankam, waren sie da. Nicht nur der Mann aus Russ' Pool von Sonnenbrillenträgern, den man vor der Wohnung postiert hatte, sondern noch zwei weitere. Und anstatt dem Braun und Khaki, das ich inzwischen als die Polizeiuniform des Countys erkannte, oder dem Schwarz und Blau der State Troopers, trugen diese beiden Anzüge mit langweiligen Krawatten. FBI-Männer.

Joshua. Man hatte ihn gefunden. Oder …

Auf dem Gehweg blieb ich stehen, und sie wandten sich in meine Richtung.

Ich konnte mich nicht bewegen. Der letzte Rest Logik, den ich aufbringen konnte, sagte mir, dass jede Art von Neuigkeiten – gute oder schlechte – von der hiesigen Polizei kommen musste. Von Russ.

»Anna?« Der größere der beiden nahm seine Sonnenbrille ab. Jetzt dämmerte mir der Grund ihres Besuchs. Millionen Jahre schienen vergangen zu sein, seit ich zuletzt einen Gedanken an meine Arbeit verschwendet hatte, und irgendwo zwischen den Ereignissen der letzten dreißig Stunden gab es noch ein ganz anderes Problem. Ich hatte den toten Mann vergessen, dem ich geraten hatte, einen Drohbrief nicht zu beachten.

»Kent.«

Er kam auf mich zu und gab mir die Hand. Seine Augen waren zu blau und sein Blick zu durchdringend. Ich schaute auf meine Hand in seiner. So viele Leute berührten mich heute.

»Du hast es schon gehört«, sagte er.

»Ja.«

»Also dann. Jetzt, wo der Typ tot ist, haben wir eine völlig neue Situation. Wer hat dich angerufen?«

»Seine Sekretärin.«

Kent starrte einen Augenblick ins Leere, dann sah er mich wieder an. »Tatsächlich? Wie interessant.« Er wandte den Kopf in Richtung seines Kollegen und verzog das Gesicht. »Hast du das gehört, Jim? Anna, du hast uns schon geholfen.« Er zog mich sanft in Richtung Tür. »Jim Kaleb, Anna Winger.«

Ich nickte dem anderen Mann kurz zu, dann drehte ich mich wieder zu Kent, der mir den Arm um die Schultern legte wie ein Bestattungsunternehmer einer Hinterbliebenen. Er ging viel zu vorsichtig mit mir um.

»Du hast anscheinend schon von der Sache mit Joshua gehört.«

»Keller hat mich angerufen.« Er drückte kurz meine Schultern und ließ mich dann los. »Ich könnte dir jetzt sagen, dass du dir keine Sorgen machen sollst, aber ich weiß, dass du das trotzdem tust. Und das ist dein Job. Aber ich muss mit dir über deinen anderen Job reden. Hast du ein paar Minuten Zeit für uns?«

So wie er fragte, konnte ich nicht nein sagen. Eigentlich wollte ich nur hochgehen und nachsehen, ob Joshua zurückgekommen war; falls nicht, würde ich mich mit dem Telefon in der Hand hinsetzen, bis jemand anrief. Heute. Es musste heute sein. Wenn Joshua noch eine Nacht fortblieb …

Diese Vorstellung konnte ich nicht ertragen. Wie still es in der Wohnung gewesen war. Selbst das Geräusch des Kühlschranks hatte sich plötzlich angehört wie der Schlüssel im Türschloss. Einmal, gegen sechs, war jemand langsam an der Wohnungstür vorbeigegangen. Wahrscheinlich Margaret. Am Abend vorher, als mehrere Paare schwerer Uniformstiefel durch unseren Flur getrampelt waren, hatte ich das Klopfen ihres berüchtigten Besenstiels gehört.

Jetzt, als ich mit Kent und seinem Kollegen die Treppe hinaufging, stellte ich mir all die Gesichter hinter den Türspionen vor und die Telefongespräche zwischen den Booster-Müttern, die sich über die neuesten Gerüchte austauschten. Mit meinem Leben im Verborgenen war es vorbei. Einen Moment lang spürte ich die altbekannte Panik. Wenn Joshua wieder zu Hause wäre und sich alles beruhigt hätte, würden wir unsere Sachen packen und uns einen Ort für einen Neuanfang suchen. Aber Joshua war fort. Und wenn er nicht in ein oder zwei Tagen, einer Woche oder einem Monat zurückkam, musste ich hierbleiben. Hier, auf dem Präsentierteller für das ganze County, wo Ray mich finden konnte, musste ich ausharren, bis Joshua heimkam.

»Ich kann es euch einfach machen«, sagte ich, als sich die beiden Männer auf meine Couch setzten. Ich zog den Stuhl vom Esstisch heran, den Joshua immer nahm, und setzte mich auf die andere Seite des Couchtischs. »Ich hab's vermasselt.«

Kent und sein Kollege wechselten einen Blick. Jim zog ein Notizbuch aus seiner Jacketttasche. Kent beugte sich vor und stützte die Ellbogen auf die Knie. »Wie meinst du das?«

»Ich glaube, ich war an dem Tag nicht konzentriert. Der Gedanke ist hart. Ich bin zerstreut und übersehe etwas, und schon muss die Familie diesen Mann begraben?« Ich holte tief Luft und sah die beiden Männer nacheinander an. »Ich habe in der Analyse etwas ausgelassen. Es war keine Absicht. Es war ein Versehen. Aber ich weiß nicht, wie groß der Fehler war und ob es euch jetzt weiterhilft, die ganze Analyse zu hören.«

»Ich habe den Bericht gelesen«, sagte Kent und warf

einen Seitenblick auf Jim, als wünschte er, er wäre allein gekommen. »Alles, was darin stand, schien Hand und Fuß zu haben.«

»Nun ja, an dem, was darin stand, war nichts falsch. Es geht um das, was nicht darin stand.« Ich sah, wie der andere Mann sich schnell etwas notierte. »Das erzähle ich alles aus dem Gedächtnis, Mr Kaleb. Ich hoffe, Sie erwähnen das. Im Moment traue ich meinem Geisteszustand nicht ganz.«

»Natürlich«, murmelte Kent. »Mach es, so gut es geht. Erinnerst du dich daran, was du ausgelassen hast?«

Ich versuchte, mich an den Moment zu erinnern, als mein Privatleben mich abgelenkt und ich geglaubt hatte, ich hätte den Bericht abgeschlossen. Ich erinnerte mich genau daran, was ich ausgelassen hatte und warum. Mir war es vorgekommen, als würden hier Geheimnisse des Schreibers aufgedeckt, die keine Rolle spielten. Diese verdammten nach unten gezogenen Ys und Ps. Aber eigentlich wusste ich es besser. Dinge, die in keinem Zusammenhang zu stehen schienen, konnten dennoch eine wichtige Verbindung haben.

»Auf der Grundlage bestimmter Kennzeichen seiner Handschrift, besonders hinsichtlich der Unterlängen, würde ich sagen, dass der Verfasser des Briefs gewisse Defizite« – ich machte eine Pause und sah zu, wie Jims Hand über das Papier flog – »im Bereich der Sexualität hat.«

Jim blickte auf, sah mich an und schob das Notizbuch weg.

»Das ist interessant«, sagte Kent. Er rieb sich die Wange. »Darüber muss ich nachdenken. Gab es einen bestimmten Grund, warum du das weggelassen hast?«

»Wie ich schon sagte, es war ein Versehen. Ich wollte es am Schluss noch schreiben, aber – na ja, ich war abgelenkt. Wie ich gesagt habe.«

»Joshua?«

Ich schluckte. Hier saß ich, redete in einer Sprache, die ich beinahe schon vergessen hatte, und tat so, als wäre ich noch ich selbst. Aber ich hatte keinen Augenblick vergessen, dass er weg war. Sein leeres Zimmer schien Stille zu verbreiten. Mein Handy steckte in meiner Hosentasche wie ein Ziegelstein. Ich war so unkonzentriert wie eh und je. Sprach über *Mord* – dabei war das Einzige, was mich im Moment beschäftigte, die Stille.

»Ja«, krächzte ich.

Kent und sein Kollege wechselten wieder einen Blick. Jim klappte sein Notizbuch zu und stand auf. »Ich warte im Auto. Danke für Ihre Zeit, Miss Winger.« Mir fiel auf, dass er sein Notizbuch in der rechten Hand hielt, damit er mir nicht die Hand geben oder überlegen musste, ob er das tun sollte. Das war gut. Ich war müde und wollte heute nicht mehr berührt werden. »Ich hoffe, Ihr Junge kommt bald wohlbehalten nach Hause.«

Diese Worte hatte ich schon einmal gehört, im Zusammenhang mit einem anderen Kind. »Danke«, sagte ich.

Kent wartete, bis die Tür zugefallen war. »Ich habe einen Sohn in Joshuas Alter.«

»Tatsächlich?«

»Wie lange kennen wir uns schon, dass du nicht weißt, dass unsere Kinder im selben Alter sind?«

»Ich würde nicht sagen …«

»Was?«

»Ich würde nicht sagen, dass wir einander kennen.«

Kent nickte. »Stimmt, da hast du wohl recht. Aber ich kenne dreizehnjährige Jungen.« Er zog sein Portemonnaie aus dem Jackett und blätterte durch ein paar Fotohalter. »Das ist mein dritter Sohn, mein Kleiner.«

Ich beugte mich vor, um einen Blick darauf zu werfen.

Eigentlich wollte ich das nicht. Es war ein Schnappschuss von allen drei Jungen, alle groß und schlank wie ihr Vater, auf einem Stück Rasen und gegen die Sonne blinzelnd. Der Jüngste hatte leicht abstehende Ohren und einen militärischen Haarschnitt. Seine Arme waren erbärmlich dünn. »Hübsche Jungs«, überwand ich mich zu sagen. »Drei. Ich kann es mir kaum vorstellen.«

»Niemand kann sich dein Leben genau vorstellen.«

Ich starrte ihn an.

»Ich meine … niemand kann sich das Leben einer anderen Person genau vorstellen.«

Wäre Kent nicht hier gewesen, hätte ich längst auf meinem Handy nachgesehen, ob jemand angerufen hatte. »Ist schon mal einer deiner Jungen von zu Hause abgehauen?«

Er räusperte sich und steckte sein Portemonnaie wieder ein. »Nein. Nein, du hast recht. Davon, wie das ist, habe ich nicht die geringste Ahnung.«

Wir saßen eine Weile stumm da. Schließlich sagte er: »Dann also Impotenz? Ist es das, was du gemeint hast?«

»Glaubst du, das hat für deine Ermittlungen irgendeine Bedeutung?«

»Es hatte Bedeutung für meine Ermittlungen«, sagte er und zog die Augenbrauen hoch. »Aber jetzt, wo wir es mit einem Mord zu tun haben …«

»Richtig, natürlich. Das ist jetzt etwas anderes.«

»Aber vielleicht spielt es eine Rolle. Ich glaube nicht, dass man Eier haben muss – entschuldige, wenn ich das so direkt sage –, um zu wissen, dass das Sexualleben eines Mannes Einfluss auf sein Selbstwertgefühl nehmen kann. Wir müssen diese Information mit in den Topf werfen und sehen, was bei dem Mix herauskommt. Vielleicht ist es nichts.« Er schlug die Beine übereinander, faltete die Hände und starrte eine Weile auf seine Finger. »Vielleicht hat es nichts zu bedeuten.«

»Aber das glaubst du nicht.«

»Alles bedeutet für irgendwen irgendwas, oder? Ein Kind bekommt in der Grundschule von den Nonnen eins auf die Finger, und zwanzig Jahre später taucht in seiner Handschrift eine Auffälligkeit auf …«

Ich gönnte ihm ein kleines Lächeln. »Eine der Mütter vom Booster-Club hat vorgeschlagen, dass ich eine Art Jahrmarktsbude für Handschriftenanalyse aufstelle. Und sie wollte, dass ich die Auffälligkeit in ihrer Handschrift finde.«

Er lächelte zögernd. »Hast du eine in der von Joshua gefunden?«

Ich war überrumpelt und nickte stumm.

Kent stand auf und schlenderte zum Fenster, die Hände in den Hosentaschen. »Ich frage mich immer, was meine Kinder wirklich denken.«

»Er hat sich vor mir versteckt, wollte nie etwas aufschreiben.«

»Das muss nicht heißen, dass er irgendetwas Unerlaubtes getan hat«, sagte er. »Es ist normal für einen Jungen im Teenageralter, dass er seine Privatsphäre braucht.«

»Er ist in schlechte Gesellschaft geraten.«

Kent blickte nachdenklich auf die Straße hinaus. »Aber was sagen die Eltern der schlechten Gesellschaft dazu?«

Ich hatte das Gefühl, als hätte ich einen Stein im Magen. Kent wusste besser als jeder andere, wo Joshua herkam. »Was willst du damit sagen?«

Er wandte sich vom Fenster ab. »Dein Sohn ist nicht schlechte Gesellschaft oder gute Gesellschaft. Er ist einfach nur ein Dreizehnjähriger. Da hat er Gefühle, die für seinen Körper viel zu groß sind. Und Sehnsüchte, über die du lieber nicht so genau Bescheid wissen willst. Explosiv wie Feuerwerkskörper. Dennoch ist er einfach nur ein Junge.«

»Und ich will ihn einfach nur zurückhaben.«

»Er wird bald wieder da sein. Aber das wird nur der Anfang sein. Wenn man ihn nach Hause bringt und er sich mit Händen und Füßen dagegen wehrt …« Kent wich meinem Blick aus, und ich fragte mich, ob er nicht doch schon Ähnliches durchgestanden hatte. »Wenn man ihn nach Hause bringt, bevor er selbst zu irgendeiner Erkenntnis gekommen ist, wird es vielleicht schwierig mit ihm werden. Vielleicht ist er dann nicht mehr der Junge, den du großgezogen hast.«

Ich stellte mir die Szene vor. Wie ich zum Jugendgefängnis in Indianapolis raste oder wohin auch immer. Auf ihn zustürzte, voller Freude, ihn wiederzusehen – und er ließ sich die Haare ins Gesicht fallen, damit ich seine Augen nicht sah. Mir wurde klar, wie wenig ich inzwischen erwartete.

»Er ist der Junge, den ich großgezogen habe. Genau der.«

»Also gut. Wir bringen ihn nach Hause. Du weißt, dass du mich anrufen kannst, wenn du irgendwie Hilfe brauchst? Ja? Gut.« Er ging zur Tür und blieb mit der Hand am Türknauf stehen. »Ich frage mich …«

Ich stand da und spürte das Handy in meiner Hosentasche. »Was?«

»Ich frage mich nur … Vor was läuft Joshua weg? Vor was genau, meine ich. Dazu hast du vielleicht ein paar Ideen. Aber könnte er nicht auch zu etwas hinlaufen? Solche Fragen stellen sie dir, hoffe ich.«

»Sie haben schon danach gefragt. Nach … Chicago.« Er war so gerne dort.

»Und haben sie auch nach der Zeit *vor* Chicago gefragt?«

Ich blickte zur Seite. »Sie waren auf jeden Fall gründlich.«

»Natürlich, natürlich.«

»Sag es einfach, Kent.«

Er trat wieder von der Tür zurück. »Die Polizeibeamten

waren gründlich, Anna, aber das sind nur Fremde, die eine Checkliste abarbeiten. Du dagegen kennst ihn.« Er ließ den Blick durch den Raum schweifen. Ich sah, dass ihm die kahlen Wände auffielen, das einzelne gerahmte Foto von Joshua in der Ecke. »Wenn er nicht zurückkommt…« Er blickte mir tief in die Augen, um sicherzugehen, dass ich mir dieser Möglichkeit bewusst war. »Was, wenn er nicht zurückkommt und du nichts anderes getan hast, als auf jemanden zu warten, der ihn rettet?«

Ich holte zitternd Luft. Es kränkte mich nicht einmal, dass Kent wusste, dass ich immer noch seine Hilfe brauchte. »Was soll ich tun?«

Kent lächelte freundlich. Wie glücklich mussten seine Söhne sein, seine Frau. »Ich würde sagen: Tu, was du immer getan hast«, antwortete er. »Das, was du tun musst.«

Kent war schon gegangen, als mir einfiel, dass ich ihm die Beweismittelformulare des Sheriffs hätte zeigen können. Sie verwirrten mich aus irgendeinem Grund. Ich würde nie herausfinden, aus welchem.

Ich sollte mich hinlegen, doch das konnte ich nicht. Ich musste zu Hause bleiben, aber niemand kam durch die Tür. Ich musste mein Handy ständig bei mir haben, doch es klingelte nicht. Meine Aufgabe war Nichtstun. Die Welt schien gut ohne mich zurechtzukommen – und ohne Joshua.

Ich war nervös, zappelig. Irgendetwas musste heute passieren. Joshua musste heute heimkommen. Er musste einfach.

Ich zog das Handy aus meiner Hosentasche und steckte es wieder ein. Solche Bewegungen verschafften mir kaum für eine Sekunde Erleichterung. Ich zog das Handy erneut hervor, um Russ anzurufen, und steckte es wieder ein. Das würde ich nicht tun.

Das, was du tun musst.

Joshuas Zimmer am anderen Ende des Flurs verbreitete Leere. Ich ging hin und öffnete die Tür. Noch einmal schaute ich in die Kisten, die er nie ausgepackt hatte, öffnete die Tür des Wandschranks. Ließ mich auf alle viere nieder und reckte mich nach den Wollmäusen unter dem Bett. Die Polizei war mit dem Zimmer fertig, ich war es – wer war es nicht?

Ich ließ mich rückwärts auf den Sitzsack sinken und schaute mich um. Seine Spielkonsole war weg, auch wenn ich nicht verstand, warum.

Die Bücher im Wandschrank waren blanke Ironie: *Huckleberry Finn* – o Gott, das war doch ein Ausreißer, oder? –, Mathematik, *Unser Land und seine Einwohner.*

Ich langte nach dem Sozialkundebuch und blätterte es durch, hielt einmal inne und starrte sehnsüchtig auf eine Notiz, die Joshua an den Rand gekritzelt hatte.

Im ganzen Buch ging es nur um Landwirtschaft, Hungersnöte und Migrationsmuster. Ich drehte das Buch herum und schüttelte es. Nichts fiel heraus. Ich blätterte es durch wie ein Daumenkino, vorwärts und rückwärts, sah auf den leeren Seiten am Ende des Buchs nach.

Was hatte Joe gesagt? *Geschichte hat man an der Highschool nur im ersten Jahr.*

Noch einmal blätterte ich flüchtig die Seiten durch, wollte, dass das Buch mir erklärte, was ich beinahe verstehen konnte. Und dann verstand ich es.

FÜNFUNDZWANZIGSTES KAPITEL

Die Schulsekretärin wollte mir nicht sagen, wo die Bibliothek war. »Das verstehen Sie doch sicher«, sagte die Frau. Sie war jünger als ich, pausbäckig, mit matronenhaftem Kurzhaarschnitt. »Wir können nicht jeden einfach so in der Schule herumlaufen lassen.«

»Ich bin nicht jeder. Ich bin eine Mutter.«

»Sie würden auch nicht wollen, dass irgendwelche Leute in der Schule frei herumrennen, wenn Ihr Kind …« Die Frau hatte den Anstand, hier abzubrechen. Sie errötete.

»Sie wissen, dass mein Kind nicht in diesem Gebäude ist, und im Moment interessiert es mich nicht im Geringsten, wer hier *frei herumrennt*. Ich muss mit der Bibliothekarin sprechen. Dringend. Ich muss dringend …«

»Im Moment ist es ungünstig.« Die Frau schob ihren Stuhl ein paar Zentimeter zurück, als würde sie sich darauf gefasst machen, dass ich gleich auf sie losging. »Wir haben jetzt Mittagspause, und Mrs Chandler ist beschäftigt.«

»Ich möchte ja nicht mit der Schulleitung sprechen, sondern einfach nur … Ist Joe Jeffries da?«

Die Frau griff zum Telefon. Immerhin. Ich trat einen Schritt zurück. Nun, da ich meinen Willen bekommen würde, konnte ich das.

Während die Sekretärin leise ins Telefon sprach – ich merkte, dass es nicht Joe war, den sie angerufen hatte, und fragte mich, ob es so etwas wie Sicherheitsdienste für Kleinstadtschulen gab –, schaute ich mich um. Weiter hinten ging es zum Büro der Schulleitung, die Tür war geschlossen. Das

Krankenzimmer und das Büro des Konrektors waren vermutlich um die Ecke. Vielleicht würde ich Joes Büro alleine finden. Ein Schüler saß mit dem Rücken zu mir, wartete darauf, dass eine der Türen sich öffnete und eine Autoritätsperson ihn hereinwinkte. Gesundheitsprobleme oder ernsthafte Schwierigkeiten? Und dann merkte ich, dass der Junge Steve Ransey war.

Ich ging zu ihm und stellte mich vor ihn. »Steve«, sagte ich.

Er saß vornübergebeugt, die Ellbogen auf den Knien. Er blickte nicht hoch, und daran merkte ich, dass er mich bereits vorher erkannt hatte. »Die haben schon mit mir geredet«, sagte er.

»Ich bin nicht die Polizei. Meine Fragen sind andere.«

Er trat gegen den Teppich. Er trug schwere Arbeitsstiefel und sah aus, als wäre die siebte Klasse für ihn nur eine Unterbrechung seines Jobs als Straßenarbeiter. Oder als käme er aus einer Sträflingskolonne. Er war größer als Joshua, kräftiger und breiter.

»Was?«, fragte er mit brüchiger Stimme.

Immer noch ein Dreizehnjähriger, dachte ich, egal, wie derb die Uniform ist.

»Du weißt nicht, wohin er gegangen sein könnte?«

»Das ist dieselbe Frage.«

»Okay«, sagte ich und setzte mich auf den Stuhl neben ihm. »Wann hat er angefangen, Graffiti auf Wände zu sprühen?«

Steves Blick irrte ziellos umher.

Die Sekretärin kam zu uns. »Ich fürchte, das können wir nicht zulassen.«

»Was zulassen?«, sagte ich. »Das ist der Freund meines Sohnes. Wir muntern uns nur gegenseitig auf, stimmt's, Steve?«

Steve nickte mit gesenktem Kopf.

Die Sekretärin gab einen unterdrückten Laut von sich und eilte davon.

»Jetzt holt sie die Schulleiterin oder den Konrektor«, sagte Steve.

»Soll sie doch. Ich mache gar nichts und du im Moment auch nicht. Warum sitzt du hier?«

»Warte auf die Schulkrankenschwester«, murmelte er.

»Alles in Ordnung mit dir?«

Er schaffte es, mich einen Moment anzuschauen, dann wandte er den Blick ab. »Yeah.«

Ich hatte im Mama-Ton mit ihm gesprochen, merkte ich zu spät. »Hat die Polizei dich zu den Graffiti befragt? Und zur Scheune?«

»Yeah.«

»Dann darf ich dazu wohl keine Frage mehr stellen. Aber haben sie dich etwas zu … Sozialkunde gefragt?«

Jetzt sah er mich an, neugierig. »Nein?«

»Bist du mit Joshua in Sozialkunde?«

»Haben wir zu unterschiedlichen Zeiten.«

»Aber bei derselben Lehrerin?«

»Mrs Grivner. Sie ist ein ziemliches Miststück.«

»Dann ist sie mir sympathisch. Hat sie euch mal ein Projekt aufgegeben, bei dem ihr einen Familienstammbaum zeichnen solltet?«

Er stieß einen leisen, zischenden Laut aus. »Das war nervig. Das haben wir in der zweiten Klasse gemacht.«

»Ach ja?«, sagte ich, während meine Gedanken rasten.

»Und das war nicht fair. Manche Leute hatten wirklich *einfache* Familien.«

Die Sekretärin ging mit einem triumphierenden Blick zurück ins Zimmer. Bestimmt würde gleich jemand ebenso Lästiges auftauchen, um mich hinauszukomplimentieren.

Der arme Junge. Lebte nicht bei seinen eigenen Eltern, sondern bei seinem Onkel. Und was für eine Idiotin ich gewesen war, seine Familie zu verurteilen. »Joshuas Familienstammbaum war zu einfach«, sagte ich schließlich und wusste, dass ich damit genau das zugab, was ich Joshua gegenüber abgestritten hatte. »Wo ist die Bibliothek?«

Er zeigte achselzuckend zu der Tür, durch die die Sekretärin gekommen war. »Da drüben, auf der rechten Seite. Aber sie ist jetzt geschlossen, Mittagspause.«

Mittagspause. Hatte Joe nicht eine Pausenaufsicht erwähnt? Mit der Bibliothekarin?

»Wo ist die Cafeteria?«

»Folgen Sie einfach dem *Geruch*. Und dem Lärm.«

»Ich finde, hier riecht es überall nach Kohl. Warum isst du nichts?«

Er zuckte mit den Schultern und drehte den Kopf weg.

»Hast du dein Geld für Spraydosen ausgegeben? Ist dir deswegen nicht gut?« Ich erinnerte mich an das traurige graue Haus, in dem die Ranseys wohnten, und daran – das wusste ich aus eigener Erfahrung –, wie beschämend es war, das verbilligte Mittagsmenü in Anspruch zu nehmen … oder nicht einmal dafür genug Geld zu haben. Das war, als hätte man ein Schild um den Hals: *Sonderfall*. In meinem letzten Schuljahr hatte ich mich während der Essenszeit immer hinter einer Reihe Schließfächer versteckt und eine Packung Billig-Salzcracker gemampft – gemeinsam mit Theresa, die sich angewöhnt hatte, etwas von zu Hause mitzubringen, das sie mit mir teilen konnte.

Ich öffnete mein Portemonnaie, fand einen Fünfer und hielt ihn Steve hin.

Er machte wieder diesen eigenartigen zischenden Laut, aber es war kein Lachen. »Ich nehme kein Geld von Ihnen.«

»Warum nicht? Ich schenke es dir.«

Er zuckte mit den Schultern. Ich vermisste Joshua so sehr, dass mir der Brustkorb wehtat. »Was isst Joshua immer zu Mittag?«

Er saß so lange stumm da, dass ich schon dachte, er würde gar nichts mehr sagen. Seine Füße scharrten über den Boden. Die Sekretärin hüstelte, um uns an ihre Anwesenheit zu erinnern.

»Pommes. Die isst er ungefähr jeden Tag.«

Ich nickte. »Du würdest es mir sagen, wenn du es wüsstest, oder? Wo er ist?«

»Ja.«

»Hast du deine Tante schon wiedergesehen?«

Er schüttelte langsam den Kopf.

»Darf ich dir eine Portion Pommes spendieren?«

»Okay.«

Er ließ sich das Geld in die Hand drücken und stürmte davon. Ich stand auf, warf der Sekretärin noch einen Blick zu und folgte dem Geruch und dem Lärm, bevor jemand mir sagen konnte, dass ich das nicht durfte.

Ich ging dem leisen Stimmengewirr nach, bis es zu einem heftigen Brausen anschwoll. Unterwegs begegneten mir nur wenige Schüler. Niemand hatte mehr als einen kurzen Blick für mich übrig. Ich ging einen langen Flur entlang, an Klassenzimmern vorbei, die dunkel waren, wie mir ein Blick in die kleinen Sichtfenster verriet. Ich kam an gerahmten Fotos von Sportmannschaften vorbei und an Porträts von stolzen Jahrgangsbesten mit Babygesichtern. Dann an einem Pokalschrank, der – beinahe leer – erwartungsvoll dastand.

Eine große Glocke erklang dröhnend über mir, und Schüler strömten um die Ecke und an mir vorbei, umringten mich, bis ich mir vorkam wie eine Insel in einem Strom aus Ellbogen und Rucksäcken. Ich trat zurück, suchte bei dem

Pokalschrank Schutz und wartete, wobei ich die Schüler im Auge behielt, die zu mir herüberstarrten. Ich erkannte keinen von ihnen, aber schließlich tauchte Joe Jeffries' perfekt gestylter Kopf auf.

»Miss Winger, was …? Gib es Neuigkeiten?«

Ich wusste zu schätzen, dass er zur formellen Anrede zurückgekehrt war. »Nein, ich muss die Bibliothekarin sprechen. Sie sagten, sie hätte mit Ihnen gesprochen. Über Joshua.«

»Der Sheriff hat das schon alles …«

»Ich weiß, ich weiß. Ich versuche nur herauszufinden, was es mit diesem Geschichtsprojekt auf sich hat.«

Er sah mich mit düsterem Gesicht an. Mir war klar, was er von mir dachte. Ich war ein trauriges, verzweifeltes Wrack von einer Frau und verschwendete gerade eine Menge Zeit hier, wo ich doch eigentlich zu Hause sein, mich hinlegen und abwarten sollte.

»Schauen Sie, ich weiß das alles. Aber ich muss etwas tun.«

Er seufzte und sah zu, wie die letzten Schüler am Ende des Flurs verschwanden. »Haben Sie sich im Sekretariat angemeldet?«

»Ja.«

Er hob eine Augenbraue.

»Ich bin ein bisschen aufsässig geworden. Mit dieser Sekretärin möchte ich lieber nichts mehr zu tun haben.«

»Hier entlang.« Er ging voran, und ich folgte ihm. Wir liefen wieder an den Porträts vorbei, den großen, arglosen Augen so junger Menschen. An den Klassenzimmern, deren Türen jetzt offen standen. Langsam legte sich das Gewimmel, als die Schüler nach und nach zu ihren Plätzen gingen. Bevor wir das Büro am Haupteingang mit der wachsamen Sekretärin erreichten, bog Joe ab und betrat einen etwas schmaleren Gang. Wir bogen noch einmal ab, und ich wurde mit dem Anblick von Bücherregalen hinter einer langen Fensterfront belohnt.

»Ich weiß nicht, was Sie hier herausfinden können«, sagte er über seine Schulter hinweg in einer bibliotheksangemessenen Lautstärke.

Die Bibliothek hatte hohe Decken, und es war kalt. Ich folgte Joe durch einen großen Bereich mit Tischen und Arbeitskabinen, die zum Teil von Jugendlichen besetzt waren, die Kopfhörer trugen oder mit den Daumen auf ihren Smartphones herumdrückten. Alle hatten eins. Jetzt erst wurde mir klar, wie ungewöhnlich es war, dass Joshua keines besaß.

Die Bibliothekarin stand hinter einem Empfangstresen und lächelte erwartungsvoll. Sie war bleich und hatte ein schmales Gesicht mit hervortretenden Wangenknochen. Ihre langen lockigen Haare waren zu einem unordentlichen Knoten hochgesteckt.

»Milah«, sagte Joe.

Bevor er weitersprechen konnte, streckte ich ihr die Hand hin. »Ich bin die Mutter von Joshua Winger.«

Die Frau schüttelte mir die Hand und hielt sie danach noch eine Weile fest. »Oh«, sagte sie, während sie sich die freie Hand vor den Mund schlug. »Ist irgendwas passiert?«

Sie erwarteten das Schlimmste. Beide. Joe mit seiner Anteilnahme und jetzt diese magere Bibliothekarin mit ihrer Überraschung – jeder wartete nur darauf, Nachrichten à la Madame Zonda zu hören.

Joe dirigierte uns zu einem leeren Tisch abseits der Schüler. »Keine Neuigkeiten. Miss Winger hat nur ein paar Fragen an dich.«

»An mich?«

Ich setzte mich ihr gegenüber. Sie wirkte aufrichtig, nicht so, als hätte man sie darum gebeten, eine hysterische Mutter zu beruhigen. »Joshua hat während der Bibliothekszeit an einem Projekt gearbeitet?«

»Das hat er sicher. Er war sehr eifrig bei der Sache.«

»Aber es war nicht für die Schule.«

»Na ja, das weiß ich nicht«, erwiderte sie. »Die Schüler machen hier alle möglichen Recherchen. Solange sie sich benehmen und nicht zu laut werden, stellen wir ihnen nicht allzu viele Fragen.«

»Nein, ich kann Ihnen sagen, dass es nicht für die Schule war. Das habe ich schon geklärt, mit ...« Ich warf einen Blick auf Joe. Bestimmt war es besser, Steve nicht als Quelle zu erwähnen. »Das habe ich geklärt. Was auch immer er da getan hat, war etwas Persönliches.«

Die Schulglocke ertönte noch einmal. Jetzt waren wohl alle Schüler wieder an ihrem Platz. Alle außer meinem.

»Manche stellen während der Bibliothekszeit Recherchen über ihre Lieblingsmannschaft im Baseball an«, sagte Joe. »Oder über ihre Lieblingssupermodels, oder ... wir haben eine Menge Websites blockiert.«

»Dann wird in der Bibliothekszeit vor allem das Internet genutzt?«, fragte ich.

»Die meisten haben zu Hause Internetzugang, deshalb recherchieren hier viele in Büchern oder nutzen die Zeit, um ihre Referate zu schreiben oder Hausaufgaben zu machen«, sagte die Bibliothekarin. »Oder sie haben Fragen an uns. Die Zeit hier wird wirklich für die Eigenarbeit genutzt.«

Joshua hatte zu Hause keinen Internetzugang. Das Internet zu Hause war nur für die Arbeit da, meine Arbeit. »Hat Joshua für sein Projekt das Internet genutzt?«

»Teilweise. Ich habe ihm ein bisschen geholfen.«

»Können Sie mir das zeigen, bitte?«

Sie wechselte einen Blick mit Joe, dann stand sie auf und führte mich zu einer der Arbeitskabinen. Ein Mädchen saß darin und tippte. Die Website auf ihrem Bildschirm sah aus wie die einer Popgruppe. Als wir näher kamen, klickte sie sie schnell weg und räumte bereitwillig das Feld.

»Erinnern Sie sich daran, nach was er gesucht hat?«, fragte ich.

Milah runzelte die Stirn. »War es nicht ein Genealogie-Projekt?«

Wir versammelten uns in der leeren Kabine, und Milah beugte sich zur Tastatur hinunter. »Er war auf der Suche nach irgendwelchen entfernten Verwandten. Cousins und Cousinen.«

»Er hat keine Cousins und Cousinen«, erwiderte ich.

»Nun«, sagte Milah langsam, »jeder hat irgendwelche entfernten Cousins und Cousinen. Wenn man weit genug zurückgeht.«

»Wir nicht.« Natürlich stimmte das nicht. »Wie könnte er das angefangen haben? Vielleicht mit einem Namen oder einer konkreten Information? Wie macht man so was?«

»Tja, er könnte mit sich selbst angefangen haben.« Milah drückte ein paar Tasten, und Joshuas Name erschien im Suchfeld. Als die Ergebnisse auftauchten, fuhr sie mit dem Finger über die wenigen Einträge und tippte noch einmal etwas ein. »Aber soweit ich sehen kann, kommt er nicht im Internet vor. Das ist gut. Er ist zu jung. Oder er hat mit Ihnen angefangen. Ihr Name ist ...«

Ich zögerte und blickte zu Joe. Dann nannte ich ihr den Namen, unter dem man mich kannte. Kein Grund, jetzt die alten Zeitungsartikel auszugraben.

Milah tippte meinen Namen.

»Über Sie gibt es auch nichts.« Mit neu erwachtem Interesse sah sie mich an. Dass nichts zum Vorschein kam, wenn jemand einen im Internet ausfindig machen wollte, war heutzutage wohl ungewöhnlich.

Joe wurde ungeduldig. »Ich verstehe nicht, wie das relevant sein könnte.«

Ich wollte auch nicht, dass es relevant war, aber das war es. Jetzt gestand ich mir das ein.

»Versuchen Sie mal diesen Namen«, sagte ich und sprach ihn zum ersten Mal seit dreizehn Jahren laut aus. Und ich buchstabierte ihn so, wie ich ihn für Joshua – für alle Fälle – falsch aufgeschrieben hatte.

SECHSUNDZWANZIGSTES KAPITEL

Eliot Ray Levis. Ein L, ein T. Manchmal bekam er Post an Elliott, zwei L, zwei T, und das nervte ihn. Oder an Mr Lebis. Oder Leeves, Leaves, Levi. *Was soll das?*, schimpfte er dann immer und hielt mir den Katalog oder Briefumschlag, der seinen Ärger erregte, vor die Nase. *Wie kann man denen dauernd solche Fehler durchgehen lassen?*

Milah klickte ein paar Einträge an und sah dann wieder zu mir. »Auch nicht viel über diesen Typen. Ich glaube nicht, dass Joshua in der Lage wäre, mit dieser Suche weit zu kommen, außerdem bräuchte er für manche Suchdienste eine Kreditkarte. Ein paar Immobiliensachen … auf jeden Fall nichts Aktuelles.«

Ich stieß die Luft aus, die ich die ganze Zeit angehalten hatte, fühlte mich aber kein bisschen besser. Bevor sie bei ihrer Suche dreizehn Jahre alte Schlagzeilen oder Chatrooms ausgraben konnte, musste ich sie ablenken. »Wie konnte Joshua seine ganze Bibliothekszeit damit verbringen, wenn wir schon nach zehn Minuten nicht mehr weiterkommen?«

»Oh, ich habe nicht gesagt, dass er seine ganze Zeit damit verbracht hat«, antwortete sie, schloss das Suchfenster und blickte hoch. »Meistens hat er die Präsenzbibliothek benutzt, deshalb ist er mir auch aufgefallen.« Sie warf einen Blick zu Joe. »Normalerweise interessieren sie sich nicht für den verstaubten Teil der Bibliothek.«

»Präsenzbibliothek … also Enzyklopädien?«

Milah stand auf und ging zurück zu dem Tisch, an dem wir

zuvor gestanden hatten. Dahinter begann eine lange Regalreihe mit Büchern: großen, dicken, alten. »Ich glaube, er interessierte sich mehr für …« Sie hielt inne. »… Landkarten.«

Ich fuhr nach Hause, ohne zu merken, wie ich dort hinkam. Mein Puls raste. Ich konnte nicht klar denken. Und ich konnte nicht aufhören nachzugrübeln.

Landkarten.

Aber wo wollte er hin? Niemand hatte daran gedacht, ihn zu fragen, oder ihm über die Schulter geschaut, um zu sehen, was für eine Reise er plante.

Jeffries war losgegangen und hatte die Jungen geholt: Steve, Shay Mullen, einen anderen, den ich auf dem Rasen vor dem Courthouse gesehen hatte. Und Stephanies Sohn, Caleb.

»Er hat immer über Chicago geredet«, sagte Shay. Er bekam beim Sprechen kaum die Zähne auseinander. Ich beugte mich vor, um ihn besser zu verstehen. »Und dann ging es dauernd um irgend so ein Waldgebiet. Weißt du noch?« Er wandte sich an Steve. »Er wollte campen gehen.«

»Ich weiß nicht«, sagte Steve. Es schien ihm jetzt peinlich zu sein, mit mir zu reden. Wegen der Pommes wahrscheinlich. Vielleicht hatte ich ihn von seinen Bauchschmerzen befreit, aber zugleich hatte ich ihn in seinem Stolz verletzt.

»Wo?«, fragte ich, und das Herz klopfte mir bis zum Hals.

»Ich kann nachschauen, wenn ich wieder zu Hause bin«, sagte Shay.

»Wie willst du das machen?«

»Online«, antwortete er. »In dem Chat von Loki's Revenge.«

»Zwei?«, fragte Steve.

»Klar«, sagte Shay, warf sich das Haar aus der Stirn und zog seine zu engen Jeans hoch.

»Wie? Was ist Lucky's Revenge?«

»*Lo-ki*«, betonte Shay. Jemand am anderen Ende des Raums machte »Psst«, weil er zu laut sprach. »Der Gott des Unheils. *Loki's Revenge*.«

»Teil zwei«, ergänzte Steve. »Die neueste Version.«

»Ach, das ist ein Spiel«, sagte ich. »Und das ist online? Aber Joshua hat keinen Internetzugang.«

»Doch, hat er«, erklärte Steve und stieß wieder seinen leisen, zischenden Laut aus.

»Er spielt es die ganze Zeit«, bestätigte Shay.

»Und da gibt es einen Chat«, sagte Caleb. »Sie wissen schon, man kann sich da mit den Leuten unterhalten, mit denen man spielt. Überall, nicht nur in Parks. Nicht nur mit seinen Freunden, meine ich.«

Joshuas Spielkonsole?

»Aber er hatte keinen Internetzugang in unserer Wohnung …«

»Der Nachbar«, sagte Caleb. »Ganz einfach. Einer von Ihren Nachbarn hat seinen Zugang nicht geschützt.«

Und ich hatte geglaubt, ich wäre diejenige, die in unserer Wohnung ein geheimes Online-Unternehmen betrieb.

»Als er darüber gesprochen hat, dass er irgendwo campen gehen wollte«, fragte ich, »hat er da einen bestimmten Ort erwähnt?« Ich schaute zu Joe, dann zu Milah. »Hat er etwas von Wisconsin gesagt? Sweetheart Lake?«

Shay schaute mich aufmerksam an. »Ja, das war es.«

Verrückt, wie sich dieser Name jedem ins Gedächtnis brannte, der ihm einmal begegnet war. Die Jungen bestätigten alle, dass sie ihn gehört hatten, und auch, dass Joshua ihn möglicherweise während einer der Bibliotheksstunden nachgeschlagen hatte.

Als ich nach Hause fuhr, war ich wütend auf mich selbst. Wie hatte ich nur eine einzige Minute verschwenden können, indem ich so tat, als wüsste ich nicht, wo Joshua hinwollte? Er wollte Ray finden. Natürlich. Die Polizei hatte mich nach dieser Möglichkeit gefragt. Russ hatte mir ins Gewissen geredet. Aber ich hatte nicht zugelassen, dass man das in Betracht zog, weil ich hoffte, dass es nicht stimmte. Weil es unmöglich schien. Joshua konnte nicht einfach zu seinem Dad fahren, weil er keinen hatte. Ein Dad? Das war etwas für Glückwunschkarten und Sitcoms im Fernsehen. Joshua hatte keinen *Dad*. Keiner von uns beiden hatte einen, nicht mehr, und damit waren wir beide besser dran.

Als ich vor unserem Wohnhaus ankam, stand Russ da. Er hatte seine Kappe nicht auf.

»Ich hab dich gesucht«, sagte er.

Meine Hände fingen an, so stark zu zittern, dass ich sie festhalten musste. Genau wie alle anderen erwartete ich das Schlimmste. »Joshua?«

»Nein, nein, entschuldige – in dieser Hinsicht gibt es eigentlich nichts Neues zu vermelden.« Er musterte mich. »Hast du irgendwelche Neuigkeiten?«

Ich sollte ihm davon erzählen. Von *Ray*, Herrgott noch mal. Natürlich. Ich war schon wieder in magisches Denken verfallen. Und jetzt: ein Name. Ich müsste nur einen Namen nennen, und schon hätte ich sämtliche nationalen Sicherheitskräfte hinter mir, um meinen Sohn einfach und sicher zurückzuholen. Aber das schien mir … zu glatt. Wie Kent gesagt hatte: Wenn ich einfach losmarschierte und Joshua zwang zurückzukommen, würde ich den Jungen wiederbekommen, den ich verdiente. Dann bräuchte ich gar nicht erst zu versuchen, ihm alles zu erklären oder ihm klarzumachen, was es mich gekostet hatte, Rays Namen auszusprechen. Und was es für mich bedeutete zu erzählen, was er getan hatte und wie ich ihn damit hatte davonkommen lassen.

»Können wir reingehen?«, fragte er.

Ich schaute hoch und wandte dann den Blick ab.

»Oh.« Er drehte den Kopf zur Straße, sah ein Auto, das zu schnell auf uns zukam. Der Fahrer verlangsamte das Tempo, als er Russ bemerkte. Der starrte ihm nach, bis er um die Ecke verschwunden war. »Ich denke, ich kann es dir auch hier sagen. Nichts Schlimmes, wirklich, aber auch nichts, was uns irgendwie weiterbringt. Einfach nur ein Rätsel, das gelöst ist.«

»Aidan?«

»Nein …«

»Nichts? Nicht einmal jetzt, wo Leila wieder zu Hause ist?«

Er verzog das Gesicht. »Darüber darf ich wirklich nicht reden.«

»Oh.«

Wir standen eine Weile unbeholfen nebeneinander.

»Wir können jetzt diese … diese *Drohung* zuordnen.«

Ich verstand ihn nicht, aber dann erinnerte ich mich an den Umschlag, den Zettel, die gemeinen, fetten Buchstaben: *Ich kenne dich.* Die Erinnerung an diesen Tag stieg jetzt deutlich vor mir auf; die Puzzleteile setzten sich zusammen.

»Joshua«, sagte ich.

»Wir haben eine Fotodatei davon auf der Festplatte von seinem Spieledings gefunden. Überrascht dich das?«

Ich konnte mich über nichts von dem mehr wundern, was Joshua wusste, sagte oder tat. Er hatte auch das *Sweetheart Lake Magazin* für mich bestellt. Niemand sonst konnte das getan haben. Niemand sonst konnte so grausam sein.

»Inzwischen braucht es einiges, um mich zu überraschen«, sagte ich, und wir starrten uns einen Moment lang an.

»Okay«, sagte er. Er schwieg ein paar Sekunden, dann ging er den Gehweg entlang bis zu seinem Wagen. Der Tag in der Scheune war vorüber, und jetzt war er außerdem verdorben.

»Warte«, sagte ich, und ich hasste den Klang meiner Stimme und seinen harten, ungeduldigen Gesichtsausdruck, als er sich umdrehte. »Die Schriftanalyse …«

»Ich darf über diesen Fall nicht sprechen, habe ich gesagt.«

»Nein, nicht Aidans Fall. Die Beweismittelformulare.«

Er sah mir nicht in die Augen. »Was ist mit denen?«

»Ich konnte mir lange keinen Reim darauf machen«, sagte ich. »Alles war so durcheinander. Ich bekam es nicht zu fassen. Aber jetzt denke ich, dass alle diese Unterschriften von derselben Person stammen.«

Nun hatte ich seine volle Aufmerksamkeit. »Das kann nicht sein. Die Techniker …«

»Nein, ich meine, *bevor* die Beweismittel ins Labor gehen«, sagte ich. »Wenn sie ins Testverfahren kommen, ist es schon zu spät. Dort taucht ja das Problem auf, oder? Wenn sie aus dem Labor zurückkommen, sind sie … etwas anderes, keine Drogen mehr.« Ich machte eine Pause, um sicherzugehen, dass wir uns richtig verstanden.

»Ich höre.«

»Der Polizist, der die jeweilige Festnahme vorgenommen hat, und dann die Person, die das Beweismittel bei euch einschließt, und dann die Person, die es zurückverlangt, um es ans Labor zu schicken. Das kann auch manchmal ein und dieselbe Person sein, klar, aber auf unseren Formularen stehen viele verschiedene Namen – nur stammen die Unterschriften alle von einer einzigen Person. Und diese Person hat versucht, sie unterschiedlich aussehen zu lassen – ziemlich erfolgreich. Ergibt das für dich irgendeinen Sinn? Ist das …«

»Tja, das könnte manches erklären«, sagte Russ. »Gibt es eine Möglichkeit festzustellen, wer das getan hat?«

»Ich könnte es. Versteh mich nicht falsch, aber wir hatten diese Diskussion schon einmal. Ich brauche die Originale«, sagte ich, und er verdrehte die Augen. »Der Kopierer, den du benutzt hast, hat Staub oder Kratzer auf dem Glas, um nur eins der Probleme zu nennen. Deshalb sind auf den Seiten kleine schwarze Punkte, genau da, wo die Unterschriften beginnen. Das ist verwirrend. Besorg mir die Originale, und ich werde sehen, was ich tun kann.«

Er nickte knapp. »Ja, *Ma'am*. Sonst noch was?«

Schon wieder erzählte ich ihm, wie er seinen Job zu machen hatte, aber ich war zu müde, um mich dafür zu rechtfertigen. Was für Fragen hatte ich noch? Ich glaubte nicht, dass ich diesen Mann und diesen Ort jemals wiedersehen würde, daher sah ich keine Veranlassung für dieses Gespräch. Aber wenn ich ihn jetzt richtig wütend machte, würden er und seine Sicherheitsleute heute Nacht vielleicht wegbleiben. Ich brauchte nur eine Nacht. Also benutzte ich den nächstbesten der unzusammenhängenden Gedanken, die ich mir notiert hatte. »Wenn die Drogen aus dem Labor zurückkommen und nicht das sind, wofür man sie gehalten hat … was heißt das?«

»Warum sollte das eine Rolle spielen?«

»Das tut es nicht«, sagte ich. »Nicht für mich. Hab mich nur gefragt. Verschwundenes Kokain, Crystal Meth.« Ich machte eine Pause, während ich darüber nachdachte, was das Schlimmste war, was ich sagen konnte. »Ich hätte gedacht, dass es für *dich* eine Rolle spielt. Schließlich hast du *gefragt*.«

»Wir arbeiten daran, Miss Winger.« Seine Stimme klang so abgehackt wie das Klappern einer Schreibmaschine. »Und – ich denke, von jetzt an werde ich eher die herkömmlichen Methoden benutzen, um die Frage nach der Beweismittellücke zu beantworten. Ich danke dir für deine Dienste zum Wohle der Allgemeinheit.«

Einen Moment lang erinnerte ich mich an den schiefen Durchgang zur Scheune und daran, wie ich meinen Arm in das helle Tageslicht gestreckt hatte, bevor wir auseinandergegangen waren. *Lass es nicht hier,* hatte er gesagt, in dem Moment, als ich das alles schon hinter mir gelassen hatte.

»Natürlich«, sagte ich.

Ich wandte mich zum Gehen, aber als er hinter mir herrief, hielt ich inne und blickte zurück.

»Weißt du, eine Zeitlang habe ich mich gefragt, auf wessen Seite du stehst.«

»Soll heißen?«

»Ich dachte, du wolltest, dass Leila Ransey unschuldig ist. Sag mir, dass ich mich täusche.«

»Nein«, erwiderte ich. »Ich wollte, dass Leila Ransey davonkommt. Das ist nicht dasselbe.«

Ich drehte mich um und ging Richtung Tür, wobei ich gegen den Drang ankämpfte, noch einmal zurückzublicken. Ich meinte es ernst. Ich hatte gewollt, dass Leila Ransey davonkam. Ich wollte, dass wir alle davonkamen.

SIEBENUNDZWANZIGSTES KAPITEL

Ich packte, als würde ich niemals zurückkommen.

Kleidung. Schuhe. Eine Jacke. Ein paar Handtücher, eine Decke. Obendrauf warf ich Kissen. Vielleicht würde ich im Auto schlafen müssen. Meinen Computer. Ich zog die zusammengefalteten Kartons unter dem Bett hervor, aber ich benutzte sie nicht. Leichtes Gepäck. Diesmal mussten wir mit leichtem Gepäck reisen.

Ich packte eine Tasche für Joshua: Unterwäsche, Socken, T-Shirts, seine Winterjacke, Winterstiefel. Jetzt sah ich, was fehlte, was er mitgenommen hatte. Während ich seine Sachen sortierte, entwickelte ich eine Theorie: Wenn man zum ersten Mal wegläuft, weiß man nicht, was man mitnehmen muss. Man lässt da, was man braucht, und nimmt mit, was nicht. Als ich zum ersten Mal weggelaufen war, hatte ich nichts als die Kleider, die ich der Frau im Krankenhausbett neben mir gestohlen hatte, aber da hatte ich keine Wahl gehabt.

Seine Spielkonsole war noch in Verwahrung, doch ich packte seine neuen Kopfhörer ein, wickelte die Kabel sorgfältig auf und steckte sie in eine Ecke hinter den Rücksitzen.

Ich packte, bis ich erschöpft war, kurz vor Mitternacht. Alles fühlte sich so an, als täte ich es zum letzten Mal. Vielleicht war es das letzte Mal, dass ich mir in diesem Spülbecken die Hände wusch. Vielleicht war es das letzte Mal, dass ich diese Tür abschloss und diese Treppe hinunterging. Es würde andere Spülbecken geben, andere Türen, andere Treppen, allerdings konnte ich mir das im Moment nicht vorstellen. So wenig von meinem alten Leben eignete sich zum Mitnehmen, und ich fühlte mich, als wäre ich auf dem Weg zu meiner eigenen Hinrichtung. Ich packte für die Reise, aber nicht für das, was danach kam, denn davon hatte ich keine Vorstellung.

Am unteren Ende der Treppe öffnete sich Margarets Tür, und in dem dunklen Spalt sah ich ihre Brillengläser schimmern. Ich nickte ihr zu und versuchte vorbeizuschlüpfen.

»Wo willst du hin?

»Nirgendwohin, Margaret, keine Sorge.«

»Das ist Bullshit, Lady. Ich merke immer, wenn etwas Bullshit ist.«

Ich warf einen Blick auf die Hintertür, die noch angelehnt war, seit ich das letzte Mal hindurchgegangen war. »Anscheinend weißt du schon alles.«

»Was soll ich diesem Polizisten sagen, wenn er kommt und nach dir sehen will?«

»Das macht er nicht.«

»Was hast du ihm erzählt?«

»Margaret, ich muss los.«

»Nichts? Verschwindest so unauffällig, wie du gekommen bist. Du hast keine Ahnung.«

Beinahe hätte ich ihr zugestimmt, aber ich verkniff es mir.

»Los, sag's mir«, verlangte sie. »Nur für den Fall.«

Daran hatte ich schon gedacht – es gab so viele mögliche Fälle. Aber für keinen von ihnen hatte ich je vorgesorgt. Noch nie hatte ich eine Nachsendeadresse hinterlassen, nie irgendjemandem erzählt, wo ich herkam und wo ich hinfuhr. Warum jetzt? Joshua. Was, wenn die Polizei ihn auf seiner Fahrt nach Sweetheart Lake aufgriff und zurückbrachte? Was, wenn er auf halbem Weg seine Meinung änderte und freiwillig zurückkam?

Aber wenn ich das glaubte, konnte ich hier bis in alle Ewigkeit auf ihn warten.

»Nach Hause«, sagte ich. Das Wort blieb mir beinahe im Hals stecken. Immer, wenn ich an zu Hause dachte, dachte ich an Abenddämmerung und Mückenstiche, an den See wie auf einem Kalenderblatt. Die Bäume, die rund um das Haus hoch emporragten wie Götter, die darauf warteten, ihr Urteil zu vollstrecken. Roter Staub an meinen Socken und der Geruch nach Hamburgern, der abends von der Dairy Bar herüberzog. Ich dachte an gemietete Häuser, allesamt Bruchbuden, und an einen traurigen Eimer mit gelber Farbe im Keller. »Nach Hause. Joshua ist nach Hause gefahren, und ich muss ihn holen.«

Margaret öffnete die Tür weiter. Sie streckte mir ihr schwerhöriges Ohr entgegen. »Und wo ist das?«

»Ich rufe von unterwegs im Sheriffbüro an.«

Margaret streckte die Hand aus, um mich zurückzuhalten, doch ich schlüpfte an ihr vorbei und durch die Hintertür nach draußen. Der SUV sah nicht aus, als wäre er für ein neues Leben gepackt. Der Kofferraum war voll, aber davon abgesehen hätte man auch denken können, ich machte einen Sonntagsausflug oder ein paar Erledigungen. Ich stieg ein und schnallte mich an. Nächtliche Geräusche drangen durch das offene Fenster. Einen Augenblick später ließ ich den Motor an und fuhr auf die Straße.

Ein Fehler, so viel zurückzulassen, von dem Ort wegzugehen, zu dem Joshua zurückkehren könnte. Ich fuhr durch die Stadt und am Courthouse vorbei, sah im Büro des Sheriffs Licht durch die heruntergezogenen Jalousien, kam an der Leuchtreklame der Dairy Bar vorbei. Schon als ich die Ausfahrt nach Norden nahm, war ich zu der Auffassung gelangt, dass alles, was ich von nun an tat, um noch weiter wegzukommen, falsch sein würde.

Die Straße war leer und trotz des Halbmonds dunkel. Ich fuhr nur ein bisschen zu schnell. Um meine Gedanken im Zaum zu halten, fing ich an, auf alle Bezirksmarkierungen zu achten, die ich passierte, auf Namen von Orten, die ich nie besuchen würde. Ich befand mich in der wenig besiedelten Zone zwischen zwei Großstädten. Überall nur Reklametafeln für Fast-Food-Ketten und gelegentlich eine Ansammlung von Lichtern. Aber das war der Weg: nordwärts, immer nordwärts, dorthin, wo ich so viele Fehler gemacht hatte.

»Wohin willst du?«

Ich schaute von meinem Teebecher auf, der immer noch voll und schon längst kalt war, und sah mit verschwommenem Blick, wer diese Frage gestellt hatte. Die Kellnerin, die eine Kaffeekanne vor ihrer breiten Hüfte baumeln ließ, als wäre sie ein Teil ihres Körpers. Sie trug eine fleckige Uniform und zerschlissene Sneakers. Wie viele Stunden blieb diese Frau wach, wenn alle anderen schliefen?

Es war mitten in der Nacht, und ich befand mich in einem Fernfahrerlokal an der Umgehungsstraße von Chicago, und hier war niemand freiwillig. Ich auch nicht. Nach einigen Stunden auf der Interstate hatte mich der Schlafmangel eingeholt. Ich hatte gehofft, dass eine kleine Stärkung mich durch diese Stadt und durch die Nacht bringen würde.

»Nach Hause«, sagte ich.

»Ach ja? Woher kommst du, Süße?« Sie schlüpfte auf der anderen Seite des Tischs in meine Sitznische und stellte die Kaffeekanne auf einer Serviette ab. »Du hast doch nichts dagegen, oder? Ich habe nicht genug zu tun, aber immer wenn ich aussehe, als ob ich nicht genug zu tun hätte, wollen diese Typen da drüben« – sie wies mit einem Kopfnicken auf ein paar Trucker, die einzigen anderen Gäste – »wieder die Kuchenliste hören.«

Vorhin hatten die Trucker freundschaftlich darüber gestritten, wer in seiner Karriere die schlimmsten Massenkarambolagen gesehen hatte. Meiner Meinung nach lagen sie gleichauf. Ich hatte versucht, sie auszublenden. Ich hatte noch einen langen Weg vor mir. Viele Meilen auf dunklen, zweispurigen Landstraßen.

Es waren untersetzte, ältliche Männer. »Sie sind einsam.«

»Jeder, der hierherkommt, ist einsam. Und jeder von ihnen war vor einer Stunde noch einsamer.«

»Sie sind nicht zusammen hergekommen?«

»Die alten Knacker können hier das machen, was alte Knacker am liebsten tun: sich selbst reden hören.« Auf ihrem Namensschild stand *Mary Jo*. »Was machst du, wenn du nach Hause kommst?«

»Meinen Sohn abholen«, sagte ich. »Er … er besucht seinen Vater.«

»Ich hasse solche Besuche. Du gibst sie so wohlerzogen ab, wie sie sein sollen, und wenn du sie abholst, sind sie drei Zentimeter größer und haben nur Scheiße im Kopf. Es dauert sechs Wochen, sie wieder hinzubiegen. Hast du nur den einen?«

Ich nickte.

»Wenn meine Jungs runterfahren und ihren Dad besuchen und seine Eltern, seinen Bruder und die ganze Bagage, dann hören sie sich danach an, als wären sie in einem Pennercamp gewesen. Sei froh, dass du nur den einen hast. Da kann er sich nicht mit anderen gegen dich verbünden.«

Die Trucker lachten laut auf. Ich sah zu ihnen hinüber, aber Mary Jo ließ sich nicht stören.

»Wenn sie getrennt sitzen, wollen sie alle mit mir reden.« Sie wies vage in die Richtung einer anderen Sitznische. »Wenn sie zusammensitzen, sind sie wie kleine Jungs. Die sind alle gleich.«

Um nicht antworten zu müssen, hob ich die Teetasse an meine Lippen. Ich hatte schon viele Männer getroffen, die Mary Jos Theorie zu bestätigen schienen, aber ich konnte nicht glauben, dass wirklich alle gleich waren. Was war mit Joshua? Auch wenn die letzten Tage mich ins Wanken gebracht hatten, wollte ich nicht denken, dass er wie alle anderen war. Ich hatte ihn zwar nicht vor jeder Gefahr bewahrt, aber ich musste einfach daran glauben, dass es immer noch … möglich war. Joshua war immer noch eine Möglichkeit.

»Mary Jo«, sagte einer der Trucker. »Können wir noch mal die Kuchenliste hören?«

Die Kellnerin senkte den Kopf. »Sie wollen überhaupt keinen Kuchen. Ich bringe dir noch ein bisschen heißes Wasser, Süße. Und einen neuen Teebeutel. Das hier sieht eklig aus.«

Ich musste zurück auf die Straße. Mein Handy zeigte an, dass es beinahe drei Uhr morgens war. Es hatte hier Empfang, deshalb konnte ich feststellen, dass es keine verpassten Anrufe, keine Textnachrichten, keine Neuigkeiten gab. Aber ich blieb sitzen, sah Mary Jo dabei zu, wie sie den Truckern die Kaffeebecher nachfüllte und ihnen auswendig aufzählte, was sie hören wollten. Ich blieb und wartete auf den frischen Tee, den ich eigentlich gar nicht wollte. Ich wusste nicht, warum ich sitzen blieb, aber ich kannte das universelle Gesetz: Jeder, der hier hereinkommt, ist einsam.

Blaubeere, Rhabarber. Apfel, Kirsche, und als Mary Jo mir ein Stück brachte, ohne mich zu fragen, welche Sorte, nahm ich meine Gabel und schlang den Kuchen herunter, als hätte ich seit Monaten – oder noch nie – etwas so Leckeres gegessen.

Ich schrak auf, mein Kopf in merkwürdigem Winkel auf dem Lenkrad und meine Schulter darunter eingeklemmt. Ein Auto hupte. Ich fuhr hoch, das Hupen hörte auf, und seltsame Stille trat ein. Mein SUV stand auf einem Rastplatz, und ich konnte mich kaum daran erinnern, hier gehalten zu haben. Die Hupe war meine eigene gewesen.

Ich kroch aus dem Auto und streckte mich. Nach dem Fernfahrerlokal hatte es nur ein paar Stunden gedauert, bis der Schlafmangel mich wieder eingeholt hatte. Ich musste noch viele Meilen fahren, gewundene Straßen, die man besser bei Tageslicht in Angriff nahm. Jetzt hatte ich einen steifen Nacken, und mein Kopf schrie nach Kaffee und Aspirin. Zwei weitere Autos parkten am anderen Ende des Parkplatzes, außerdem ein paar Sattelschlepper aus der Gegend. Ich rieb mir über Gesicht und Arme, während ich schnell zu den Toiletten hinüberlief, vorbei an der Landkarte in der Form einer erhobenen Faust – mein Heimatstaat Wisconsin.

Ein paar Minuten später, als ich zurück zu meinem SUV eilte, eine Cola in der Hand und einen Schokoriegel in der Tasche, merkte ich, dass ich Aufmerksamkeit erregt hatte. Ein Polizist spähte in das Fenster auf der Beifahrerseite.

»Guten Morgen«, sagte ich. In dem Verkaufsautomaten hatte ich auch Aspirin gefunden, und ich hoffte inständig, dass die Kopfschmerzen jeden Moment nachlassen würden. Ich konnte es immer noch bis zum Mittag nach Sweetheart Lake schaffen. »Gibt es ein Problem?«

Der Mann richtete sich auf und sah mich weiterhin an. »Ein Herumtreiber wurde gemeldet.«

»Ist er in meinem Auto?«

»Darf ich fragen, wo Sie hinfahren, Ma'am?«

Vermutlich war *nein* die falsche Antwort. »Nur eine Urlaubsreise.«

»Also kein bestimmtes Ziel?«

Etwas an seinem Ton kam mir falsch vor. Ich warf einen Blick auf die anderen Fahrzeuge auf dem Parkplatz, in der Hoffnung, dass noch jemand anders wach war. Ich konnte unmöglich als ungelöster Kriminalfall in einer Fernsehshow enden, nicht nach all den Anstrengungen. »Verwandte besuchen. Ich habe keinen Herumtreiber gesehen, aber ich bin auch noch nicht so lange hier.«

»Nicht so lange? Nicht ein paar Stunden und die letzten zwei Minuten unter Dauerhupen?«

Ich drehte den Kopf, um mir die anderen beiden Autos genauer anzusehen. Eins war ein Pick-up mit offener Ladefläche und einer Aufschrift, die allerdings nicht mehr lesbar war. Straßenverkehrsamt wahrscheinlich. Das andere war dunkel und nicht weiter gekennzeichnet. »Bin ich der Herumtreiber?«

Der Polizist ging um das Auto herum und machte eine Show daraus, das Nummernschild anhand eines Notizblocks, den er aus der Tasche zog, zu überprüfen. Ich stellte mir seine Handschrift vor: gedrungene, breite Blockbuchstaben, über die ganze Seite gezogen. »Nicht wenn Sie sich jetzt ins Auto setzen und weiterfahren.«

»Das war mein Plan«, sagte ich. Er rührte sich nicht vom Fleck. Ich nahm noch einen Schluck von meiner Cola.

»Sind Sie Anna Winger?«

Ein Tropfen Cola geriet mir in die Luftröhre. Ich hustete und nickte. Joshua, o Gott. Joshua. »Geht es … um meinen Sohn?«

Der Polizist starrte auf die Autobahnzufahrt, als fiele ihm die Antwort schwer. Ich fing an zu zittern. Die ganze Zeit war ich auf der rechten Spur gefahren, um nach Trampern Ausschau zu halten. Unter Brücken war ich langsamer gefahren und hatte die dunklen Bereiche mit den Augen abgesucht, und einmal hatte ich ein paar Schuhe im Schatten einer Unterführung gesehen. Trotz der Dunkelheit hatte ich angehalten und das Fenster heruntergedreht. Als niemand antwortete, hatte ich den Warnblinker eingeschaltet und war ausgestiegen. Aber schon nach ein paar Schritten hatte ich gemerkt, dass die Schuhe keinen Besitzer hatten, dass sie einfach so dastanden, weil jemand sie zurückgelassen hatte.

Der Polizist seufzte und sah mich schließlich direkt an. »Weiß nicht genau. Ich hab eine Nachricht bekommen mit der Anweisung, Sie nach Hause zu schicken. Parks County, Indiana?«

»Sie reden vom Sheriff? Sheriff Russell Keller. Wie …?«

»Er hat Sie als vermisst gemeldet.«

Ich wartete auf eine Pointe, aber es schien nichts mehr zu kommen. »Vermisst? Aber meine Nachbarin … Ich habe gesagt …«

»Für Ihr Autokennzeichen ist ›Suchauftrag‹ vermerkt. Sie können weiterfahren, wenn Sie wollen, aber ich muss es melden.«

Ich schwankte zwischen Ärger und Erstaunen. Eine Art *Suchalarm* auf mein Auto? War das überhaupt legal? War das überhaupt … moralisch vertretbar? Was zum Teufel … Waren das jetzt unsere Spielregeln? Dass ich mich abmelden musste, wenn ich seinen Zuständigkeitsbereich verließ? Als ob Ray nicht genug wäre, musste ich jetzt auch noch vor jemandem davonlaufen, der mich über die Staatsgrenzen hinweg suchen lassen konnte, während er selbst dem Allgemeinwohl diente, Hände schüttelte und Orden verlieh?

»Er nimmt wohl jede Mühe auf sich, um mich zu überwachen.«

»Ma'am?«

»Was soll ich tun?«

»Sie müssen diese Nummer anrufen.« Er riss ein Stück Papier von seinem Notizblock und brachte es mir.

Aus der Nähe betrachtet wirkte der Polizist weit jünger, als ich gedacht hatte. Er war frisch rasiert, und sein Hemdkragen saß nicht richtig. Auf dem Papier in seiner Hand konnte ich die Ziffern lesen, die genauso breit und dick waren, wie ich es vorhergesehen hatte. Diesem Baby-Cop könnte ich ein paar Dinge über sich selbst verraten, dachte ich, ihn ein bisschen ins Wanken bringen. Aber dafür hatte ich nicht die Zeit. Ich zog meine Autoschlüssel aus der Tasche.

»Ma'am? Bitte nehmen Sie das.«

»Wozu? Ich werde nicht vermisst. Vielleicht nie wieder.« All diese Leute verschwendeten meine Zeit. »Davon abgesehen kenne ich diese Nummer, falls ich sie brauche.«

Ich fuhr Stunden, bis sich die Straße schließlich gabelte und in einen Kiefernwald führte. Ich ließ die Fenster herunter und atmete tief ein. Seit damals hatte ich nie wieder einen Ort gefunden, der so roch. Vielleicht hatte ich mir all diese Präriestädte nur ausgesucht, damit wir nicht heimisch wurden, damit es uns nicht so schwerfiel, sie wieder zu verlassen.

Je weiter ich fuhr, desto nervöser wurde ich. Ungefähr eine Stunde bevor ich in Sweetheart eintraf, erreichte ich eine kleine Stadt, die mir bekannt vorkam. Dieses alte Steinhaus mit den vielen Blumentöpfen davor. Die kleine Kirche.

Es gab eine neue Tankstelle. Früher war hier etwas anderes gewesen. Ich fuhr vor und füllte den Tank. Drinnen kaufte ich ein Päckchen Aspirin und eine weitere Cola. Ich versuchte, mir den Typen an der Kasse nicht zu genau anzusehen. Ich war jetzt so nah an Sweetheart, dass es passieren könnte, dass ich Gesichter wiedererkannte. Oder dass andere mich wiedererkannten.

Draußen hielt ich einer Frau, die hereinwollte, die Tür auf. Sie blieb stehen. »Riverview Highschool?«

Ich blickte hoch. Ich war auf die Riverview gegangen, aber sicher nicht mit dieser Frau. Sie war an die fünfundzwanzig Jahre älter als ich und hatte tief eingesunkene Augen und ein rundes Gesicht.

»Mrs Brightman.« Allein den Namen auszusprechen führte dazu, dass mir schlecht wurde, aber ich wusste nicht genau, warum. Noch nicht. Es waren tief vergrabene Assoziationen, die jetzt an die Oberfläche kamen. Ich hielt mich an dem Mülleimer neben mir fest und drückte die kalte Getränkedose gegen meine Stirn.

»Das stimmt! Und Sie sind … Ich muss Sie einen Moment anschauen. Ich habe ein gutes Gedächtnis für die Riverview-Kids.« Die Frau betrachtete mich und murmelte leise. Schließlich sah ich, dass die Vergangenheit vor ihr auftauchte – ihre Augen weiteten sich. »Oh. Ich sollte … Sie sind das Winger-Mädchen, oder? Ich … hatte …« Sie versuchte es noch einmal. »Wie *geht* es Ihnen, meine Liebe?«

Jetzt hatten wir endlich eine gemeinsame Basis. Mrs Brightman, die Schulkrankenschwester der Riverview High, erinnerte sich an mich. Ich erlaubte mir die Erinnerung an Mrs Brightman in ihrem Schwesternkittel, an das Krankenzimmer, ein kleines weißes Kämmerchen, an die rauen Laken auf der Liege. An ihre kühlen Hände, die meine Temperatur prüften, und ihre kühle Stimme, wenn sie fragte, ob es irgendeinen Grund gab, warum ich hier war. Vielleicht eine Klassenarbeit, auf die ich nicht vorbereitet war? Eine Stimme, die nie Unsicherheit verriet und auch niemals Neugier, nicht einmal, wenn es angemessen gewesen wäre.

Wie *geht* es Ihnen? Würden immer alle in diesem Ton mit mir sprechen?

»Wir sehen immer noch einige aus Riverview«, plapperte Mrs Brightman. »Mein Mann, Richard, Sie erinnern sich? Er hat jahrelang an der Grundschule in Rhinelander unterrichtet, aber jetzt sind wir beide in Rente. Wir kommen nicht so oft nach Sweetheart. Sind Sie auf Familienbesuch hier?«

»So könnte man es sagen.« Und so würde sie es auch weitererzählen, das war mir klar. »Ich muss jetzt wirklich los.«

»Ich will Sie nicht aufhalten.« Mrs Brightman musterte mich von Kopf bis Fuß und sagte: »Also, Ihnen scheint es ja inzwischen gut zu gehen, nicht wahr?«

Ich schleppte mich über den Parkplatz und zu meinem SUV. Aber dann schaffte ich es nicht, den Motor zu starten. Ich schob meine zitternden Hände unter meine Oberschenkel. Dann fand ich den Knopf für die Fenster und ließ sie herunter.

Ich saß immer noch da, als Mrs Brightman mit einer Tüte Milch aus dem Tankstellenhäuschen auftauchte. Sie lief an meinem Fenster vorbei zu ihrem Auto und merkte, dass ich sie beobachtete. »Es war so *schön*, Sie zu sehen«, sagte sie. »Leeanna Winger, gerade ist es mir eingefallen. Mein Gedächtnis … Freuen Sie sich über Ihre Jugend.«

»Mrs Brightman, meine Jugend war eine Horrorshow.«

Die Krankenschwester ließ ihren Autoschlüssel fallen. Jetzt lächelte sie nicht mehr.

»Wenn es mir inzwischen gut geht, dann liegt es an mir«, sagte ich. »Wenn es mir inzwischen gut geht, dann trotz der Riverview Highschool, trotz meiner Lehrer und trotz Ihnen.«

»Leeanna …«

»Das ist nicht mehr mein Name«, sagte ich. »Dieses Mädchen ist tot, genau wie Sie es vorhergesehen haben. Ein hoffnungsloser Fall.«

»Das habe ich nie gedacht.« Die Krankenschwester reckte das Kinn, als stünde ihr Stolz auf dem Spiel. Das tat er auch, denn ich hatte vor, ihn mitzunehmen.

»Warum haben Sie mir nicht geholfen?«, fragte ich.

Sie presste die Milchtüte an ihre Brust.

»Warum hat niemand mir geholfen?«, fragte ich.

Die Frau konnte mir nicht länger in die Augen sehen. »Ich wusste es nicht«, flüsterte sie. »Es war damals eine andere Zeit … eine andere … Heute ist alles anders.«

Ich wollte etwas Arrogantes, Scharfes erwidern, und das Einzige, was mir einfiel, war einer von Margarets Sprüchen. »Das ist Bullshit. Ich merke immer, wenn etwas Bullshit ist.« Falls ich Margaret je wiedersah, würde ich ihr das erzählen. Aber dann müsste ich die Geschichte ein wenig ausschmücken, denn ich fühlte mich überhaupt nicht gut dabei, so zu reden. Weil es stimmte und weil meine Worte absolut nichts ändern konnten.

ACHTUNDZWANZIGSTES KAPITEL

Die Stadt rückte ins Blickfeld, und sie war wie jeder andere Ort, den ich auf dieser Reise passiert hatte.

Das Leben ging weiter. In Sweetheart Lake, der Stadt, aus der ich vor dreizehn Jahren geflohen war, gingen die Leute einkaufen und saßen Kinder in Klassenzimmern, während ihre Eltern nach Rhinelander oder St. Germain fuhren, um Immobilien zu vermitteln oder Computer zu verkaufen. Ich bog vom Highway ab und kam an den ersten Kennzeichen der Stadt vorbei. Da war *The Stag*, das jetzt nur noch abends geöffnet hatte, und die Straße, die zur Hütte von Theresas Großvater am Midnight Lake führte. Schließlich kam der kleine Markt, auf dem acht Sorten Dörrfleisch verkauft wurden sowie Holzbären, die von den Künstlern mit Kettensägen und Äxten direkt hier auf dem Parkplatz angefertigt wurden. Es war Nebensaison, und die Stadt wirkte genauso wie damals, als ich sie verlassen hatte: ruhig und bereit, mich gehen zu lassen. Ich könnte umkehren, und niemand würde jemals etwas erfahren. Niemanden würde es interessieren.

Auf den ersten Blick war alles so, wie ich es in Erinnerung hatte. Die Waldstation. Mein Herz machte einen kleinen Satz beim Anblick von Smokey Bear auf dem Warnschild des Forest Service. Das Waldbrandrisiko war als »HOCH« eingestuft. Das kleine Holzhaus daneben war zu einem Café umgewandelt worden. Ich fuhr so langsam, dass der Lastwagen hinter mir trotz Überholverbot an mir vorbeifuhr, nur um mich loszuwerden, und ich nickte vor mich hin, ja, ja, genau so hatte ich es mir vorgestellt. Die Tankstelle auf der linken Seite. Eine Kurve, und die Main Street lag vor mir.

Zwischen den T-Shirt-Shops und den Nippesgeschäften, in denen ich in meiner Jugend immer gestöbert hatte, parkte ich und stieg steifbeinig aus. Der Laden, in dem Theresa und ich uns T-Shirts für den Senior Day in der Schule gekauft hatten. War es wirklich derselbe? Oder hatten diese Orte – genau wie ich – mehrere Leben, und ich konnte nach der langen Zeit keinen Unterschied mehr feststellen?

Immer noch da: der berühmte Fudge-Shop, wo die Touristen jeden Sommer ihre schmierigen Hände an das Schaufenster pressten, wenn sie den einheimischen Kids dabei zusahen, wie sie Süßigkeiten herstellten. Und die Buchhandlung mit ihrer Fachwerkfassade.

Alles war noch so gleich, und doch konnte ich auch erkennen, was sich geändert hatte. Die Stadt wies gewisse Anzeichen von Verfall auf. Schon wieder ein Maklerbüro mit einem »Zu vermieten«-Schild im Fenster. Ein Restaurant, das zur Nebensaison geschlossen hatte oder vielleicht für immer. Die Bankfiliale war inzwischen ein Souvenirladen, der sich auf Hundefiguren, Hundetassen und Geschirrtücher mit Hundemotiv spezialisiert hatte.

Ein weißhaariges Ehepaar, verspätete Touristen in Kniestrümpfen und brandneuen Tennisschuhen, wandte sich gerade vom Schaufenster des Hundeladens ab und geriet mir in die Quere. Die Frau und ich, Auge in Auge, vollführten den typischen ungeschickten Tanz von Leuten, die nur aneinander vorbeiwollen, und die Frau lachte, als auch der zweite Ausweichversuch scheiterte. »Darf ich um den nächsten Tanz bitten?«, sagte der Mann. Aber ich lachte nicht. Ich war gar nicht hier. Ich war schon um die Ecke, bestürzt darüber, wie viel sich verändert hatte und um wie viel schlechter es nach den dreizehn Jahren meiner Abwesenheit um diese Stadt stand.

»Entschuldigung«, sagte eine Frauenstimme leise. Ich wich zurück und ließ die Frau vorbei. Der kleine Junge auf ihrem Arm hatte seinen Kopf auf ihre Schulter gelegt. Er starrte mich an, den Daumen im Mund.

Mir stockte der Atem. Der Junge erinnerte mich an Joshua. Aber er sah überhaupt nicht aus wie Joshua, weder jetzt noch in diesem Alter! Eine optische Täuschung, eine Sinnestäuschung … einen kurzen Moment lang hatte ich ihn gekannt.

Ich sah den beiden nach, bis sie um die Ecke verschwunden waren, dann ging ich weiter. Die Stadt war größer geworden. Straßenverläufe waren geändert und Gebäude abgerissen worden, um ein paar Fast-Food-Läden und einem glänzend gelben Mini-Markt Platz zu machen. Weiter weg die pinkfarbene Neonreklame der Dairy Bar. Wenigstens die war unverändert.

Die Stadt aus meiner Erinnerung war noch da und auch wieder nicht. Die Geisterstadt und die tatsächliche – ich konnte sie beide gleichzeitig sehen.

Ich wusste nicht, ob ich weinen sollte oder mich gleich übergeben musste. Ich hatte erwartet, dass die Stadt noch die gleiche wäre, aber nicht so sehr, und ich hatte erwartet, dass sie sich verändert hätte, aber nicht in dieser Weise. Ich hatte nicht das Recht zu sagen, Sweetheart Lake sei zuvor besser gewesen, die alte Bankfiliale sei nützlicher gewesen als der Hunde-Souvenir-Laden. Ich hatte keine Stimme. Doch ich spürte die Veränderungen auf eine Art, die ich noch nicht kannte. Meinen Kummer konnte ich mir nur damit erklären, dass es nicht um die abgerissenen Gebäude ging und auch nicht um die Veränderungen im T-Shirt-Shop.

Das alles war es nicht. Es war die Zeit. Die Zeit, die verstrichen war und jetzt nichts vorzuweisen hatte. Der kleine Junge auf dem Arm seiner Mutter würde hier aufwachsen, ohne den Unterschied zu kennen. Für ihn war die Stadt in Ordnung – so lange, bis er fortging und eines Tages wieder zurückkehrte. Erst dann würde er feststellen, dass dieser Ort ohne ihn zurechtkam, anstatt ihn zu brauchen.

Ich drehte mich um, um die Pine Street hinunterzublicken, und stand eine ganze Weile da, ohne Angst zu haben, dass mich irgendjemand erkannte. Ray selbst hätte vorbeikommen können. Ich war unsichtbar.

Aus dem Internet hatte ich zwei Adressen, und ich musste eine Entscheidung treffen: ein Feigling sein und zuerst nach Theresa suchen, damit sie mir beistehen konnte, oder Mut beweisen und Ray – und Joshua – alleine finden. Bei dem Gedanken, Joshua zu sehen, ihn in die Arme zu schließen und so viele Sekunden festzuhalten, wie er es zuließ, schnürte sich mir die Kehle zu. Aber Ray. Wie wütend war er inzwischen? Was würde er sich trauen, wenn Joshua dabei war? Wenn ich zuerst Theresa aufsuchte, hätte ich eine Zeugin – vielleicht. Wenn sie überhaupt mit mir sprach. Aber vielleicht würde ich auch nur wertvolle Zeit damit vergeuden, ihr alles zu erklären. Zeit, die ich lieber auf die Suche nach Joshua verwenden sollte.

Joshua. Die richtige Entscheidung war die für Joshua. Ich war nicht sicher, ob ich mutig genug war, fuhr aber los – in der Hoffnung, dass ich unterwegs Mut fassen würde.

Die Stadt war immer noch zu klein. Schon im nächsten Moment hatte ich die Adresse verpasst, die ich mir gemerkt hatte, und musste einmal um den Block fahren, um zurückzugelangen und zu parken. Die Häuser sahen aus wie aus dem Katalog. Rays Haus war weiß und kastenförmig, der

Rasen ein kleiner grüner Fleck. Ich starrte auf die Vorhänge, in der Hoffnung, eine Bewegung zu erkennen oder, wenn ich nur lange genug wartete, Joshua selbst.

Die ganze Straße lag still da, abgesehen von einem einsamen Auto, das die Kreuzung beim nächsten Wohnblock überquerte. Niemand ging vorbei oder kam ans Fenster. Das Einzige, was ich tun konnte, war, zur Tür zu gehen und zu sehen, was passierte. Ich stellte mir vor, was Russ Keller zu einem solchen Plan sagen würde.

Während ich ausstieg und auf das Haus zuging, wünschte ich, irgendetwas in den Händen zu haben, egal was. Bei jedem Schritt erwartete ich, dass die Tür aufschwang und mich jemand anschrie. Aber sie blieb geschlossen, die Vorhänge zugezogen. Ich erreichte die Schwelle ohne Zwischenfall und musste nur auf den Klingelknopf drücken.

Ein Hund jaulte. Pfoten scharrten drinnen auf dem Fußboden und an der Tür. Keine Schritte. Keine Stimmen.

Ich gab der Tür noch eine Chance aufzugehen, während ich unruhig die Straße auf und ab blickte. Irgendein Nachbar beobachtete mich bestimmt. Hätte jemand mich gekannt, hätte er den Kopf aus der Tür gestreckt, um mir zu sagen, wann ich es nochmals versuchen sollte. Aber ich war eine Fremde. Man würde mich beobachten und die Polizei rufen, falls man dachte, ich könnte Ärger verursachen. Mein Autokennzeichen aus einem anderen Bundesstaat war bereits aufgefallen.

Gerade hatte ich beschlossen zu gehen, da sah ich den Zipfel eines Umschlags aus dem Briefkasten ragen. Ich zog daran, bis ich sehen konnte, an wen er adressiert war – David Cotter junior. Ich öffnete den Briefkasten und zog den restlichen Inhalt heraus. Sollten die Nachbarn doch die Polizei rufen. Ein paar Dinge hatte ich auch zu melden. Cotter. David Cotter, Christine Cotter. Eine der Zeitschriften war ein Fachblatt über Holzverarbeitung. Ich steckte die Post zurück in den Briefkasten und ging ohne Eile zurück zum Auto. Erleichtert. Das war nicht sein Zuhause.

NEUNUNDZWANZIGSTES KAPITEL

Ich parkte in der Stadt, wobei ich gegen den Bordstein stieß, und schaufelte dann massenweise Münzen in die Parkuhr. Die aufrechte Bürgerin.

Auf der Pine Street schaute ich mir die Geschäfte an und sah niemanden, den ich kannte oder der mich zu kennen schien. Ich schlenderte unbeteiligt von Schaufenster zu Schaufenster. Die Sommertouristen waren wieder zu Hause und die Wintertouristen noch nicht aufgetaucht, die Kinder waren in der Schule, die Collegestudenten wieder auf dem Campus, die arbeitende Bevölkerung an ihren Arbeitsplätzen. Ich war eine einzelne Frau, die dadurch auffiel, dass sie ohne Eile eine leere Straße entlangging. Aber vielleicht war es gar keine so schlechte Idee aufzufallen. Ich musste herausfinden, wo Ray war, auch wenn ich nicht sicher war, was dann passieren würde. Ich erreichte den nördlichen Teil der Stadt, in dem die Straßen verändert waren, und sah mich um. Was ich brauchte, waren eine Polizeistelle und ein Telefonbuch. Ein Telefon, da mein Handy schon seit fünfzig Meilen keinen Empfang mehr hatte.

Und dann sah ich die Lösung: die Clipper Bar. Sie war immer noch an derselben Stelle, die Bretterfassade so verwittert wie die eines Bootshauses, das Schild noch genauso farblos und abweisend. Drinnen war es dunkel. Während der Sekunden, die meine Augen brauchten, um sich an die Dunkelheit zu gewöhnen, wunderte ich mich über meine eigene Dummheit. Das war einer von Rays Stammplätzen, und ich ging einfach hinein.

»Ahoi«, sagte eine Stimme irgendwo an der Bar.

Schließlich entdeckte ich, wo der Gruß herkam. Ein Mann mittleren Alters, mit einem runden Bauch über dem Hosenbund, saß auf einem Barhocker am Ende des Tresens. Er kam mir nicht bekannt vor. Ich ihm hoffentlich auch nicht. Jemand, der an einem Gespräch interessiert wäre, würde das Ahoi erwidern, dachte ich. »Ich hätte gern ein Root Beer«, sagte ich und setzte mich so weit wie möglich von ihm weg. Ich blickte mich um und betrachtete die gerahmten Werbeplakate für Fischstäbchen und Bier, die Tische mit Angelhaken und Kunstködern unter dickem, vergilbtem Schellack.

Er stellte das Root Beer vor mich und schob die Karte über den Tresen.

»Haben Sie ein Telefonbuch?«

»Geklaut«, sagte er.

Das passte gut zu dem, was ich von dieser Bar in Erinnerung hatte. Ich bestellte das erstbeste Sandwich von der Karte, damit er etwas zu tun hatte, während ich mir einen Plan zurechtlegte.

Den Besuch bei Theresa hatte ich immer noch in der Hinterhand, aber je länger ich über diese Option nachdachte, desto unrealistischer erschien sie mir. Unsere Freundschaft lag dreizehn Jahre zurück. Wenn ich in Sweetheart geblieben wäre, hätten wir es dann geschafft, das nächste Jahr zu überstehen, geschweige denn weitere zwölf oder noch mehr?

Die ganze Zeit hatte ich an Theresa als an die junge Frau gedacht, die ich zurückgelassen hatte. In meiner Vorstellung sah sie noch genauso aus, hatte noch denselben Job. Sie würde aus derselben Haustür kommen, mit ihrem typischen breiten Lächeln. Vielleicht würde sie sogar weinen. Über die Jahre hatte ich mir die Wiederbegegnung oft genug vorgestellt, doch dieser Teil war immer gleich. Vielleicht würde Theresa vor Erleichterung weinen, wenn sie mich wiedersah – lebend, gesund, stark. Aber wir hatten uns schon damals, als ich gegangen war, voneinander entfernt gehabt, weil sie es nicht ertragen konnte, mit anzusehen, was mir passierte. Und inzwischen hatte ich die Stadt gesehen. Ich hatte die dreizehn Jahre *gesehen*. Die Dinge konnten völlig anders sein, als ich hoffte. Was, wenn Theresa in dieser Zeit überhaupt nicht an mich gedacht hatte? Oder, falls doch: Was, wenn sie sich nur an all die Momente erinnerte, in denen ich mich auf sie gestützt hatte, ohne ihren Rat anzunehmen? Falls sie überhaupt an mich dachte, erinnerte sie sich vielleicht nur daran, wie einseitig unsere Freundschaft gewesen war. Kein großer Verlust. Eigentlich eine Erleichterung.

So hatte ich mich gefühlt, als ich die Todesanzeige meiner Mutter in der Onlineausgabe der Lokalzeitung meiner Heimatstadt gesehen hatte. Der Name meines Vaters hatte nicht darunter gestanden. Gut. Ich hatte die Seite schnell weggeklickt, aber es war zu spät gewesen. Ich war ins Bad gerannt, um mich zu übergeben, und dann zurück an den Computer, um die Anzeige erneut aufzurufen. Es war wichtig, dass ich das wirklich verstand. Die Beerdigung hatte ich verpasst, sie lag Monate zurück. Merkwürdig, mein Kummer hatte sich wie Erleichterung angefühlt. Jetzt verband mich nichts mehr mit Sweetheart Lake.

Der Barmann kam mit meinem Sandwich. Er setzte sich wieder auf seinen Hocker, um auf den Fernseher in der Ecke zu starren. Ich nahm einen großen Bissen. Als ich aufblickte, hatte der Mann seine Aufmerksamkeit auf mich gerichtet. »Hungrig, was?«

Mein Mund war so voll, dass ich nur nicken konnte.

»Hier aus der Gegend?«

Jetzt war ich dankbar für das Essen in meinem Mund.

»Hast du einen Wohnsitz hier?«

Einen *Wohnsitz*. So hatten wir es immer genannt. Auch wenn man nicht aus der Gegend stammte, konnte man trotzdem einen Wohnsitz haben. Dann war man ein Nachbar, ein Sommernachbar, der mit seinen Kindern und Enkelkindern zum Angeln oder Baden an einen der Seen kam. Man konnte seinen Wohnsitz wochenweise vermieten, an Leute aus Chicago, die bereit waren, tausendfünfhundert Dollar oder mehr dafür zu bezahlen, dass sie an einem Lagerfeuer sitzen und Moskitos totschlagen durften. Egal, ob man nur einmal im Jahr vorbeikam oder alle Sommerwochenenden hier verbrachte, ein *Wohnsitz* verschaffte einem einen kleinen Vorsprung vor einem Touristen, denn das war das Schlimmste, was man sein konnte.

»Nur zu Besuch«, sagte ich mit vollem Mund. »Kleine Rundreise.«

Der Kapitän grunzte. »Ist jetzt keine Saison. Selber schuld.«

»Es gefällt mir so.« Ich schob mir einen weiteren Riesenbissen in den Mund und sah weg.

Es klingelte an der Hintertür, und ein Pärchen kam herein.

»Ahoi«, rief die Frau. Sie war dünn und steckte in engen, zerschlissenen Jeans und einem noch engeren Pullover. Als sie grinste, wurde eine Zahnlücke in ihrem Mund sichtbar. Ihr Begleiter war dick und massiv von Kopf bis Fuß, und seine Haut war so rot wie am Spieß gebraten.

»Betty Spaghetti«, sagte der Barmann. Er klang erfreut. »Jim. Ihr seid heute ein bisschen früh dran.«

Betty wählte einen Barhocker und kletterte darauf. »Is' Freitag irgendwo.«

Ich hörte auf zu kauen. Soviel ich wusste, war *hier* Freitag. Joshua war seit drei Tagen fort. Das Essen in meinem

Mund schmeckte wie Beton. Ich nahm eine Serviette und spuckte es aus. Drei Tage, und hier saß ich und aß zu Mittag. Ich stellte mir Joshua vor, wie er hungrig am Straßenrand stand. Wie er endlich beim Haus seines Vaters ankam, nur um festzustellen, dass er dort nicht willkommen war.

Ich schob den Teller weg. Betty, Jim und Chuck – so hieß der gestrandete Kapitän – diskutierten ihren Bedarf an Getränken und Burgern und das voraussichtliche Ergebnis eines Spiels, das noch nicht angefangen hatte. Betty blickte als Erste zur Seite und bemerkte mich. »Hey, Mädel. Ist das okay für dich?«

»Was?«

Sie zeigte auf das halb gegessene Sandwich.

»Oh, das ist gut. Sehr zu empfehlen.«

Betty zwinkerte mir zu. »Bist du eine Testerin oder so was?«

Beide Männer drehten sich um und sahen mich an.

»Nein. Nur eine … Touristin.«

»Keine Saison, Baby.«

»An dem verdammten See kann man jetzt nicht gut angeln«, erklärte Jim.

Chuck schenkte Jim Bier nach. »Duke und sein Sohn haben heute Morgen einen Zander gefangen, haben sie gesagt.«

»Duke ist ein Lügner«, erwiderte Jim. »Und sein Sohn auch.«

Betty beugte sich zu mir herüber. »Sie mögen Duke nicht, weil ihre Frauen Duke zu sehr mögen«, flüsterte sie vernehmlich. »Was gibt es so spät im Jahr hier zu sehen? Die *Farben?* Ihre Zahnlücke war wieder deutlich zu erkennen. Ich war heute Bettys großer Fang.

»Ich besuche ein paar …« Alte Freunde? Verwandte? »Sehenswürdigkeiten.«

Jim schnaubte. »Bäume, Bäume und nochmals Bäume.«

»Und Seen«, sagte Betty, wie um mich zu verteidigen. »Wohnst du an einem See? Hast du einen Wohnsitz hier?«

»Nein«, antwortete ich. »Vielleicht fahre ich schon bald wieder nach Hause. Indiana«, ergänzte ich, bevor sie fragen konnten. Sie hätten bestimmt gefragt. Alle nickten.

»Hab 'nen Cousin, der wohnt in der Nähe von Tell City«, verkündete Jim.

Tell City sagte mir nichts. Aber dann fiel mir ein Weg aus meiner Sackgasse ein. »Ich hatte mal einen Cousin hier in der Gegend«, sagte ich, als wäre es mir gerade erst in den Sinn gekommen. »Ray Levis?«

»Du bist Ray Levis' Cousine?« Betty lächelte unsicher.

»Ohne Scheiß?«, sagte Chuck. »Der saß schon ziemlich oft hier rum.«

Ich hatte einen Fehler gemacht. Vielleicht war die Clipper Bar immer noch Rays Stammlokal. Er konnte jeden Moment kommen. Schließlich war irgendwo Freitag.

»Entfernt«, sagte ich. »Also, dritten Grades oder so.«

»Hast du ihn schon gesehen, seit du hier bist?«, fragte Betty.

Also lebte er immer noch hier, auch wenn die Adresse aus dem Internet ein Reinfall gewesen war. »Ich war bei dem Haus in der Elm Street.«

»Da wohnt er schon eine Weile nicht mehr«, erklärte Jim. »Hat das Stadtleben irgendwann aufgegeben.«

Stadtleben. Nur jemand, der sein ganzes Leben in Sweetheart Lake verbracht hatte, konnte das ernsthaft so nennen. Aber wenn Ray die Stadt aufgegeben hatte und diese Stadt Sweetheart Lake war, dann bedeutete das …

»Er wohnt jetzt draußen am Dam Lake«, sagte Chuck. Er sah Jim an. »Ist das St. Germain oder Eagle River?«

»Es ist Sugar Camp«, sagte Betty. Sie lachte. »Daran erinnere ich mich, weil – *Sugar Camp*, also ehrlich.«

»Gemeindefreies Gebiet«, schaltete sich Jim ein. Dann also keine Stadt. Ray Levis wohnte an irgendeiner ruhigen Landstraße mit so vielen Zentimetern Seeufer, wie er sich leisten konnte. Wenn es jemanden gab, der ohne andere Menschen leben konnte, sogar ohne die Zugehörigkeit zu einem Ort, dann war es Ray.

Chuck fing an, mir in wackeligen Strichen eine Karte auf eine Papierserviette zu zeichnen. »Du musst da rausfahren. Er kommt nicht mehr oft hierher. Bin noch nicht mal sicher, ob er Telefon hat.«

»Ray Levis«, sagte Betty kopfschüttelnd. »Was ist eigentlich aus dieser Sache geworden? Ihr wisst schon … mit diesem Mädchen?«

Jim sah sie stirnrunzelnd an. »Was für eine Sache?«

»Erinnert ihr euch nicht an die ganze Aufregung mit den Cops und dieser Frau, die dauernd behauptet hat, Ray hätte ihre Schwester umgebracht?«

Mein Bierkrug knallte auf den Tresen.

»War nicht die Schwester, war ihre Freundin«, sagte Chuck. »Soll ich nachschenken?«

Ich schüttelte den Kopf und wühlte in meiner Handtasche nach Bargeld. Das Blut rauschte in meinen Ohren, und ich musste mich anstrengen, um die anderen zu verstehen.

Chuck schenkte Betty nach. Sie umfasste den Krug mit beiden Händen. »Stimmt. Wie hieß das Mädchen?«

»Das war ein Haufen Bullshit«, sagte Jim. »Und es ist zwanzig Jahre her. Hab nie wieder von diesem Mädchen gehört.«

»Genau deshalb ergibt es ja Sinn.« Ein leichtes Lallen hatte sich in Bettys Stimme geschlichen, aber sie machte ein ernstes Gesicht, als ob diese Angelegenheit, ob zwanzig Jahre her oder nicht, genau jetzt und hier in der Clipper Bar entschieden werden müsste. »Richtig? Du erinnerst dich doch. Das Blut, das man gefunden hat. Ich meine, wenn irgendjemand von ihr gehört hätte, dann wäre das Bullshit.«

»Es hat doch jemand von ihr gehört«, sagte Chuck. »Oder?«

»Ray Levis hat noch nicht mal gejagt.« Jim schlug mit der flachen Hand auf den Tresen.

Betty schnaubte. »In diesem County gibt es eine Menge Männer, die nicht auf die Jagd gehen. Höchstens auf Frauenjagd, um ihre Partnerinnen unglücklich zu machen.«

Jim verschränkte die Arme und starrte demonstrativ auf den Fernseher, deshalb beugte sich Betty über den Tresen zu Chuck. »Du hast ihn gekannt. Und, warte, Cousine, du auch.« Sie schwang auf ihrem Hocker herum und sah mich an.

»Nicht wirklich«, sagte ich.

»Der würde keiner Fliege was zuleide tun«, murmelte Jim.

Chuck stand auf, um das Geld entgegenzunehmen und mir das Wechselgeld herauszugeben. Als ich den Kopf schüttelte, steckte er die Scheine ein und starrte mich an, freundlich, nachdenklich – so wie ich vielleicht eine Unterschrift betrachtet hätte, die ich zufällig sah, in der Warteschlange am Bankschalter zum Beispiel oder auf einem handgeschriebenen Schild in einem Schaufenster.

»Ich möchte nicht schlecht über deine *Familie* reden«, sagte Chuck und schob die handgezeichnete Karte über den Tresen. »Aber so wie ich Ray Levis in Erinnerung habe, war er genau der Typ, der einer Fliege etwas zuleide tun würde – und zwar einfach nur zum Spaß.«

DREISSIGSTES KAPITEL

In den Northwoods konnte man verschwinden, einfach vergessen werden.

Nur ganz bestimmte Leute fühlten sich von diesen dichten Wäldern angezogen, von ihrer Einsamkeit. Leute voller Groll gegen andere und gegen sich selbst. Leute mit schwierigen Familien, schwierigen Finanzverhältnissen, schwierigen Vorgeschichten.

Und das war immer das Problem mit meinem Fluchtplan, dachte ich, während ich durch die Windschutzscheibe die Bäume betrachtete, die rechts und links an mir vorbeizogen. Ich versuchte die ganze Zeit, ein Versteck vor dem besten Versteck der Welt zu finden.

Die Straße schlängelte sich durch den Wald und um die Seen. *Die Farben*, hatte Betty gesagt, aber es war das Grün, das mich berührte. Die Kiefern auf der einen Straßenseite waren dünn und zurechtgestutzt, um Telefonmasten Platz zu machen, aber hinter den krummen jungen Bäumen standen die älteren mit ihren dicken Stämmen und dunklen Nadeln. Der Highway führte über einen Fluss und dann an ihm entlang. Das Wasser, jetzt zu meiner Linken, umspülte Felsen und war an den tieferen Stellen grün und glatt.

Als die Karte auf der Papierserviette anzeigte, dass ich links abbiegen musste, tat ich es, dann noch einmal, und alles, was ich hinter dem Gestrüpp am Straßenrand sehen konnte, waren Kiefern und Espen. Bäume, Bäume und nochmals Bäume, wie der Typ in der Bar gesagt hatte. Vielleicht hätte er eine andere Meinung dazu, wenn er in Parks

County, Indiana, leben würde. In der Stadt Parks, Baumbestand: drei. Hier aber fielen goldene Sonnenstrahlen durch einen Baldachin aus Blättern.

Der Karte zufolge musste ich noch ein paarmal abbiegen, und die Straße führte nun an einem See entlang, den ich noch nie gesehen hatte.

Meine Familie hatte nie einen *Wohnsitz* besessen, natürlich nicht, denn wir schafften es ja nur mit Mühe, auch nur ein Dach über dem Kopf zu haben. Aber Theresas Familie hatte einen, und ich war dort mehrere Sommer in Folge wochenlang ein selbstverständlicher Gast gewesen. Dass sich die ganze Familie versammelte, war Tradition, alle Cousins und Cousinen kamen hierher. Bei Theresa war ich umgeben von Erwachsenenpaaren, die Frauen verlegen in ihren Badeanzügen, die Männer mit weißen Bäuchen. Erwachsene, die lauthals lachten und weder hektisch noch ängstlich noch wütend wirkten. Bei Theresa verbrachten wir die Sonnenstunden damit, im Badeanzug herumzurennen und vom Bootssteg ins Wasser zu springen, wenn es uns zu heiß wurde. Wenn unsere Mägen knurrten, holten wir uns Chips und Hotdogs und aßen sie mit unseren vom Wasser schrumpeligen Fingern auf dem Steg, als fürchteten wir, der See könnte nicht mehr da sein, wenn wir zu lange wegblieben.

An einem solchen Sommertag am See hatte ich Ray kennen gelernt, aber darüber sprachen wir später nie – als die Dinge schlecht liefen. Als Theresa es mit mir nicht mehr aushielt, weil ich wieder zu ihm zurückgegangen war. Damals hatte Theresa im T-Shirt-Shop ihrer Eltern gearbeitet, aber an ihrem freien Tag gingen wir in eine der Badebuchten, um uns zu sonnen. Mein Mund war wund von zu vielen Bonbons, und ich war ganz benommen von der Hitze.

»Igitt«, sagte Theresa und stieß ihren Fuß ins Wasser.

»Was?« Ich hatte mich an einen Felsen gelehnt. Mir war unglaublich heiß.

»Warum müssen die ausgerechnet hier sterben? Ich will schwimmen.«

»Was stirbt?«

»Die Fliegen«, sagte sie.

»Die sterben nicht an der Wasserkante, Idiotin«, sagte eine Männerstimme über uns.

Wir drehten uns beide um und blickten hoch. Theresa nahm ihr Handtuch vom Felsen und wickelte sich darin ein. Sie war in jenem Sommer in ihren Badeanzug hineingewachsen, vielleicht etwas zu sehr. Manche Männer in der Stadt schauten uns jetzt hinterher, doch ihre Blicke galten nicht mir. Der Typ über uns sah aber nicht sie an. Ich lächelte, und er lächelte zurück.

»Die sterben überall«, sagte er. Er war ein paar Jahre älter als wir und gebräunter und muskulöser als die Jungen aus unserem Jahrgang. Er trug nichts außer nassen Jeansshorts. Wasser tropfte aus seinen Haaren auf seine Brust. »Die sterben überall, und dann treiben sie ans Ufer. Es ist keine große Verschwörung, um dir heute das Schwimmen zu verderben.«

Theresa mochte es nicht, wenn man sie als Idiotin bezeichnete. Und ihr gefiel nicht, dass jemand über uns stand und von oben herab zu uns sprach. Und vielleicht missfiel ihr auch, dass der Typ sie keinen Moment beachtet hatte. Hätte er mit ihr geflirtet, hätte ich vielleicht nicht einmal seinen Namen erfahren. »Was machst du überhaupt hier?«, fragte Theresa und zog einen Schmollmund.

»Den Sprung ins kalte Wasser«, sagte er und sah mich an. »Kommst du mit?«

»Wag es nicht«, zischte Theresa mir zu. Für mich war Theresa die Vernunft in Person, aber ich fand sie auch zu vorsichtig für ein Mädchen, das in seinem Leben noch nie an eine Grenze gestoßen war. Sie durfte sich schminken. Sie durfte sich mit Jungs verabreden. Sie konnte Auto fahren und durfte einen Job haben. Sie konnte kurze Ärmel tragen, ohne dass irgendjemand sie nach ihren blauen Flecken fragte. In einem Jahr würde sie fortgehen, wahrscheinlich aufs College, und ich würde hierbleiben. Hätte sie mir nicht gesagt, was ich tun sollte, dann hätte ich die Herausforderung nicht angenommen.

Schon stand ich auf und sah mich nach einer Stelle um, wo ich gut den Felsen hochklettern konnte.

Ich stieg ohne jedes Zögern hinauf. Er streckte mir die Hand entgegen und zog mich vollends nach oben.

»Na, sieh mal an«, sagte er ruhig. Ich konnte nicht atmen. »Wie heißt du?«

»Leeanna«, antwortete ich.

»Gut, Ell, was hast du jetzt vor? Es gibt nur einen Weg nach unten.«

Er hielt immer noch meine Hand fest. Ich schüttelte ihn ab, warf einen Blick auf den See und rannte dann auf die Kante zu. Hinter mir hörte ich jemanden lachen und jemand anderen schreien. Ich streckte mich in Richtung Wasser und wusste, dass ich gleich wieder hinaufklettern würde. Tropfend, zitternd, mit Seewasser in der Kehle. Ich würde es tun, nur um noch einmal zu fliegen.

Jetzt schüttelte ich die Erinnerungen ab und folgte der Straße tiefer in den Wald hinein, fuhr an der Abzweigung zu einem Sommercamp vorbei und an einer Reihe von Ferienhäusern mit kitschigen Namen, *Haus Sehnsucht* oder *Honeymoon-Versteck*. Kam an Namensschildern für an die hundert Familien vorbei, alle auf weißen Pfeilen, und dann sah ich den Namen, nach dem ich gesucht und den ich gefürchtet hatte: Levis.

Die Pfeilschilder sollten aussehen wie handgemalt, aber das waren sie nicht. Jedenfalls nicht von ihren Besitzern. Diese Art von Schild hätte mir ein paar Vorabinformationen verschaffen können. Wer war dieser Ray Levis? Ein Eigenheimbesitzer am See, der keiner Fliege etwas zuleide tat? Mein Magen krampfte sich zusammen, aber ich fuhr weiter.

Bei der Abzweigung zu seiner gekiesten Auffahrt hielt ich an. Es war noch nicht zu spät umzukehren. Weiter oben entdeckte ich eine Lichtung und eine Terrasse an einem Hang, der zum See hinunter steil abfiel. Bäume umgaben das Haus. Ich hoffte, Joshua über den Rasen schlendern zu sehen, auf dem Weg hinunter zum Steg, in der Hand einen Pappteller mit Sandwiches. Ich fuhr die Auffahrt hinauf, bis ich das Haus sah, ein einstöckiges Farmhaus. Ich überlegte, dass ich den Überraschungseffekt auf meiner Seite hatte, daher parkte ich und ging schnell zur Tür und klopfte.

Als nichts passierte, drehte ich mich um und sah mir das Grundstück genauer an. Auf einer Seite des Hauses befanden sich ein Schuppen, ordentlich gestapelte Holzscheite, eine Hängematte, ein Picknicktisch. Die Terrasse, die zum See hinausging, war bis auf einen Grill leer. Ich hörte ein Platschen unten am Seeufer und folgte dem Geräusch.

Eine Treppe führte von der Terrasse hinunter zu einer weiteren Ebene. Hier standen ein Tisch und Stühle. Weitere Stufen führten hinunter zum Wasser.

Am Ende des L-förmigen Stegs stand Joshua.

Er warf einen Stock ins Wasser. Ein schwarzer Hund sprang hinterher und paddelte darauf zu, um ihn zu holen.

Ein Schluchzen stieg in meiner Kehle auf. Joshua drehte sich um …

Es war nicht Joshua. Nur genau die Person, mit der ich hätte rechnen müssen.

Ray, der eine Baseballkappe trug und das gleiche Profil

wie mein Sohn hatte, drehte sich ganz herum und starrte herüber. Wir sahen uns an, während der Hund an eine flache Stelle schwamm und wieder auf den Steg sprang. Das Tier legte den Stock ab, schüttelte sich das Wasser aus dem Fell und stürmte, als es mich sah, bellend die steilen Stufen hinauf.

Ich drehte mich um und ergriff die Flucht, während mir die Galle hochkam.

»Magic!«, schrie Ray. »Magic, nein! Lass das!«

Ich hörte seine Schritte die Treppe heraufkommen und wusste nicht, ob ich vor Ray davonrannte oder vor dem Hund.

»Sie beißt nicht!«

Bevor der Hund beißen oder nicht beißen konnte, war ich an meinem Auto angelangt und sprang hinein. Ich zitterte: meine Hände, mein ganzer Körper. Mein Herz hämmerte in meiner Brust. Der Hund sprang an meinem Fenster hoch, dann setzte er sich davor und winselte. Ich verriegelte die Türen, gerade als Ray die obere Terrasse erreicht hatte, aber ich schaffte es nicht, das Fenster hochfahren zu lassen. Ich umklammerte das Lenkrad, um nicht zu zittern. Er kam zur Fahrerseite und schimpfte mit dem Hund. Das Tier schlug mit dem Schwanz gegen seine Beine.

Er brauchte eine Weile, bis er mir in die Augen sah. Ich wartete, während die Übelkeit in Wellen über mich hinwegschwappte.

»Ich kann es nicht glauben«, sagte er. »Weißt du …?« Aber er brachte seine Frage nicht zu Ende.

»Du musstest damit rechnen, dass ich auftauchen würde«, sagte ich. »Irgendwann.« Ich schaute zum Haus, um zu sehen, ob Joshua inzwischen herausgekommen war. Der Hund war sicher so gut wie jede Türklingel.

»Nach fünfzehn Jahren.«

»Dreizehn.«

Er sah mich durch das Fenster an. Er war viel zu nah. Ich wünschte, ich hätte das Fenster geschlossen, als der Hund noch gejault hatte.

»Dann eben dreizehn«, sagte er. »Was zum … was tut das zur Sache? Vor dreizehn Jahren hat deine Freundin versucht, die Cops davon zu überzeugen, ich hätte dich umgebracht und im Wald vergraben.«

»Nein, du hättest mich eher irgendwo im Sweetheart Lake versenkt.«

Seine Hand verharrte an dem mächtigen Hundekopf. Ich blickte noch einmal zum Haus und dann wieder zu Ray. Nun, da ich einmal damit angefangen hatte, war ich auf alles gefasst. Wahrscheinlich war es das Beste, ihm nicht den Rücken zu kehren.

»Wirklich, Ray, gib zu, dass das ein Plan war, den du immer im Hinterkopf hattest.«

»Ich habe nie …«

»Denk besser gut darüber nach, was du nie getan hast, bevor du es aussprichst«, sagte ich. »Es gibt nicht viel, was du *nie* getan hast.«

Er blickte auf den See hinaus. »Ich schätze, eine Entschuldigung würdest du nicht annehmen.«

»Ist das eine? Nein, ich brauche eigentlich keine Entschuldigung.«

»Ich habe nach dir gesucht. Ich hatte einen Privatdetektiv angeheuert.«

Ich erinnerte mich an den Anruf. Drei Umzüge von Bundesstaat zu Bundesstaat hatten nicht gereicht. Der Anruf war in der Nacht gekommen, und niemand hatte geantwortet, als ich hallo sagte. Ruhig hatte ich alles, was zu unserem Leben gehörte, aus der Wohnung geräumt, mir Joshua geschnappt und was mir in die Finger kam, und war die ganze Nacht durchgefahren, auf der Suche nach einer neuen Bleibe. Ich erinnerte mich an jeden Auslöser für eine Flucht. »Ich weiß«, sagte ich.

»Das warst du, oder? Damals.« Sein Gesicht verzog sich zu einem unbeholfenen, triumphierenden Lächeln. »Du hast aufgelegt.«

»Ich habe aufgelegt und bin in einen anderen Staat gezogen.«

»Aber«, sagte er, und sein Lächeln verschwand, »sie haben gedacht, ich hätte dich umgebracht.«

Ich wollte ihm sagen, dass er genau das getan hatte, aber das hätte er nicht verstanden. »Das hast du beinahe getan.«

Der Hund strich um Rays Beine und winselte. Ray kniete sich nieder und kraulte ihn hinter den Ohren. »Wir drehen uns im Kreis. Wenn du nicht hier bist, um eine Entschuldigung zu hören – warum dann?«

Ich schaute noch ein letztes Mal zum Haus, doch da war keine Bewegung hinter den Fenstern, niemand kam heraus, um zu sehen, wer in der Auffahrt war. »Aber …«

Und da verstand ich: Joshua war nicht bei Ray angekommen.

Ray bemerkte meinen Blick. »Was ist?« Er trat einen Schritt auf das Auto zu. Ich wich vom Fenster zurück. »Oh, hör mal«, sagte er. »Ich bin nicht mehr so wie früher.«

Ich holte tief Luft und atmete zitternd aus. »Warum sollte ich dir das glauben?«

»Glaub es oder nicht.« Er wich ein Stück zurück, die Hände erhoben. »Aber es stimmt.«

Ich dachte an meinen Dad, immer wütend, solange ich ihn gekannt hatte und wahrscheinlich schon vor meiner Geburt. Ich glaubte Ray nicht. Das konnte ich nicht.

Der Hund bellte und schlüpfte unter Rays Hand weg, um auf ein kleines weißes Auto zuzulaufen, das gerade in die

Einfahrt einbog. Ray folgte ihm. Eine Frau stieg aus, kraulte den Hund hinter den Ohren und streckte sich, um sich von Ray auf die Wange küssen zu lassen.

»Gerade ist etwas Merkwürdiges passiert«, sagte er zu ihr. Die Frau sah Ray besorgt an, und die beiden traten zu meinem Wagen. Ich entriegelte die Tür und stieg aus. Der Hund kam angerannt und schnüffelte an meinen Füßen.

Ray machte eine Handbewegung in meine Richtung. »Mamie, das ist Leeanna Winger.«

Wir musterten einander von Kopf bis Fuß, wobei ich nach Anzeichen suchte, dass Mamie die gleiche Art Freundin war wie ich damals. Keine blauen Flecken waren zu sehen. Sie war kräftig, beinahe dick. Ihr Haar war blond, kurz geschnitten und ohne jedes Styling.

Mamie blieb der Mund offen stehen. »Du meinst …«

Ray nickte, und Mamie stürzte in seine Arme. Als sie den Kopf von Rays Brust wegdrehte, um mich anzusehen, hatte sie Tränen in den Augen. »Es war so ein langer Weg«, sagte sie.

»Das kann nicht dein Ernst sein«, sagte ich.

Die beiden lösten sich langsam voneinander, und der Hund drängte sich zwischen ihre Beine. »Es ist nur …«, sagte Mamie. »Na ja, du würdest nicht glauben, wie die Leute in der Stadt ihn ansehen. Wie die Nachbarn ihre Töchter von ihm wegziehen, wenn sie ihn auf der Straße treffen. Es ist nur … Wir mussten umziehen.«

Heiße Wut stieg in mir auf. »Ihr musstet umziehen? An den See? Ihr armen, armen Leute.« Ich hatte acht, neunmal umziehen müssen, immer wenn eine Wolke ein bisschen zu grau aussah, wenn irgendjemand mich mit diesem Kennen-wir-uns-nicht-von-irgendwoher-Blick ansah.

»Du verstehst nicht …«

»Nein, ich glaube, *du* verstehst das nicht«, sagte ich.

»Meine Frau weiß alles über mich«, erklärte Ray. »Sie weiß, was ich getan habe.«

»Ach, wirklich? Könnte ich ihr wirklich nichts erzählen, was sie überraschen würde? Dass du mich geschlagen hast? Dass du mir den Arm gebrochen hast?« Ich wandte mich der Frau zu, und die nickte. Immerhin hatte sie den Anstand, beschämt auszusehen, als hätte sie ihn diese Dinge tun lassen. »Dass du mich so überwacht hast, dass ich kaum atmen konnte? Dass du mein Leben bedroht hast? Und dass du tatsächlich versucht hast, mich umzubringen?«

Mamie sagte nichts, aber sie war offensichtlich nicht alarmiert.

»Ich habe ihr alles erzählt«, erklärte Ray. »Und ich habe ihr gesagt, dass ich dich nicht umgebracht habe. Sie ist die Einzige, die mir geglaubt hat.«

»Nun, Mamie«, sagte ich und lächelte sie böse an. »Ich schätze, es war reines Glück, dass du damit richtiggelegen hast.«

Die Frau erstarrte. »Es ist, weil ich ihn liebe. Und weil ich an die Liebe glaube.«

»Ich habe ihn auch mal geliebt. Glaub mir, das war keine gute Idee.«

»Er hat eine Therapie gemacht und Aggressionsbewältigung, und er hat wirklich …«

»O Gott«, schrie ich und presste die Hände auf meine Ohren. »Das ist mir so egal! Schön, dass du jetzt mit erhobenem Kopf die Pine Street auf und ab stolzieren kannst, wirklich. Ich bin so froh, dass du therapiert bist und alles bewältigt hast. Aber deswegen bin ich nicht hergekommen.«

»Warum bist du dann hergekommen?«, fragte Mamie.

Ich ließ hilflos die Hände sinken. Wenn Joshua nicht hier war, wo war er dann?

Ich zögerte, blickte zwischen den beiden hin und her.

Mamie hatte Rays Hand genommen, und Ray sah so verloren aus, wie ich ihn nie erlebt hatte. Die Haut um seine Augen war ein wenig schlaffer, und er hatte ein bisschen mehr auf den Hüften. Und – irgendwie wirkte er auch kleiner, in seinen ausgebeulten Shorts und den Tennisschuhen. Er sah nicht besonders groß oder stark aus. Er wirkte ein wenig spießig, war genau der Typ, über den er sich damals lustig gemacht hätte. Und wenn ein solcher Typ den Mumm gehabt hätte, sich gegen seine Pöbeleien zu wehren, hätte er ihn zu Brei geschlagen.

Der Mann, der jetzt vor mir stand, war ein Rätsel. Er schien aufrichtig froh, mich lebend zu sehen, und wollte wirklich wissen, warum ich gekommen war. Ich fragte mich: Ist das möglich? Hätten Mamie und Ray die Fakten nicht mit ihrem düsteren Schweigen bestätigt, hätte ich womöglich meine Erinnerung angezweifelt. Konnte er sich so verändert haben? Konnte es sein, dass er verdiente, was ich ihm gleich geben würde?

Ich sagte: »Ich habe Neuigkeiten, die euch beide überraschen dürften.«

Magic ließ sich zu meinen Füßen nieder und fegte mit dem Schwanz den Staub hin und her, bis ich die Hand ausstreckte und sie dem schwarzen Hund auf den Kopf legte.

EINUNDDREISSIGSTES KAPITEL

Ray saß wütend und stumm am Küchentisch.

Mamie streckte die Hand nach ihm aus, aber er zog seinen Arm weg. Das Haus war klein und eng möbliert. Ich fühlte mich fehl am Platz und stieß ständig irgendwo an, bis wir uns hinsetzten, um Tee zu trinken. Wie zivilisierte Leute. Verwundert starrte ich auf ein gerahmtes Stickbild mit Obstkorb-Motiv, auf die Sofakissen mit Rüschen.

Gerade hatte ich angefangen, in Ray den Mann von früher wiederzuerkennen. Und dann wurde er plötzlich blass.

»Was ist?« Ich schob meinen Stuhl so heftig zurück, dass die Eiswürfel in meinem Teeglas klirrten.

Ray legte seine Hände flach auf die Tischplatte und starrte darauf. »*Wie* alt ist er?«

»Dreizehn, Schatz«, sagte Mamie. »Sie ist weggegangen, als …«

»Aber dann ist er praktisch …« Er bewegte stumm die Lippen wie ein Fisch, den man gerade aus dem See gezogen hat. »Wie groß ist er?«

Mamie lachte. Ich schaffte es, die Mundwinkel ein wenig hochzuziehen. Bestimmt fand seine Frau es charmant, dass er so verblüfft war – die verständliche Reaktion eines Mannes, der erfährt, dass er einen Sohn hat. Aber es war nicht die Reaktion, die ich erwartet oder sogar erhofft hatte. Durch Rays Interesse, schon allein durch dieses Haus, fühlte ich mich in die Enge getrieben. Ich war nur hierhergekommen, um Joshua zu finden, und nun, da er nicht da war, wollte ich am liebsten sofort zur Tür hinaus und wieder auf die Straße. Ich musste telefonieren und eine neunstündige Autofahrt so schnell wie möglich hinter mich bringen. Ich war nicht den ganzen Weg hierhergekommen, um Ray zu einem Vater zu machen.

»Hast du ein Foto?«

»Im Auto.« Als ich aufstand, um es zu holen, war Rays Blick angespannt. Er sah genau aus wie Joshua, als er mich eine Lügnerin genannt hatte. »Ich bringe es dir.«

Ich durchwühlte zwei von den drei Taschen im Kofferraum, bis ich das gerahmte Foto aus der Wohnung fand. An der Tür zögerte ich. Tatsächlich hätte ich einfach ins Auto springen und schon auf halbem Weg nach Oshkosh sein können, bevor irgendjemand es bemerkt hätte. Sie kannten meinen Wohnort nicht – und ich lebte ja nicht einmal mehr dort. Sollten sie doch meine durchwühlte Wohnung finden, meine alten Telefonrechnungen und die vollen Papierkörbe. Sollten sie doch mit Margaret und dem Sheriff reden. Was würde es ihnen bringen? An diesem Wohnort hielt mich schon jetzt nichts mehr, und das nächste Mal, wenn ich mich irgendwo niederließ, würde ich Kent bitten, auch meinen Nachnamen zu ändern.

Ich schaute auf das Foto in meinen Händen. Das Problem war nur: Solange Joshua fort war, musste ich bleiben, wer ich war und wo ich war.

Drinnen nahm Ray das Foto mit zitternden Händen entgegen. »Er hat meine …«

»Alles«, sagte ich. »Er sieht genauso aus wie du.«

Mamie schaute Ray über die Schulter und betrachtete Joshua. »Ich erkenne auch ein bisschen von dir in ihm, Leeanna.«

Das würde ein langer Abend werden, wenn es schon mit *Leeanna* losging. »Kann ich euer Telefon benutzen? Leider ist es ein Ferngespräch.«

Mamie schickte mich ins Schlafzimmer, damit ich ungestört war.

Ray hatte ein überraschend normales Schlafzimmer. Himmelblaue Wände, ein Bettüberwurf. Ein riesiges Himmelbett füllte den Raum beinahe vollständig aus. Auch dieses Zimmer war offenbar mit Möbeln aus einem anderen, größeren Haus ausgestattet worden.

In der Zentrale wollte man mich nicht durchstellen. »Ist es ein Notfall?«, fragte die Frau. Ich hatte noch nie jemanden von den Dispatchern gesehen und konnte mir daher kein Gesicht vorstellen. »Ich könnte Ihnen eine Polizeieinheit zu Hilfe schicken. Aber der Sheriff ist im Moment nicht erreichbar. Er hat Anspruch auf Arbeitspausen.«

»Er hat eine *Suchmeldung* auf mein Autokennzeichen ausgeschrieben«, sagte ich. »Wenn ihn so sehr interessiert, wo ich bin, wird er wohl meinen Anruf annehmen.«

In der Warteschleife nutzte ich die Gelegenheit, mich im Zimmer umzusehen. Auf der Kommode stand ein gerahmter Schnappschuss von Ray und Mamie Arm in Arm. Das Foto war neu und wirkte nicht gestellt. Sie schienen die Kamera gar nicht zu bemerken. Vielleicht hatte es ein Freund bei irgendeinem geselligen Beisammensein aufgenommen. Dann hatte Ray also einen Freund. Er traf sich mit Leuten. Ich wartete auf die Telefondame oder auf Russ und versuchte, Rays Leben nicht mit meinem zu vergleichen.

Als Russ endlich antwortete, klang er absolut desinteressiert. »Ich bin ein beschäftigter Mann, Miss Winger.«

»Farbmarkierungen auf allen Autos in Parks County? Nur für den Fall, dass jemand mal … die Gegend verlassen will?«

»Für so was habe ich keine Zeit.« Seine Stimme klang fern, als hätte er auf Lautsprecherfunktion geschaltet. Ich hasste das.

»Hast du Zeit für einen Check-up in meinem Fall? Oder passt ein vermisster Sohn nicht in deine *Arbeitspausen*?«

»Ich glaube nicht, dass sich eine Frau, die die Stadt verlässt, während ihr Sohn vermisst wird, besonders viele Gedanken darum macht, ihr Kind zurückzubekommen.«

»Sei nicht so ein Arsch …« Ein lautes Geräusch unterbrach mich. Es war die Polizeisirene. Er war also im Auto unterwegs. Nutzte wahrscheinlich seine Privilegien, wenn eine Ampel rot war. Jetzt machte es mich krank, wenn ich an den Tag in der Scheune dachte. Ich hasste alles an diesem Mann in seinem kleinen Königreich.

»Das ist nicht gerade der geeignete Weg, einen Staatsbeamten auf seine Seite zu ziehen«, sagte er, nachdem die Sirene verstummt war.

»Ich dachte, er wäre hier.«

Er wartete.

»Er ist es nicht«, sagte ich.

»Wo bist du?«

»Das möchte ich lieber nicht sagen. Vielleicht …«

»Was?«

»Nichts.« Vielleicht würde ich Sweetheart noch brauchen. Nun, da ich wusste, dass ich hier nicht viel zu befürchten hatte – warum sollte ich da nicht mit Joshua hierher zurückkommen? Wir könnten uns ein eigenes Haus suchen. Einen Augenblick stellte ich mir vor, wieder inmitten von Kiefern zu wohnen.

»Bevor du dich irgendwo vergräbst, solltest du erst mal deinen Sohn zurückbekommen«, sagte er.

»Hat er angerufen?«

»Nein.« Er klang müde.

»Muss ich dich bitten, oder kannst du mir auch so weiterhelfen?«

»In deiner Angelegenheit gibt es nichts Neues.«

»Versucht ihr, mehr in Erfahrung zu bringen?«

»Das ist mindestens das dritte Mal, dass du mein berufliches Können anzweifelst«, sagte er. »Wie du weißt, hat mir das noch nie gefallen.«

»Es ist nur … Ich dachte, er wäre hier.«

Er seufzte. »Verstehe.«

»Ich hatte fest damit gerechnet.«

»Komm zurück nach Parks.«

»Ich kann mir nicht vorstellen, wo er sonst …«

»Komm zurück«, sagte er. »Wir tun, was wir können, aber du solltest hier sein, wenn er auftaucht. Und das wird er.«

»Ich verstehe das nicht. Er müsste eigentlich hier sein.«

Der Sheriff schaltete wieder die Sirene ein, und eine Weile konnte ich nichts anderes hören als die Rauschstörung in der Telefonleitung. Als die Sirene verstummte, war die Stille frappierend.

»Hallo?« Auf einmal hatte ich eine seltsame Angst, dass er nicht mehr da war.

Er sagte: »Er sollte bei dir sein. Wo auch immer du bist.«

Ich war so erschöpft. Das Telefon in meiner Hand fühlte sich schwer an. »Ich fahre morgen nach Hause.«

»Dein Handy funktioniert nicht, wo du bist, oder?«

»Versuchst du, mich besser im Auge zu behalten?«

»Dich besser auf dem Laufenden zu halten«, sagte er. »Wenn du zurück bist, werde ich Mullen losschicken, damit er alles noch mal durchgeht. Vielleicht gibt es etwas, das wir übersehen.«

Die Distanz seiner Stimme war nicht mehr nur physisch. »Mullen?«

»Ich bin eine Weile nicht in der Gegend, einen Tag, höchstens zwei, und dann komme ich selber vorbei. Wenn du das willst.« Er räusperte sich. »Ich verfolge eine sinnlose Spur in der Ransey-Sache.«

Aidans Bild tauchte vor mir auf. Der Gedanke an ihn irgendwo ganz allein tat mir inzwischen beinahe genauso weh wie der Gedanke an Joshua. Ich stellte mir Aidans kleinen Körper in den Armen seiner Mutter vor, seinen Kopf an ihrer Schulter, den Daumen im Mund. Ich wusste nicht, warum ich ihn so sah, aber dieses Bild machte meine Sorge um ihn noch größer.

»Warum bist du so sicher, dass es eine sinnlose Spur ist?«

»Das bin ich nicht, deshalb fahre ich ja«, sagte er. »Ich treffe mich mit einem Lokalpolizisten. Wahrscheinlich weiß der gar nichts. Lange Fahrt, nur um zu bestätigen, dass an der Sache nichts dran ist.«

»Wo?«

»Tja, das sage ich lieber nicht. Vielleicht möchte ich mir dort eine geheime Festung bauen.«

»Hast du die Sache mit den Beweismittelformularen aufgeklärt?«

»Anna. Du bist nicht im Dienst.«

Nicht im Dienst klang verdächtig nach *nicht auf unserer Linie*. »Ich versuche nur, eine Hilfe zu sein.«

»Und ich versuche nur, einen klaren Kopf zu bewahren, und wenn du hilfst … na ja, sagen wir, dann bist du eine Ablenkung.«

Er war auch eine Ablenkung, aber das wollte ich nicht zugeben. Ich konnte es nicht, und es gab auch keinen Grund dazu. Nur Joshua zählte. Ich war diejenige, die sich nicht ablenken lassen durfte.

»Ich werde versuchen, mich rauszuhalten«, sagte ich. »Gute Nacht.«

Ich hatte nicht über Nacht bleiben wollen, aber Mamie setzte sich durch. Am nächsten Morgen musste ich früh los, und ich war auch nicht scharf darauf, in einem der Blockhaus-Motels abzusteigen, wo im Winter die Schneemobilfahrer übernachteten. Weil ich so müde war, kam mir das Vorhaben, einen anderen Schlafplatz zu suchen, so schwierig vor wie eine Raumfahrtmission. Als Mamie anfing, die Schlafcouch herzurichten, gab ich auf.

»Wie ist er so? Wie war er als Baby?« Mamie stopfte ein riesiges Kissen in einen Bezug. Nebenan saß Ray immer noch am Küchentisch und betrachtete das Foto. Er hatte kein Wort gesagt, seit ich mein Telefongespräch beendet hatte.

Ich setzte mich auf die Kante eines Sessels und rieb mir über das Gesicht. »Er war ein liebes Baby. Ruhig. Kein Schreikind.«

»Einer von denen, die immer mit großen Augen in die Welt schauen«, sagte Mamie. »Sie sehen alles, und immer sind sie ein bisschen kritisch. Wie alte Männer.«

Sie sahen alles, klar. »Das ist mein Junge.« Ich blickte zu Ray hinüber, aber der schien nicht zuzuhören. »Ihr beide habt keine Kinder?«

Mamie strich eine dünne Decke auf der Couch glatt und hielt ihren Rücken ein bisschen zu gerade. Der Hund lag zu ihren Füßen und verfolgte jede ihrer Bewegungen mit dem Blick.

Ich seufzte. »Das war wirklich indiskret. Ich bin ein bisschen eingerostet, was Umgangsformen angeht.«

»Ist schon in Ordnung. Wir haben einfach … Wir haben uns spät kennen gelernt, und dann hatten wir einfach kein Glück.« Mamie schüttelte ein letztes Kissen auf, dann beendete sie den Nestbau und setzte sich in einen Sessel.

Ich sah die beiden vor mir, wie sie jeden Abend auf ihren gewohnten Plätzen saßen. Mamie in ihrem Sessel mit dem Handarbeitskorb neben sich und er … in diesem Fernsehsessel, wo ich jetzt saß und mich nicht wirklich entspannen konnte.

Mamie starrte durch die Glastüren nach draußen auf die dunklen Bäume. »Da haben wir absolut kein Glück gehabt, aber trotzdem hat es das Schicksal gut mit uns gemeint. Wir sind nicht undankbar.«

»Glück«, sagte ich. »In meinem Fall war die Schwangerschaft wohl eher Pech. Jedenfalls dachte ich das damals.«

»Hattest du Angst?«

»Todesangst.« Einen Augenblick erlaubte ich mir, an die Blutlache zu denken, die sich auf dem Steg gebildet haben musste. Wenn er gewusst hätte, dass ich schwanger war, hätte er meinen Kopf vielleicht lange genug unter Wasser gedrückt, um die Sache zu Ende zu bringen.

Mamie drehte den Kopf, um nach Ray zu sehen, der immer noch über dem Foto brütete. »Es ist schwer, sich das heute vorzustellen. Das … Es tut mir so leid.«

»Es gibt nichts, wofür du dich entschuldigen müsstest.« Ich hatte Rays Entschuldigung nicht vergessen, die immer noch ausstand. Ich war nicht sicher, ob ich sie hören wollte.

»Aber du weißt, wie das ist. Männer und Gefühle, das passt einfach nicht zusammen. In Momenten wie diesem müssen wir für sie einspringen.« Mamie sah mich an und schien meine Zustimmung zu erwarten. »Weißt du, was ich meine? Zum Beispiel, als Rays Dad im Krankenhaus war. Es war das reine Chaos. Der arme Kerl war verwirrt von den Medikamenten, die man ihm gegeben hatte. Und da habe ich dem alten Mann die Hand gehalten und ihn beruhigt, als wäre er mein eigener Vater, weil ich wusste, dass Ray das nicht konnte. Sie sind dafür nicht geschaffen, und sie werden auch nicht so erzogen. Das ist einfach die Rolle von uns Ehefrauen.«

Ich fand nicht, dass das stimmte. Ich konnte Joe Jeffries' Stimme hören, als er versucht hatte, mir die Wahrheit über Joshua schonend beizubringen, und die von Russ, als er es mit ein paar Worten geschafft hatte, mich zu beruhigen, als ich mich wie ein verschrecktes Tier gefühlt hatte. Aber ich wollte das Thema nicht weiter vertiefen. »Ich war noch nie eine Ehefrau.«

»Oh. Ich wollte nicht… Ich meine einfach uns *Frauen*. Das ist vielleicht keine besonders emanzipierte Einstellung, aber ich denke, wir tun, was wir können, und manche Dinge sind für mich eben einfacher als für Ray.« Wieder sah sie ihn an. »Jetzt zum Beispiel. Er ist fassungslos und kann nicht ausdrücken, was er fühlt. Ich glaube nicht, dass er weiß, was in seinem Herzen gerade vorgeht.«

Nur mit Mühe konnte ich ein Gähnen unterdrücken. »Aber du weißt es?«

»Normalerweise schon. Im Moment liegen da viele Gefühle in seinem Herzen verschlossen. Liebe, die er nicht erklären kann. Und Sorge, dass er es nicht schafft, es mir zu erklären, und dass ich ihm das übelnehme. Enttäuschung, dass Joshua keine Halbgeschwister hat. Und Reue. Dreizehn verpasste Jahre sind eine lange Zeit.« Sie wich meinem Blick aus. »Es gibt viel zu bedauern.«

Es machte mich verrückt, Ray zuzusehen, wie er ununterbrochen mit dem Daumen über das Foto meines Sohnes strich. Hätte ich die Möglichkeit gehabt, wäre ich auf der Stelle gegangen und hätte Joshua auf ewig für mich behalten. Ich bedauerte es, hierher zurückgekommen zu sein. Das Bedauern war so groß, dass es mich von innen zu ersticken schien. Oder vielleicht war es auch Wut. Dreizehn verpasste Jahre sind eine lange Zeit. Niemand wusste das besser als ich.

Mamie stand auf. In dem schwachen Licht aus der Küche sah sie müde und alt aus, und ich dachte, dass auch ich so auf sie wirken musste. »Wir alle bedauern irgendetwas, Leeanna. Manchmal denke ich, dass wir dafür gemacht sind. Es ist menschlich. Egal, was wir tun, wir werden immer bedauern, was wir nicht getan haben.«

Ich antwortete nicht. Für mich war Mamie eine Frau, die nie gelitten hatte, jedenfalls weit weniger, als sie glaubte.

ZWEIUNDDREISSIGSTES KAPITEL

Ich schlief schlecht. Einmal erwachte ich aus einem Traum – Worte, die sich über das blaue Feld zogen, das ich aus früheren Albträumen kannte. Alles hing davon ab, dass ich die Nachricht las und erfuhr, wer sie geschrieben hatte, aber die Worte drehten und schlängelten sich um mich, bis ich von ihnen gefesselt war. Noch halb im Schlaf, versuchte ich mich zu erinnern: War es Joshua? War es Ray? War ich die Verfolgerin, oder war ich die Gejagte?

Ich blieb im Bett, bis die Sonne endlich über dem See aufging und mir ins Gesicht schien.

Die Uhr in der Küche zeigte sechs Uhr dreißig. Eine fast volle Kanne Kaffee und ein Becher standen für mich bereit. Im Fenster über der Küchenspüle sah ich mein Spiegelbild – verquollene Augen, Haare zerzaust – und dahinter den See.

Im Haus war es still. Draußen war die Welt schon erwacht; Vögel zwitscherten und Insekten summten. Im Wald war dies meine Lieblingszeit – vor den Moskitos, vor der sengenden Sommersonne. Vor den Motorbooten, die Wasserskifahrer hinter sich herzogen. Während der Sommerwochen mit Theresas Familie am See hatte ich die Morgenstunden immer verschlafen. Aber als ich mit Ray am See gelebt hatte …

Mein Herzschlag beschleunigte sich. Daran wollte ich nicht denken.

Der Himmel über dem See war von einem zarten Blau.

Ich nahm meinen Kaffee mit hinaus zum Steg. Anscheinend war ich die Einzige, die schreckliche Erinnerungen an diese Zeit hatte, und das war so ungerecht. Ray musste sich auch daran erinnern, aber er hatte bisher nicht viel dazu gesagt. Oder sich entschuldigt. Und Mamie wusste über alles Bescheid, aber ihr hatte nie jemand den Schädel eingeschlagen. Oder die Arme auf den Rücken gedreht. Sie hatte nie ihren eigenen Körper knirschen und knacken hören. Es war ungerecht, dass eine einzige Person all diese Dinge so gut kannte. Andere Leute würden das niemals verstehen, und wenn sie noch so sehr glaubten, dass sie das taten. Ich ertappte mich dabei, dass ich überheblich wurde, und lief hinunter zum See.

Ray saß auf einer Bank auf dem Steg. Bevor ich mich umdrehen und zurück ins Haus gehen konnte, sprang Magic neben ihm auf und kam schwanzwedelnd zu mir, um mich die steilen Stufen hinunterzubegleiten.

»Hey«, sagte er.

»Guten Morgen.«

Er wandte sich wieder zum See. Dort, wo noch kein Sonnenlicht hinfiel, war das Wasser schwarz.

»Oder vielleicht doch kein so guter Morgen?«

»Ein verwirrender – verwirrende vierundzwanzig Stunden.«

»Ich denke, ich bin nur für die letzten zwölf davon verantwortlich.«

»Immer musst du recht haben, genau wie früher.«

Ich nippte an meinem Kaffee und dachte darüber nach, wie leicht es wäre, nun *ihm* den Schädel einzuschlagen. Da war der Kaffeebecher in meiner Hand. Vielleicht würde er sich sogar noch ein bisschen verbrühen. »Ist es das? Ist das Grund für alles?«

Er rutschte auf der Bank zur Seite, um mir Platz zu machen. »Entschuldigung.«

»Für deinen Kommentar, Ray? Oder für mehr als das?«

Wenn ich zur Treppe rennen müsste, würde er mich einholen. Ich setzte mich auf die äußerste Kante der Bank. Falls er sich wirklich geändert hatte, war dies seine Chance, es zu beweisen.

Er nickte in Richtung See. »Für alles.«

Für alles. Zwei Worte reichten nicht, aber vermutlich war er zu mehr nicht in der Lage. Wahrscheinlich war alles *in seinem Herzen verschlossen*. In seinem Monsterherzen, wenn er überhaupt eines besaß.

Magic wollte mehr Aufmerksamkeit. Der Hund legte den Kopf auf mein Knie und winselte. Ich nahm den Becher in meine andere Hand und kraulte das Tier im Nacken.

»Ich möchte ihn sehen«, sagte Ray. »Joshua.«

»Ich auch.«

»Nein, ich meine, ich möchte ihn kennen lernen.«

Das hatte ich erwartet. In der Nacht hatte ich diesen Gedanken hin und her gewälzt. Ray würde jetzt seinen Anteil haben wollen. Jetzt, nach all meinen Mühen, seine Misshandlungen zu überleben und seinen Nachwuchs großzuziehen. Selbst wenn er sämtliche Aggressionsbewältigungstherapien dieser Welt machte, würde ich meine Meinung in einem Punkt nicht ändern: zur Hölle mit ihm.

»Ich glaube, dass jetzt nicht der richtige Moment ist, solche Pläne zu schmieden. Zwischen ihm und mir gibt es ganz offensichtlich ein paar Dinge zu klären. Ich denke, du würdest nur alles … noch komplizierter machen.«

Ray starrte mich aus Joshua-braunen Augen an. »Du willst wieder ausreißen.«

»Wage es nicht … Du hast kein Recht, so darüber zu sprechen. Wie über eine verrückte Jugendliche auf einem Vergnügungstrip.«

»Er ist auch mein Sohn.«

Ich hasste ihn, wirklich. »Bitte keine Talkshow-Klischees,

ja? Das ertrage ich nicht. Ich hätte mein ganzes Leben von hier fortbleiben können. Dann hättest du es nie erfahren.«

»Aber jetzt, wo ich es weiß …«

»Du kannst mich mal.«

»Ich kann einen Anwalt einschalten.«

»Nur zu.«

Ray schlug sich mit der Hand aufs Knie, und ich zuckte zusammen.

»Was soll ich machen? Einfach so tun, als wärst du nie zurückgekommen?« Er sah mich mit zusammengekniffenen Augen an. »Du *musstest* zurückkommen. Du dachtest, er würde hierherkommen. Das hat er nicht getan, aber Tatsache ist, dass du geglaubt hast, dass er es vorhatte. Mein Sohn hat ein Interesse daran …«

»Er hat viele Interessen. Football. Oh«, sagte ich, »und gerade hat er mit Street-Art angefangen.«

»Er will mich sehen, und das erträgst du nicht.«

»Steig doch noch mal für einen Moment in die Zeitmaschine. Ich bin von hier weggegangen, weil ich dachte, du würdest mich umbringen. Mich *umbringen,* Ray. Du hast gesagt«, ich senkte die Stimme, um ihn zu imitieren, »›Du weißt, was ich tun würde‹. Und ich habe dich beim Wort genommen – aber nein, das hätte ich wohl nicht tun müssen, was?«

Ray wurde blass. »Das alles habe ich hinter mir gelassen.«

»Gut, schön für dich. Wirklich toll. Aber ich … ich habe das nicht.« Ich blickte über den stillen See, als wären dort die Worte, die ich suchte. Wenn die Wortschlangen aus meinen Träumen jemals an die Oberfläche kommen sollten, war jetzt der richtige Moment. »All die Jahre habe ich nur abgewartet, Ray. Du hast ein Haus am See, eine Frau und einen Hund und ein *Schicksal, das es gut mit dir meint,* aber ich habe mein Leben dreizehn Jahre lang völlig auf Eis gelegt aus Angst vor dir. Die ganze Zeit, in der du therapiert und repariert worden bist – wie schön für dich –, habe ich mich gefragt, wann du kommst und mich *umbringst.*«

Er hatte die Fäuste geballt. Ich merkte es und holte zitternd Luft, bevor ich fortfuhr.

»Die Dinge, mit denen du fertig bist, habe ich noch lange nicht hinter mir. Ich bin hierhergekommen, und jetzt möchte ich nach Hause und vielleicht mit meinem Leben weitermachen. Vielleicht ein Haus haben und einen … Hund.« Beinahe hätte ich »Ehemann« gesagt. »Ich war in der Warteschleife. Mein Leben stand still. Und wenn deine Aggressionen inzwischen noch so gut bewältigt sind – ich erinnere mich. Und ich verzeihe dir nicht. Du hast mir …« Ich stellte mir Joshua vor, noch klein, auf meinem Arm, den Daumen im Mund. Was, wenn ich geblieben wäre? Was, wenn ich Joshua nicht bekommen hätte? »Du hast mir alles genommen, und es wäre noch mehr gewesen, wenn ich es zugelassen hätte.«

Ray hatte sich wieder dem See zugewandt. Ein Motorboot tuckerte am Ufer entlang in unsere Richtung, zwei Männer mit Armeekappen tauchten auf dem dunklen Wasser auf. Als sie vorbeifuhren, nickten alle außer mir zum Gruß. Schließlich konnte ich nicht mehr stillsitzen. Ich stand auf und ging den Steg entlang, Magic mir dicht auf den Fersen.

Der Hund überholte mich vor der Treppe, und Ray war direkt hinter mir.

»Warte.«

»Ich werde schreien.« Ich sah das Boot am Steg und darin zwei glänzende rote Ruder. Ich drehte mich um und rannte die Treppe hinauf, der Hund an meiner Seite.

»Warte. Verdammt, Leeanna.« Seine Finger streiften meinen Ellbogen, als ich die letzte Stufe erreichte.

Ich fuhr herum und sah ihn an. »So heiße ich nicht«, sagte ich. »Nicht mehr. Dieses Mädchen ist tot.«

Er sah weg. »Wie dann?«

»Das musst du nicht wissen. Du kannst mich mit deinen alten Lieblingsnamen anreden …« Er zuckte zusammen. »Brauchst du, bevor ich für immer von hier verschwinde, noch einmal meine Aufmerksamkeit? Dann nenn mich doch Schlampe. Oder Hure. Ich reagiere auch auf …«

Eine Tür schlug zu, und Mamie kam im Bademantel nach draußen, einen Kaffeebecher in der Hand. »Guten Morgen«, rief sie. »Ihr seid aber früh auf.«

Ich starrte zu Ray. »Ich packe meine Sachen und bin gleich weg.«

»Willst du nicht, dass der Junge einen Vater hat? So beschissen ich mich damals auch benommen habe, Ell, ich bin nicht mehr so ein Versager.«

Ell – er war der einzige Mensch, der mich je so genannt hatte. Damit hatte er mir eine neue Identität gegeben, die ganz ihm gehörte. Damals hatte mir das gefallen. »Ich glaube, es geht ihm ganz gut ohne einen Vater, ob Versager oder nicht.«

»Gut? Seit einer Woche vermisst? Na großartig.«

»Halt den Mund. Es gibt Dinge, die wir …«

»Aber warum solltest du mir auch eine Chance geben? Die Vaterbeziehung war noch nie etwas, wofür du viel übrig hattest.«

Ich schüttelte den Kopf. »Du weißt, was mein Vater für mich war. Er hat mich auf eine Sache vorbereitet: auf die Art Beziehung, die wir beide hatten, du und ich.«

Ich machte auf dem Absatz kehrt und ging auf das Haus zu. Dabei sah ich Mamie ruhig an.

»Ist alles okay?« Mamie berührte meinen Arm, als ich an ihr vorbeiging.

»Leeeee-Anna!«, höhnte Ray hinter mir. »Nur eine verdammte Minute, bevor du deinen Scheiß zusammenpackst und für immer verschwindest.«

Ich zog die Tür auf und ließ Mamie mit offenem Mund stehen. Drinnen sah ich, dass das Einzige, was mir gehörte, das Foto von Joshua war. Ich hatte vorgehabt, es hierzulassen als Andenken, aber jetzt wollte ich es zurück. Das Foto gehörte mir. Joshua gehörte mir.

Ray kam herein. Sein Blick fiel auf den Bilderrahmen in meinen Händen. »Ich weiß, dass dein Dad ziemlich verkorkst war …«

»Sprich nicht mit mir über meinen Vater«, sagte ich. »Deine Erinnerung ist ziemlich schlecht, wenn es um die Jahre geht, in denen du mich immer gegen Wände geschleudert hast, deshalb kann ich mir nicht vorstellen, dass du dich noch daran erinnerst, was ich dir von ihm erzählt habe. Warum solltest du auch? Hier in diesem idyllischen Cottage am See würde das doch nur auf Geschichtsfälschung hinauslaufen, oder?«

»Ich denke, es geht eher um Geschichtsverleugnung.«

Ich klemmte mir den Bilderrahmen unter den Arm und achtete darauf, dass er es bemerkte. »Danke für die Gastfreundschaft und die neue Lebensanschauung.«

»Ja«, sagte Ray. »O ja. Seht euch Lee-Lee Winger an, wie sie wegrennt, wenn es schwierig wird. Darin ist sie gut.«

Ich hatte die Küchentür erreicht, stürmte hinaus und rannte zu meinem Auto.

Er kam hinter mir her, packte meinen Arm und drehte mich herum. Der Bilderrahmen entglitt mir. Wir griffen beide danach, aber zu spät. Das Glas zersplitterte in der Auffahrt. Ich hob die Hand, konnte aber nicht zuschlagen. So gerne ich das schallende Klatschen auf dem Gesicht dieses Mannes gehört hätte – ich sah immer nur den Abdruck meiner Hand auf Joshuas Wange vor mir.

»Nur zu. Du hattest den besten Lehrer«, sagte Ray.

»Das habe ich nicht nötig«, erwiderte ich. Das Glas war zersplittert und der Rahmen zerbrochen. Ich bückte mich und zog das Foto unter den Scherben hervor.

»Aber du wolltest es«, sagte er. »Ich frage mich, warum Joshua abgehauen ist.«

Ich richtete mich auf. »Ich bin eine gute Mutter. Ich hätte es besser machen können, aber auch schlechter. Viel schlechter, denn auch da hatte ich die beste Lehrerin.«

»So viel Loyalität«, sagte er kopfschüttelnd. »Ich habe mich immer gefragt, wie du sie verlassen hast, aber jetzt wird es mir langsam klar. Wirst du wenigstens etwas Respekt zeigen, solange du hier bist? Bevor du gehst und *für immer von hier verschwindest*?«

Ich wusste noch nicht einmal, wo meine Mutter begraben war.

Die Uhr tickte. Nein, das waren schon die Alarmglocken, die schrillten, und ich musste wirklich los. Je länger ich hier war, desto mehr verwandelte ich mich in eine Person, die ich nicht sein wollte. Ich wollte … nach Hause. Dorthin, wo Joshua war. Die Gewissheit haben, dass es ihm gut ging. Früher hatte ich geglaubt, wenn ich erst einmal ein Kind hätte, würde ich meine Eltern verstehen. Aber tatsächlich verstand ich sie jetzt noch weniger.

»Du wärst heute kein Vater, wenn ich damals nicht gegangen wäre«, sagte ich. »Du weißt, was du dann getan hättest.«

Ray wurde aschfahl und blickte zum Haus.

Ich spürte nur grimmige Bestätigung. »Diesen Teil der Geschichte hast du ihr wohl nicht erzählt? Schade, dass ich nicht mehr erleben kann, wie sie an die Liebe glaubt, wenn sie das hört.«

»Ray, was ist los?«, rief Mamie. Er nickte ihr zu, und sie verschwand im Haus.

»Du solltest wenigstens deinen Respekt zeigen.«

»Respekt war genau das, was meine Mutter nicht verdiente.« Ich drückte ihm das Foto von Joshua in die Hand. »Sie hat nie irgendetwas dagegen getan. Gar nichts.«

»Ich hab nicht sie gemeint«, sagte er.

»Ich muss … Ich war viel zu lange weg.« Was, wenn Joshua inzwischen zurückgekommen war?

»Das sage ich doch. Du warst zu lange weg. Du solltest ihn besuchen, solange es noch geht.«

Ich beschirmte meine Augen mit der Hand. Ray stand im Gegenlicht, und ich konnte seinen Gesichtsausdruck nicht erkennen. »Wen?«

»Wen?« Ray drehte den Kopf in Richtung Terrasse, wo Mamie mit einer Schachtel unter dem Arm dastand. »Ich meine deinen Vater.«

»Meinen … aber der ist …« Er war tot. Doch als ich versuchte, mich daran zu erinnern, woher ich das wusste, musste ich passen. »Sein Name stand nicht auf der Todesanzeige«, sagte ich. Außerdem hatte ich ihn, schon lange bevor ich fortgegangen war, hinter mir gelassen. Nur der Tod meiner Mutter hatte mich interessiert. Nur der Tod meiner Mutter hatte mich befreit.

»Sie waren damals geschieden«, erklärte Ray. »Sie hatte ihn verlassen. Ist nur nicht weit gekommen.«

Mamie war in Hausschuhen zu uns gekommen. Sie streckte mir die Schachtel entgegen. »Es tut mir leid, dass es nicht hübscher aussieht …«

Ray nahm den Karton und drückte ihn mir in die Hände.

Ich spürte einen Kloß im Hals. »Was …«

Mamie wartete darauf, dass Ray etwas sagte. Schließlich erklärte sie: »Deine Mutter, Süße. Ihre Asche.«

Meine Mutter war die einzige Beteiligte bei einem Autounfall gewesen. Ein Auto, eine Fahrerin. Und ein Baum. Der Baum, eine alte Eiche, die die Amerikanische Revolution und tausend Schrammen überlebt hatte, musste gefällt werden. Ich hatte den Artikel sechs Monate nach ihrem Tod im Internet gelesen, während ich in einem ungeheizten Apartment in Ohio saß.

»Warum habt *ihr* …?« Meine Stimme brach. Ray schüttelte stoisch den Kopf.

Mamie sagte: »Dein Vater …«

»Um Himmels willen … erzählt mir jetzt nicht, mein Vater hat auch eine Aggressionsbewältigungstherapie gemacht.« Ich warf einen letzten Blick auf das Foto in Rays Händen und drehte mich zu meinem Auto um.

Mamie kam hinter mir her. »Er ist alt. Das könnte eine letzte Chance sein …«

Ich stieg ein und ließ den Motor an, um alles abzublocken, was Ray oder Mamie mir noch mitteilen wollten. In meinem Leben hatte es genug letzte Chancen gegeben.

DREIUNDDREISSIGSTES KAPITEL

Auf dem Rückweg umfuhr ich die Stadt. Ich hatte mich mit Ray auseinandergesetzt und die Asche meiner Mutter in einem praktischen Karton. Ich würde Sweetheart Lake nie wiedersehen müssen.

Nach einer Stunde hämmerte mein Kopf, und mein Magen rumorte. Außerdem musste ich bald tanken. Als eine Stadt mit Tankstellen- und Fast-Food-Gelegenheit auftauchte, steuerte ich sie an.

Im Kofferraum wühlte ich nach den Aspirin-Tabletten, dann kaufte ich drinnen eine Cola und zwei Frühstückssandwiches, beide dick belegt mit Käse, Eiern und einem widerlichen Schinken. Katerfrühstück. Ich hatte einen Kater von der Nacht in diesem engen Haus. Davon, dass ich versucht hatte, zu verstehen und zu erklären. Was für eine Zeitverschwendung.

Im Restaurantabschnitt der Tankstelle war viel los. Ich fand einen Platz am Fenster und fiel über mein Frühstück her. Als ich merkte, dass ich das Auto an einer Zapfsäule geparkt hatte, hatte ich nicht einmal ein besonders schlechtes Gewissen.

Ich packte gerade das zweite Sandwich aus, als ein alter Sedan hinter meinen SUV fuhr und dort stehen blieb. Die Frau am Steuer ließ ihren Arm aus dem Fenster hängen und legte den Kopf darauf, während sie geduldig wartete.

Ein winziges Gesicht schaute aus dem hinteren Fenster. Das Kind war klein und hüpfte auf und ab. So wie der Junge herumtobte, konnte er unmöglich angeschnallt sein. Nach ein paar Minuten war es mit der Gelassenheit der Mutter vorbei. Sie drehte sich zu dem Jungen um und schlug nach ihm, bis er stillsaß.

Die Mutter war schuld. Mütter trugen zwar bei allem, was schieflief, die Hauptlast, aber in diesem Fall hätte der Junge gar keinen Ärger verursacht, wenn sie ihn nur angeschnallt hätte. An einem anderen Tag hätte ich mich vielleicht eingemischt, aber im Moment hatte ich genug von moralischen Urteilen und saß außerdem noch kauend im Restaurant, den Mund voller Ei, als der Junge auf dem Rücksitz den Händen seiner Mutter auswich und sein ängstliches Gesicht gegen die Fensterscheibe presste …

Aidan.

Ich starrte ihn an, während ich langsam aufstand. Aber Moment mal, *wie* …? Das Kind verschwand aus meinem Blick, und ich stieß meinen Stuhl zurück.

Zu spät. Die Frau setzte ihren Wagen zurück und umfuhr die Zapfsäule und meinen SUV. Als ich endlich die Restauranttische und die Gäste umrundet hatte und auf dem Parkplatz ankam, war das Auto weg.

»Das ist nicht Ihr Ernst, oder?« Die Frau in der Zentrale, die ich schon am Abend zuvor behelligt hatte, war immer noch im Dienst und hatte genug. Jedenfalls von mir. Sie stellte mich zum Büro des Sheriffs durch, aber nicht Sherry ging ans Telefon. Und die Frau, die stattdessen abhob, würde mich auch nicht mit dem Sheriff verbinden.

»Er hat jetzt keine Arbeitspause«, sagte ich. Ich hatte mich in der letzten öffentlichen Telefonzelle der westlichen Welt verbarrikadiert, und alle Leute, die aus dem Restaurant kamen, schienen mich anzugrinsen, das Handy lässig am Ohr. »Bestimmt nicht. Er arbeitet, und das heißt … er wird mit mir sprechen wollen.«

»Sie sind ziemlich von sich überzeugt, das wissen wir ja, oder?«

Plötzlich hatte ich ein Bild vor Augen. Deputy Lombardi. Die junge Polizistin, die mich immer mit Teenagerblick ansah.

»Es geht um Aidan. Aidan Ransey.«

»Dieses Gespräch kann aufgezeichnet werden, um den Service zu verbessern.«

»Gibt es hier irgendeinen Erwachsenen, mit dem ich sprechen könnte?«, sagte ich.

»In einer halben Stunde habe ich Pause. Wenn Sie mit Ihrem *Freund* reden wollen, haben Sie vielleicht bei der nächsten Schicht mehr Glück. Obwohl ich nicht drauf wetten würde.«

Mir reichte es. »Lassen Sie uns darüber reden, wie Sie den Erpresserbrief im Haus der Ranseys entdecken konnten, noch bevor Charitys Leiche überhaupt gefunden wurde«, sagte ich. »Weil Sie die ganze Nacht dort waren, bei Bo.«

»Oh, sieh mal an, wer hält sich denn da für eine Kommissarin?«

»Und darüber, wer gerade noch Zeit hatte, am Tatort zu patrouillieren, bevor er dort eine Leiche zurückgelassen hat?«

»Wovon sprechen Sie?«, sagte Lombardi.

»Stellen Sie mich einfach durch, dann werden Sie herausfinden …« Ich ließ den Hörer sinken. Die Verbindung war unterbrochen. Hoffentlich war das Gespräch wirklich aufgezeichnet worden, aber ich glaubte es nicht. Ich starrte auf den Telefonhörer. Sollte ich noch einmal anrufen? Aber was nützte das, wenn das Gefängnis von Kriminellen geführt wurde? Ich hoffte, dass alle Unterschriften auf Kellers Beweismittelformularen zu Tara Lombardi führten. Schließlich blieb mir nichts anderes übrig, als den Hörer auf die Gabel zu knallen und die Telefonzelle zu verlassen.

Das Auto, in dem Aidan saß, hätte in der Zwischenzeit zweimal die Stadt umrunden können. Trotzdem verließ ich die Tankstelle und fuhr in die Richtung, die der Wagen vermutlich eingeschlagen hatte. Es war derselbe Bereich der Stadt, den ich schon durchquert hatte, aber diesmal achtete ich auf die Umgebung. Ich fuhr schneller, wenn ich eine Tankstelle sah, und verringerte das Tempo wieder, wenn ich an den Autos und Zapfsäulen vorbeifuhr. Langsam fing ich an, an mir zu zweifeln. Hatte ich das Auto überholt? War es blau? Schwarz? An der Beifahrertür war Rost gewesen. Oder an der hinteren Tür? Spielte das überhaupt eine Rolle? Würde ich das Auto nicht erkennen, wenn ich es sah?

Würde ich das Kind nicht …

Irgendetwas in dieser Situation ließ mir keine Ruhe, und plötzlich fiel es mir wie Schuppen von den Augen: Aidan. In Parks hatte ich ihn nie getroffen, aber ich hatte ihn schon einmal gesehen. Als ich in Sweetheart Lake angekommen war, hatte er auf dem Arm dieser Frau, die an mir vorbeigeeilt war, am Daumen genuckelt. Vor dem Laden, der früher mal eine Bank gewesen war, hatte er mich direkt angesehen.

Ich hatte die Gelegenheit, Aidan zu helfen, verpasst – vielleicht überhaupt die einzige Chance, ihn jemals nach Hause zu bringen.

In meinem Kopf drehte sich alles, während ich weiterfuhr. Immer wieder sah ich Stellen, wo der Sedan sein könnte – ich sah ihn vor mir wie eine flirrende Fata Morgana –, und das trieb mich an. Immer mehr Bäume säumten die Straße. Ich wusste, wo ich hinfuhr. Denselben Weg zurück, den ich gekommen war, zurück nach Sweetheart Lake.

Als ich erneut in die saubere Innenstadt meiner Jugendzeit einfuhr, hatte ich das Auto immer noch nicht gefunden. Während der gesamten Fahrt hatte ich darüber nachgegrübelt, was ich eigentlich für Beweise hatte. Ich parkte vor dem Fudge-Shop und blieb im Auto sitzen. Während die Stadt langsam erwachte und die Ladenbesitzer ihre Türen öffneten, überlegte ich, ob ich überhaupt etwas hatte außer Zweifel. War das Kind wirklich Aidan Ransey? Wie hoch war diese Wahrscheinlichkeit? Und wenn der Junge tatsächlich Aidan war, wer war dann die Frau? Konnte es sein, dass eine Fremde Aidan entführt hatte und ihn dann dreist durch Nordwisconsin kutschierte, als wäre er ihr eigenes Kind?

Ich musste mich getäuscht haben. Ganz einfach. Viele kleine Jungen hatten blonde Haare und traurige Augen.

Ich bemühte mich, mir das Gesicht des Jungen in Erinnerung zu rufen, in dem Moment, als er versucht hatte, den Schlägen der Frau auszuweichen. Es war die Traurigkeit, die mir zusetzte. Der Junge war ohne jede Fröhlichkeit auf dem Rücksitz auf- und abgehüpft, mit ausdruckslosem Gesicht. Vielleicht hatte es nichts zu bedeuten, aber falls doch, dann musste man genau hinsehen, musste auf ein Kind aufmerksam machen, das Hilfe brauchte.

Ich stieg aus und öffnete die Heckklappe, auf der Suche nach meinen Arbeitssachen. In einem Fach meiner Laptoptasche waren ein paar Ausschnitte aus dem *Spectator*. Als ich Aidans rundes Gesicht auf dem Foto sah, stellten sich mir die Nackenhaare auf.

Ich nahm alle Ordner und meinen Laptop und fütterte die Parkuhr mit Münzen. In einem Drogeriemarkt machte ich fünfzig grobkörnige Farbkopien von dem Zeitungsausschnitt, sah zu, wie sich Aidans Gesicht wieder und wieder auf den Stapel schob. Die Frau an der Kasse nahm mein Geld entgegen und warf einen Blick auf die Kopien.

»Haben Sie ihn gesehen?«, fragte ich.

Die Kassiererin war eine junge Frau mit herauswachsenden lila Haaren und einem Piercing durch die Nase – wie der Ring eines Ochsen. Ich fragte mich, ob es schwierig für sie war, in einer so kleinen Stadt zu leben, oder ob sie hier Leute von ihrem Schlag fand. »Süß«, sagte sie ohne jede Überzeugung.

»Er wird vermisst.«

Die Kassiererin sah genauer hin. »Aus Sweetheart Lake?«

»Aus Indiana. Ich denke, er könnte … Jemand könnte ihn hierhergebracht haben.«

»Oh.« Die Frau gab mir den Kassenzettel. »Warum?«

Das war genau die richtige Frage. Ich konnte mir nicht vorstellen, warum. »Dann haben Sie ihn also nicht gesehen?«

»Für mich sehen die alle gleich aus, wirklich. Klein.«

»Könnten Sie einen Zettel hinter dem Tresen aufhängen? Und falls Sie ihn sehen …« Was dann? Was war mein Plan? »Dann benachrichtigen Sie die Polizei, denke ich.«

Das Mädchen sah mich ausdruckslos an.

»Ich arbeite für die Polizei. Die Polizei von Indiana, meine ich.«

Die Kassiererin schien mir nicht besonders viel Glauben zu schenken. »Also soll ich das hier behalten?«

Ich ging durch die ganze Straße und händigte misstrauischen Ladenbesitzern Kopien aus. Niemand sagte, er habe Aidan gesehen. Und vielleicht stimmte das auch. Oder jemand hatte ihn gesehen, aber ihm war nichts aufgefallen. Hier gab es keine aktuellen Meldungen, keinen Aidan-Watch-Zeitstrahl in der Tageszeitung. Für die Leute hier wäre Aidan nur ein kleiner Junge, der mit seiner Familie Urlaub machte. Nur einer von vielen Touristen.

Die Frau im Immobilienbüro erklärte, er sähe genauso aus wie ihr Enkelsohn, als er noch klein war. »Ich hoffe, Sie finden ihn«, sagte sie, während sie die Kopie, die ich ihr gegeben hatte, gut sichtbar auf ihrem Tisch platzierte. »Seine arme Mutter.«

In einem der letzten Geschäfte, in dem sich T-Shirts für Touristen stapelten, begrüßte mich ein Teenagermädchen mit Zahnspangenlächeln. Ihre dünnen Arme ragten aus einem bonbonfarbenen, viel zu großen Sweetheart-Lake-T-Shirt.

»Ist der Besitzer oder der Manager hier?«

Das Mädchen ging los, um jemanden zu holen. Ihr Pferdeschwanz wippte hinter ihr her.

Ich schaute mich bei den T-Shirts um und landete instinktiv bei einem, das ungefähr so aussah wie die beiden, die Theresa und ich uns in der Highschoolzeit gekauft hatten, um sie zusammen in der Schule zu tragen. Es war pink mit – aus unerfindlichem Grund – einer Palmenlandschaft darauf und den Worten *Sweetheart Lake Welcomes YOU!* quer über der Brust. Ich zog es vom Kleiderständer.

»Das da ist irgendwie witzig«, sagte eine zögernde Frauenstimme.

Ich blickte auf und musste zweimal hinschauen. Die Dinge waren dann am witzigsten, wenn einem am wenigsten nach Lachen zumute war.

VIERUNDDREISSIGSTES KAPITEL

Theresa. Diesmal war ich sicher, was ich sah. Die einzige Person aus Sweetheart Lake, die ich vielleicht gerne zurückgehabt hätte, stand vor mir, ein bisschen älter, ein bisschen voller im Gesicht und an den Hüften. Ich blickte auf das T-Shirt in meiner Hand.

»Die T-Shirts damals waren auch witzig«, sagte ich schließlich.

Theresa sah mich an und wandte dann den Blick ab. »Ich kann es nicht glauben.«

»Es tut mir leid.«

»Ich fühle mich, als … als hätte ich gerade einen Schlag abbekommen.« Sie legte eine Hand auf ihren Magen. Anscheinend konnte sie mir nicht ins Gesicht sehen. »Wie … ich meine … Ich weiß nicht, wo ich anfangen soll.«

»Es tut mir so leid«, sagte ich.

»Hör auf. Du musst dich nicht entschuldigen. Du hast es geschafft wegzukommen. Das haben wir … das habe ich immer gewollt. Ich dachte, du wärst …«

Ich hängte den Kleiderbügel mit dem T-Shirt wieder auf den Ständer. »… ermordet worden.«

»Ja.«

»Ich hätte dir schreiben sollen. Dich anrufen.« Nichts davon schien mir jetzt ausreichend. »Ich habe das nicht durchdacht.«

»Hätte-ich-doch zu sagen ist wie sich entschuldigen, wenn niemand zuhört, hat meine Grandma immer gesagt«, erklärte Theresa. »Du erinnerst dich bestimmt an sie.«

»Sie war wunderbar. Deine ganze Familie …«

»Sie ist inzwischen gestorben. Und meine Mutter auch.«

»Es ist keine Entschuldigung, wenn ich sage, dass mir das leidtut.«

»Es ist mehr als zehn Jahre her, aber … na ja, ich habe es sehr schwergenommen. So kurz nachdem …« Sie schaute zur Tür, obwohl niemand hereingekommen war. »Ich habe geglaubt, er hätte dich umgebracht. Man hat mir gesagt, dass das nicht stimmt und dass du in einem Wohnwagen in Tennessee lebst …«

»Eine Zeitlang.«

»Aber ich habe dich gesucht und konnte dich nicht finden. Ich habe ihnen nicht geglaubt.« Sie schlug sich die Hand vor den Mund. Ihr Blick wurde für einen Moment weich. »Ich wusste nicht, dass so viel in dir steckt.«

»Ich auch nicht«, sagte ich.

»Ich habe dich überhaupt nicht gekannt.«

Ich wühlte in meiner Tasche, fand mein Portemonnaie und darin ein winziges Foto von Joshua in Chicago. Das Foto war gar nicht so alt, aber er sah noch so klein darauf aus. Ich behielt es einen Moment in der Hand, dann streckte ich es Theresa hin. »Das ist der Grund.«

»Was!«, sagte Theresa und lächelte zum ersten Mal. »Im Ernst. Das ist … Wow, das ist eindeutig sein Sohn.« Sie blickte auf.

»Ich habe ihn gesehen.«

»Seine Wiedergeburt«, sagte Theresa.

»Das scheint er jedenfalls zu glauben.«

»Seine Frau ist nett.« Theresa betrachtete Joshuas Foto und fuhr fort: »Auch wenn sie womöglich ein bisschen dumm ist. All dieses Ich-glaube-an-die-Liebe-Geschwätz.«

»Das sagt sie öfter? Aha.«

»Ich glaube an das, was die Leute tun«, sagte Theresa.

»Verstehst du? Nicht an das, was sie reden. Und ich weiß, was er getan hat. Aber … was ist damals mit dir passiert? Das viele Blut …«

Ich blinzelte die Tränen weg, wollte jetzt nicht daran denken, was er getan hatte. Ray war Vergangenheit, schien Lichtjahre entfernt. Und auch Theresa, obwohl sie mit Joshuas Foto in der Hand direkt vor mir stand.

»Hast du ihn mitgebracht?«

»Joshua? Nein. Es ist … kompliziert.«

Sie gab mir das Foto zurück. »Wenn du sagst, dass etwas kompliziert ist, dann glaube ich es.«

»Er ist verschwunden«, sagte ich.

»Dann kommt er auch nach dir.«

Das tat weh. Entschuldigungen waren nicht gestattet, aber ich merkte, dass sie dringend nötig waren und dass sie trotzdem niemals akzeptiert werden würden. Wir hatten dreizehn Jahre getrennt voneinander gelebt, und jetzt wurde mir klar, wie unbedeutend unsere Wiederbegegnung war. Ich war nur eine Anekdote in Theresas Leben.

»Er ist hier?«, sagte sie.

»Ich dachte, er hätte herausbekommen, wo sein Dad ist.«

»Aber du hast ihn nicht gefunden.« Theresa zeigte auf die Flyer, die aus meiner Tasche ragten. »Und wer ist das?«

»Noch so eine komplizierte Geschichte. Ich habe diesen Jungen hier gesehen. Er wird vermisst – in der Stadt, wo ich gewohnt habe.« Ich gab ihr eine der Kopien und versuchte, mir die Frau und den Jungen noch einmal in Erinnerung zu rufen. War ich mir *sicher*? »Ich meine, ich *glaube*, dass ich ihn gesehen habe. Aber vielleicht verliere ich auch langsam den Verstand. Man sollte mich ins Irrenhaus stecken. Gibt es Riverdale noch?« Über das Riverdale-Zentrum, den Ort für Verrückte, hatten wir uns in unserer Kindheit immer lustig gemacht. Als Erwachsene wusste ich, dass es ein

Heim für ältere und gebrechliche Menschen war und absolut keine Irrenanstalt.

Theresa schien etwas sagen zu wollen, wandte sich aber stattdessen dem Flyer zu. Sie betrachtete ihn eine ganze Weile.

Das Mädchen, das mich begrüßt hatte, stand draußen vor der offenen Tür und ging die Ständer mit den T-Shirts im Ausverkauf durch. Aus dieser Entfernung und diesem Blickwinkel erkannte ich, dass sie Theresas Tochter sein musste. Wahrscheinlich hatte ich es nicht verdient, von ihr zu erfahren.

»Ich bin nicht sicher«, sagte Theresa.

Es durchfuhr mich wie ein Stromstoß. »Du hast ihn gesehen?«

»Na ja, ich weiß nicht. Hier war eine Frau mit einem kleinen Jungen … gestern, glaube ich. Sie war auf der Suche nach einem Job, aber wir haben keinen. Ich wünschte, ich hätte sie um eine Bewerbung gebeten.«

»Sie ist jünger als wir, hat braune Haare und einen Pferdeschwanz? Wenn es gestern war, dann hatte sie ein … ein ärmelloses schwarzes T-Shirt und Jeans an. Nicht gerade das Outfit für ein Vorstellungsgespräch.«

»Das ist sie«, sagte Theresa. »Einen Moment dachte ich, sie hält nach einem Laden Ausschau, den sie ausrauben kann. Das war mein Eindruck von ihr.«

»Die beiden sind auf der Straße an mir vorbeigelaufen. Aber ich war so mit meinen eigenen Problemen beschäftigt.«

Theresa sah mich abschätzend an. »Kein Wunder«, sagte sie.

Doch in dem Moment, als die Frau mit Aidan an mir vorbeigegangen war, hatte ich nicht Joshua im Kopf gehabt. Vielmehr hatte ein starrer Blick in die Vergangenheit die

Gegenwart für einen Moment verdrängt. An Joshua hatte ich überhaupt nicht gedacht, und Aidan hatte mich direkt angesehen.

Seit wann war ich so selbstbezogen?

Der Fehler mit dem ermordeten Geschäftsführer kam mir wieder in den Sinn. Damals war ich auch mit meinen eigenen Problemen beschäftigt gewesen. Wenn Aidan jetzt etwas passierte, würde ich mir das nie verzeihen. Und Joshua – was übersah ich da? Was hatte ich direkt vor Augen gehabt, aber nicht beachtet?

»Könnte es nicht sein, dass die Frau noch mal in den Laden kommt?«, fragte ich.

»Ich war ziemlich direkt: kein Job hier, keine Jobs in der ganzen Stadt, schließlich ist jetzt keine Saison. Aber das muss nicht heißen, dass sie nicht mehr in der Gegend ist.« Theresa dachte einen Moment nach. »Mir kam es vor, als wäre sie von hier, aber ich kann dir nicht sagen, warum. Vielleicht wohnt sie in der Nähe.«

All die kleinen, verzweigten Wege um die Seen. Hundert Seen, tausend. Es war nicht zu schaffen. Ein paar Farbkopien würden Aidan nicht zurückbringen. Wenn sie überhaupt etwas bewirkten, dann nur, dass die Frau die Flucht ergriff.

Ich stellte meine Tasche auf den Boden und öffnete sie. Schließlich fand ich die Zeitung. Unter dem großen Farbfoto von Aidan war das kleine, unscharfe Foto von seiner Mutter. »Was ist mit dieser Frau?«

»Das war sie nicht.«

»Aber erkennst du sie? Das ist seine Mutter.«

Sie nahm die Zeitung in die Hand. »Nein. Aber du weißt ja, wie viele Leute den Sommer über hier reinkommen. Dieses Jahr lief es zwar schleppend, die Wirtschaftslage und so, aber dennoch … kann schon sein, dass sie irgendwann mal hier war.«

Doch ich wusste, wo sich diese Frau seit einigen Tagen aufhielt, und auch, wo sie davor gewesen war. Diese Hotelrechnung aus Indiana mit ihrer Unterschrift darauf – es kam mir vor, als wäre es ein Jahr her und nicht nur eine Woche, dass ich die vor mir gehabt hatte.

Theresa faltete die Zeitung auseinander und las die Titelseite. »Indiana also?«

Ich spürte, dass ich rot wurde, als hätte sie mich bei einer Lüge ertappt. Dem Sheriff hatte ich nichts von Wisconsin erzählt, und jetzt würde ich Theresa nichts von Indiana erzählen. Ich trennte mein altes Leben von meinem neuen, so wie ich es immer getan hatte. »Wir hatten verschiedene Wohnorte. Davor.«

»Wie oft seid ihr umgezogen?«

»Kann ich nicht mehr zählen.«

Theresa wandte den Blick nicht ab.

»Acht, neun Mal, verschiedene Städte. Sechs Staaten. Joshua hat die Nase voll davon.«

Ich langte nach der Zeitung, aber Theresa hatte sie bereits aufgeschlagen. »Wie ist es da so? Wirst du dorthin zurückgehen?«

»Keine Ahnung. Ich mache keine Pläne, bevor ich ihn nicht gefunden …«

»Hey.« Theresa breitete die Zeitung ganz aus und faltete die Seiten nach hinten. »Ich glaube, den da kenne ich.«

Sie drehte das Blatt zu mir herum, und da war er: Bo Ransey. Der Artikel von der Titelseite ging im Innenteil weiter, mit einem Foto von Bo vor seiner abgesackten Eingangsterrasse.

»Machst du Witze?«

»Warum sollte ich über diesen Hinterwäldler Witze machen? Ich bin sicher, dass ich den mal in Rhinelander im The Shaw gesehen habe. Erinnerst du dich an das Lokal? Ich trinke zwar keinen Alkohol mehr, aber wir gehen dort immer noch manchmal Burger essen. Ich würde mich nicht an ihn erinnern«, sagte sie, »wenn er mir nicht so arschlochmäßig vorgekommen wäre.«

Meine Gedanken überschlugen sich, aber nichts passte zu dem, was ich wusste. Das alles ergab keinen Sinn. Bo Ransey hatte nicht sein eigenes Kind entführt. Er hatte die Stadt nicht verlassen. Oder hatte er jemanden damit beauftragt? Aber warum war er dann noch in Parks und fiel jeden Tag dem Sheriff auf die Nerven?

»Weißt du noch, wann du ihn gesehen hast?«, fragte ich.

»Irgendwann diesen Sommer.«

»Nicht in den letzten zwei Wochen?«

Theresa stützte sich auf einen T-Shirt-Ständer. »Nein, es war im Frühsommer. Mai, vielleicht auch April.«

Ich hätte so gerne gewusst, was das zu bedeuten hatte. Ich besaß eine Handvoll Puzzleteile, aber nicht genug, um ein Bild zusammenzufügen.

»Also«, sagte sie und gab mir die Zeitung zurück. »Es widerstrebt mir, das Thema anzusprechen, aber du weißt, dass dein Vater noch am Leben ist, oder?«

Erst Ray und Mamie, jetzt auch noch Theresa. Sie alle mussten mir Dinge erzählen, die ich nicht wissen wollte.

»Man hat mich darauf hingewiesen«, erklärte ich.

»Er ist in Riverdale, Lee«, sagte Theresa. »Seit ein paar Jahren.«

Riverdale. Das war es also, was Ray mir hatte erzählen wollen. Mein Vater lebte noch, und er war in der Monsterhöhle meiner Kindheitsvorstellungen untergebracht, der Klapse, dem Geisterhaus, das nun Wirklichkeit wurde.

»Das ist wahrscheinlich der richtige Platz für ihn.«

»Ich weiß, wie du zu ihm stehst, aber …«

»Ich werde da nicht hinfahren«, sagte ich. »Warum weiß anscheinend jeder außer mir, dass er noch lebt? Egal.«

»Jeder?«

Ich seufzte, hob meine Tasche hoch und sah Theresa an. »Ich war letzte Nacht bei Ray und seiner Frau. Frag mich nicht, wie es dazu kam, ich weiß es selbst nicht genau.«

»Dann hat er es dir gesagt?«

»Was? Nur … raus mit der Sprache.«

»Er hat es dir nicht gesagt.«

»Du wirst mir wohl verraten müssen, um was es geht, wenn ich darauf antworten soll.«

Theresa sah mich scharf an. »Du hast dich verändert. So sehr, wie Ray das von sich glaubt.«

Ich spürte die Kränkung, ging aber nicht darauf ein. Ich hatte mich wirklich verändert. Und ich war nicht hier, um wieder in die winzige Leeanna-Form zu schlüpfen, damit alle mir bequem und unbeteiligt zusehen konnten.

»Wie sehr hat er sich verändert?«, fragte ich, um die Sache zu Ende zu bringen.

»Ray Levis«, sagte Theresa mit einem tiefen Seufzer, während sie sich kurz im Laden umsah, »Ray Levis ist derjenige, der die Rechnungen von Riverdale bezahlt.«

Etwas in mir geriet gefährlich ins Wanken. Ich hatte das Gefühl, als würde ich gleich hinfallen, und griff nach dem T-Shirt-Ständer. Hoffentlich hatte ich das falsch verstanden.

»Ray ist derjenige, der für deinen Vater sorgt. Natürlich gibt es staatliche Unterstützung, aber die reicht nicht für alles.« Sie warf mir einen unbehaglichen Blick zu. »Sie besuchen ihn auch.«

»Aber … *warum?*«

»Er hat es dir nicht gesagt.« Theresa schüttelte den Kopf. »Ich fass es nicht.«

»Er glaubt, er könnte damit bei mir etwas wiedergutmachen. Der hat Nerven.«

»Allerdings. Aber wahrscheinlich hat er auch geglaubt, die Leute würden aufhören zu denken, dass er dir etwas angetan hat, wenn er deinen Dad unterstützt. Aber so ist es nicht gekommen. Es ist nicht leicht, sich ein gutes Karma zu kaufen.«

Ich dachte an Ray am Küchentisch, wie er immer wieder über das Foto von Joshua strich. *Wir mussten umziehen. Du würdest nicht glauben, wie die Leute in der Stadt ihn ansehen.*

Was hätte ich gedacht, wenn ich unter den Beobachtern gewesen wäre?

»Sie wollten glauben, dass er mich umgebracht hat«, sagte ich, und plötzlich sah ich alles klar. »Und dann hat er ihnen einen Grund dazu gegeben.«

FÜNFUNDDREISSIGSTES KAPITEL

Im Sheriffbüro von Vilas County war der Chief gerade nicht da. Ein gelangweilter Polizeibeamter mit Walrossbart saß allein da und hatte seinen dicken Bauch hinter den Empfangstisch geklemmt. Er sagte mir nicht, wann der Sheriff zurückerwartet wurde, und wollte auch niemanden von den Leuten hinter der Sicherheitstür holen, um mit mir zu sprechen. Lieber schrieb er meine Angaben auf.

»Haben Sie es hier ständig mit vermissten Kindern aus Indiana zu tun?«, fragte ich, als Ärger in mir hochstieg.

Schließlich ließ er sich dazu herab, mich wahrzunehmen, und seine Haltung drückte deutlich aus, dass man hier andauernd mit verrückten Leuten von außerhalb zu tun hatte. »Sie würden mir sowieso nicht glauben, was ich Ihnen erzähle«, sagte er.

Als ich hinausging, knallte ich die Tür zu.

In der Lobby fand ich wieder ein klebriges Münztelefon und versuchte es noch einmal im Büro von Sheriff Keller. In der Telefonzentrale von Parks County hatte die Schicht gewechselt, aber die neue Dispatcherin war auch nicht hilfreicher. Die Frau wollte mich zu niemandem durchstellen. »Er ist bei einem Einsatz«, erklärte sie. Sie klang älter, rauchte nicht bei der Arbeit und war ganz bei der Sache. »Ich kann Sie an seinen normalen Büroanschluss weiterleiten, dann können Sie dort eine Nachricht hinterlassen.«

»Aber es ist eigentlich ein Notfall.«

»Deputy Lombardi hat gesagt, dass Sie das sagen würden.«

Anscheinend hatte ich bei diesem Team schon einen gewissen Ruf. Ich tat, was sie mir gesagt hatte, und hinterließ eine Nachricht. Wahrscheinlich war es genauso sinnlos, wie es sich anfühlte. Wer würde diese Nachricht bekommen? Und wann?

Dann wählte ich die einzige Nummer, die ich auswendig kannte. Das Telefon klingelte in Kents Büro in Indianapolis, bis der Anrufbeantworter ansprang. »Kent, hier ist Anna. Das klingt jetzt vielleicht verrückt, aber das ist ja nichts Neues, oder? Hör zu, ich bin in Sweetheart Lake. Das ist da, wo …« Ich dachte an Kents präzise Art, zu sprechen und nachzufragen, wenn er etwas genauer wissen wollte. »Meine Heimatstadt, aber wahrscheinlich weißt du das noch. Also, dieser Junge, der in Parks vermisst wird, Aidan Ransey … ich bin sicher, dass er hier ist. Ich weiß noch nicht, warum und wie es dazu kam, aber er ist hier. Keller erreiche ich nicht, doch wenn du jemanden mit polierter Dienstmarke hierherschicken könntest, wäre das eine große Hilfe. Ich muss nach Parks zurück, und mein Handy funktioniert hier nicht …« Ich blickte über die Schulter zurück in die verlassene Lobby. »Kent«, sagte ich. »Ich versuche zu tun, was du mir geraten hast. Ich tue alles, was …«

Es piepte in der Leitung, und ich wusste nicht, ob die Aufnahme jetzt endete oder gar nicht erst stattgefunden hatte. Ich legte auf.

Die Straße vor der Polizeistation war ruhig. Maple Street. Natürlich. Und die Birch war einen Block weiter. In der anderen Richtung die Spruce. Und natürlich die Pine Street, das Zentrum von Sweetheart Lake.

Ich stieg wieder ins Auto, fuhr durch die Maple Street und überquerte auf der Railroad Street den Fluss, der in der Stadt eher ein Bach war. Im Moment war der Wasserstand niedrig und das Gras auf beiden Seiten von einem zarten

Gelb. Eine Brise wehte durch das Autofenster, angenehm, aber kühl. Als ich an einer Ampel stehen blieb, streckte ich den Arm hinaus und fing den Wind auf. Nicht nur kühl, sondern kalt. Ich starrte durch die Windschutzscheibe auf die Bäume, als wäre ich gerade aus einem langen Schlaf erwacht. Es war mir nicht aufgefallen, aber die Ahornbäume verfärbten sich bereits golden. Es war Oktober – und der November würde auch nicht mehr lange auf sich warten lassen. Und Joshua war da draußen und hatte nur seine dünne Jacke an. Für die Northwoods hatte er nicht gepackt.

Das Auto hinter mir hupte, weil die Ampel grün war. Einen Augenblick wusste ich nicht mehr, was ich tun wollte, aber ich tat es trotzdem, unbewusst. Die Railroad Street wurde breiter und führte an Stellen vorbei, die ich kannte, zum Beispiel an dem Golfplatz, wo Ray in einem Sommer ein paar Monate gearbeitet hatte, so lange, bis er zu viele Leute verärgert hatte. Ich verließ Sweetheart Lake und erkannte ein altes Haus wieder, in dem sich ein Motel befand, das offensichtlich noch in Betrieb war. Auf einem Seitenweg wendete ich und fuhr zurück Richtung Stadt.

Als die Dairy Bar auftauchte, fuhr ich hin. Ich war nicht unbedingt hungrig, aber ich fühlte mich leer. Langsam stieg ich aus und ging zum Verkaufsfenster, wo ein Mädchen in einem pinkfarbenen Dairy-Bar-Shirt saß und seine Haarspitzen inspizierte.

»Ein … Milchshake, denke ich.«

»Welche Sorte?«

»Schoko.«

Das Mädchen hinter dem Fenster verschwand.

Ich lehnte mich gegen den Tresen und sah mich um. Ich war die einzige Kundin. Man würde den Laden für den Winter schließen und im April wieder öffnen, wenn langsam die Sommertouristen eintrudelten. Theresas Laden machte wahrscheinlich ein paar Wochen zu, war aber für die Wintertouristen geöffnet; für die Schneemobil-Abenteurer, die Eisangler. Für lange verschollene, totgeglaubte Freundinnen. Am Ende war sie von meinem Tod überzeugt gewesen. Man konnte sich an alles gewöhnen. Man drehte eine Geschichte so lange in seinem Kopf hin und her, bis sie Sinn ergab. Das war es auch, was ich getan hatte. Und diese Geschichte geriet jetzt ins Wanken.

Ich schloss die Augen und stellte mir Joshua vor, sicher, warm und satt, wo auch immer er sein mochte. Wenn ich nur fest daran glaubte, dann war es vielleicht so.

Aber ich konnte ihn nicht durch Wünsche oder Gebete nach Hause bringen. Nur auf Taten konnte ich vertrauen. Wenn ich nur gewusst hätte, welche. Ich öffnete die Augen. Der Milchshake – mit Sahnehäubchen – stand auf dem Tresen. Ich schob dem Mädchen ein paar Dollar hin. »Ich wusste nicht, dass das hier eine Kette ist.«

Das Mädchen nahm das Geld. »Es ist keine.«

»Wie viele gibt es davon?« Vielleicht würde ich noch eine Stadt mit einer Dairy Bar finden, nur um den Ausdruck auf Joshuas Gesicht zu sehen.

»Es ist keine Kette.« Das Mädchen strich das Kleingeld vom Tresen in ihre Hand. »Leben Sie in Indiana?«

Ich schaute zu meinem Auto. Das Nummernschild war von hier aus erkennbar, aber das Mädchen musste extrem gute Augen haben. »Im Moment ja.«

»Es gibt einen Laden in Indiana und einen hier. Wenn das eine Kette sein soll …«

»Das ist merkwürdig.«

Das Mädchen schaute von seinen Haarspitzen auf und warf mir einen Blick zu, den ich leicht deuten konnte: Ich war hier die Merkwürdige.

»Ich habe hier mal gearbeitet, hier in diesem Laden«,

sagte ich. »Einmal habe ich einen großen Sack Malz fallen lassen, und das Pulver war überall, alles war weiß. Eins der anderen Mädchen hat versucht ...«

»Wollen Sie sich hier bewerben oder so?«

Okay, kapiert. »Nein danke«, sagte ich und nahm meinen Milchshake mit zum Auto. Mich bewerben. Einfach nur darüber lachen konnte ich auch nicht. Wie lange würde ich mit unseren Ersparnissen noch hinkommen? Wir mussten aufhören, so viel herumzuziehen, Mieten doppelt zu zahlen, Matratzen zurückzulassen. Aufhören, Geld zu verschwenden. Und Zeit.

Ich saß hinter dem Lenkrad, während der Milchshake schmolz. Die Zeitverschwendung musste aufhören, egal, was passierte.

Im Vorbeifahren warf ich den Milchshake in einen Mülleimer und verließ den Parkplatz.

Ich musste aufhören, so zu tun, als wüsste ich – oder als hätte ich je gewusst –, was zu tun war.

Aufhören – mit allem. O Gott, konnte die Welt nicht einfach einen Moment stehen bleiben? Ich musste sie einholen. Ich musste Joshua finden. Ich musste Aidan finden. Ich musste einen Weg finden, neu anzufangen. Verzeihen und um Verzeihung bitten und von vorne anfangen.

Wiederholung!, wie die Kinder in meinem Stadtteil früher immer gerufen hatten, wenn ein Spiel nicht so gelaufen war, wie es sollte. Diesem Stadtteil näherte ich mich jetzt. Da war die Schule, dann kamen die Reihenhäuser in den nach Bäumen benannten Straßen am Rand der Innenstadt. Ich fuhr durch gerade, schattige Straßen. Eine Freundin aus der Grundschule hatte hier gewohnt. In der vierten Klasse hatte ich einmal zu ihrer Geburtstagsparty gehen dürfen. Die Bücherei. Der Spielplatz, auf dem ich einmal mit Freunden gespielt hatte, bis es so dunkel war, dass ich Angst hatte, nach Hause zu gehen. Ich war auf die höchste Rutsche geklettert und hatte mich dort versteckt, während die anderen Kinder eins nach dem anderen abgeholt wurden. Meine Eltern taten das nie. Eine Frau aus unserer Nachbarschaft hatte mich schließlich nach Hause gescheucht, und ich hatte gewusst, dass ich nie wieder mit diesen Kindern reden würde. Wir lebten in verschiedenen Welten.

Kreuzwegstationen. Ich fühlte mich immer schlaffer, so als wären mir meine Knochen abhandengekommen. Aber ich wusste, dass ich die Orte, an denen wir einmal gelebt hatten, nicht meiden konnte. Ich musste sie alle besuchen wie als Strafe.

Den ersten fand ich leicht: ein heruntergekommenes einstöckiges Haus. Darin ein Zimmer, das inzwischen wahrscheinlich nicht mehr gelb angestrichen war. Zwei Straßen weiter ein Fünfzigerjahre-Bau, der langsam verfiel.

Ich konnte mich nicht an alle Adressen erinnern, fand aber vier in der Stadt, bevor ich wieder auf die Hauptstraße einbog, Richtung Süden. Ich fuhr an der Greenhouse Lodge Road vorbei, wo Theresas Familie gewohnt hatte. Vielleicht wohnte sie immer noch dort, ich hatte nicht danach gefragt. Wie es wohl wäre, sich auf einem einzigen Flecken Erde niederzulassen und einfach abzuwarten, wie sich das Leben entwickelte?

Und dann kam das Schlimmste von allen: das alte Motelrestaurant, in dem meine Eltern noch gehaust hatten, als ich aus der Stadt fortgegangen war. Die Räume waren bereits verfallen gewesen, bevor wir dort hatten einziehen müssen. Jetzt waren die Fenster mit Brettern vernagelt und mit Graffiti besprüht. Die Betonpoller der Motelparkplätze standen immer noch vor dem angrenzenden Wald, aber schon lange hatte niemand mehr hier angehalten. Das war sie – die letzte Wohnung. Meinem Vater gehörte das Haus, es war irgendein Auktionsdeal gewesen. Nach all den Mietwohnungen in all den Jahren besaß er nun diesen Schutthaufen.

Ich stieg aus dem Wagen und sah mir das Haus genauer an. Drinnen, das wusste ich, befanden sich eine verrauchte Küche, abgewetzte Sitznischen und ein langer, fleckiger Resopaltresen. Und ein Lagerraum mit einer Matratze auf dem Fußboden. Home Sweet Home.

Joshua hatte keine Ahnung, was ein schlimmes Leben war. Während ich dastand, wurde ich so wütend auf ihn. Er war fort, und die Lücke, die er hinterlassen hatte, war eine tiefe Wunde, die bei jeder Bewegung, die ich tat, wieder aufriss. Er fand es schwer, von Stadt zu Stadt zu ziehen. Sollte er doch mal versuchen, an einem Ort zu bleiben. Einem schrecklichen Ort, wo niemand sich um ihn kümmerte. Ich war nie abgehauen, jedenfalls nicht bevor es nicht mehr anders ging.

Jetzt umrundete ich das Motelgrundstück. Diese Gedanken, die sich mir da aufdrängten, waren nicht zum Aushalten. Weil ich Missbrauch und Abscheulichkeit erlebt hatte, war ich irgendwie besser als mein Sohn? Er hatte die Dinge viel früher selbst in die Hand genommen. Er war der Kluge. Wenn ich an mich selbst in diesem Alter dachte, an das verhuschte Mädchen, das vor lauter Angst keinen Mucks machte, dann konnte ich ihm nicht mehr böse sein. Wenn nicht Ray, dann wäre es jemand anders gewesen, oder? Wer war schuld daran, dass meine Erwartungen so niedrig gewesen waren und dass ich mich mit so wenig zufriedengegeben hatte?

Aber nein, das würde ich nicht auf mich nehmen. Das war nicht meine Schuld.

Ich kickte gegen einen Kieselstein. Das Haus hatte man Ratten und Vandalen überlassen. Mein Dad, der für mein ruiniertes Leben verantwortlich war, lebte in einer Einrichtung und wurde von einem Fremden versorgt; die sterblichen Überreste meiner Mutter befanden sich in Form von Asche in meinem Auto. Und hier war ich nun: zu Hause. Ich lachte auf. Das Lachen wurde immer heftiger, kippte ins Hysterische, bis mir die Rippen wehtaten. Jeder, der mich sah, hätte sofort erkannt, wer ich war: die Erbin dieses Chaoshaufens, dieses Reichs. Endlich. Ich schnappte nach Luft. Endlich hatten wir einen Platz, und ich war hier die Königin.

Ich kauerte mich auf den Boden und hustete, bis mir die Tränen kamen, dann schluchzte ich, bis ich keine Tränen mehr hatte und mich wie ausgetrocknet fühlte. Schließlich zündete der Funke, und Zorn loderte auf: Endlich war ich wütend genug, dem Teufel selbst gegenüberzutreten.

SECHSUNDDREISSIGSTES KAPITEL

Es würde keine Versöhnung werden. Eher wie ein Besuch im Zoo – bei den Raubtieren.

Ich stand auf und klopfte mir den Staub ab. Ein Wohnmobil, das aus der Stadt fuhr, verlangsamte das Tempo, damit der Fahrer einen Blick auf mich werfen konnte.

»Verdammte Touristen.« Noch einmal musste ich ein wenig lachen, aber ich wollte die glühende Wut in meinem Bauch nicht zerstören. Ich musste ihn jetzt gleich besuchen, bevor ich womöglich noch einen Funken Mitleid in mir entdeckte und mich wieder herausredete.

Die Straße nach Sweetheart Lake sah hübsch aus im Licht des Nachmittags. Seit meiner Rückkehr war ich sie vier Mal gefahren und konnte inzwischen die Bäume als Bäume sehen und nicht als Omen und den See, der dahinter aufblitzte, als Wasser und nicht als Erinnerung. Noch einmal fuhr ich durch die Stadt, und diesmal fand ich nichts Überraschendes daran.

Riverdale war da, wo es immer gewesen war, auch wenn man das Gebäude völlig umgebaut und die Straßenführung verändert hatte. Ich bog von der Hauptstraße ab und fuhr über einen engen Zufahrtsweg in einen unübersichtlichen Parkbereich. Ich parkte, saß da und betrachtete das Gebäude, das absolut kein Spukschloss war, sondern ein großer, kompakter Glaskasten.

Die Flügeltür schwang auf, und ein Rollstuhl erschien, dahinter ein Krankenpfleger in weißer Uniform. In dem Stuhl saß jemand. Wahrscheinlich eine Frau, vom Alter in sich zusammengesunken. Es war nicht auszumachen, ob sie siebzig war oder hundertsiebzig.

Der Pfleger schob den Rollstuhl den Gehweg entlang und um die Ecke des Gebäudes. Dann stellte er mit dem Fuß die Bremse fest und zog eine Zigarette aus der Tasche. Die Patientin hatte nun Blick auf den Fluss, aber ihr Gesicht blieb reglos. Sie schien weder die milde Sonne noch den Zigarettenrauch des Pflegers wahrzunehmen. Es gab keine Anzeichen, dass sie lebte.

Ich stieg aus und ging ein paar Schritte auf die Tür zu. Der kurze Blickkontakt, als der Pfleger in meine Richtung schaute, reichte aus, und ich trat den Rückzug an.

Gerade hatte ich mich im Auto in Sicherheit gebracht, als ich einen langen, schnittigen Wagen die Hauptstraße entlangfahren sah.

Der dunkle Sedan mit den verrosteten Türen. Aidan.

Das Auto war schnell wie ein schwarzer Fisch, der an der Wasseroberfläche auftaucht und wieder verschwindet. Bevor ich den Motor angelassen hatte, war es schon weg. Ich versuchte vergeblich, wieder auf die Straße zu kommen, und musste wenden, wobei ich die unübersichtliche Straßenführung verfluchte. Endlich fand ich den Ausgang des Parkplatzes und die Abzweigung, die ich nehmen musste, um dem Sedan in westlicher Richtung zu folgen.

Während der Fahrt fasste ich beide Straßenseiten ins Auge: Ladenfronten, Büros, Tankstellen, Restaurantparkplätze und Wohnmobilhändler. Eine Kurve lag vor mir. Hätte ich nur sehen können, was dahinter war … Aber nach jeder Kurve folgte schon die nächste. Ich fuhr schneller und suchte jede Biegung und jedes potenzielle Versteck mit den Augen ab, so gut ich konnte. Ich blieb dran. Diesmal würde ich Aidan nicht verlieren.

Die Zweifel kehrten zurück.

Aber dann, noch eine Kurve, und *da* – nur ein Aufblitzen des Hecks, bevor der Sedan zwischen Kiefern verschwand. Ich hielt nach einem Orientierungspunkt Ausschau. Wir waren Meilen von Sweetheart Lake entfernt. Warum suchte die Frau mit Aidan einen Job in der Stadt? Ich musste mir ins Gedächtnis rufen, was Verzweiflung war – die Frau hatte viel zu verlieren, aber vielleicht hatte sie auch schon viel verloren.

Ich beeilte mich, an derselben Stelle einzubiegen wie der Sedan, und wurde mit einem deutlichen Blick auf das Auto auf dem Weg vor mir belohnt.

Ich blieb hinter ihm zurück, hielt Abstand, während meine Gedanken vorwärtsrasten. Obwohl wir weit von der Stadt entfernt waren, kannte ich diesen Weg. Ray war gerne in einen Provinzpub namens Digger's gegangen. Und da sah ich das Lokal auch schon, so verstaubt und verloren wie eh und je, aber immer noch geöffnet – oder zumindest würde es in ein paar Stunden aufmachen. Aber nach dem Digger's würde es nichts mehr geben; die schmalen Kieswege, die von der Straße abzweigten, führten nur zu Privatgrundstücken oder Bootsrampen am See. Die Ferienhäuser standen so spät im Jahr leer, und nur wenige Autos würden mir hier entgegenkommen. Egal, wo die Frau wohnte, sie würde mich kaum übersehen, wenn ich ihr folgte.

Und wer würde aus dem Auto steigen, wenn es endlich anhielt? Die Frau? Oder Bo?

Der Sedan bog plötzlich auf einen Kiesweg ab und wirbelte dabei Staub auf. Ich fuhr noch langsamer, um ihm einen Vorsprung zu lassen. Als ich den Kiesweg erreichte, sah ich die weißen Pfeilschilder, die in Richtung Wald wiesen: *Reynolds, Carters Heim, Fuerole, Hodags Refugium …* Ich konnte sie nicht alle lesen, denn meine Angst, das Auto aus den Augen zu verlieren, zwang mich ebenfalls abzubiegen. Gleich darauf sah ich, nur hundert Meter vor mir, den Sedan. Die Bremslichter leuchteten. Schnell wendete ich, wobei ich noch einen kurzen Blick auf die Frau erhaschte, die am Ende der Zufahrt einen Arm aus dem Fenster streckte, um in den Briefkasten zu greifen. Sie schien mich nicht zu bemerken.

Ich fuhr zurück zum Digger's und saß eine Weile mit klopfendem Herzen davor im Auto. Wieder einmal holte ich mein Handy hervor. Kein Empfang. Im Digger's war es dunkel, der Parkplatz war leer.

Kein Telefon. Keine Häuser in Sicht. Die Polizei von Sweetheart Lake hatte mich schon als Verrückte abblitzen lassen. Ich wünschte mir Russ herbei – den Russ, der mir helfen würde, nicht den, der nach einer einfachen Möglichkeit suchte, mir ebenfalls eine Abfuhr zu erteilen.

Mir fiel nichts anderes ein, als den Weg wieder zurückzufahren und auf den privaten Kiesweg einzubiegen. Hinter dem Sedan auf die Zufahrt zu fahren und den Motor abzustellen. Und zu hoffen, dass mir bis dahin irgendeine Idee kam.

Was nicht der Fall war. Keine Häuser, keine Autos. Schließlich fuhr ich vorsichtig in die Auffahrt, hielt hinter dem Auto der Frau und nahm das Haus in Augenschein. Es war rosa wie eine Geburtstagstorte mit weißer Zuckerbordüre und sah aus wie ein Chalet – oder sollte vermutlich so aussehen. Es war alt und wirkte schon ein wenig verwahrlost. Obwohl es auf einem großen Grundstück stand, reichten die Bäume auf zwei Seiten dicht an es heran. Nur der Blick auf den See war frei, und der machte sicher alles wett, was dem Haus fehlte. Man schaute direkt auf die weite, ruhige Wasserfläche.

Als ich ausstieg, ging die Tür knarzend auf, und die Frau streckte den Kopf heraus.

»Hi«, sagte ich und schaffte es, dass meine Stimme nicht zitterte.

Die Frau runzelte die Stirn. Sie war halb hinter dem Türrahmen verborgen. Wo war ihre andere Hand? Ich hielt inne. Pistole, Messer, Baseballschläger.

»Da vorne ist ein Schild: ›Kein Durchgang‹«, sagte sie.

»Ich hab keins gesehen.« Das stimmte.

»Oh. Tja, früher war da eins. Was wollen Sie?«

»Eine der alten Northwoods-Familien, was?«

Die Frau musterte mich. »Was wollen Sie, habe ich gefragt.«

»Entschuldigen Sie die Störung.« Ich versuchte, nicht zu auffällig auf die Fenster des Hauses zu starren. Wenn Bo da war, war ich erledigt. »Ich ... ich habe gehört, dass Sie ... äh ... einen Job suchen.«

Die Frau trat nach draußen und ließ die Tür hinter sich zufallen. Sie sah immer noch misstrauisch aus, aber das Stirnrunzeln war verschwunden, und falls sie hinter der Tür irgendetwas in der Hand gehabt hatte, so hatte sie es jetzt abgelegt. »Wie haben Sie davon erfahren?«

»Die Besitzerin des T-Shirt-Shops in der Pine Street. Na ja, von einem dieser Läden. Ich habe nicht auf den Namen geachtet.«

Das Stirnrunzeln kehrte zurück. Sie erinnerte mich an ein hübsches Kind, das daran gewöhnt war, seinen Willen zu bekommen. »Diese Zicke. Denkt, sie ist was Besseres als ich, nur weil sie einen *T-Shirt*-Shop besitzt.« Sie musterte mich von Kopf bis Fuß. »Was für ein Job?«

Etwas knallte gegen die Tür hinter ihr. Drinnen fing ein Kind an zu weinen.

»Moment«, sagte sie. Ihr dünner brauner Pferdeschwanz schwang herum, als sie zur Tür ging und sie aufmachte. Ein kleiner Junge, pummelig und blond, sprang heulend heraus auf die Stufen. Aidan. Es war wirklich Aidan. Er hatte einen roten Fleck auf der Stirn. Die Frau hob ihn hoch und wiegte ihn tröstend auf dem Arm. »Schon gut, wird gleich besser.«

»Kinderbetreuung«, sagte ich. »Als Babysitterin.«

Die Frau tätschelte Aidans Rücken. »Das mache ich ständig.«

»Dann kennen Sie sich ja aus«, sagte ich. »Ist das Ihrer?«

»Wie alt ist Ihr Kind?«

»Ungefähr im selben Alter. Zwei?«

Die Frau schaukelte Aidan auf ihrer Hüfte. »Ja, Mikey ist zwei.«

Die Frau strich Aidan die Haare aus der Stirn und küsste ihn auf die Schläfe. Michael. Das Kind sah wirklich aus wie Aidan. Und war Aidans zweiter Vorname nicht Michael? Ich erinnerte mich an meine Hand, die den Namen notiert hatte. Es war eine physische Erinnerung daran, wie das Wort aus meiner Feder floss. Meine Nerven begannen zu flattern.

»Meiner hält mich ziemlich auf Trab. Ich schätze, Ihrer ist auch so.« Die Frau sagte nichts. Ich trat einen Schritt vor und strich mitleidig über Aidans Stirn. »Armer Junge. Ich bin … Leeanna.«

»Bonnie. Wie viel bezahlen Sie?«

Der Job war ein guter Vorwand, aber die Details überforderten mich. »Wissen Sie, ich dachte mir, es kommt darauf an, wie viel Ihre Zeit wert ist.«

Das gefiel Bonnie. »Die ist ziemlich viel wert.«

»Sie verbringen sicher viel Zeit damit, hinter Ihrem Sohn herzulaufen.«

»Ja«, sagte sie, doch ihre Stimme klang wehmütig. Sie setzte den Jungen ab und sah zu, wie er ein paar Meter weit lief. Ich machte einen Schritt, um ihm zu folgen, aber Bonnie sah ihm einfach nur nach. Er fand einen Stock und setzte sich auf einen Flecken trockener roter Erde, um zu graben. »Er ist mein Neffe.«

Noch ein loses Puzzleteil. Neffe? Oder eine erfundene Geschichte? »Ach ja? Dann sind Sie wohl ein Naturtalent.«

Bonnie sah mich an, als überlegte sie, ob ich mich über sie lustig machte. »Tja. Ich habe auch einen eigenen. Ich weiß nur nicht …«

Ich weiß nur nicht, wo er ist.

Aber dann kam mir der niedergeschlagene Blick von Steve Ransey in den Sinn. Natürlich. Wenn Aidan wirklich ihr Neffe war …

»Mit dem Sorgerecht kann es manchmal kompliziert sein«, sagte ich.

Bonnie verschränkte die Arme vor der Brust, die Hände zu Fäusten geballt. »So ein Schwachsinn. Ich war vielleicht in Schwierigkeiten, aber ich kann doch ein *Kind* großziehen. Und wer kriegt das Sorgerecht? Können Sie es glauben? Meine Mutter. Sie hat mich so verdammt toll großgezogen, dass man mir das Kind wegnehmen musste, und wem geben sie es dann?«

Ich schüttelte den Kopf. Meine Gedanken überschlugen sich. Das war wirklich Steves Mom. Aber warum hatte sie Aidan entführt? Und wie konnte sie so lange damit durchkommen? Müsste nicht die gesamte Familie Ransey im Zuge der Ermittlungen genau unter die Lupe genommen werden? Es gefiel mir gar nicht, dass ich schon wieder am Sheriff zweifeln musste, aber so war es: Hier saß Aidan Ransey zwei Meter von seiner eigenen Tante entfernt im Staub. Aber vielleicht war Bonnie nicht die Drahtzieherin in der ganzen Geschichte? Beklommen warf ich einen Blick auf das Haus.

»Ich meine, heute kann ich wunderbar mit Kindern umgehen«, sagte Bonnie. »Keine Sorge. Ich war in Schwierigkeiten, als ich *jung* war. Da, wo ich herkomme … na ja, da gibt es eben nicht nur Kiefernwälder und Fudge-Shops, das können Sie mir glauben.«

Mir wurde klar, dass sie über Parks sprach. Aber vielleicht hatte Bonnie nicht ganz unrecht. An keinem Ort der Welt gab es nur Kiefernwälder und Fudge-Shops. Auch hier nicht.

Bonnie schniefte. »Also wann?«

Ich hatte das Haus betrachtet und dabei den Faden verloren. »Was? Oh.« Der Job. »Nächste Woche oder so?«

»Wie heißt Ihr Kind?«

»Äh«, sagte ich, und Bonnie runzelte die Stirn. »Josh.« Sein wirklicher Name war der einzige, der mir einfiel. »Wenn Sie ein Blatt Papier haben, könnten wir vielleicht die Einzelheiten festhalten.« Ich zeigte mit einem Kopfnicken auf das Haus. »Wie viel ich Ihnen zahle, wie viele Stunden.«

Ich erwartete, dass der Deal platzte, weil die Frau sich weigern würde, eine Fremde ins Haus zu lassen.

Bonnie lächelte leicht und blickte über den See. »Ja. Cool.« Sie ging zu Aidan, hob ihn hoch und klopfte ihm den Staub vom Hosenboden. Er fing an zu heulen und fuchtelte mit dem Stock vor ihrem Gesicht herum. Sie hielt ihn von sich weg und wand ihm den Stock aus der Hand, obwohl er anfing zu schreien. »Zeit reinzugehen, Mister. Schluss jetzt.« Ihr singender Tonfall war an das Publikum gerichtet. Sie führte mich die Treppe hoch, Aidan über ihrer Schulter. Er hörte auf zu weinen und sah mich an.

Bonnie hielt mir mit dem Fuß die Tür auf. »Willkommen im verrückten Haus.«

Ich blieb im Türrahmen stehen. Das Innere des Hauses wirkte normal, wenn auch ein wenig heruntergekommen und unordentlich. »Was ist so verrückt daran?«

Aidan, der versuchte, sich freizustrampeln, wurde abgesetzt. Er stapfte davon und trampelte dabei über Spielsachen. Bonnie sah zu, wie er im dunklen Flur verschwand, und wandte sich dann wieder zu mir, wobei ihr Blick zu der offenen Tür hinter mir huschte. »Das ist eine lange Geschichte.«

SIEBENUNDDREISSIGSTES KAPITEL

Ich warf einen Blick über die Schulter. Da war niemand, aber jetzt wiegten sich die Bäume im aufkommenden Wind.

»Ich liebe lange Geschichten, wenn sie verrückt sind.«

Bonnie schob einen Stapel Papier und ein paar leere Teller auf dem Tisch zur Seite.

»Das können Sie ruhig liegen lassen. Glauben Sie mir, mit Unordnung kenne ich mich aus.«

Die Frau brachte die Abfälle zu dem Küchentresen hinter ihr. Die Räume waren groß und offen. In der Küche setzte sich das Chaos fort, wo sich schmutziges Geschirr im Spülbecken stapelte. Auf dem klobigen Sofa im Wohnbereich lagen zwei große Haufen Wäsche.

Ich setzte mich an das Ende des Tisches, das sie für mich frei geräumt hatte. Während Bonnie mir den Rücken zukehrte, hielt ich auf der Tischplatte nach interessanten Informationen Ausschau.

»Wie lange kommen Sie denn schon hierher?«

Die Frau seufzte.

»Ich weiß, ich bin neugierig«, sagte ich und zwang mich zu einem jovialen Tonfall. Ich hasste die Rolle, die ich spielte. Die Booster-Club-Mom.

Bonnie lächelte matt. »Das Haus gehört der Familie schon lange. Ich komme nicht mehr so oft hierher.«

»Das Wetter schlägt um. Aber wenn Sie jetzt einen Job bekommen – dann fahren Sie nicht so bald nach Hause?«

Ihr Lächeln verschwand. »Wollen Sie einen Kaffee oder so?«

»Ein Glas Wasser?«

Sobald Bonnie sich der Küche zuwandte, suchte ich mit den Augen den Tisch ab. Zeitungen, Einkaufstüten, Flyer von einer lokalen Supermarktkette, eine Bewerbung für ein Fast-Food-Restaurant. Ich hörte ein Klirren aus der Küche und blickte auf. Bonnie hatte ein Glas aus der vollgestellten Spüle genommen. Sie drehte den Wasserhahn auf und hielt es darunter. Schnell blickte ich mich im Raum um. Eigentlich schien nichts ungewöhnlich für ein Haus am See, in dem ein Kind den Sommer verbrachte. Nur dass keine Badesachen oder Strandtücher über den Stuhllehnen hingen, keine sandigen Fußspuren auf dem Linoleumboden zu sehen waren. Das Haus fühlte sich leer an, sogar mit uns dreien darin.

Bonnie kam mit dem tropfenden Wasserglas in der Hand auf mich zu. »Ich schaue mal nach Mikey. Bin gleich wieder da.«

Sobald sie weg war, wandte ich mich wieder dem Tisch zu. Die Zeitungen waren von hier, mit banalen Schlagzeilen. In den Plastiktüten befanden sich Hotdog-Brötchen und Insektenspray. Ich entdeckte nichts Interessantes, bis ich eine Ecke des Bewerbungsschreibens wegzog und ein Stück Handschrift auf rosa Papier darunter entdeckte. Mein Pulsschlag beschleunigte sich.

Ich zog den Zettel heraus und verbarg ihn unter meiner Handfläche, gerade als eine Tür im Flur geöffnet wurde und Bonnie wieder auftauchte. Ich zog die Hand auf meinen Schoß und schob das Stück Papier zwischen meine übereinandergeschlagenen Beine unter der Tischplatte. »Alles in Ordnung mit ihm?«

»Er ist das einzige Kind, das ich kenne, das in diesem Alter schon alleine ins Bett geht.«

Das fand ich furchtbar traurig, aber ich musste meine

Fassade aufrechterhalten. »Ach? Dann haben Sie ihn wirklich gut im Griff. Ihr Sohn muss gut erzogen sein.«

Bonnie schnaubte. Sie setzte sich mir gegenüber an den Tisch, und über den aufgestapelten Gegenständen sah ich nur noch Kopf und Schultern von ihr. »Ich bezweifle es, aber ich höre nicht viel von ihm. Das ist Teil des Deals.«

Deal? »Warum?«

»Schlechte Vorbilder. Nach wem kommt er? Nach mir? Nach seinem verdammten Vater? Seinem nichtsnutzigen Onkel? Mein Junge hatte keine Chance. Und wenn sowieso alle schlecht für ihn sind, warum sollte ich da eine Ausnahme sein?«

Ich nahm einen Schluck Wasser und schmeckte Spülmittel.

Bonnie wühlte in den Papierstapeln vor ihr so ungestüm, dass eine Zeitung zu Boden rutschte. Ich streckte die Hand danach aus. »Lassen Sie es«, sagte Bonnie.

Die Zeitung auf dem Fußboden war eine Ausgabe des *Parks County Spectator*.

Mir wurde flau im Magen. Der Junge war wirklich Aidan. Diese Frau war wirklich eine Entführerin. Über das Chaos hinweg reichte sie mir einen Notizblock und einen Stift. »Probieren Sie mal, ob der funktioniert«, sagte sie.

Ich hustete, um das Rascheln von Papier zu übertönen, als ich die gestohlene Schriftprobe in meine Tasche schob, und griff nach dem Notizblock.

Ich wollte meine Handschrift nicht sehen. Ich wusste, dass die engen Os und As mein Bedürfnis nach Kontrolle verrieten. Ich wusste, dass schon nach den ersten Buchstaben, die ich schrieb, die Analystin in mir erwachen und ihre Aufmerksamkeit mehr auf die Buchstaben als auf den Inhalt richten würde und dass mein Text dann aus Unsicherheit mitten im Wort abbrechen würde. Außerdem zitterten mir die Hände.

»Ich habe meine Brille vergessen«, sagte ich. »Zu Hause. Könnten Sie?« Ich gab ihr den Notizblock zurück. »Was meinen Sie, wie viel Sie pro Stunde brauchen?«

Bonnies Gesicht hellte sich auf, und sie legte den Stift an ihre Lippen. Ein Weinen ertönte am anderen Ende des Flurs, und sie seufzte. »Das ist der Grund, warum ich eine eigene Wohnung brauche.«

Eine eigene Wohnung? Wer wohnte hier denn noch außer ihr? Zum ersten Mal, seit ich bei Bonnie war, fragte ich mich, in welcher Gefahr der kleine Junge sich befand. Wie war es dazu gekommen, dass er hier war, und wer wurde jeden Moment zurückerwartet? »Ich gehe und schaue nach ihm«, sagte ich. »Wenn es Ihnen nichts ausmacht.«

Bonnie schien dieses Angebot nicht merkwürdig zu finden. Sie hob kapitulierend die Hände. »In Ordnung.«

Ich stand auf und schlängelte mich zwischen den Spielsachen hindurch. Dass Bonnie das Haus der Familie verlassen wollte, könnte erklären, warum sie in einer so weit entfernten Stadt wie Sweetheart Lake einen Job suchte, aber was bedeutete das? Was hatte sie mit Aidan vor? Was für einen »Deal« hatte sie geschlossen?

Im Flur war es stockdunkel, alle Türen waren geschlossen bis auf eine. Ich steuerte auf den Lichtstreifen zu, den ich dort sah. Meine Haut kribbelte. Konnte ich einfach da reingehen und ihn mir schnappen? War es so einfach? Natürlich würde das Zimmer ein Fenster haben. Und dann um das Haus herum zu meinem Auto … Ich stellte mir die Rückseite des Hauses und den Wald vor. Wenn ich einen Weg durch das Gestrüpp fand, ohne dass raschelndes Laub mich verriet. Wenn Aidan mitmachte. Wenn alles klappte, könnte ich mit Aidan fast mein Auto erreichen, bevor Bonnie mich von ihrem Platz aus sehen konnte.

Ich schob die Tür auf und streckte meinen Kopf ins Zimmer. Ein Etagenbett stand darin. Wegen der schweren Vorhänge am Fenster lag alles im Dunkeln. Aidan saß in der unteren Koje, den Daumen im Mund.

»Hi, Kumpel«, flüsterte ich. Ich schloss die Tür hinter mir, ging zum Fenster und schob die Vorhänge zurück. Der Abstand zum Boden war nicht sehr groß. Ich drehte am Knauf. Das Fenster ließ sich nur zur Hälfte öffnen, dann ging es nicht weiter. Das würde eng werden.

Ich wandte mich zu Aidan um. Er sah mich misstrauisch an.

»Du bist schon so groß.« Ich machte einen Schritt in Richtung Bett.

Aidan nahm den Daumen aus dem Mund. Ich blieb stehen. »Willst du in einem großen Auto mitfahren?«

Sein Bauch wölbte sich bei jedem Atemzug unter seinem T-Shirt. »Auto«, sagte er.

»Genau. Willst du mit mir Auto fahren?« Schnell ging ich auf die Schlafkoje zu und hob ihn heraus. Er streckte sich zurück nach seinem Bett, aber ich hielt ihn fest auf dem Arm. »Lass uns gehen und das Auto anschauen, okay, Aidan?«

Er steckte sich wieder den Daumen in den Mund. Ich schnappte mir einen Plüschbären vom Bett und gab ihn ihm. Er warf ihn über meinen Kopf. »Okay, okay. Keinen Bären.«

Ich trug ihn zum Fenster und versuchte noch einmal, es weiter zu öffnen. Das Problem war offensichtlich. Ich würde Aidan zuerst durch das Fenster schieben und dann hinter ihm hersteigen müssen. Einen angstvollen Moment lang würde er draußen alleine sein, während sich eine Fremde hinter ihm durch das Fenster zwängte, und das war der Moment, in dem er schreien würde. »Wir haben keine Wahl, Kumpel. Du und ich, wir sind Freunde. Kannst du für deine Freundin ganz leise sein?«

Aidan wimmerte, den Daumen im Mund, als ich seine Füße durch das Fenster schob. Er stieß meine Hände weg. »Ruhig, ruhig«, murmelte ich, und dann öffnete sich die Tür hinter mir.

»Macht er Ärger?«, fragte Bonnie. »Hey.«

Ich zog Aidan vom Fenster weg und drückte ihn an meine Hüfte. »Oh, wir haben nur … die Eichhörnchen beobachtet. Josh liebt es, die Eichhörnchen zu beobachten.«

Bonnie blickte zum Fenster. »Mikey hat Angst vor Eichhörnchen.«

»Also, das hast du mir ja gar nicht gesagt, Mikey«, sagte ich mit falscher Fröhlichkeit in der Stimme. Das Herz schlug mir bis zum Hals. Wahrscheinlich stand mir die Panik ins Gesicht geschrieben.

Bonnie streckte beide Arme aus, den Notizblock in einer Hand. Ein Tausch. Ich ließ Aidan spielerisch auf meiner Hüfte auf- und abhüpfen, aber er streckte sich seiner Tante entgegen.

Ich tat, als würde ich meine ganze Aufmerksamkeit auf Bonnies Kalkulation richten, die sie in einer unregelmäßigen Handschrift aufgeschrieben hatte.

Bonnie ging an mir vorbei und schloss das Fenster, Aidan an ihrer Brust. »Ich brauche mindestens fünfzehn Dollar pro Stunde.«

»Fünfzehn.« Ich nickte schnell, während ich fieberhaft überlegte, was ich jetzt tun konnte. Vielleicht war jetzt auch der Moment, zu gehen und Hilfe zu holen. »Natürlich.«

»Obwohl«, sagte Bonnie, während sie Aidan hin- und herschaukelte, »so dringend brauchen Sie mich wahrscheinlich gar nicht.«

Warum konnte ich nicht einfach Aidan aus Bonnies Armen reißen und wegrennen? »Fünfzehn pro Stunde ist *okay*.«

»So viel Arbeit kann Ihr Junge gar nicht machen.« Bonnie legte ihre Hand auf Aidans flaumiges Haar und drehte seinen Kopf weg. »Er ist schließlich ein Teenager.«

Ich hörte nur einen leisen Lufthauch, als etwas Schweres auf meinen Hinterkopf niedersauste, und dann wurde alles schwarz.

ACHTUNDDREISSIGSTES KAPITEL

Das Stöhnen kam von weit her, dann war es irgendwo im Zimmer und schließlich bei mir – es war mein eigenes.

Ich konnte es stoppen.

Zwischen den Geräuschen meiner abgehackten Atemzüge hörte ich zischende Laute. Flüstern. Das Flüstern blieb, wo es war.

Ich bin das Stöhnen, und sie sind das Flüstern.

Sie. Bonnie, die Aidan fest im Arm gehalten und sein Gesicht weggedreht hatte, als der Schlag niedersauste.

Und ihr Komplize. Mit einer Eisenstange? Einem Baseballschläger?

Ich versuchte nach der Wunde zu tasten, konnte aber meinen Arm nicht bewegen. Gelähmt.

Meine Arme waren gefesselt. Das Zimmer, die Dunkelheit. Ich sah Stiefel vor mir, die über mich hinwegstiegen, weil jemand die Vorhänge zuziehen wollte, und begann zu zittern.

Joshua.

Unwillkürlich entfuhr mir ein Stöhnen, laut, lang. Das Flüstern verlor sich.

Joshua. Alles, was ich gewollt hatte. Und jetzt das.

Baseballschläger? Hammer? Mein ganzer Hinterkopf war eingedrückt, zertrümmert.

Das Flüstern wurde lauter und wieder leiser. Ich tauchte auf und hatte gar nicht gemerkt, dass ich untergegangen war.

Ruder.

Joshua saß neben mir in dem dunklen Zimmer. Der kleine Joshua, wieder ein Baby. Er rollte ein kleines Feuerwehrauto über meinen Arm. »Geh«, stöhnte ich. Das Flüstern am anderen Ende des Flurs hatte aufgehört. »Geh. Bevor sie …«

Die Tür ging auf, und überall um mich her waren Schritte. Eine Frauenstimme. »Bleib draußen, verdammt noch mal.« Hände gerieten in mein Blickfeld und zogen ihn weg.

Mein Kopf. Ich verlor einen Moment das Bewusstsein, und dann kamen die Schritte zurück. Etwas berührte mich.

Ein Ruder. Es war neu. Ich hatte es selbst in die Dolle gesteckt.

Das Stöhnen kam irgendwo aus der Tiefe.

Wieder berührte mich etwas, und ich griff danach. Ich hängte mich daran, als es versuchte, mich abzuschütteln. Eine Frauenstimme. »Lass los, verdammt.«

Ich öffnete die Augen. Im Zimmer war es stockdunkel, aber ich konnte einen Umriss erkennen. Ein Ruder. Es war wirklich ein Ruder. Die Waffe der Wahl für Leute, die am See lebten. Meine gefesselten Hände umklammerten es – und am anderen Ende des langen Schafts stand nicht Ray. Ganz bestimmt nicht Ray, und auch nicht Bonnie oder Bo. Ich hängte mich mit all meiner Kraft an das Ruder, zog mich am Schaft empor wie eine Ertrinkende.

»Lass los, oder ich töte dich jetzt sofort.« Die Betonmischer-Stimme.

Ich sah den dunklen Schatten, ließ das Ruder los und fiel wieder zurück auf den Teppich. Jetzt verstand ich. Ich verstand, aber alles war schwarz.

Mama Bea Ransey kam mit dem Ruder zurück und stieß es mir in die Seite. »Steh auf.«

Einige Zeit war verstrichen, aber ich wusste nicht, ob

es Stunden oder Tage waren. Das Flüstern war noch lange weitergegangen. Ich erinnerte mich an die Stimmen, an mein fiebrig heißes Gesicht. Ich übergab mich und konnte mir danach vor Schwäche kaum den Mund abwischen. Ich dachte an Joshua und weinte nicht. Ich sah einen dünnen Streifen Sonnenlicht, der durch den Raum wanderte, verlor ihn aber wieder aus den Augen. Schlief. Wachte auf. Schlief. Hörte Aidan weinen, irgendwo tief unten, und kratzte am Fußboden, um ihn zu erreichen. Wachte auf und hörte über mir flüsternde Stimmen: »Mach sie fester. Alles muss ich…«

»Lass uns einfach…«

»Große Sprüche, ›Lass uns einfach‹. Dann mach du es doch, wenn es so einfach ist.«

Schlief. Wachte auf.

In meinem Kopf war alles durcheinandergewirbelt, aber jetzt fingen meine Gedanken an, sich ordentlich aufzureihen. Sinn zu ergeben. Tatsachen zu erkennen. Ich sah die Vorhänge hinter mir und überlegte, wie ich durch das Fenster kommen könnte. Es ging nicht. Ich wäre bestimmt nicht in der Lage, schnell genug durch den Wald zu kommen, selbst wenn ich das Fenster erreichen und mich nach draußen hieven könnte. Selbst wenn mein Auto noch in der Auffahrt stand. Mit dem Ellbogen tastete ich nach meiner linken Hosentasche. Tatsache war: Der Schlüssel war weg.

Aber ich musste es versuchen. Ich streckte mich und schlängelte mich in Richtung Fenster, kam jedoch nur ein paar Zentimeter vorwärts.

Bea. Die besorgte Großmutter. Im Fernsehen. In Russ' Büro. Ich brachte das alles nicht zusammen. Das eigene Enkelkind entführen und dafür eine junge Frau umbringen? Das ergab doch keinen Sinn. Noch nicht.

Erschöpft davon, mich zu strecken, lag ich keuchend auf

der Seite, meine gefühllosen Hände vor mir. Die Fesseln waren so eng. Man würde mir die Hände amputieren müssen, wenn ich hier rauskam. Ich überlegte, wie ich meine Schriftanalysen machen sollte, ohne schreiben zu können. Sah mich ohne Arme wie die Statue der Nike von Samothrake. Sah mich ohne Arme im Erdboden verscharrt.

Ich zwang mich zu einem zweiten Versuch, mich Richtung Fenster zu bewegen. Die Tür ging auf.

Bea Ransey kam ins Zimmer, das Ruder an ihrer Seite. »Steh auf«, sagte sie.

NEUNUNDDREISSIGSTES KAPITEL

Ich erhob mich auf Hände und Knie und würgte. Diese Schmerzen.

»Wenn ich du wäre«, sagte Bea, »würde ich behalten, was ich hatte.«

Eine andere Stimme hinter ihr, ein Flüstern. »Oh, Scheiße.«

»Halt den Mund«, sagte Bea zu ihrer Tochter. »Das ist alles deine Schuld.«

Mein Kopf war zu schwer für meine schwachen Schultern. Ich ließ ihn fallen.

»Steh auf, hab ich gesagt. Los jetzt.«

»Wieso *meine* Schuld? Ich habe ihr nicht das Hirn zertrümmert.«

»Das wäre nicht nötig gewesen, wenn du deins benutzt hättest«, knurrte Bea. »Mein Gott. Zehn Minuten mehr, und du hättest sie Kartoffeln schälen lassen und zum Abendessen eingeladen.«

Ich griff nach dem Ruder. Bea schüttelte mich ab.

Bonnie sagte: »Ich glaube, sie braucht Hilfe.«

»Ziehst du sie deinem eigenen Kind vor? Was glaubst du, was Bobby tun würde?«

»Ich meine … ich glaube, man muss ihr beim Aufstehen helfen.«

Das Ruder kam wieder in mein Blickfeld. Ich griff danach und zog mich daran hoch. Mir war schwindlig.

»Nein, nein«, sagte Bea. »Das geht schon. »Wir machen nur einen kleinen Spaziergang.«

Meine Knie knickten ein, aber ich stand. Die scharfe Kante des Ruderblatts glitt mir aus der Hand. Meine Hand. Sie war nicht gefesselt. Meine Hände waren geschwollen und die Handgelenke wundgescheuert, aber sie waren frei.

Die alte Frau stieß mit dem Ruder nach mir. Ich machte einen Schritt, dann noch einen. Ich stützte mich an der Wand ab, drückte meine Handfläche fest darauf. Fingerabdrücke. Im Flur rutschte ich an der Wand entlang, suchte an der Lichtschalterabdeckung Halt. Fingerabdrücke. Wir bewegten uns langsam durch die Küche. Alle Vorhänge waren zugezogen. Ich hielt mich an einer Stuhllehne fest. Fingerabdrücke. Ich fasste mir an den Hinterkopf, und meine Fingerspitzen waren rot. Bea schob mich in Richtung Tür, aber ich fasste schon nach dem Türrahmen und dem Türknauf.

»Bonnie, verdammt. Kümmer dich darum, okay?«

»Und was ist mit dem Kleinen?«

»Du kannst auf ihn aufpassen und trotzdem das Blut wegwischen. Himmel noch mal! Was du und dein Bruder …«

Die Fliegengittertür fiel hinter uns zu. Wie standen unter einem Nachthimmel, die dunklen Bäume schwankten im Wind. Rechts von mir verschmolz der See mit dem Himmel. Bea packte mich beim Ellbogen und führte mich durch den Garten.

Meine Zunge lag schwer in meinem Mund. »Wo …« Ich würgte.

»Oh, keine Sorge. Wir müssen dich nur woanders hinbringen.«

Bea führte mich zu meinem eigenen Auto. Mit dem Ruder schob sie mich hinein wie einen Brotlaib in den Backofen. Erneut verschwamm alles vor meinen Augen. Als ich wieder zu mir kam, lag ich zusammengekrümmt auf dem Boden, den Kopf auf dem Autositz. Wir fuhren.

Jetzt wurde mir klar, dass ich sterben würde.

Bea Ranseys Gesicht lag im Schein des beleuchteten Armaturenbretts. Lange Strähnen hatten sich aus ihrem Haarknoten gelöst. Ich hatte das Gefühl, sie zum ersten Mal richtig zu sehen. Jetzt war sie nicht mehr die Frau, die sonntags in die Kirche ging, die besorgte Großmutter vor der Fernsehkamera. Ihre Augen waren schwarze Schlitze in ihrem faltigen Gesicht; sie sah aus wie eine alte Farmarbeiterin, sogar im Dunkeln. Die Schlitze richteten sich auf mich.

»Damit wir uns richtig verstehen«, sagte die Frau. »Ich kenne mehr als nur eine Möglichkeit, dir den Schädel einzuschlagen. Bei der anderen Methode würdest du gar nicht mehr aufstehen.«

»Das würden Sie nicht tun.«

»Du denkst, du kennst mich?«, sagte Bea Ransey. »Guter Grund, dich gleich zu erschießen.«

Dazu fiel mir nichts ein. Ich überlegte, ob es noch mehr Dinge gab, die ich zuvor nicht richtig gesehen hatte. Dinge, die zuerst keinen Sinn ergaben und dann plötzlich doch. »Das würden Sie nicht tun«, wiederholte ich. Meine Zunge war schwer. Ich schmeckte altes Blut. »Sie würden meinem Kind nicht die Mutter wegnehmen.«

Die Schlitze richteten sich erneut auf mich, und die runzlige Haut um Beas Mundwinkel wurde glatt und jugendlich. Sie warf den Kopf zurück und lachte. Wir hätten auf einem Sonntagsausflug sein können. Das Auto fuhr um eine Kurve. Ich spürte, dass der Bodenbelag unter den Reifen jetzt ein anderer war. »Ich bin nicht die gottverdammte Präventionsgesellschaft für Waisenkinder, du Idiotin. Lieber mache ich deinen Sohn zum Waisen, als dass ich meine

Enkelkinder bei ihren eigenen verdammten Eltern sehen muss. Aidan bei dieser Schlampe? Steves nichtsnutziger Vater hatte wenigstens den Anstand wegzuziehen.«

»Mein Sohn …«

»Dein Sohn ist mir scheißegal«, sagte sie. »Es sind meine Kinder, die ich retten muss.«

»Warum sollten Ihre Kinder es wert sein, beschützt zu werden« – wir holperten über ein Schlagloch, und der bohrende Schmerz in meinem Kopf lenkte mich einen Augenblick ab – »und meins nicht?«

»Weil es eben meine sind. Sie sind fünfzigmal so viel wert wie du.«

»Obwohl Sie Ihrer Tochter erzählen, wie dumm sie ist. Obwohl Ihr Sohn seine Frau schlägt.«

»Du willst wohl, dass ich dir den Rest deines Gehirns auch noch zermatsche?«

»Sie haben eine ziemlich verkommene Vorstellung von Wert.«

»Nein. Ich bin eine Million wert, ob du's glaubst oder nicht. Meine Kinder würden alles für mich tun«, sagte sie. »Schon allein, um eines Tages ihren Anteil von mir zu bekommen.«

Ich dachte an den Blick, den Bonnie über mich hinweg zur Tür geworfen hatte, und an die eigene Wohnung, die sie sich wünschte. »Sie lieben Sie nicht.«

»Meine Kinder lieben es, wenn man sich um sie kümmert. Und sie lieben keine harte Arbeit. Sie lieben es, eine Mama zu haben, die ihnen aus der Patsche hilft und ihnen Eisladen-Geld gibt.«

Der Begriff *Eisladen-Geld* glitt beinahe an mir ab, aber dann kam er doch bei mir an.

Nicht Geld *für* den Eisladen; Geld *vom* Eisladen. Dairy-Bar-Gewinne, mit denen Bos hartes Leben und Bonnies

Gefangenschaft im Sommerhaus der Familie finanziert wurden. Hätte ich doch nur den Parkplatz der Dairy Bar weit hinter mir gelassen, anstatt nach Parks zu fahren. Hätte ich doch meine naive Nostalgie ignoriert. Wie oft hatte ich das schon gedacht? *Hätte ich nur.*

»Ihre Milchshakes sind wirklich mies.«

Bea kicherte, bis sie Luft holen musste. »Sie verkaufen sich aber ziemlich gut. Und von diesen beiden kleinen Hütten leben meine Kinder, Enkelkinder und ich.« Sie schwieg einen Moment. »Die halbe Stadt«, murmelte sie dann. »Du hast ja keine Ahnung.«

Doch, die hatte ich, denn sie hatte es deutlich gesagt. Eine Million. Ich glaubte nicht, dass sie aufgerundet hatte. »Die haben nur Angst vor Ihnen.«

Bea riss das Lenkrad herum. Kies spritzte von den Rädern auf. »Du kannst mir gar nichts erzählen, mit einem Sohn, der Angst vor dir hat.«

Joshua. Sie sagte etwas über Joshua. »Mein Sohn hat keine Angst vor mir.«

»Natürlich, natürlich. Wenn du es bist, die auf einen aufpasst, muss man sich ja keine Sorgen machen.« Sie schüttelte den Kopf und starrte demonstrativ geradeaus. »Kinder, die ohne feste Basis aufwachsen, fallen immer wieder auf die Füße.«

Nach einer scharfen Kurve fuhren wir nicht mehr auf Kies. Die Räder drehten sich leise. Zweige streiften den Wagen auf beiden Seiten. Es wurde still im Wald um uns her. Wir fuhren eine ganze Weile, und ein modriger Geruch stieg mir in die Nase. Ich roch Seeluft.

Bea fuhr jetzt im Schritttempo durch Gestrüpp, dann hielt sie an.

Mein Blick wanderte zwischen Beas Hand und dem Ruder hin und her. Der richtige Moment …

Aber Bea war schneller. »Das nehme ich«, sagte sie und zog das Ruder weg. »Steig aus und denk daran, wer hier die Knarre hat.«

Ich hatte keine Knarre gesehen, aber ich glaubte ihr. Ich stieg aus, hielt mich an der Autotür aufrecht und starrte in die Dunkelheit um mich herum. Eine dünne Mondsichel verbarg sich hinter dramatischen Wolken.

»Wo ...«

Beas Stimme zischte nahe an meinem Ohr. »Klappe!« Der Griff des Ruders stieß mich vorwärts.

Ich stolperte und fragte mich, ob Bea irgendetwas sehen konnte. Vielleicht hatte ich jetzt die Chance, davonzulaufen, mir die Dunkelheit zunutze zu machen. Ich zögerte.

»Mach nur irgendwelchen Unsinn«, sagte sie. »Hier muss ich die Schweinerei wenigstens nicht sehen.«

Sie schob mich vorwärts durch die Dunkelheit. Der modrige Geruch des Sees gab mir Mut. »Kein Wunder.«

Sie seufzte und stieß mir kräftiger in den Rücken.

»Kein Wunder, dass Ihre Kinder nichts taugen«, sagte ich.

»Glaubst du, du bist besser? Dein Vater hätte dich ertränken sollen wie ein Katzenbaby.«

»Es überrascht mich, dass er daran nicht gedacht hat«, sagte ich.

»Das hat er bestimmt.«

Ich taumelte vorwärts. »Sie haben ihn gekannt.«

»O ja, zur Hölle. Ich kannte diesen Haufen Dreck.«

»Da sind wir einer Meinung.« Ich blieb stehen, sodass sich das Ruder in meinen Rücken bohrte. »Sie kannten ihn. Weil er zu Ihrem Seehaus kam?«

»*Seehaus*«, knurrte sie. »Du redest wie die Touristen im Fudge-Shop. Das ist kein Sommerhaus, Süße, sondern mein prachtvolles Erbe, oder das wird es sein, wenn ich noch ein paar Cousinen überlebe.«

Ich stolperte über etwas, und Bea zog mich hoch. In der Dunkelheit konnte ich vor uns nicht mehr als die Umrisse eines niedrigen Daches ausmachen.

Trotz meiner wachsenden Panik versuchte ich, etwas zu sagen. »Mein Dad …«

»Habe nie viel von ihm gehalten«, sagte Bea. »Oder von deiner Mutter. Oder von dir. Hab nicht schnell genug zwei und zwei zusammengezählt, als du in Parks aufgetaucht bist.« Eine Taschenlampe flammte auf und beleuchtete das verrostete Schloss einer Metalltür. Bea hantierte mit einem Schlüsselbund, dann schloss sie eine Reihe von knarzenden Schlössern auf. »Schade, dass ich dich nicht gleich erkannt habe, als ich dich zum ersten Mal gesehen habe. Dann hätte ich über die ganze Straße gerufen: ›Ist das nicht die kleine Leeanna Winger aus Sweetheart Lake?‹ Dann wärst du abgehauen, und wir hätten uns diesen ganzen Zirkus sparen können.«

Die Tür ging auf. Ich spürte Beas spitze Fingernägel in meinem Rücken, als sie mich vorwärtslenkte. Die Taschenlampe beleuchtete einen schmalen Streifen am Boden. Das Haus, oder was immer es war, roch nach Mäusedreck und Gras, Verfall und feuchten Wänden. Wie eine Garage. Es war stickig und warm. Schlechte Luft.

Bea griff nach meinen Händen. Ich kämpfte, wehrte sie ab.

Das Licht fiel mit ins Gesicht. Beas Stimme war schneidend: »Aber du bist diejenige, die mich auf die Idee gebracht hat. Alleinstehende Frau. Nur sie und ihr *Kind.*«

Ich erkannte die Drohung und ließ zu, dass sie meine Hände hinter meinem Rücken zusammenführte. Diesmal benutzte sie breites Klebeband.

»Wo ist der Vater?, fragt man sich da«, redete Bea weiter. »Jeder merkt etwas, aber niemand macht sich die Mühe, es herauszufinden. Leely hätte es genauso gemacht, wenn ich es zugelassen hätte. Sie wäre mit Aidan abgehauen, und ich hätte mein kleines Enkelkind nie wiedergesehen.« Beas Atem kam heiß und stoßweise, während sie das Klebeband abwickelte. »Du warst die Warnung, die ich noch gebraucht habe, und dann … tja, dann kam eben eins zum anderen.«

Das gefiel mir nicht. Der Mord an Charity Jordan war mehr als das Fingerschnippen an einem Dominostein. »Sie haben ein Mädchen umgebracht und dann Aidan entführt, bevor seine Mutter es tun konnte. Ihr Gerechtigkeitssinn ist reichlich verdreht.«

Bea knurrte. Sie versuchte gerade, das Klebeband mit den Zähnen durchzureißen. »Gerechtigkeit ist das, was ich sage. Bonnie wird dir dasselbe erzählen, wenn sie erst ihren Jungen zurückhat. Wir haben alle unsere eigene Vorstellung von Richtig oder Falsch. Erzähl mir nicht, du wärst da eine Ausnahme.«

Das also war Bonnies Deal. Auf das entführte Kind aufzupassen, während alle anderen Familienmitglieder in die Kameras schluchzten und mit der Polizei Spielchen spielten. Und ihre Belohnung? Den einen Jungen gegen den anderen. Und Bos Belohnung: seinen Sohn ganz für sich allein.

»Du hättest für deinen dasselbe getan«, sagte Bea. Sie stieß mich gegen die Wand, und ich sackte zu Boden. Dabei stieß ich mit dem Fuß an die Taschenlampe, die ein Stück wegrollte. Der Stoff meiner Kleider blieb an der rauen Holzwand hängen. »Verdammt, ich bin mir ziemlich sicher, dass du es bereits für ihn getan hast. Wir sind gar nicht so verschieden.«

»Ich würde niemals jemanden umbringen.«

»Ich werde dich nicht umbringen.« Bea fing an, meine

Fußgelenke aneinanderzufesseln. Das Klebeband zerrte an meiner Haut.

Schon wollte Hoffnung in mir aufsteigen, aber das war falsch. Ich wusste, was sie meinte. »Ich würde nie jemanden sterben lassen.«

»Wirklich?«

Es gab nichts zu sagen. Wenn Bea meinen Vater kannte, dann wusste sie vermutlich, wo er war. Wahrscheinlich wusste sie sogar, wie er dort hingekommen war und wer für ihn bezahlte. Mrs Bea Ransey hielt sich über Sweetheart Lake auf dem Laufenden; wahrscheinlich bekam sie die *Vilas County News-Review* nach Parks, Indiana, geschickt, jede Woche an die Haustür gebracht. Schüttelte den Kopf über Immobilienpreise und Todesanzeigen. Sammelte Nachrichten wie ein Eichhörnchen Haselnüsse.

Bea tätschelte ungeschickt meine Wange, legte mir ihre warme Hand einen Augenblick auf die Stirn.

Sie würde es nicht tun. Sie konnte es nicht.

Aber die alte Frau berührte mein Gesicht nur, weil sie mir einen schmierigen Stofffetzen in den Mund zwängen wollte. Ich bockte und biss, bis Bea mir die Nase zuhielt und den Stoff zwischen meine Zähne schob.

Als ich würgen musste, stieß Bea einen Seufzer aus und stand auf. Sie nahm die Taschenlampe, und der Lichtstrahl streifte ein paar dunkle Gegenstände in der Ecke und leuchtete mir dann erbarmungslos in die Augen.

»Ich bin dir was schuldig, schätze ich«, sagte die Frau. »Das Mindeste, was ich tun kann, ist, dafür zu sorgen, dass es Josh nie an etwas fehlen wird, solange ich da bin. Aber wenn natürlich sein Vater daherkommt und ihn will …«

Ich trat nach ihren Füßen. Ich versuchte, den Fetzen auszuspucken und zu schreien – den Lichtstrahl anzuschreien, der sich entfernte, die Tür, die sich öffnete und wieder schloss, das Geräusch der rostigen Türschlösser. Die Schwärze, die sich herabsenkte, und die Stille, die darauf folgte. Bea war fort, und die weiten Wälder Wisconsins hüllten mich ein.

VIERZIGSTES KAPITEL

Ich mühte mich damit ab, den Stoff herauszubekommen, und kam in so vielen winzigen Schritten vorwärts, dass ich sie nicht hätte zählen können. Bea war seit Minuten, Stunden fort. Husten, würgen, spucken. Und dann nieste ich zweimal nacheinander, und das scheußliche Ding war draußen.

»Okay.« Ich würgte und rang nach Luft. »Okay.«

Als ich wieder zu Atem gekommen war, stemmte ich mich auf einem Ellbogen hoch und schrie.

Der Schrei hallte von den Wänden wider, erfüllte die Hütte.

Ich schrie noch einmal und lauschte. Beton oder Ziegel. Jedenfalls etwas Massives. Keine Hütte, kein Nebengebäude, sondern eine Garage. Bestimmt konnte man draußen etwas hören. Ich holte tief Luft und schrie lange und laut.

Ich stellte mir den dunklen Wald ringsherum vor, den grauen See. Häuser – wenigstens ein paar musste es geben und noch einige mehr am anderen Ufer. Aber es war Nebensaison, und der See konnte breit sein. Ich dachte an die Fahrt hierher, das Geräusch von Zweigen, die das Auto streiften. Der dichte Kiefernwald rings um die Garage würde jeden Laut dämpfen. Und der nächste gepflasterte Weg war eine halbe Stunde oder mehr entfernt. Ich könnte meine ganze Energie aufs Schreien verwenden, und niemand würde es hören.

Eine Weile kämpfte ich erfolglos gegen das Klebeband an meinen Handgelenken, dann ließ ich mich gegen die Wand sinken. Wie lange würde es dauern, bis jemand merkte, dass ich weg war? Ich war doch schon zuvor weg gewesen, und wer würde überhaupt an mich denken, nun, da Joshua verschwunden war? Margaret würde sich wundern. Russ wäre nicht überrascht. Ray, Mamie, Theresa, sie alle würden nicht mit der Wimper zucken, wenn sie nie wieder von mir hörten.

Ich ließ mich noch weiter an der Wand herabgleiten, legte mich auf die Seite und weinte auf dem schmutzigen Fußboden. Es war alles meine Schuld, weil ich die Leute dazu gebracht hatte, dass sie nichts anderes von mir erwarteten, als dass ich verschwand. Meine Schuld, weil ich all meine Energie darauf verwendet hatte, Joshua zu retten – ich hatte dafür gesorgt, dass es jetzt niemanden mehr gab, der mich retten konnte. Diesmal nicht.

Bei der Flucht vor Ray hatte ich von allen Hilfe in Anspruch genommen. Ich hatte jeden gebraucht.

Als Erstes hatte mich das kleine Mädchen gerettet.

An jenem Tag draußen am Steg, als Ray mich die Treppe hinuntergestoßen und das Ruder ergriffen hatte, war ich im Wasser wieder zu mir gekommen, das Kinn gerade über der Oberfläche. Mein Kopf war schwer. Ich ließ mich zurücksinken und den See mich tragen.

Ein paar Minuten später spürte ich den sandigen Grund und tastete mich mit den Händen unter dem Steg entlang, bis ich mich am seichten Ufer hinknien konnte. Im Wasser stieg etwas wie dunkler Rauch von meinem Körper hoch. Blut. Aus meinen Haaren tropfte es rot auf mein T-Shirt. Ich griff mir an den Hinterkopf, dann hielt ich inne.

Der Steg war dunkel von Blut.

Das neue Ruder lag am Ufer, und durch das Ruderblatt zog sich ein Riss.

Weiter oben: das Haus, das uns nicht gehörte, das Leben, das wir nicht fortführen würden.

Ich hatte mich entschieden.

Ich griff in das Boot und nahm eine der Rettungswesten. Dann taumelte ich hinaus in den See, bis die Weste mich trug.

Ich ließ mich um die Biegung bis zum Bootssteg des Sommercamps treiben. Der eintönige Singsang des Mädchens schlich sich in meine Fieberträume und weckte mich. Es war später am Tag, die Sonne stand schon tief. Ich war nicht weit genug gekommen. Die orangefarbenen Kajaks waren festgebunden, zwanzig oder mehr, und das Mädchen saß mit dem Rücken zu mir am Rand des Stegs und baumelte mit den Beinen. Ihr Badeanzug war am Po schmutzig, ihr Pferdeschwanz lang und geschwungen, mit losen Strähnen hinter dem Ohr. Mit ihren kleinen schmuddeligen Händen hielt sie sich fest.

Mit Kindern kannte ich mich nicht aus. Sie schien zu klein zu sein, um alleine ans Wasser zu gehen. Schhhh, kleines Mädchen. Vielleicht machte ich auch gar keinen Laut. Vielleicht dachte sie, ich sei nur ein böser Traum.

Der Mann im Lastwagen war der Nächste, der mich rettete. Um vom See wegzukommen und den Feierabend-Wassersportlern und den Pontonbooten voller cocktailtrinkender Menschen zu entgehen, zog ich mich ein Stück durch seichtes Wasser bis zu einer Grasfläche. Dort lag ich eine ganze Weile, bis der Wald hinter mir in der Dämmerung versank. Unser kleines Mietshaus schien Millionen von Meilen entfernt, und ich wusste nicht, ob ich einen Nachmittag oder eine ganze Woche durchs Wasser getrieben war.

Ich kroch die Böschung hoch und richtete mich auf, um zu sehen, ob es hier irgendwelche Häuser gab. Ein spitzer Stein erinnerte mich an meine nackten Füße.

»Wer ist da?«

Ich blieb stehen, leise, und wartete, dass er wieder hineinging. In meinen Ohren dröhnte es, und mir war kalt, ich zitterte. Plötzlich wurde mir klar, dass er mich sehen konnte, dass er seinen Augen nicht traute und dass er nicht wusste, was er tun sollte.

»Heilige…« Ihm verschlug es die Sprache. »Mädchen, wie hältst du dich überhaupt noch auf den Beinen?«

In seinem Lastwagen schlief ich wieder ein, und er rüttelte mich sanft wach. »Nicht sterben, Schätzchen«, sagte er, seine Stimme ehrfurchtsvoll wie bei einem Gebet. Vielleicht sprach er es auch nicht aus, sondern ich konnte seine Gedanken hören, weil ich schon gestorben und ein Geist war. Die Hand an meiner Schulter war warm und beharrlich. »Halte durch.«

Und dann die Krankenschwester. Sie trug einen OP-Kittel mit filigranen Strichmustern darauf. Sie beugte sich in mein Blickfeld. »Also dann«, sagte sie. »So wie das aussieht, tut es bestimmt weh, oder?«

Ich hatte es nicht gesehen und wollte es auch nicht sehen. Wollte nicht darüber sprechen. Der Mann war fort. Er hatte mich vor dem Krankenhaus abgesetzt und mir die Richtung gezeigt. »Du verstehst doch«, hatte er gesagt und dabei kaum die Lippen bewegt. »Erzähl ihnen, was dir passiert ist, Mädchen. Die flicken dich wieder zusammen.«

Durch einen glücklichen Zufall hatte der Mann mich zu dem Krankenhaus im nächsten Bezirk gefahren und nicht zu der nähergelegenen Notfallklinik, in der ich schon eine dicke Akte hatte. Dieses Krankenhaus hier hatte vielleicht auch eine. Eine Liste. Was Notfälle anging, war ich eine alte Bekannte, ein Dauergast: Knochenbrüche, Blutergüsse, Gipsverbände, Eispacks, Nasenbluten.

Die Krankenschwester hatte Sinn für Humor. »Na, was führt Sie heute zu uns, Süße?«, sagte sie. Drehte mein Kinn nach links und rechts und warf einen langen Blick auf meinen Hals. »Schwere Kopfverletzung, Blutergüsse in Form von Fingerabdrücken – und haben Sie noch andere Beschwerden, von denen ich wissen sollte?« Inzwischen war mein ganzer Körper steif, und mein linker Arm war verdreht von meinem Sturz vom Steg.

»Ich bin schwanger«, antwortete ich.

»Nun«, sagte sie. »Das ist ja eine gute Neuigkeit.«

Ich wusste, dass sie das sarkastisch meinte, dachte aber, dass es vielleicht wirklich eine gute Neuigkeit war.

»Hat Ihnen der Daddy das angetan?«

Sie merkte, dass ich ihr darüber nichts sagen würde. Es war besser, nicht alles preiszugeben, wenn die Leute etwas wissen wollten. »Ein Lastwagen hat mich angefahren«, sagte ich.

»Wie oft?«, murmelte sie und notierte ein paar Worte auf einem Krankenblatt. »Man wird Ihnen dazu Fragen stellen, also sehen Sie zu, dass Sie bis dahin die Farbe des Lastwagens parat haben. In der Zwischenzeit müssen wir Sie nach oben in ein Krankenzimmer bringen, Mama.« Keine von uns rührte sich vom Fleck. Ich wusste nicht, ob ich mich überhaupt bewegen konnte.

Damals hatte ich auch Schmerzen gehabt. War erschöpft gewesen. Was hatte mich dazu gebracht, aus dem Bett zu steigen und aktiv zu werden? In die Kleider zu schlüpfen, die ich am Bett meiner schlafenden Zimmergenossin fand? Und später – mit einem Zwanziger, den mir die Krankenschwester in die Hand gedrückt hatte, bevor sie mich an der Haltestelle absetzte – in den Bus zu steigen und wegzufahren? So weit weg, wie mein Geld reichte. Und dann eine Unterkunft, in der man nicht viele Fragen stellte, bis ich einen Job fand und danach einen kleinen silbernen Wohnwagen ganz für mich allein. Und dann der Polizist in Tennessee an meiner Tür, als ich gerade erst eingezogen war.

»Ich muss berichten, dass ich Sie gesehen habe, Miss«, hatte er gesagt. »Die Leute denken, Sie lägen auf dem Grund des Sees, und jetzt können sie ihre Suche beenden.« Und dann der Bibliothekar mit den Kenntnissen in Handschriftenanalyse. Dann Kent. Wem hatte ich nicht erlaubt, mich zu retten?

Ich lag im Staub der verlassenen Garage und zwang mich, über einzelne Momente meiner Vergangenheit und meine Retter nachzudenken. Nicht Kent und nicht der Bibliothekar im Community Center. Nicht der Polizist in Tennessee und nicht die Krankenschwester, nicht der Lastwagenfahrer, nicht das kleine Mädchen. Jeder von ihnen hatte mich gerettet und auch wieder nicht, nicht wirklich. Das war der Grund, warum die Menschen an Götter, an Magie, an Wünsche oder an Sterne glaubten. Deshalb glaubten sie an … an Hasenpfoten, Schicksal und Daumendrücken. An gelbe Zimmer …

Joshua. Aber nicht nur Joshua war es gewesen, der mich gerettet hatte. Nicht nur das Kind in meinem Bauch und der Gedanke, dass ich es behalten und großziehen würde. Ich hatte kein Vertrauen in diesen Plan und in meine Fähigkeit, ihn umzusetzen.

Was mich gerettet hatte, war das Kind, das ich einmal gewesen war. Das Kind, das nie auch nur einen Moment der Freiheit genossen hatte, nie eine Wahl gehabt hatte oder Vertrauen in irgendwas oder irgendwen. Verdiente dieses Kind nicht eine Chance, so viele Jahre später?

Ich erinnerte mich daran, wie meine Mutter in dem alten Motel den Blick abgewandt und auf die schmutzige Spüle gerichtet hatte. *Was gibt es schon da draußen?* Etwas anderes, aber das hatte nicht gereicht. Man kann einem blauen Himmel nicht trauen, hatte sie einmal zu mir gesagt. Meine Mutter hatte nicht an das Glück geglaubt, und deshalb hatte ich das auch nicht getan. Glück war nur, was man selbst erreichte. Wenn man selbst etwas tat, auf eigenen Füßen stand, verschlossene Türen eintrat, von einem Felsbrocken in den See sprang, in die große Weite, ins Unbekannte …

Wenn ich aus dem grünen Seewasser hochstieg, nach Luft schnappte und merkte, dass das Mädchen von früher ertrunken war. Es war immer noch da, unten im Sweetheart Lake, und wartete darauf, dass ich aufgab und zurück ins Wasser kroch.

Ich war nicht den ganzen Weg hierhergekommen – ich dachte an die Wohnungen, die Städte, die verschlungenen Wege durch Kiefernwälder –, um hier als namenlose Unbekannte einsam zu sterben. Von einem war ich überzeugt: Das alles war mehr wert. Was gab es da draußen? Alles. Einfach alles. Aber diesmal würde niemand kommen und mich retten.

Ich richtete mich auf und fuhr mit den Beinen in einem weiten Bogen über den Fußboden, auf der Suche nach irgendeinem Werkzeug – irgendetwas –, das da lag. Nichts.

»Okay.« Denk nach. Denken.

In der Ecke bemerkte ich eine massive Form, nur eine Nuance dunkler als die Umgebung. Ich erinnerte mich daran, wie das Licht der Taschenlampe sie gestreift hatte. Feuerholz, von einer Plane bedeckt, oder etwas Nützlicheres?

Zentimeterweise bewegte ich mich darauf zu, während meine Gedanken sich überschlugen. Joshua. Ich musste hier raus. Die Polizei. Nein, der Wald. Wenn dieses Miststück Joshua auch nur ansah … Ich musste erst mal die Straße finden oder eine andere abgelegene Hütte, und wer wusste, ob da überhaupt jemand zu Hause war. Sonst musste ich einbrechen. Und dann? Ein Telefon. Die Polizei. Würden die Ranseys dann noch da sein?

Mein Fuß fand etwas. Ich stieß mit der Schuhspitze dagegen und hörte ein metallenes Geräusch. Kein Feuerholz, immerhin.

Ich rutschte herum, bis ich die Plane mit den Händen erreichen konnte. Sie hing fest. »Okay.« Ich zog weiter daran, ertastete Spinnweben, bis …

Ein Rasenmäher.

Ich rüttelte mit den Füßen daran, dann brachte ich meine Beine in die Senkrechte und kippte ihn um. Staub, der sich auf der Plane angesammelt hatte, wirbelte auf. Mit beiden Händen tastete ich nach der Unterseite des Rasenmähers.

Er hatte Klingen. Stumpf, aber immer noch an ihrem Platz. *Klingen.*

Ich reckte mich und fand den richtigen Winkel, um das Klebeband bearbeiten zu können. Verbissen fing ich an zu säbeln und rieb mir dabei die Handgelenke wund. Beas Kinder würden alles für sie tun. Beinahe musste ich lachen. »Da liegt der Unterschied zwischen dir und mir«, sagte ich. Der Unterschied war, dass ich alles für mein Kind tun würde. Das war ein gewaltiger Unterschied.

Endlich waren meine Hände frei.

Ich riss das Klebeband ab und befreite dann mit ungeschickten, geschwollenen Fingern meine Fußgelenke.

»Okay.« Meine Stimme klang schon sicherer. Ich stand wankend auf und fand die Tür.

Verschlossen. Ich hatte es gewusst.

Es war immer noch möglich, dass ich hier starb. All diese Mühen, und ich konnte immer noch hier sterben.

Nein. Ich musste hier raus. Für Joshua. Für Aidan. Für Leila Ransey. Für mich selbst und für die Chance, Bea Ransey ein Ruder über den silbernen Haarknoten zu ziehen.

Ich musste hier raus. Und dann durch das Gestrüpp auf den Waldweg gelangen, dann auf den Kiesweg, den wahrscheinlich sonst niemand benutzte, und meilenweit durch den Wald laufen. Nur um die gepflasterte Straße zu finden, die zurück zu dem Grundstück der Ranseys oder sonst irgendwohin führen würde.

Mein Kopf war schwer verletzt, das Fieber schüttelte mich. Ich konnte nicht klar denken. Meine Beine konnten mich kaum tragen. Ich glitt zu Boden und legte meine Stirn an die kühle Wand. Denk nach. Denk nach. Aber ich konnte es nicht. Ich konnte nicht. Ich war müde, und mein Kopf schmerzte unvorstellbar.

Joshua.

Ich kam mit Schwung wieder auf die Beine, tastete mich von der Tür aus an der Wand entlang und um eine Ecke voller Spinnweben. Ich ließ meine Hände auf und ab gleiten, immer an der Wand entlang. Noch eine Ecke, noch mehr staubige Wand, und dann ertastete ich einen breiten Spalt und eine Oberfläche, die sich anders anfühlte. Ich ließ meine Hand weiter hinuntergleiten und folgte dem Spalt bis zum Fußboden, dann wieder hinauf, bis er um eine Ecke führte.

Eine zweite Tür.

Etwas bedeckte sie beinahe ganz, etwas Schweres. Eine dicke Pressspanplatte. Baumaterial?

Ich zog und schob und hebelte und nahm den fauligen Geruch der Unterseite der Holzschicht wahr, je näher ich drankam. Von Feuchtigkeit geschädigtes Holz, höllisch schwer.

Ich zerrte daran, bis ich jedes Zeitgefühl verloren hatte und mir der Kopf schwirrte. Ich lauschte auf meine eigenen Atemzüge. Wenn ich hier starb …

Ein letzter ächzender Stoß. Die Holzplatte gab nach.

Ich wich zurück und spürte den Lufthauch, als die Bretter sich lösten und zu Boden krachten. Meine Lunge füllte sich mit Staub, aber ich überwand den Hustenanfall und stürzte zur Tür.

Sie bewegte sich nicht, gab kein Stück nach, ließ sich weder aufstoßen noch ziehen. Meine Finger waren rau und voller Splitter. Nichts rührte sich, kein winziges Stück.

»Verdammt!« Ich hörte, wie mein Schrei in den Wald hinausdrang. Dies war der einzige Weg. Ich musste es schaffen. Für Joshua. Für das Mädchen, das ich einmal gewesen war, und für alles, was ihm zustand. Für das schöne Leben, das ich hatte, für die Chance, den blauen oder schwarzen Himmel wiederzusehen, nur ein Mal.

Denk nach. *Denk nach*. Und da fiel mir ein, was ich noch nicht ausprobiert hatte.

Ich beugte mich tief hinunter, nahm meinen ganzen Willen zusammen und zog am unteren Ende der Tür. Ein Scharnier irgendwo über meinem Kopf ächzte und knackte.

Frische Luft strömte herein, zusammen mit dem Geräusch des Windes, der durch die Kiefern rauschte. Einen Moment stand ich in der offenen Garagentür. Meine Hände waren aufgeschürft, und die Wunde an meinem Hinterkopf schmerzte nach all der Anstrengung wie verrückt.

Die Bäume standen da und warteten ab, was ich nun tun würde.

Ich sah den Schein des Mondes auf dem See und schleppte mich in die entgegengesetzte Richtung, in der Hoffnung, die Straße zu finden.

EINUNDVIERZIGSTES KAPITEL

Die Bäume fingen an, meinen Namen zu raunen.

Ich stolperte durch den Wald, meilenweit durch Gestrüpp, ohne den Pfad zu finden, auf den das Auto eingebogen war. Ich fand auch den Kiesweg nicht. Nur Bäume.

Bäume, Bäume und nochmals Bäume, hatte einmal jemand gesagt.

Vor einer Million Jahren.

Ich wollte mich hinlegen. Mein Kopf war so schwer. Aber ich kämpfte weiter, stieß gegen einen Baumstumpf, stolperte in der Dunkelheit über einen umgestürzten Stamm.

»Bäume, Bäume und nochmals Bäume«, sagte ich. Ich mochte den Klang meiner Stimme in der gespenstischen Stille. Bäume, Bäume und nochmals Bäume. Der Typ, der das gesagt hatte, war sein Leben lang durch den Wald geirrt. Er wusste, wovon er sprach. »Bäume, Bäume.«

Ich spürte, wie sich die Bäume über mich beugten, um mich genauer zu betrachten.

»Ich bin nicht verrückt«, sagte ich.

Der Wind wurde stärker. Trockenes Laub flog raschelnd auf. Gleich würden die gelben Espenblätter durch die Luft wirbeln und auf den Waldboden fallen wie Münzen in einen Brunnen. Ich wünschte mir weiterzuleben, um das sehen zu können: Ein Sturm war etwas Schönes.

Die Kiefern beugten sich tiefer.

Ihre Fürsorge gefiel mir. »Bäume, Bäume«, sang ich.

Im ersten grauen Licht des Morgens spürte ich Kies unter meinen Füßen. Ich stand auf einem schmalen Streifen blassgrauer Steinsplitter. Von hier sah es aus, als führte der Weg aus dem Wald hinaus und wieder zurück. Aber ich wusste, dass das nicht stimmte. Es war eine Straße, und die Straße würde mich mitnehmen.

»Danke.«

Die Bäume beugten sich tief, um mir die Richtung zu weisen. Ich wusste nicht, wo es langging, und nahm ihren Rat an.

Ich setzte mich in Bewegung, genau in der Mitte der Straße. Niemand konnte mich übersehen. Man kam nicht an mir vorbei.

Aber nach einer Weile wurden meine Schritte unsicher. Ich fing an, auf dem Kies auszurutschen. Die Straße versuchte, mich abzuwerfen. Ich musste am Rand entlanggehen.

Im dichten Gestrüpp zu gehen war mühsam. Ich war zu müde, zu langsam.

Was, wenn die Frau, die böse Frau – ich kam nicht auf ihren Namen –, was, wenn sie zurückkam, um nach mir zu sehen?

Der Wald erschien mir als die beste Idee. Ich kehrte zu ihm zurück.

Und dann fingen die Bäume an, meinen Namen zu rufen.

Sie hatten nicht eine Stimme, sondern viele. *Anna*. Im Rauschen des Windes konnte ich ihr Lied kaum hören. *Leeanna*.

Ich stolperte zwischen den Bäumen hindurch, berührte so viele wie möglich, dankbar, dass sie stehen blieben, wenn ich es nicht konnte.

Anna, sangen sie. Und gerade als ich beinahe den Mut gefasst hatte zu antworten, stolperte ich über einen Ast. Ich fiel auf Hände und Knie, Kiefernnadeln federten meinen Sturz ab.

Ich ließ mich ganz zu Boden gleiten. Hier konnte ich mich ausruhen. Alles andere würde sich von selbst ergeben. Nur das musste ich tun, das war meine einzige Aufgabe:

Mich hinlegen zwischen den Bäumen, zu Hause.

In meinem Grab.

Ich blinzelte. Über mir ein Baldachin aus Baumkronen und ein taghelller Himmel.

Ich war durchnässt. Während ich schlief, hatte es geregnet. Es hatte sich nicht wie schlafen angefühlt, und jetzt fühlte es sich nicht wie aufwachen an.

»Tot«, sagte ich versuchsweise.

Der einzige trockene Flecken Erde war der Boden unter mir. Ich fing an zu zittern. Die Bäume standen aufrecht und sahen enttäuscht aus. Sie hatten sich wie Zuschauer um mich geschart.

Ich zog mich an einem von ihnen hoch.

Der Wind hatte wieder nachgelassen. Nichts murmelte oder sang. Die Bäume um mich herum warteten ab. Sie hatten etwas gehört.

Dann hörte ich es auch.

Ein Auto näherte sich auf der Straße.

Ich war vom Weg abgekommen. Ich taumelte von Baum zu Baum, dankbar für jeden einzelnen.

Zwischen den Stämmen hindurch sah ich ein schwarzes Auto. Es hätte ein Traum sein können. Als hätte ich das Bild heraufbeschworen.

Ich schleppte mich vorwärts, mein Körper war steif, meine Lunge brannte. Zu spät. Das Auto fuhr vorbei, und hinter ihm wirbelte Staub auf.

Ein schwarzer SUV mit Indiana-Kennzeichen am Heck.

Es war der Sheriff. Ich hatte keine Ahnung, wie er hierherkam und warum. Ich warf mich auf die Straße und versuchte jedes erdenkliche Geräusch zu machen, kniete mich auf den Boden und griff in den Kies, um damit zu werfen.

Eine halbe Meile entfernt leuchteten die Bremslichter des Wagens auf. Er stoppte, dann fing er an, in meine Richtung zurückzusetzen. Er kam schlingernd zum Stehen, und wieder stieg eine silberne Staubwolke über mir auf, stach mir in die Augen. Eine breitschultrige Gestalt kam eilig auf mich zu.

»Sheriff«, sagte ich mit krächzender Stimme. Wahrscheinlich war ich noch nie so froh gewesen. Meine Augen brannten. Ich drehte den Kopf weg und hustete. »Russ.«

Er zog mich sanft vom Boden hoch, und ich ließ es zu.

»Was zur Hölle ist mit Ihnen passiert?«

Nicht der Sheriff. Ich versuchte, mich auf den Beinen zu halten. Aber immerhin, ein Mensch. Ich konnte jetzt jede Hilfe gebrauchen, egal von wem.

»... überall nach Ihnen gesucht ...«, sagte der Mann. »Wie zum Teufel haben Sie es geschafft ...«

Die Stimme kannte ich.

»... wie kommen Sie überhaupt hierher ...«

Bo Ransey.

»Nein!«, schrie ich und schlug um mich.

»Hey, Wildkatze.« Er trat einen Schritt zurück und hob kapitulierend die Hände.

»Nicht ...«

»Können Sie alleine einsteigen?«, fragte er.

»Nicht nach all dem.«

»Das dachte ich mir. Hier ...«

»Wagen Sie es nicht, mich anzufassen!«

»Dann wird es jetzt wirklich schwierig.«

Ich machte einen Schritt zurück in Richtung Gebüsch, taumelnd.

»Sie sind ein Wrack«, sagte er und sah zu, wie ich einen weiteren Schritt machte. »Sie werden nicht weit kommen.«

»Sie bedauern wohl, dass Sie nicht dabei waren, um zu helfen?«

»Wieso sind Sie hier draußen, während Ihr Auto gerade aus dem Midnight Lake gefischt wird? Dieser See hier gehört noch nicht mal zu derselben Seenkette wie der Midnight.«

»Dieses Unschuldsgetue nehme ich Ihnen nicht ab.«

Er hob die Augenbrauen.

»Das auch nicht.« Ich machte noch einen Schritt zurück und kam auf dem losen Kies am Straßenrand leicht ins Rutschen.

»Wohin wollen Sie? Das überleben Sie nicht, in dieser Richtung ist nichts. Nichts als Bäume.«

»Die Bäume sind …« Meine Freunde. Meine Armee. Beinahe hätte ich ihm gesagt, dass er in der Unterzahl war, aber da verlor ich das Gleichgewicht und rutschte auf den Knien die Böschung hinunter. Ich konnte nichts dagegen tun. »Ich will … ein Glas Wasser.«

»Hab eine Cola im Auto.«

Ich ließ mich vollends hinuntergleiten. »Von Ihnen würde ich nicht mal einen Tropfen …«

»Es tut mir leid, das sagen zu müssen, aber im Moment gibt es keine Getränkekarte.«

Er kam zu mir, zog mich hoch und schleifte mich ein paar Meter weit. »O Gott, sind Sie fertig.« Er ging in die Knie und hob mich auf seine Schulter wie einen Sandsack. Ich schlug ihm schwach auf den Rücken. Aber er hatte recht. Ich hatte keine andere Wahl. Ich musste zurück zu den Ranseys und Bea die Gelegenheit geben, ihr Werk zu Ende zu bringen.

Als die Dunkelheit zurückkehrte, war sie mir willkommen. Das Einzige, was mir noch durch den Kopf ging, war der Wunsch, er würde mich im Wald zurücklassen, wenn ich starb.

ZWEIUNDVIERZIGSTES KAPITEL

»... nicht über den Berg.«

Nein, in meinem Grab. Ich öffnete die Augen und blickte auf eine weiße Zimmerdecke. Ich versuchte mich aufzusetzen, wollte weglaufen. Wieder war ich gefesselt.

»Vergiss es. Du gehst nirgendwohin.«

Die Stimme. Ich traute ihr nicht. Ich erinnerte mich daran, mit Bäumen gesprochen zu haben.

Ich blinzelte in helles Licht.

»Stört dich das?«

Eine verschwommene Gestalt kam in mein Blickfeld und zog die Jalousien herunter. Der weiße Raum war jetzt grau, und ich konnte das Profil des Mannes sehen, der mich gefangen hielt.

Ich traute ihm nicht.

»Du hast«, sagte ich, und meine Stimme krächzte, »deine Kappe nicht auf.«

»Nein«, sagte Russ. »Ich bin ein Gentleman.«

»Respekt zollen. Den Toten.«

»Ich glaube nicht, dass wir schon den Spaten hervorholen müssen.«

Ich starrte an die Zimmerdecke, wollte unbedingt, dass dies die Realität war. »Tot«, flüsterte ich und dachte daran, wie die Wipfel der Kiefern sich vor mir verneigt hatten.

»Nein.« Er zog einen Stuhl neben mein Bett und setzte sich, die Hände im Schoß. Er war unruhig, trommelte mit den Fersen gegen die Stuhlbeine.

»Kannst. Nicht stillsitzen«, sagte ich.

Er sah mich betrübt an. »Ruh dich aus. Ich werde versuchen, nicht zu zappeln.«

Ich streckte die Hand aus. Angebunden.

Er rutschte auf seinem Stuhl nach vorn und schob meine Hand sanft zurück. »Du hängst an ein paar Schläuchen. Sie wollen, dass du möglichst still liegst. Wir versuchen es zusammen, okay?« Er nahm meine Hand in seine. Seine warme Hand.

Er war hier. Er war den ganzen Weg hierhergekommen. Den ganzen Weg, um … mir eine Nachricht zu überbringen.

Ich versuchte, den bitteren Geschmack zurückzudrängen, der in meiner Kehle aufstieg. »Joshua?«

Er sagte nichts. Ich drückte seine Hand, so stark ich konnte. Er versuchte es mit einem Schmunzeln. »Bo Ransey hat gesagt, du warst ziemlich hartnäckig.«

Ransey.

»Bea«, flüsterte ich. Meine Kehle schmerzte von der Anstrengung. »Aidan. Der See.«

Er bedeutete mir, still zu sein, und ich musste meine Hand wegziehen.

»Bonnie. Tante. *Steve.*« Ich versuchte aufzustehen. Mein Hinterkopf protestierte.

Irgendwo hinter mir piepte es.

Russ warf einen Blick auf die Apparate an meinem Bett und beugte sich vor. »Wenn sie sehen, dass du dich aufregst«, sagte er in seinem beruhigenden Pferdetrainer-Ton, »dann werfen sie mich raus.«

Ich ließ mich zurücksinken. Wir sahen uns an.

»Du willst nicht, dass ich gehe?«

Ich dachte an den Augenblick, in dem ich ihn mit Bo Ransey verwechselt hatte. Die Welle der Erleichterung war größer gewesen, als sie sein sollte.

»Ich will auch nicht gehen.« Er nahm wieder meine Hand. »Aber ich muss. Seit du diese Kidnapper aufgescheucht hast, die ich gesucht habe, gibt es jede Menge Papierkram zu erledigen.«

Ich konnte den Namen kaum aussprechen. »Aidan.«

»Es geht ihm gut, Anna. Alles in Ordnung mit ihm. Ich vertraue darauf, dass du nicht nach ihm gesucht hast, weil du wieder mal dachtest, dass ich meinen Job nicht richtig mache.«

Ich schüttelte den Kopf und bereute es sofort.

»Beweg dich lieber nicht.«

»Joshua.«

»Ich wünschte, du wärst nicht einfach auf eigene Faust losgezogen. Als ich gesehen habe, wie sie dein Auto aus dem Wasser geholt haben …«

Ich konnte ihm nicht folgen. Er war also schon hier in der Stadt gewesen, bevor Bo mich gefunden und bevor man mein Auto aus dem See gezogen hatte? Dann war er aus einem anderen Grund gekommen, und jetzt war Aidan in Sicherheit, und ich war es auch. Und Bo war …

»Bo?«

»Schsch. Ich erzähle dir alles, wenn du still bist, ist das ein Deal? Ich bin hierhergekommen, weil ich eine Spur hatte. Bo Ransey ist mir gefolgt, eifrig, wie er ist, und hat dich mit eingeschlagenem Schädel gefunden. Weit weg von zu Hause, aber seltsamerweise in der Nähe eines Grundstücks, das seiner Familie gehört, zum Fischen und zum Jagen. Illegal natürlich. Diese Garage, in die sie dich gesteckt haben, gehört ihnen nicht. Das Haus gehört ihnen eigentlich auch nicht, deshalb hat man dort nie nach Aidan gesucht. Es gehört offiziell immer noch zu Granddaddys Treuhandfonds und dient seit Jahrzehnten der Steuerhinterziehung.«

Ich versuchte aus dem Bett zu kommen, aber Russ warf mir einen strengen Blick zu. »*Bo*«, sagte ich und versuchte, mit diesem einen Wort mehr zu sagen, als überhaupt möglich war. Bo war in diese Sache verwickelt und hatte alle überzeugt. Ich versuchte mich an alles zu erinnern, was Bea gesagt hatte. Irgendetwas hatte da nicht gestimmt, passte nicht ins Bild.

»Bo hat dich gefunden und fährt bei seinem alten Haus vorbei, um etwas zu holen, womit er die Blutung stoppen kann, bevor du es überall in seinem Auto verteilst. Er findet dabei sein Kind, seine Schwester und seine Mutter und dreht beinahe durch«, erklärte Russ. »Und weißt du, was Big Mama dazu sagt?«

Ich erinnerte mich an Bos helle Wut bei der Pressekonferenz. Er hatte wirklich geglaubt, seine Frau hätte Aidan weggebracht. Er war wirklich überzeugt gewesen, er müsse nur laut genug schreien und betteln, damit sie ihm verriet, wo ihr gemeinsames Kind war. Egal, was seine Handschrift aussagte – für Aidan hätte er alles getan. Vielleicht, so wurde mir klar, richteten sich seine »Feindseligkeitslinien« gegen seine verkommene Mutter. Und was Leila betraf, die in einer zerrütteten Ehe gefangen war, mit einer kontrollwütigen Schwiegermutter, die alles noch schlimmer machte: Was, wenn sie sich gar nicht vor Bo gefürchtet hatte, sondern davor, Mama Ransey herauszufordern, wenn sie die Familie verließ?

»Sie hat es«, krächzte ich, »für ihn getan.«

Russ starrte mich an. »Ihr Mütter seid schon komisch. Sie hat gesagt: ›Hol die Pistole aus meinem Mantel.‹ Und Bo holte die Pistole und brachte sein Kind und dich da raus. Wir haben Bea und Bonnie auf dem Weg Richtung Süden aufgegriffen. Ich glaube, du hast mit deinem lädierten Schädel eine größere Entfernung zurückgelegt als die beiden im Auto.« Er lächelte nicht. »Ich kann es kaum glauben … Was hast du dir nur dabei gedacht, in dieses Haus zu gehen?«

»Polizei«, sagte ich. »Niemand.« Das war hier eine gute Gegend für Verbrecher, so wenig Aufmerksamkeit, wie man ihnen schenkte. Eine gute Gegend, um mit einem Eisladen eine Million Dollar Reinvermögen zu machen.

Er nickte. »Dieser Polizist in Vilas County dachte, du spinnst. Ich war gerade mit seinem Chef unterwegs, als du vorbeikamst. Die haben es hier nicht so oft mit vermissten Kindern aus Indiana zu tun.«

»Joshua.« Plötzlich wollte ich nichts mehr von den Ranseys hören. Ich wollte nur meinen Sohn. Bevor ich die Verzweiflung abwehren konnte, die über mich hereinbrach, weinte ich bereits.

»Wir werden ihn finden.« Er berührte kaum noch seinen Stuhl, sondern kniete schon fast auf dem Boden. »Ich verspreche es, Anna. Dein Sohn ist unglaublich. Ausdauernd wie ein Green-Beret-Soldat. Hast du ihm das beigebracht?«

Ich warf ihm einen kurzen Blick zu.

»O ja. Ich weiß jetzt alles. Du bist selbst eine Marathonläuferin, stimmt's? Aber jetzt ist Schluss damit, okay? Schluss mit dem Gerenne, als hättest du Feuer unterm Hintern.«

Mir fielen die Augen zu. So müde. Ich hörte ihn atmen, spürte seine Hand auf meiner.

Er hatte nicht gewusst, dass Aidan hier war. Er war schon vorher da gewesen. Wegen eines anderen Falls – und da gab es eigentlich nur noch einen.

Er war den ganzen Weg hierhergekommen. Wegen Joshua.

Nach ein paar Minuten zog Russ seine Hand weg. Ich schlief nicht, konnte aber nicht die Augen öffnen oder etwas sagen. Ich spürte, wie er sich über mich beugte und leicht meine Schläfe berührte.

»Es tut mir leid«, flüsterte er. »Ich dachte, er wäre hier.«

Er war den ganzen Weg hierhergekommen. Meinetwegen.

DREIUNDVIERZIGSTES KAPITEL

Im Halbschlaf hörte ich einen Streit draußen auf dem Flur.

»Ich werde sie nicht stören«, sagte ein Mann. Russ war es nicht. Und auch nicht Ray, Gott sei Dank. »Muss nur ein paar Sachen hier abgeben.«

Schritte. Ich bemühte mich, wach zu werden. Meine Augenlider öffneten sich flatternd, und ich erkannte Shane Mullen, der einen großen Plastikbeutel von einem Klemmbrett auf die Fensterbank gleiten ließ. In dem Beutel befand sich ein gutes Pfund grauer Sand. Nein, kein Sand. Asche.

»O Gott«, murmelte er. Er nahm einen Stift vom Klemmbrett und tippte ein paarmal auf das Papier. *Tapp-tapp.* Ich musste an Margaret denken, die arme Margaret. Aber wer war jetzt die Kranke? »Ich muss nur …«, sagte Mullen und tippte noch ein paarmal auf das Brett, bevor er etwas auf das Formular schrieb und den Stift zurücksteckte. Er drehte sich um und sah, dass ich die Augen geöffnet hatte. »Oh, tut mir leid. Ich wollte Sie nicht wecken. Ich hab Ihnen nur … ähm, Ihre Mom gebracht, glaube ich.« Er trat nervös von einem Bein aufs andere. »Sie sind ja nicht in der Verfassung – ich meine, Sie sehen natürlich großartig aus, aber … das mit dem Formular habe ich für Sie erledigt. Brauchen Sie irgendwas?«

Statt einer Antwort schloss ich die Augen. Als ich sicher war, dass er das Zimmer verlassen hatte, öffnete ich sie wieder. Der Beutel mit der Asche lag auf der Fensterbank. Das Licht, das durch die Jalousien fiel, zeichnete feine Streifen darauf. Asche in einem Beutel, Beutel in einer Schachtel,

Schachtel in einem Auto, Auto in einem See. Mein Computer, meine Fotos, Joshuas Sachen, alles weg.

Die Naht an meinem Hinterkopf juckte, und meine wunden Handgelenke auch.

Der kahle weiße Raum ließ mich an all die weißen Wände denken, die ich nie angestrichen hatte, und an die weiße, leere Seite, die mein Leben sein würde, wenn Joshua nicht wieder auftauchte. Ich bat die Schwester, den Fernseher auszustellen. Die Zeitschriften, die eine Praktikantin gebracht hatte, glitten zu Boden.

Später hörte ich, wie eine der Schwestern im Flur das Wort *depressiv* aussprach. Ein hübsches, handliches Wort, mit einem Kopfschütteln aufgestempelt unter der Rubrik »Diagnose«.

»Zur Hölle, ja, sie ist unglücklich«, dröhnte Russ. »Sie hat sechzehn Stiche am Kopf, und ihr Sohn wird vermisst. Gönnt ihr eine Pause. Gönnt uns beiden eine Pause.«

Er ließ die Krankenschwester stehen und kam mit einem Stuhl an mein Bett, um sich zu setzen. Er hielt seine Dienstmütze und eine Aktenmappe zwischen seinen Knien.

»Wie geht's deinen Sprechorganen heute?«

Ich zuckte mit den Schultern.

»Diese Schwester soll nicht recht behalten damit, dass du depressiv bist. Okay? Oder willst du mit Medikamenten vollgestopft werden?«

»Gut«, sagte ich.

»Na also.« Er öffnete die Mappe. »Ich bin gekommen, um dich für deine Polizeiarbeit zu loben.« Er streckte mir die Mappe entgegen wie eine Servierplatte, darauf ein zerknittertes Stück rosa Papier.

»Was ist das?«

»Sag du es mir. Du hattest es bei dir, als man dich gefunden hat.«

Auf dem Weg durch den Wald, mich an Baumstämmen entlangtastend. In Aidans Zimmer auf dem Boden, nach einem Schlag auf den Hinterkopf. Ich hätte schwören können, Joshua wäre dort bei mir gewesen. Meine Erinnerung war nicht verlässlich. »Ich weiß es nicht.«

»Gut, dann sag ich es dir. Anscheinend hast du die andere Hälfte von Leila Ranseys sogenanntem Erpresserbrief gefunden.« Er hielt den Zettel hoch und zeigte mir die dunkelrosa Herzen am Rand. Er war an einer Seite abgerissen. »Diese Nachricht hat dir nie gefallen, stimmt's? Sie hat nicht ins Bild gepasst.«

Ich erinnerte mich an den Haufen aus Zetteln, Kleidungsstücken und schmutzigem Geschirr auf dem Tisch der Ranseys, und an Bonnie, die mir gegenübersaß und den Wert ihrer Zeit berechnete. »Hab ich mitgenommen.«

»Das hast du verdammt richtig gemacht. Diese Nachricht war kein Erpresserbrief. Sie war ein Hilferuf.« Er hielt mir das Papier hin. Inzwischen größtenteils von Kabeln befreit, konnte ich mich auf einen Ellbogen stützen.

Mama Ransey, ich weiß nicht, wie ich dir danken soll.
Wir brauchen einen Neuanfang, wie du gesagt hast.
Wir beide. Eigentlich wir alle. Aber du weißt

Dieselbe Schrift wie auf dem Einkaufszettel und auf der ersten Nachricht. An den genauen Wortlaut konnte ich mich nicht erinnern. Irgendwas mit Aidan mitnehmen und Geld.

»Bea hat Leila angeboten, sich eine Pause zu gönnen«, sagte ich. »Aber Leila wollte keine Pause von Aidan. Bea hat ihr eine Kreditkarte gegeben und sie dann beschuldigt, sie gestohlen zu haben. Das ist der Grund …« Ich strich mit dem Finger über die ausgefranste Kante des Papiers. »Das ist der Grund, warum wir nicht gern mit Kopien arbeiten. Kopien sind geglättet, man sieht keine Tränen auf dem Papier. Dann vergisst man leicht, dass man nicht die ganze Geschichte kennt.«

»Dafür, dass du eine gefälschte Sozialversicherungskarte hast, ist deine Originalversessenheit erstaunlich, aber ich hab's kapiert. In diesem Sinne habe ich dir ein kleines Geschenk mitgebracht.« Er zeigte mir einen flachen Stapel Papier. Wieder einmal die Beweismittelformulare, aber diesmal im Original. Ich wandte mich ab. »Oh, sind dir meine verschwundenen Drogen inzwischen egal?«

Außer Joshua war mir alles egal. Warum konnte er das nicht verstehen?

»Nun ja, ich lasse sie einfach hier«, sagte er. »Schauen wir mal.«

»Ich will nicht mehr mit der Polizei zusammenarbeiten«, erklärte ich. »Oder eigentlich mit Menschen überhaupt. Außer mit den Einsamen Herzen. Sie sind das Einzige, was mir bleibt, seit ich auch nicht mehr für Firmen arbeiten kann.« Ich ließ Leilas Nachricht aufs Bett fallen und lehnte mich zurück.

»Einsame Herzen«, murmelte er, während er nach dem Zettel griff. »Und warum keine Firmen?«

»Nur ein ... Fehler. Ich war schlampig.«

»Meine Erfahrung ist, dass du genauer hinschaust, als es eigentlich noch anständig ist. Weißt du noch, wie du mich nach dem Pulver gefragt hast? Nach den Drogen, die gar keine waren? Ich war ... *wütend* ist gar kein Ausdruck. Aber weißt du, was es war?«

Er legte die Mappe beiseite und ging zum Fenster. Zog die Jalousien hoch.

Unter dem grellen Licht zuckte ich zusammen »Hey«, sagte ich.

»Das ist gut für dich. Du musst wieder auf die Beine kommen, sonst lassen sie dich hier nie raus.«

»Meine Verletzungen heilen so schnell wie bei jedem anderen normalen Menschen.«

»Psychisch, meine ich. Der Arzt will dich in diese Einrichtung in der Stadt schicken. River-irgendwas.«

Ich stieß einen kehligen Laut aus.

»Was ist?«

»Nichts.«

»Du hast noch nicht geraten«, sagte er.

Ich sah ihn an.

»Die Substanzen damals im Beweismittelschrank, die eigentlich Kokain oder Heroin sein sollten. Die Testergebnisse sind heute Morgen gekommen. Ich glaube, du kriegst es raus. Hauptsächlich Speisestärke, Zucker, ein bisschen Milcheiweiß.«

Ich dachte nach. Wenn er sicher war, dass ich es erraten konnte … »Gerstenmalz«, sagte ich. »Malzmehl.«

»Und Milchpulver.« Er strahlte und zählte an den Fingern ab: »Entführung, Mord, versuchter Mord und als Sahnehäubchen – bitte entschuldige, wenn ich das in diesem Zusammenhang so ausdrücke – Drogenhandel zwischen Parks, Indiana, und Sweetheart Lake, Wisconsin, getarnt durch diese miesen kleinen Eisbuden.« Russ kam zu seinem Stuhl zurück und setzte sich mit einem tiefen Seufzen. »Und wahrscheinlich mit Drogen, die aus meinem Beweismittelschrank gestohlen wurden, aber da fehlt mir noch die Verbindung.«

»Tara Lombardi«, sagte ich. »Sie hatte was mit Bo.«

»Hat sie mir erzählt«, erwiderte er. »Über Geschmack lässt sich streiten. Aber Bo ist sauber.«

Ich schnitt eine Grimasse. Bo stand jetzt auch auf der Liste der Personen, denen ich mein Leben verdankte, und das behagte mir nicht besonders.

»Ich weiß, was du denkst, aber ich sage dir, er hat damit nichts zu tun. Das ist Beas Ding. Das Problem ist nur, dass ich immer noch nicht sicher bin, ob sie so stark ist, dass sie Charity umgebracht haben kann.«

»Das ist sie, das kann ich dir versichern.«

»Hast du es gesehen? Wie sie ausgeholt hat?«

Ich musste zugeben, dass das nicht der Fall war.

»Und was noch wichtiger ist«, fuhr er fort. »Warum überhaupt? Warum die Nanny umbringen?«

Diese Frage hatte mich auch die ganze Zeit beschäftigt. Dass Leila dazu keinen Grund dazu hatte, war längst klar, aber wer hatte einen? »Aidan war bei ihr«, sagte ich vorsichtig.

»Aber Bea ist die Großmutter. Sie hätte Aidan auf jede beliebige Weise bekommen können, hätte nur behaupten müssen, er sei ihr weggelaufen …«

Wir dachten beide eine Weile darüber nach.

»Du versuchst mich dazu zu bringen, weiter für dich zu arbeiten«, sagte ich. »Aber ich hab es dir gesagt: keine Polizeiarbeit mehr, nur noch kitschige Liebesbotschaften und hoffnungsvolle Brieffreunde im Gefängnis.«

»Was ist falsch daran, mit Leuten wie mir zusammenzuarbeiten? Ich bin in Ordnung.« Er nahm den Beutel Asche von der Fensterbank und wandte den Blick ab. »Was für einen Fehler hast du gemacht? Meinst du den Typen in Chicago, der ermordet wurde?«

»Bin nicht sicher, ob wir über denselben Typen reden …«

Er hob den Kopf und blickte zur Zimmerdecke. »Doch, das tun wir. Kent hat angerufen. Nur dank der verrückten Nachricht, die du auf seinem Anrufbeantworter hinterlassen hast, konnte ich ganz Vilas County dazu bringen, nach dir zu suchen.«

Kent. Wieder war ich ihm zu Dank verpflichtet. Ganz Vilas County …

Ich dachte an den Gesang der Bäume in der Dunkelheit und stellte mir vor, wie Ray und Mamie und Betty Spaghetti durch den Wald stapften und meinen Namen riefen. Na ja, wenigstens war ich nicht verrückt geworden. Auch wenn es ein wenig traurig war, den Gesang der Bäume erklären zu können. Die Bäume hatten mich geleitet, hatten mich aufrecht gehalten. War es falsch, wenn ich das Geheimnisvolle nicht durch eine logische Erklärung zerstören wollte? Ein bisschen Magie in dem Moment, als ich sie gebraucht hatte.

»Ich soll dir von Kent ausrichten, die Frau von dem Typen hat ihn umbringen lassen.«

»Weil er …« Weil er impotent war? Moment, nein. Es war nicht der Firmenchef, der sexuell frustriert war, sondern der Verfasser der Nachricht. »Weil sie …«

»Weil er sie mit seiner Sekretärin betrogen hat. Kent sagt, du hast ihn auf die Sekretärin gebracht. Als die dann unter der Befragung zusammengebrochen ist, kamen sie auf seine Frau zurück, und dann ist *die* zusammengebrochen. Du wirst noch zu einer richtigen Detektivin.« Er sah mich an. »Vielleicht noch einen letzten Fall, bevor du in den Ruhestand trittst?«

Ruhe war das, wonach ich mich am meisten sehnte. Die Schläuche waren weg, aber bisher hatte ich weder Lust, etwas zu mir zu nehmen, noch den Willen, das Bett zu verlassen. Es war die Rede davon, mich wieder an den Tropf zu hängen, wenn ich nicht anfing zu essen.

»Noch eine gemeinsame Ermittlung«, sagte er. »Ich hole dich für ein, zwei Stunden hier raus.«

Ich sah ihn blinzelnd an. »Du kannst mich hier rausholen?«

»Ich habe ihnen gesagt, dass du unter Arrest stehst.«

»Oh.« Ich warf einen Blick in Richtung Tür. »Dann

werde ich hier nie wieder knapp mit dem Leben davonkommen können.«

»Dein Ruf ist komplett ruiniert. Du kannst genauso gut gehen.«

»Mein Kopf«, sagte ich.

»Dir geht es gut.«

»Ich kann nicht laufen.«

»Das hast du noch nicht ausprobiert.«

Draußen war es sonnig, wahrscheinlich recht warm. Mir war egal, wo ich war. »Klau einen Rollstuhl«, sagte ich und gab nach.

Er ging los, um sich um meine Entlassung zu kümmern, während ich mich zurücklehnte und es vermied, auf den Beutel mit der Asche zu blicken. Ich würde irgendetwas damit machen müssen, etwas, das mehr mit Freundlichkeit zu tun hatte als die Gefühle, die ich für meine Mutter hegte. Mein Blick fiel auf die Beweismittelformulare und wanderte noch einmal über die Unterschriften. Überall dieselben Kennzeichen – dieselbe Handschrift. Ich sah genauer hin, dann nahm ich das oberste Blatt und wischte es ab. Die Staubkörner vom Kopierer – sie blieben. Das war kein Staub. Hier, auf den Originalen, befanden sich kleine Tintenflecken am Anfang jeder Unterschrift, die der Schreiber zurückgelassen hatte, während er überlegte, welche Identität er wählen sollte.

Ich legte das Formular zurück, vorsichtig, und wartete darauf, dass alles, was mir durch den Kopf wirbelte, an seinen Platz rückte.

Tapp-tapp. Die zögernde Hand von jemandem, der gleich einen Betrug begehen würde.

All die Notizen, Schecks und Quittungen, die ich während der letzten Wochen analysiert hatte … Wo hatte ich das schon einmal gesehen?

Schließlich konnte ich die Tintenflecken einordnen – kleine Punkte der Unentschlossenheit in einem Brief, in dem jemand widerwillig seine Liebe gestand oder verweigerte. Ein Brief, der später zerrissen und verbrannt im Papierkorb eines toten Mädchens landete.

Ich tastete nach dem Klingelknopf und drückte ihn verzweifelt. Mullens zweites Zuhause, so hatte Russ es dargestellt. Mullen habe ständig mit den Ranseys zu tun, hatte er gesagt. Beas Eine-Million-Dollar-Eisladen. Mullen, wie er mit *meinem Namen* das Formular unterschrieb, das die Asche meiner Mutter freigab.

»Holen Sie ihn zurück«, sagte ich zu der Krankenschwester, die in mein Zimmer geeilt kam. »Den Sheriff. Bringen Sie den Mann sofort zurück.«

VIERUNDVIERZIGSTES KAPITEL

Russ saß stumm im Auto, das Gesicht aschfahl.

»Es tut mir leid«, sagte ich.

»Es muss dir nicht leidtun«, erwiderte er.

Natürlich nicht – davon abgesehen, dass er seinen besten Mann würde einsperren müssen, seinen Stellvertreter. Und dass er sich wahrscheinlich wie ein Idiot vorkam. Sicher würde es eine Untersuchung geben, zu den fehlenden Beweismitteln, zu Mullens finanziellen Verhältnissen und dazu, in welcher Beziehung der Chief Deputy zu der toten Frau stand. Wir beide gingen davon aus, dass Bea Ransey ihn für den Mord an Charity verantwortlich machen würde, und wir waren uns ziemlich sicher, dass sie dabei nicht lügen würde. Bea Ransey hatte sich schließlich ein Alibi verschafft. Sie hatte Parks nie verlassen, während Aidan verschwunden war. Man hatte sie im Fernsehen gesehen, im Büro des Sheriffs, im Eisladen.

Mullen dagegen hatte in dieser Woche einen kleinen Erholungsurlaub eingeplant, den er dann vorzeitig abgebrochen hatte – und dann war da noch der Sonnenbrand auf den Händen des Mannes, der an jenem Tag möglicherweise den ganzen Weg nach Nordwisconsin und wieder zurück gefahren war. Er war ständig bei den Ranseys, hatte Russ gesagt – um ein Auge auf sie zu haben … und um die hübsche junge Babysitterin zu sehen. Als sich die beiden an jenem Morgen in dem abgelegenen Sugar Creek Park trafen, wo ein Anwohner den Streifenwagen auf seiner »Patrouille« sah, hatte Charity schon beschlossen, das Ganze zu beenden. Sie hatte ihre Tasche zu Hause gelassen und seinen Brief verbrannt. Sie brachte Aidan mit – vielleicht als Garantie dafür, dass es zivilisiert zuging. Womöglich hatte sie damit gedroht, alles seiner Frau zu erzählen und auszuplaudern, was sie bei den Ranseys über das Eiscreme-Business erfahren hatte. Aber sie wusste nicht, wie viel Mullen zu verlieren und welchen Anteil er selbst an dem Eisgeschäft hatte. Ich erinnerte mich daran, wie Bea gesagt hatte, dass »eins zum anderen gekommen« war. Der Mord an Charity war der erste Dominostein gewesen. Aidan zu entführen, um einen Sorgerechtsstreit zu umgehen, war erst der zweite. Ein Gelegenheitsdelikt, das Sahnehäubchen.

Russ behielt seine Gedanken für sich, darum schwieg auch ich, fand mich mit allem ab, was passieren mochte, und wartete darauf, dass mir jemand sagte, was ich als Nächstes tun sollte. Doch als er von der Railroad Street auf die Zufahrtsstraße abbog und problemlos den Parkplatz des Riverdale Center fand, fasste ich an den Türgriff.

»Willst du rausspringen?«

»Ich kann da nicht reingehen«, sagte ich. Wie hatte er herausgefunden, dass ich einen Vater hatte und wo er war? Und warum interessierte ihn das überhaupt?

»Ich habe kein Bett für dich reserviert.«

»Nein, ich … ich kann einfach nicht.«

»Bei all den Erfolgen, die du heute hattest? Ich glaube, du schaffst noch einen mehr.«

Zwei Patientinnen saßen zusammengesunken in ihren Rollstühlen vor dem Eingang, eine Krankenschwester neben ihnen.

»Ich will nicht.«

Russ stieg aus und kam auf meine Seite. Er holte den zusammengeklappten Rollstuhl aus dem Auto, stellte ihn auf und öffnete die Beifahrertür.

»Es ist kein Geheimnis«, sagte ich. »Ich weiß es schon.«

»Du kannst Fälle lösen, die man dir noch nicht mal erklärt hat?«

»Es gibt jemanden da drin, den ich auf gar keinen Fall sehen will.«

»Was ist, wenn du dich täuschst?«

»Bring mich zurück.«

»Das geht nicht.« Er hob die Hände. »Ich habe dich gerade abgemeldet. Du bist keine Patientin mehr im Eagle River Memorial Hospital.«

Ich hatte das merkwürdige Gefühl, etwas dort vergessen zu haben. Oder … irgendwo. Aber da war nichts. Die Kleider, die ich trug, waren ausrangierte Stücke aus der Krankenhausfundkiste. Alles andere war entweder in Parks zurückgeblieben oder in den Midnight Lake getaucht. Alles …

»Die Asche habe ich mitgenommen«, sagte er.

»Bring mich … bring mich nach Parks zurück.«

Er kam zur Tür und hielt mir den Arm hin. »Das würde ich liebend gern tun, wenn ich glauben würde, dass es das Richtige für dich ist. Bitte.«

Ich hatte nicht gewusst, dass ich immer noch so leicht zu beeinflussen war. Wieder seine Zaubertricks. Aber war es das überhaupt? Schließlich wusste ich inzwischen, dass in Wirklichkeit Bea Ransey das Spiel angeführt hatte, als ich geglaubt hatte, Russ würde sie lenken wie eine Schachfigur. Vielleicht traute ich den Leuten immer zu viel Einfluss zu. Oder zu wenig gute Absichten.

»In Ordnung«, sagte ich.

Ich ließ zu, dass er mich in den Rollstuhl setzte und an den alten Frauen vorbeischob. »Morgen, die Damen«, sagte er und lüftete seine Dienstmütze. In der Sonne war sein Haar rotgolden.

»Wahlkampf?«, sagte ich.

»Ich versprühe nur meinen Charme«, erwiderte er. »Ich habe einfach zu viel davon.«

Die Frau hinter dem Empfangsschalter nickte ihm zu und starrte mich an. Er schob mich nach vorne und nahm einen Stift vom Tresen. Dann blickte er mich unschlüssig an.

»Unterschreib schon. Ich kann von hier unten nichts sehen.«

Er musterte mich aufmerksam. »Welchen Namen benutzen wir zurzeit?«

»Anna. Fürs Erste.«

Schnell schob er mich durch einen langen, sterilen Gang in eine helle Vorhalle. Ich war noch nie in Riverdale gewesen, aber es sah hier genauso aus wie in dem Krankenhaus, das ich gerade verlassen hatte. Sauber. Farblos, abgesehen von der Palme, die in der Mitte der Halle stand und mit ihren Blättern gegen ein großes Dachfenster drängte.

»In Wisconsin gibt es sogar im Altenheim mehr Bäume als in Parks«, sagte ich.

»Kannst du dich gar nicht an Bäume erinnern? In der Nähe einer Scheune?«

Ich hielt mich fest, während wir durch die Vorhalle und einen weiteren Gang rasten. Vor einer Tür blieben wir stehen. Eine Tür wie jede andere, aber das Blut pulsierte so heftig in meinen Adern, dass ich fürchtete, die Naht an meinem Kopf könnte aufplatzen. »Ich glaube wirklich nicht, dass ich das kann.«

»Ich bin bei dir.«

»Ich weiß nicht, ob ich an Vergebung glaube.«

Er griff über mich hinweg, um die Tür zu öffnen. »Es tut mit wirklich leid, das zu hören.«

Die Tür schwang auf. Auf der gegenüberliegenden Seite des Zimmers sprang Joshua in die Höhe.

»Hi, Mom.«

Ich traute der ganzen Sache nicht. »Joshua?«

»Es tut mir leid«, sagte er.

»*Joshua?*«

Russ schob meinen Rollstuhl zu ihm. Joshua beugte sich umständlich herunter, um mich zu umarmen, aber ich packte ihn und zog ihn auf meinen Schoß. Ich zitterte am ganzen Körper.

»Mom, pass auf, du tust dir noch weh.«

»Ich tue niemandem weh. Nie mehr.«

Russ verschwand aus dem Zimmer und schloss die Tür.

Ich sog Joshuas Geruch ein – sein Nacken, seine Haare. »Ich hab mir solche Sorgen gemacht.«

»Ich weiß.«

»Du weißt nicht, was für große Sorgen.«

»Es tut mir *leid*.«

Ich schob ihn von mir, hielt ihn an den Schultern von mir weg, damit ich seinen Anblick in mich aufnehmen konnte. »Ich will nicht, dass es dir leidtut. Ich will, dass du weißt, wie sehr ich dich liebe.«

Er zuckte mit den Schultern.

Er war erst dreizehn. Mehr konnte ich nicht von ihm verlangen.

Aber es war nicht nur das. Er wollte mir nicht in die Augen sehen.

Nach allem, was passiert war, würde ich ihn trotzdem verlieren. Was für einen Jungen würde ich nach Hause bringen?

Ich sagte: »Mir tut es auch leid.«

Er warf mir einen Blick zu und sah dann wieder weg.

»Ich habe es vermasselt. Ich dachte, ich täte das Richtige, aber es war falsch.«

Er zupfte an meinem hässlichen T-Shirt. »Also«, sagte er dann, »was nun?«

»Wie meinst du das?«

»Werden wir … Was machen wir jetzt?«

»Ich weiß es nicht.« Und das stimmte. Die alte Angst war zwar weg, aber mit der neu gewonnenen Leichtigkeit fühlte ich mich auch nicht sicher. »Ich bin völlig durcheinander, seit du weggegangen bist.«

Er betrachtete mein Gesicht, den Verband um meinen Kopf. »Du siehst wirklich schlimm aus.«

»Das … das muss ich dir erklären.«

»Sheriff Keller hat uns schon davon erzählt.«

»Uns?« Zum ersten Mal riss ich meinen Blick von ihm los und sah, dass zwei Betten in diesem Zimmer standen. Das eine war leer, die Laken zerwühlt. Joshua schaute auf das andere, das nicht leer war. Ich wollte die dünne Gestalt darin nicht sehen, das knochige Knie, das unter den Laken hervorschaute.

»O nein.«

»Grandpa«, sagte Joshua.

»Ist er …«

»Er spricht nicht«, sagte Joshua. »Oder isst. Oder sieht einen an.«

»Ist das der Grund? Du bist weggelaufen, um …«

Er zuckte mit den Schultern.

»Du bist vor mir weggelaufen, aber es gab niemanden, zu dem du gehen konntest.«

»Großeltern wollen immer ihre Enkelkinder sehen.« Er blickte stirnrunzelnd zu der Gestalt im Bett. »Habe ich gehört.«

Ich drückte seine Schultern. »Oh, Josh. Das alles, was passiert ist, nur um …«

Er löste sich von mir und stand auf. »Ich wusste nichts über ihn. Alles war so ein großes, dummes Geheimnis.«

»Hättest du mich nicht fragen können?«

»Du hast gesagt, er sei tot.«

Ich warf einen Blick auf das Bett. War er das nicht? »Das dachte ich wirklich. Ich dachte, du wärst hierhergekommen, um deinen Vater zu finden.«

Sein Schulterzucken war kaum sichtbar. »Ich hab's versucht.«

»Aber?«

»Ich glaube, einmal habe ich ihn gesehen«, sagte er. »Er sah nicht … real aus.«

»Was hast du gemacht?«

Er hob eine Hand und kaute an einem Daumennagel. Von seinen Fingernägeln war kaum noch etwas übrig. »Nichts. Er hat mich nicht gesehen.«

Nein, natürlich nicht. Er war viel zu ichbezogen, um irgendjemand anderen zu bemerken.

Ich bedeutete Joshua, mich näher an das Bett heranzuschieben. Mein Vater lag auf der Seite und starrte an mir vorbei. Er war nur Haut und Knochen, wie eine leere Hülle.

»Ich denke, er kann uns hören«, sagte Joshua.

»Das glaube ich nicht.« Der alte Mann zuckte beim Klang meiner Stimme noch nicht einmal mit der Wimper.

Mir wurde beklommen zumute. Ich wusste nicht, was ich hätte sagen sollen, selbst wenn er mich gehört hätte. Ich hatte das Gefühl, schon alles Notwendige gesagt zu haben – durch das, was ich getan hatte: weggehen, fort sein. Er hatte sich auch immer in Gesten ausgedrückt.

Niemals würde ich ihm verzeihen. Dazu hatte er mir keinen Grund gegeben. Aber was die Asche in Kellers Auto anging, so fragte ich mich, ob ich anders dazu stehen würde, wenn ich etwas mehr Zeit gehabt hätte, meiner Mutter zu vergeben. Ich verstand sie jetzt ein bisschen besser. Sie hatte Angst gehabt. Niemand hatte ihr beigebracht, dass das nicht sein musste. Aber irgendwie hatte sie es mir beigebracht, und das war viel.

»Dein … Großvater und ich haben uns schon alles gesagt, was nötig ist. Verstehst du das?«

Joshua wandte sich der Gestalt im Bett zu. Er nickte.

»Joshua, es tut mir so leid. Ich habe viele Fehler gemacht. Du weißt noch nicht mal von allen. Und … ich kann es nicht mehr ändern.«

Die Tür öffnete sich einen Spaltbreit, und Russ schaute herein. »Alles okay hier?«, fragte er.

»Ja, Sir«, sagte Joshua und stellte sich aufrechter hin.

Ich fasste nach seiner Hand, damit er in meiner Nähe blieb. Er wirkte auf einmal so erwachsen. Ich erinnerte mich daran, wie Ray sein Foto gestreichelt hatte, unglücklich über die verlorenen Jahre. Die meisten Fehler, die ich gemacht hatte, konnte ich nicht wiedergutmachen. Außer einen. War Ray real? Das war nicht mehr meine Entscheidung. Wir würden uns zusammen über einige Dinge klar werden müssen, dieses Kind und ich. Dieser junge Mann.

Russ blickte entschuldigend zu der Gestalt im Bett. »Ich habe einige Formulare, die du unterschreiben musst, damit dieser … Flüchtige gehen kann.«

Er streckte mir ein paar Blätter entgegen.

»Können wir das nicht später erledigen?«

»Warum muss immer alles nach deinem Zeitplan ablaufen, Miss Winger?«, sagte Russ. »Ich brauche deine Unterschrift – gleich unter meiner.« Er legte die Blätter auf meinen Schoß.

Am unteren Rand der Seite stand eine Unterschrift. Seine Unterschrift. Sie war ungleichmäßig, halb Schreib-, halb Druckschrift. Eine nervöse Schrift, aber das störte mich nicht. Er sah nicht weg, als ich unterschrieb und ihm die Formulare zurückgab. Ich sagte lieber nichts.

»Bin ich ein Flüchtiger?« Joshua scharrte mit den Füßen. »Werden Sie mich verhaften?«

»Diesmal nicht«, sagte Russ. »Aber ich wüsste schon, wie du für die Schwierigkeiten einstehen könntest, die du meinem Team gemacht hast, weil wir dich den ganzen Weg ins Hinterland verfolgen mussten.«

Ich zog Joshuas Hand zu mir, bevor er wieder an den Nägeln kauen konnte. »Wie ist er bis hierhergekommen?«

»Per Anhalter«, sagte Russ. »Er hat das alles über den Chatroom dieses Computerspiels organisiert. Zuerst eine achtstündige Mitfahrgelegenheit mit einem Collegestudenten auf dem Weg nach Kanada, das war der größte Teil der Strecke. Schließlich haben wir ihn gesichtet, als ein Lkw ihn bei einer Raststätte aufgegabelt hat. Wir haben ihn bis in die Stadt fahren lassen.«

»Sie wussten, dass ich hier war?«, fragte Joshua.

»Einer meiner Männer war die ganze Zeit an der Sache dran«, sagte Russ. Ich wusste, dass er Mullen meinte, dass er seinen besten Mann auf den Fall angesetzt hatte und bitter enttäuscht worden war. Er hatte immer so viel Vertrauen in andere Menschen gesetzt, und jetzt würde er das vielleicht nicht mehr tun, genau wie ich. »Ich denke da an fünfzig Sozialstunden, zusätzlich zu der Strafe, die du von anderer Seite bekommst.«

Joshua schaute in meine Richtung. »Bekomme ich Hausarrest, wenn wir wieder daheim sind?«

»Darauf kannst du dich verlassen«, sagte ich. »Sobald wir zu Hause sind.«

Das Wort *zu Hause* klang so schön und hatte eine solche Kraft, dass ich nichts hinzufügen wollte. Meinte ich Parks? Ich meinte nicht Sweetheart Lake, aber es gab noch so viele andere Orte.

Russ sah mich mit gespielter Lässigkeit an. Dieser tiefe Blick.

Ich hatte *zu Hause* gesagt, als ob ich wüsste, wo das war.

Was ich meinte, war, dass ich eins schaffen konnte. Ich konnte einen Weg finden, Teil von etwas zu sein. Ein Bild kam mir in den Sinn: hellrosa Turnschuhe, die aus einem Krankenhaus eilten. Wenn ich nach Parks zurückging, würde ich vielleicht eine Möglichkeit finden, meine Erfahrungen so einzusetzen, dass sie anderen nutzten. Das hoffte ich.

Joshua musste auch etwas von meiner Hoffnung gespürt haben. Er setzte sich auf die Armlehne meines Rollstuhls und legte mir einen Arm um die Schultern. Mit seiner Schläfe berührte er meine, vorsichtig wegen der Bandagen, behutsam.

Ich schloss die Augen und genoss es, seinen Körper zu spüren. Ich würde ihm alles erzählen, alles, was er wissen wollte. Abgesehen von ein paar Einzelheiten vielleicht.

Vielleicht würde ich mit den Worten beginnen: »Am Tag, an dem ich starb…«, und wahrscheinlich würde er mich unterbrechen, um mich wegen dieser Formulierung zu kritisieren. Von nun an würde er eine eigene Meinung haben. Und die würde ich mir stets anhören müssen.

Nein, würde ich sagen. Hör zu: Am Tag, an dem ich starb, trug ich die neuen Ruder hinunter zum See. Aber ich wusste nicht, dass es der letzte Tag war, und ich wusste nicht, dass ich eine weitere Chance bekommen würde. Damals kannte ich dich noch nicht, aber am Tag, an dem ich starb, hast du mich gerettet. Du rettest mich noch immer.

Am ersten Tag meines neuen Lebens kaufte ich mir Sandalen und eine Hose in Theresas Laden und dazu ein buntes Sweetheart-Lake-Sweatshirt. Theresa machte große Augen, als sie meinen Hinterkopf sah, und steuerte noch einen bunten Hut bei. Wir umarmten uns lange und machten die Art Versprechungen, die ich immer vermieden hatte. Aber wenn ich Joshua im nächsten Sommer versuchsweise zu einem Besuch bei Ray hierherbrachte, würden wir vielleicht ein paar davon einhalten.

Eine einzige Sache gab es noch zu erledigen. Kein See, sagte ich und dirigierte ihn aus der Stadt hinaus. Der Fluss. Von Sweetheart Lake aus flussabwärts – in Richtung Anderswo.

Am Ufer krempelte ich die Hosenbeine hoch und streifte die Sandalen ab. Das Wasser war eiskalt.

Irgendjemand sollte jetzt etwas sagen.

Ich blickte hoch. Russ stand oben an der Böschung und wartete. Der Himmel hinter ihm war hell und klar. Meine Mutter war nicht in der Lage gewesen, einem blauen Himmel zu trauen, doch ich konnte es. Und einem anderen Ort und gelb gestrichenen Wänden. Ich spürte nur das kalte Wasser und das wärmende, aufregende Gefühl, dass alles möglich war – ich konnte an einem Ort bleiben. Vielleicht war ich nicht ganz frei von Zweifeln, aber ich war dankbar.

Ich öffnete den Plastikbeutel und beugte mich vor. Bis zu den Knien stand ich in der Strömung, als ich den Inhalt ins klare Wasser kippte und zusah, wie der Fluss die Asche mit sich zog. Eine Wolke unter der Wasseroberfläche, dann war sie verschwunden.

Für einen kurzen Moment empfand ich echte Trauer. Ich versuchte, daran zu denken, dass die Asche nun endlich aus Sweetheart Lake fortkam.

Ich richtete mich auf und kletterte über Felsbrocken aus dem Wasser.

Oben an der Straße wartete Joshua in Russ' Auto, komplett neu eingekleidet in dem Sportgeschäft an der Pine Street. Russ hatte seine Uniform und die Kappe abgelegt. Für die Heimfahrt trug er Jeans und einen grauen Sweetheart-Lake-Pullover. Wir würden als Touristen verkleidet und als Helden gefeiert nach Parks zurückkehren, als zusammengewürfelte Familie von Trampern, Lügnern und dem, als was Russ sich noch entpuppen würde.

»Anna«, rief er. Er zeigte flussabwärts, wo ein großer Vogel hoch in der Luft kreiste. Ein Adler vielleicht. Eilig schlüpfte ich mit nassen Füßen in die Sandalen. Ich war bereit, es herauszufinden. Was den Adler anging, den Mann, was auch immer. Bereit, mich auf den Weg zu machen, nur noch dieses eine Mal.

DANK

Dieses Buch hat vor ungefähr zehn Jahren als Kurzgeschichte seinen Anfang genommen und seitdem viele Leben geführt, sodass es nun viele Menschen gibt, an die ich an dieser Stelle erinnern möchte.

Vielen Dank an meine Agentin Sharon Bowers von Miller Bowers & Griffin Literary Management und meine Lektorin Margaux Weisman, die dieses Buch möglich gemacht haben. Ich danke auch den Leuten bei William Morrow, darunter Jena Kamali, Serena Wang und Owen Corrigan.

Besonderer Dank geht an Terence Faherty, der mir geholfen hat, dieses Projekt auf den richtigen Weg zu bringen, und den Midwest Writers Workshop dafür – unter vielen anderen Dingen –, dass ich Terry kennen lernen konnte.

Besonderen Dank auch an Christopher Coake, der dieses Buch vor Jahren gelesen hat, als es fürchterlich war, und trotzdem nette Dinge darüber gesagt hat.

Danke an meine ersten Leser Yvonne Strumecki, James W. Ziskin, Lynne Raimondo, Kimberly Rader, Tricia David, Darian Ochs, Laurie Martin, James Burford und Tiffany Rader und an Lauren Stacks Yamaoka, Kim Robbins Oclon und Adam Morgan für ihre Begeisterung, das Projekt kurz vor dem Abschluss zu sehen. Danke an Lisa Stolley, Scott Blackwood, Mary Anne Mohanraj und Don Pollack dafür, dass sie mich zu dieser Geschichte ermutigt haben, und an die Roosevelt University mit ihrem Master-Programm in Creative Writing dafür, mich mit den meisten von all diesen Leuten zusammenzuführen.

Danke an Amy Clouse für ihr Fachwissen über Sheriffbüros in Kleinstädten. Falls trotz ihrer guten Beratung Fehler auftauchen, sind das natürlich meine. Danke an Tom Jones für seine Informationen und an Rob Ramey für sein Wissen als Schulleiter einer Highschool.

Besonderer Dank geht an die Edgebrook Public Library in Chicago, die im Jahr 2007 das Buch über Handschriftenanalyse gut sichtbar aufgestellt hat. Dem Mitarbeiter, der das getan hat, bin ich was schuldig. Danke an Michelle Dreshold für das Buch *Sex, Lies, and Handwriting*. Generell bin ich allen Bibliotheksmitarbeitern und Buchhändlern sehr dankbar.

Bedanken möchte ich mich auch bei Dan Mayer und Jon Kurtz, weil sie mir einen Anfang gegeben haben.

Und wie immer danke ich ganz besonders meiner Familie und meinen Freunden, weil sie an meiner Seite so viel miterlebt und erduldet haben. Aber der wahre Held ist mein Mann, Greg Day, der dieses Projekt die ganzen zehn Jahre lang unterstützt hat.

Ich habe lange überlegt, wie ich die Frauen würdigen kann, die im tatsächlichen Leben häusliche Gewalt erfahren haben. Viele von ihnen haben sie nicht überlebt. Sie haben mich sehr beschäftigt, während ich dieses Buch geschrieben habe.